뮤직숍

뮤직

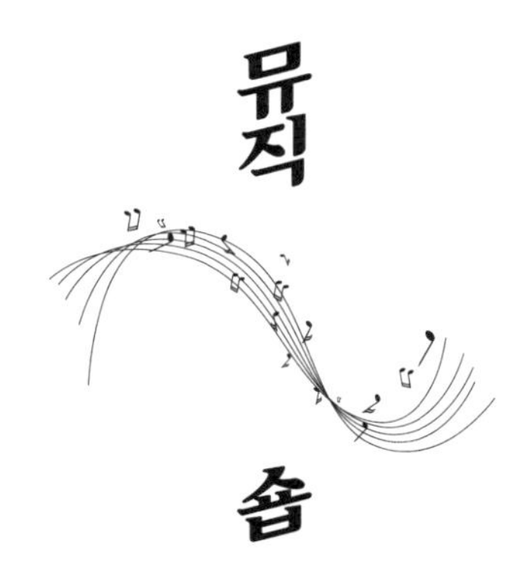

숍

The Music Shop

레이철 조이스 장편소설

조동섭 옮김

밝은세상

뮤직숍

초판 1쇄 인쇄일 2021년 2월 26일 | **초판 2쇄 발행일** 2021년 11월 25일
지은이 레이철 조이스 | **옮긴이** 조동섭 | **펴낸이** 김석원
펴낸곳 도서출판 밝은세상 | **출판등록** 1990. 10. 5 (제 10 - 427호)
주 소 (10881) 경기도 파주시 문발로 119, 202호
전 화 031-955-8101 | **팩 스** 031-955-8110 | **메일** wsesang@hanmail.net
블로그 blog.naver.com/balgunsesang8101 | **인스타그램** www.instagram.com/wsesang
ISBN 978-89-8437-423-2 (03840) | **값** 15,000원
잘못된 책은 구입한 곳에서 교환해 드립니다.

희망을 위하여

contents

A면 : 1988년 1월 / 10

B면 : 1988년 2월 / 164

C면 : 1988년 봄 / 280

D면 : 2009년 / 363

감사의 말 / 442

옮긴이의 말 / 444

시간이 나에게 말했네.

너는 보기 드문 사람이라고.

힘든 마음에

힘든 치료책을 찾아내기는 드물다고.

-닉 드레이크, 〈시간이 내게 말했네(Time Has Told Me 닉 드레이크가 1969년에 발표한 곡 : 옮긴이)〉

때로 숨어 있는 건 즐겁다.

그러나 아무도 찾지 않는 사람이 되는 건 재앙이다.

-도널드 위니컷

음반 가게가 있었다. 언뜻 겉모습만 보자면 다른 가게와 크게 달라 보이지 않았다. 다만 간판이 붙어있지 않았고, 쇼윈도에 음반 한 장 진열되어 있지 않은 게 특이했다. 쇼윈도 유리에 직접 손으로 그린 포스터 한 장과 안내문만이 달랑 붙어있을 뿐이었다.

'당신이 찾는 음반이 있어요. 단, 엘피판만 판매합니다. 문이 잠겨 있으면 전화주세요.'

음반 가게 안에는 온갖 엘피판들이 발 디딜 틈 없이 가득 차 있었다. 크기와 색상이 다양한 음반들이 들어있는 상자들이 여기저기에 놓여있었다. 음반 가게라면 장르에 따라 음반을 분류해놓기 마련인데 이 가게에서는 그런 방식을 따르지 않았다.

출입문으로 들어서면 오른쪽에 카운터가 있었고, 뒤쪽 턴테이블 양편에 음반을 미리 들어볼 수 있는 청음실이 마련돼 있었다. 턴테이블 옆에 놓인 자개 옷장이 바로 청음실이었다. 빅토리아 양식 옷장을 개조해 청음실로 만들어놓은 발상이 독특했다.

점잖은 곰처럼 생긴 프랭크는 항상 턴테이블 뒤에 앉아 손님들이 듣고자 하는 음반을 틀어주었다. 밤늦게까지 영업을 하는 대신 다음 날에는 해가 중천에 뜰 때까지 잠을 자다가 느지막이 문을 열었다.

음악이 흐르고, 색색의 등불이 왈츠를 추는 가운데 많은 사람들이 원하는 음반을 찾느라 분주하게 가게를 오갔다. 가게 주인인 프랭크는 클래식, 록, 재즈, 블루스, 헤비메탈, 펑크에 이르기까지 어느 한 가지도 소홀하게 다루는 장르가 없었다. 손님들이 정확한 곡명을 몰라도 분위기를 이야기해 주면 프랭크가 기가 막히게 마음에 드는 음반을 찾아내 주었다. 손님들 가운데 더러는 자신이 듣고자 하는 음악이 뭔지 아예 모르는 사람도 있었는데 그런 경우에도 어김없이 마음에 드는 음반을 소개해 주었다.

그럴 때마다 음반을 손에 든 프랭크가 부스스한 갈색 머리를 손으로 쓸어 넘기며 말했다. "이 음반을 들어보세요. 아마 느낌이 팍 올 거예요."

거기에 음반 가게가 있었다.

A면
1988년 1월

1
쇼팽만 좋아하는 남자

프랭크는 오늘도 턴테이블 뒤에 앉아 담배를 피우며 창밖을 내다보고 있었다. 겨울이라 늦은 오후인데 벌써부터 주위가 어둑어둑했다. 그제부터 기온이 뚝 떨어졌고, 간밤에는 서리가 내렸다. 유니티스트리트의 공기 중에는 우울한 기운이 감돌았다. 다른 가게들은 모두 영업을 끝냈지만 프랭크는 라바 램프(1970년대에 유행한 조명기기로 호리병처럼 생긴 유리병 안에 채도가 높은 색상의 액체 덩어리가 떠다닌다 : 옮긴이)들과 전기 벽난로를 켰다. 라바 램프에서 흘러나온 색색의 불빛이 따스하고 아기자기한 분위기를 자아냈다.

문신 가게 주인인 모드는 카운터에 앉아 잡지를 뒤적이고 있었고, 종교 선물 가게 주인인 앤서니 신부는 종이로 꽃을 접고 있었다. 음반 가게의 유일한 종업원인 키트는 에밀루 해리스의 음반을 모아 알파벳순으로 정리하고 있었다. 프랭크가 시켜서가 아니라 키트가 그냥 원해서 하는 일이었다.

모드가 소리 높여 말했다. "오늘 우리 가게에는 손님이 단 한 명도 없었어." 프랭크가 앉아있는 자리와 아주 가깝지는 않아도 목청 높여 소리칠 만큼 멀지도 않았다. 유니티스트리트의 가게들은 하나같이 자그마했으니까.

"내 말, 듣고 있어?"

"응, 듣고 있어."

"그럼 왜 아무 말도 안 해?"

프랭크가 헤드폰을 벗으며 헤벌쭉 웃었다. 웃을 때마다 이마에 주름이 일었다. "난 음악을 듣고 있었거든."

"흥!" 모드가 콧소리를 내고 나서 말을 이었다. "가게 안으로 들어온 사람이 있긴 했어. 문신을 새기러 온 손님이 아니었다는 게 문제지. 문신 가게에 들어와 경찰서 가는 길을 묻는 사람은 난생처음 봤어."

종교 선물 가게 주인인 앤서니 신부가 꽃을 접던 손길을 멈추고 대화에 끼어들었다. "난 하루 종일 문진 하나와 주기도문이 새겨진 가죽 북마크 하나를 팔았을 뿐이야."

모드가 말했다. "계속 이런 식이면 여름이 되기 전에 다들 문을 닫아야 할지도 모르겠어요."

프랭크가 말했다. "너무 비관적으로 생각하지 마. 무슨 방법이 있겠지."

근래 들어 자주 그런 식의 대화가 오갔다. 모드는 허구한 날 장사가 안 된다고 앓는 소리를 했고, 프랭크는 늘 이제 곧 잘될 테니까 걱정하지 말라며 다독거렸다. 프랭크라고 해서 딱히 좋은 해결책이 있지는 않았다.

키트가 두 사람을 향해 말했다. "두 분은 마치 바늘이 튀는 음반 같아요." 제법 참신한 비유 같지만 사실은 전혀 아니었다. 키트가 그 비유를 얼마나 자주 써먹었는지 이미 식상해진 지 오래였다. 게다가 프랭크와 모드는 결혼한 적이 없었다. 부부 사이를 빗댈 때 흔히 사용하는 그 비유는 두 사람과 전혀 어울리지 않았다.

모드가 말했다. "장의사를 운영하는 윌리엄스 형제도 죽을 맛인가 봐. 크리스마스 이후 윌리엄스 형제의 장의사를 이용한 고객이 몇인지 알아?"

"몰라."

"겨우 두 번 장례를 치렀다는 거야. 왜 다들 이 모양이지?"

키트가 말했다. "이 동네에서 죽은 사람이 없었나보죠."

"죽은 사람들이 없었던 게 아니라 캐슬게이트의 장의사를 찾아가니까 문제지."

바로 지난달에 꽃집이 문을 닫았다. 셔터가 내려진 꽃집이 하필이면 상가 끝에 있어 벌레 먹은 충치처럼 보였다. 며칠 전에는 폴란드 빵집의 쇼윈도가 온통 정체불명의 낙서로 뒤덮였다.

프랭크는 양동이 가득 비눗물을 담아 폴란드 빵집의 낙서를 지워주었다.

앤서니 신부가 말했다. "유니티스트리트에는 이미 오래전부터 가게들이 있었어. 우리는 이 거리에 속한 공동체야."

키트는 12인치 싱글 음반이 든 상자를 들고 지나다가 하마터면 라바 램프를 칠 뻔했다. 그는 에밀루 해리스의 음반을 정리하는 걸 포기한 눈치였다.

사람들이 키트에 대해 말하길 지나치게 촐싹대는 성격에 어딘가 모자라 보인다고 했지만 프랭크는 절대로 동의하지 않았다. 키트가 교외 마을에서 치매를 앓는 어머니와 하루 종일 텔레비전만 보는 아버지 사이에서 성장한 탓에 대인 관계가 서툴고, 뭔가 일을 손에 잡으면 지나치게 몰두해서 그렇지 결코 모자란 사람은 아니었다.

프랭크는 지난 몇 년 동안 키트와 함께해왔고, 시간이 갈수록 점점 더 좋아하게 되었다. 키트는 집중해 일할 수 있는 과제를 손에 쥐여주면 성실하고 책임감 있게 해냈다.

키트가 뜬금없이 말했다. "오늘, 사장님이 음반을 훔쳐 달아난 청년을 따라가 붙잡았어요."

모드가 물었다. "도대체 뭐하는 작자야? 음반이 얼마 한다고 훔쳐 달아나?"

"아, 젠장! 어떤 청년이 가게에 들어오더니 시디를 찾아달라는 거예요. 시디는 취급하지 않는다고 했더니 엘피판도 괜찮대요. 사장님과 제가 청년이 말한 엘피판을 찾고 있는 사이 다른 음반을 훔쳐 달아났지 뭐예요."

키트는 툭하면 '아, 젠장!'이라는 말을 썼다.

모드가 물었다. "어떤 음반을 훔쳐 달아난 거야?"

"제네시스의 《인비저블 터치(Invisible Touch)》."

"놈을 잡았어?"

"아, 젠장! 사장님이 뒤따라가 잡긴 했는데 그냥 돌려보냈어요."

키트의 말대로 프랭크는 급히 청년을 뒤따라가 버스 정류장 근처에서 잡았다.

프랭크가 숨을 헐떡이며 청년에게 말했다. "자네가 제네시스 음반을 가져가는 건 괜찮아. 다만 자네는 음반을 잘못 골랐어. 제네시스는 초창기에 나온 음반들이 훨씬 좋으니까. 나와 함께 가게로 돌아가 멘델스존의 〈핑갈의 동굴〉을 들어보겠나? 제네시스를 좋아한다면 멘델스존도 분명 마음에 들 거야."

모드가 피식 웃으며 말했다. "애써 잡은 도둑을 그냥 돌려보내다니, 역시 프랭크다워."

"사장님이 고작 음반 하나를 도둑맞았다고 경찰에 신고할 분은 아니죠."

앤서니 신부가 말했다. "그나저나 앞으로는 시디를 취급해야 하지 않을까?"

키트가 말도 안 된다는 듯이 피식 웃었다. "사장님은 시디를 파느니 가게 문을 닫을 거예요."

그때 가게 출입문이 활짝 열리더니 중년 남자가 안으로 들어섰다. 정장 차림의 중년 남자는 곧장 페르시아 카펫을 따라 턴테이블이 놓여 있는 곳으로 걸어갔다. 옷차림이나 헤어스타일, 얼굴 표정이 지나치게 평범해 보였다. 마치 아무도 자신에게 관심을 갖지 않게 하기 위해 애쓰는 사람 같았다.

중년 남자는 가게 오른편에 있는 카운터 앞을 지나갔다. 카운터에는 앤서니 신부와 키트, 모드가 있었고, 그 뒤로 갖가지 음반들을 담아놓은 상자가 놓여있었다. 왼편에는 나무 선반들, 프랭크의 살림집으로 통하는 문, 탁자, 떨이 판매용 재고들이 들어있는 플라스틱 바구니들이 놓여있었다.

중년 남자는 키트가 장식해놓은 벽은 아예 쳐다보지도 않았다. 키트는 직접 그린 포스터들과 앨범 재킷들을 한쪽 벽면을 채울 정도로 붙여두었다.

중년 남자는 턴테이블 앞으로 걸어가더니 그제야 걸음을 멈추고 손수건을 꺼내들었다. 그의 눈이 붉게 충혈되어 있었다.

프랭크가 큰 덩치에 어울리는 목소리로 물었다. "손님, 뭘 도와드릴까요?"

"저는 쇼팽만 좋아합니다."

프랭크는 그제야 언젠가 한번 들른 적이 있는 손님이라는 걸 알아차렸다. 몇 달 전쯤이었는데 이 남자가 가게에 들러 결혼식을 올리기 전에 마음을 진정시킬 수 있는 음악을 찾아달라고 했던 기억이 났다.

"지난번에는 쇼팽의 《녹턴(Nocturn)》을 구입하셨죠?"

남자는 입술을 찌푸렸다. 누군가 자신을 기억하고 있는 게 못마땅한 눈치였다.

"이번에도 음반을 찾아주실 수 있습니까?"

프랭크는 손님이 음반을 찾아달라고 할 경우 한 번도 거절한 적이 없었다.

"당연하죠. 어떤 음반을 찾으시는지 말씀해보세요."

"이번에도 쇼팽이면 됩니다."

"지금 손님이 찾는 음반을 들어본 적 있으시죠?"

"네, 당연히."

"혹시 허밍으로 부를 수 있습니까?"

"멜로디가 전혀 떠오르지 않네요."

남자는 누가 자신의 이야기를 엿듣고 있지는 않은지 주변을 재빨리 살폈다. 다들 자기 일에 열중하느라 아무도 신경 쓰지 않는 눈치였다. 그는 이전에도 몇 번 음반 가게에 와본 적이 있어 대략 어떤 사람들이 찾아오는지 알고 있었다. 대부분 단골이었지만 처음 오는 손님들도 더러 있었다. 프랭크는 단골이든 처음 오는 손님이든 가리지 않고 친절하게 대해주었다. 손님이 응원하는 축구팀이 졌을 때나 날씨가 궂은 날에는 위로의 말을 건네는 걸 잊지 않았다. 병을 앓거나 사업에 실패한 손님들, 직장을 잃거나 실연을 당한 손님들에게는 힘이 되어주는 말을 해주었다.

프랭크는 말을 속 시원하게 잘하는 사람은 아니었다. 다만 힘든 일을 겪은 사람은 말을 잘하는 사람보다 진지하게 들어줄 사람이 필요한 법이었다. 프랭크의 인내심 하나는 정말 대단했다. 어린 시절에는 새가 날아들기를 기다리며 손바닥에 빵 조각을 올려두고 몇 시간 동안 그대로 서있었던 적도 있었다.

남자는 아무 말 없이 프랭크를 바라보았다. 프랭크가 먼저 무슨 말인가 해주길 기대하는 눈치였다.

"무조건 쇼팽이면 된다는 거죠?"

"네, 쇼팽."

프랭크는 마음속으로 생각해보았다.

이 손님에게는 어떤 음반이 도움이 될까? 아름다운 곡? 마음을 편안하게 해주는 곡?

프랭크는 주로 앞머리를 뒤로 넘기고 다녔지만 늘 몇 가닥이 앞쪽으로 흘러내렸다. 그는 움직이지 않고 가만히 서서 마음의 소리에 귀를 기울였다. 깊이 생각할 일이 있을 때마다 취하는 자세였다.

이 손님이 원하는 음반은 《녹턴》이 아니야. 이 손님은…….

프랭크가 갑자기 자리에서 벌떡 일어서며 말했다. "잠깐만 기다리세요!"

키가 큰 프랭크는 조명 기구에 머리를 부딪치지 않기 위해 고개를 잔뜩 숙이고 음반을 뒤적였다. 쇼팽만 좋아하는 남자가 만족해할 음반을 찾아주고 싶었다. 머릿속에서 피아노 소리가 울려 퍼졌다. 아무리 봐도 마음을 따스하게 어루만져줄 음반이 필요해보였다.

베토벤? 베토벤은 지나치게 경건하고 웅장했다. 자칫 음악에 압도 당할 수 있었다. 지금 그에게는 친구처럼 다정한 음악이 적당해 보였다. 노를 저어 집으로 데려다줄 뗏목 같은 음악…….

피아노? 금관악기? 아니면 보컬? 강렬하고 열정적인 음악? 어쩌면 섬세하면서도 단순해 속이 투명하게 들여다보이는 음악이 좋을 수도 있었다.

바로 그거야.

프랭크는 마침내 중년 남자에게 권할 음악이 뭔지 떠올랐고, 카운터 뒤로 걸어가 음반을 꺼내들었다. 프랭크가 턴테이블로 걸어가며 "이 음반의 B면 다섯 번째 곡이 마음에 들 겁니다. 바로 손님이 찾던 곡이니까요."라고 하자 중년 남자가 한숨을 푹 쉬었다. 한숨 소리가 어찌나 큰지 마치 흐느낌 소리 같았다.

"아레사 프랭클린?"

"아레사 프랭클린이 부른 〈오 노 낫 마이 베이비(Oh No Not My Baby '아, 아니야, 내 애인은 안 그래'라는 뜻 : 옮긴이)〉라는 노래인데 들어보시면 무슨 말인지 이해가 될 겁니다."

"내가 분명 쇼팽만 원한다고 했잖아요. 난 팝송은 안 들어요."

"아레사 프랭클린의 음악은 팝이 아니라 소울입니다. 들어보면 아시겠지만 아레사 프랭클린은 항상 옳아요."

"음반 제목이 《스피릿 인 더 다크(Spirit in the Dark 아레사 프랭클린이 1970년에 발표한 앨범으로 '어둠 속의 영혼'이라는 뜻 : 옮긴이)》이네요. 이런 음반을 사려고 온 게 아니라니까요."

중년 남자가 손에 들고 있던 손수건을 꽉 움켜쥐고 말하는 동안 키가 큰 프랭크는 그를 유심히 내려다보고 있었다. "손님이 애초에 구하고자 했던 음반이 아니라는 건 알지만 일단 저를 믿고 한번 들어보세요. 손님에게 절실히 필요한 음악이니까요."

앤서니 신부도 프랭크의 말에 동의한다는 뜻으로 어깨를 으쓱했다. 마치 '일단 들어 봐요. 우리도 다 겪어본 일이니까.'라고 말하는 듯했다.

쇼팽만 좋아하는 남자가 말했다. "그럼 성의를 봐서 들어보긴 하겠지만 섣부른 기대는 하지 마세요."

키트가 남자를 청음실로 안내했다. 라바 램프에서 분홍색과 연두색, 황금색이 다른 색으로 바뀌고 있었다. 〈울워스(1980년대에 있었던 영국의 음반 체인점 : 옮긴이)〉의 청음실과는 전혀 다른 분위기였다. 울워스 청음실에 들어가면 마치 헤어드라이어 안에 서있는 것 같은 느낌을 갖게 했다.

모드가 〈울워스〉의 헤드폰에 대해 말한 적이 있었다. "헤드폰이 어찌나 더러운지 한 번 착용하고 나면 아예 머리를 감아야 할 정도야."

프랭크는 첫눈에 반한 빅토리아 양식 옷장 두 개를 구입해 청음실로 개조했다. 옷장의 다리를 자르고, 옷을 거는 봉, 속옷과 양말을 넣어두는 서랍을 모두 떼어내고, 드릴로 작은 구멍을 뚫어 턴테이블에 연결할 전선을 통과시켰다. 안락의자도 두 개 구입했다. 의자가 옷장 안에 겨우 들어갈 만큼 작았지만 일단 앉으면 편안했다.

옷장을 깨끗이 닦자 자개 장식 무늬가 모습을 드러냈다. 새들과 꽃들을 형상화한 장식이었다. 다만 자세히 보아야 새들과 꽃들이 보였다.

청음실이 좁아 남자는 부득이 게걸음으로 입장했다. 옷장을 개조했으니 좁을 수밖에 없었다.

프랭크가 남자에게 헤드폰을 씌워주고 나서 문을 닫았다.

"편안하게 들어보세요."

"아마 소용없을 겁니다. 난 오로지 쇼팽만 좋아하니까."

프랭크는 재킷 안에 든 음반을 꺼내 턴테이블에 걸고 톤암을 들어올렸다. 바늘이 음반의 홈을 지나갔다. 프랭크가 스피커 스위치를 올렸다. 엘피판은 그 자체로 살아 있었다. 음악을 들으려면 그저 기다리는 수밖에 방법이 없었다.

2
아, 아니야, 내 애인은 안 그래

(Oh No Not My Baby) _ 아레사 프랭클린의 1970년 곡

청음실 내부는 어두운 편이었다. 마치 벽장 안에 숨은 느낌이 들었다.

모두들 그녀를 조심해야 한다고 경고했지만 남자는 그 말을 듣지 않았다. 남자는 여자에게 청혼했고, 기어이 승낙을 받아냈다. 처음에는 믿기지 않는 행운으로 여겼다. 여자는 외모가 빼어나게 아름다운 반면 남자는 평균치 아래였다. 결혼식 피로연이 끝나고 남자는 샴페인을 챙겨들고 신부가 기다리는 스위트룸으로 올라갔다. 방문을 연 남자는 기절초풍할 만큼 놀라운 광경을 목도했다. 처음에는 도저히 믿기지 않아 자기 눈을 의심했다. 눈을 크게 뜨고 다시 한번 보았지만 달라지지 않았다. 침대 시트 밖으로 다리 네 개가 나와 있었다. 검은 양말을 신고 있

는 다리와 가터벨트를 착용하고 있는 다리였다. 결혼식 때 들러리를 섰던 남자의 친구와 신부가 한 침대에 들어 있었다.

남자는 샴페인을 바닥에 내려놓고, 그대로 밖으로 뛰어나왔다.

남자의 머릿속에서 오래도록 그 장면이 사라지지 않았다. 쇼팽의 음악을 듣고, 병원에서 우울증 약을 처방받아 복용했지만 전혀 효과가 없었다.

남자는 직장에 병가를 내고 집 안에 틀어박혀 지내는 동안 시도 때도 없이 눈물을 흘렸다.

탁, 탁, 탁.

마침내 아레사 프랭클린의 노래가 시작되었다. 기타 소리, 관악기 소리, 혀짤배기소리 같은 '아, 아니야, 내 달콤한 애인은 안 그래(Oh, no, not my sweet baby).' 그다음은 쿵쿵거리는 타악기 소리가 이어졌다.

무슨 꿍꿍이로 이런 노래를 권했을까? 난 이런 음악은 듣고 싶지 않아.

중년 남자는 헤드폰을 벗고 밖으로 나오려다가 문득 동작을 멈추었다.

'내 친구가 너에게 새로운 사람이 생겼다는 말을 해주었을 때 나는 한마디도 믿지 않았어(When my friends told me you had someone new. I didnt believe a single word was true).'

아레사 프랭클린의 목소리가 호소력 있고 인상적이긴 하네.

어둠 속에서 만난 낯선 사람이 '넌 상상도 못 했겠지만 사실 나에게도 이런 일이 있었어.'라고 말하는 듯했다.

남자는 잠시 아레사 프랭클린의 노래에 귀를 기울였다. 노래 가사가 마치 자신의 머릿속에서 흘러나온 듯했다.

주변 사람 모두, 심지어 어머니까지도 아레사에게 애인이 바람을 피운다고 말해주었다. 아레사는 그 말을 믿을 수 없었다.

그 사람은 다른 남자들과 달라. 절대로 속이지 않아.

아레사 프랭클린은 차분하게 노래를 시작했지만 코러스가 나오는 부분부터 비명을 지르다시피 했다. 그녀의 목소리는 자그마한 보트였고, 음악은 세찬 파도에 비견할 수 있었다. 아레사는 심하게 출렁이는 바다에서 보트를 끝까지 저어갔다. 고집스럽게 애인을 믿었지만 현악기, 통통 튀는 기타, 반복되는 관악기, 타악기까지 모두들 그녀에게 잘못 생각하고 있다고 주장했다. 코러스는 그리스 연극에서 친구들로 구성되어 복창하는 배우들처럼 새된 소리를 냈지만 아레사는 여전히 생각을 바꾸지 않았다.

아니야!

아레사의 목소리는 가사를 여기저기로 당기고, 꼭대기 너머로 치솟았다가 아래로 툭 떨어졌다. 아레사는 깨달았다. 바람둥이 남자를 사랑하는 게 얼마나 어려운지.

남자는 청음실에 가만히 앉아 귀 기울여 노래를 들었다.

3
마술 같은 일

(It's a Kind of Magic) _ 퀸의 1986년 곡

프랭크는 담배를 피우며 청음실을 바라보았다.

부디 노래를 잘못 고른 게 아니어야 할 텐데?

혼자가 아니라는 사실을 깨닫는 게 무엇보다 중요한 때가 있다. 혹은 감정이 다 소진될 때까지 슬픔에 잠겨 있어야 할 때도 있다. 사람은 고통스러울지라도 익숙한 현재에 계속 머물러있길 원한다.

프랭크의 어머니는 종종 말했다. "엘피판이 중요한 이유는 아이처럼 세심하게 돌봐주어야 하기 때문이야."

프랭크는 어머니의 모습을 머릿속에 떠올렸다. 바닷가의 하얀 집에서 어머니는 전통의상을 입고, 터번을 머리에 쓰고, 바흐와 베토벤을 비롯한 수많은 음악가들의 엘피판을 들려주었

다. 집 안에서 매일이다시피 음악이 흘러나왔고, 음악가에 대한 이야기가 이어졌다.

프랭크는 어머니 덕분에 어린 시절부터 음악에 흥미를 느꼈다. 어머니는 음악가들에 대해 이야기할 때 마치 오래 사귄 연인이라도 되듯 친밀하게 표현했다. 비가 오거나 칠흑처럼 캄캄한 날에도 어머니는 집 안에서조차 커다란 선글라스를 쓰고 생활했다. 팔에 여러 개의 팔찌를 차고 있어 웃을 때면 잘랑거리는 소리가 났다. 어머니는 '일반적인 엄마' 역할에는 전혀 관심이 없었다. 예를 들자면 음식을 만드는 대신 잼 샌드위치를 사와 삼각형으로 잘라 내놓으면 끝이었다. 저녁 식사로는 냉동식품을 데울 냄비 하나로 간단히 요리를 끝냈다. 어머니는 프랭크가 기침을 할 때마다 체리 맛이 나는 약을 먹였다. 프랭크가 바닷가에서 주운 조가비나 해초를 가져오면 지체 없이 문밖으로 던져버렸다. 어머니가 오래된 랜드로버를 운전해 시내에 갈 때마다 프랭크가 옆에서 핸드브레이크를 잠그라고 귀띔해 주어야 했다. 핸드브레이크를 잠그지 않을 경우 앞으로 제멋대로 굴러가버리는 차였다. 어머니에게 '일반적인 엄마'로 산다는 건 몹시 어려운 일이었지만 엘피판을 다룰 때에는 마치 신성한 물건을 모시듯 각별히 조심했다. 음악 이야기를 꺼내면 몇 시간이라도 지속할 수 있을 만큼 풍부한 지식이 있었다.

마침내 아레사 프랭클린의 노래가 끝났다. 이내 청음실 문이 열리고 자개장의 새들이 날개를 퍼덕이며 날아올랐다.

쇼팽만 좋아하는 남자는 노래가 끝났음에도 밖으로 나오지 않고, 청음실 벽에 기대 앉아있었다. 얼굴이 밀랍 인형처럼 창백했고, 어딘가 많이 아파 보이기도 했다.

"어때요?"

카운터 뒤의 모드와 앤서니 신부, 키트도 중년 남자의 대답에 관심을 기울였다. 키트는 남자의 대답이 궁금해 제자리에서 폴짝폴짝 뛰기까지 했다.

앤서니 신부는 돋보기안경을 위로 올려 머리띠처럼 사용했고, 모드는 눈을 가늘게 뜨고 남자의 입을 주시했다.

쇼팽만 좋아하는 남자가 미소를 지었다. "정말 대단했어요. 그런데 아레사 프랭클린의 노래가 저에게 절실히 필요하다는 걸 어떻게 알았죠?"

"그냥 감이라고 해두죠. 제가 손님의 사정을 정확하게 알지는 못하잖아요. 그냥 좋은 곡이니까 당당하게 소개해 주었어요."

"아레사 프랭클린의 다른 음반도 있나요?"

이번에는 프랭크가 웃었다. "아주 많아요. 아레사는 노래 부르는 걸 정말 좋아했으니까요."

아레사 프랭클린의 노래가 흘러나오는 동안 프랭크는 턴테이블 뒤 좁은 공간에서 어깨를 흔들고 엉덩이를 빙글빙글 돌리며 춤을 추었다. 모드도 옆에서 덩달아 몸을 흔들어댔다. 키트 역시 춤을 추고 싶었지만 얼마 전에 산 새 신발을 신다 보니 발뒤꿈치에 물집이 생겨 부득이 함께할 수 없었다.

《스피릿 인 더 다크》는 아레사 프랭클린이 발표한 음반 가운데 단연 으뜸이었다. 프랭크가 생각하기에 소장 가치가 충분했다.

프랭크가 턴테이블 뒤에서 중년 남자와 이야기를 나누는 동안 키트는 홍차를 만들었다. 중년 남자는 결혼식을 올린 이후 충격적인 장면이 생각나 부인 가까이 가기 힘들었고, 몸에 손을 댈 수 없었다. 한 달 전 집을 나간 부인은 결혼식 때 들러리를 맡았던 그 친구와 동거하기 시작했다.

중년 남자는 그 이야기를 털어놓은 것만으로도 큰 위안이 되었다고 했다.

프랭크는 음반 가게의 문은 늘 열려있으니 필요하면 언제든지 찾아와 음악을 들어도 된다고 말해주었다.

"가게 문이 닫혀 있으면 주저하지 말고 힘껏 두드리세요. 시간은 언제든 상관없어요. 저는 늘 가게에 있으니까요. 마음이 심란할 때 혼자 끙끙 앓지 말고 여기에 와서 음악을 들으면 큰 위안이 될 겁니다."

중년 남자는 마치 새로운 심장을 이식받고 회생한 환자처럼 환한 미소를 지었다.

"혹시 저처럼 힘든 일을 겪은 적이 있습니까?"

프랭크가 희미하게 웃었다. "살다 보면 누구나 힘든 일을 겪죠. 다시는 떠올리고 싶지 않지만 저 또한 오래전에 실연의 아픔을 겪었습니다."

앤서니 신부도 끼어들었다. "프랭크는 아직도 실연의 상처가 남아 아예 연애를 포기하다시피 했어요."

"아레사 프랭클린의 노래를 한 번 더 들어볼 수 있을까요?"

"얼마든지요."

남자는 청음실로 다시 들어가 문을 닫았다. 프랭크가 다시 바늘을 엘피판에 올려놓았다.

'내 친구가 너에게 새로운 사람이 생겼다는 말을 해주었을 때…(When my friends told me you had someone new…).'

프랭크의 눈길이 창밖을 향했다.

창밖은 고요했고, 오가는 사람이 드물었다. 푸르스름한 빛이 쇼윈도를 통해 안으로 들어오고 있었고, 바람이 세차게 불고 있었다.

프랭크는 악보를 읽지도 못했고, 다룰 줄 아는 악기도 없었다. 음악을 체계적으로 공부한 적도 없었다. 다만 늘 음악과 친구처럼 가까이 지내왔다. 손님들이 하는 이야기를 듣다 보면 내면에서 저절로 노랫소리가 들려왔다. 전체가 아닌 한 소절 정도였다. 집중력을 발휘해야만 들을 수 있었다. 학습이나 훈련을 통해서가 아니라 어릴 때부터 음악을 많이 듣다 보니 자연스럽게 배양된 능력이었다. 앤서니 신부는 프랭크의 그런 능력을 '직감'이라고 했고, 모드는 '이상한 헛소리'라고 했다.

프랭크는 새 담배에 불을 붙이다가 그녀를 보았다. 그녀가 그를 빤히 쳐다보고 있었다.

4
유니티스트리트의 가게

처음 가게를 보았을 때 프랭크는 만족스러운 웃음을 터뜨렸다.

'으허허.'

가슴에서 우러나온 웃음이었다. 14년 전인 1974년에 영국은 전쟁 후 처음으로 불경기를 맞았다. 광부들은 파업에 나섰고, 일주일 가운데 사흘은 격렬한 시위를 벌였다.

프랭크는 딱히 목적지도 정하지 않고 시내를 거닐고 있었다. 대성당 앞을 지나 액세서리 가게와 카페들이 늘어선 골목길을 지나갔다. 이 도시 최고의 번화가인 캐슬게이트를 따라 걷는 동안 화려한 가게들을 보았고, 웅장한 느낌을 주는 시계탑도 구경했다. 멀리 공원으로 향하는 길이 보였고, 시청 앞에서 실업수당을 받으려고 줄을 선 노동자들도 보였다.

프랭크는 아무런 생각 없이 걷다가 유니티스트리트에서 문득 걸음을 멈추었다. 그 거리에 술집 하나와 가게 여섯 개가 있었다. 거리 맞은편에는 빅토리아 양식으로 지은 갈색 벽돌집 주택가가 있었다. 길은 주택가의 지붕을 넘어가지 않는 한 더는 앞으로 나아갈 수 없도록 막혀 있었다.

프랭크는 그 자리에 서서 거리의 가게들과 갈색 벽돌집들을 둘러보았다. 어느 집 문에는 이탈리아 국기가 걸려있었다. 그 옆집에서는 머릿수건을 쓴 여자가 현관문 앞 계단참에서 완두콩 껍질을 까고 있었다.

어느 집 출입문에는 '셋방 있음'이라는 글자가 적혀 있었다. 장의사, 빵집, 종교 선물 가게도 있었다. 창문에 '매매 상담'이라고 써놓은 가게가 눈에 들어왔고, 그 옆은 문신 가게였다. 마지막에 꽃집이 있었다.

장의사 안에서 울고 있는 여자 손님에게 티슈를 건네는 쌍둥이 노인의 모습이 보였다. 빵집에서 엄마에게 케이크를 사달라고 졸라대는 아이도 보였다.

종교 선물 가게에서는 50대 남자가 플라스틱으로 만든 예수상을 고르는 아이에게 뭔가 열심히 설명해주고 있었다.

커튼이 달린 창문 유리에 '타투이스트'라고 적어놓은 문신 가게에서는 피부에 울긋불긋 색칠을 하고, 모히칸 스타일 머리를 한 젊은 여자가 열심히 걸레질을 하고 있었다.

꽃집에서는 인도 전통 의상인 사리를 입은 중년 여성이 꽃을 한 아름 안고 나오며 주인에게 고맙다고 인사하는 모습이 보였다.

프랭크는 지극히 평범하지만 아기자기하고 평화로운 거리의 풍경에 깊이 매료되었다. 근사하거나 화려하지는 않았지만 서로 도우며 어우러져 살아가는 사람들의 모습을 보았고, 머릿속에서 그때껏 한 번도 생각해본 적 없는 미래가 그려졌다. 바닷가 하얀 집에서 멀리 수평선 너머를 바라볼 때처럼 마음이 탁 트이는 느낌이었다.

프랭크는 절로 웃음이 나왔다. 그처럼 밝게 웃은 게 언제였는지 기억조차 나지 않았다. 그는 더 생각해볼 것도 없이 곧장 부동산 중개소를 찾아갔다.

프랭크가 문을 밀고 안으로 들어서자 샌드위치를 먹고 있던 부동산 업자가 고개를 들었다.

"이 거리에 빈 가게가 하나 보이던데 제가 매입할 수 있는지 알아보려고요."

"여기서 가게를 열려면 창의적인 상상력이 필요할 겁니다."

창의적인 상상력?

프랭크는 부동산 업자와 함께 가게 안으로 들어가 보았다. 가게 내부는 폐허나 다름없었다. 쓰레기가 산더미처럼 쌓여있는 데다 악취가 진동해 하마터면 그 자리에서 토할 뻔했다. 거리를 지나던 사람들이 비어 있는 가게를 화장실 대용으로 사용한 게 분명했다. 심지어 바닥 마루를 뜯어내고 모닥불을 피운 흔적도 있었다.

"이 가게가 마음에 들어요." 프랭크가 벽을 톡톡 두드려보며 말을 이었다. "책정된 가격을 다 드리죠."

"한 푼도 깎지 않겠다고요?"

"마음에 드는 가게니까요."

부동산 업자가 가게 뒤의 잘 가꾼 정원과 화려한 장식물로 치장한 내부를 보여주었다면 당장 몸을 돌려 나왔을 것이다. 아무도 주목하지 않고, 지저분하고, 깨지고, 망가지고, 홀대받고 있는 형편을 조금도 숨기지 않는 가게라서 마음에 들었다.

지금의 내 처지와 다를 게 없어.

"인테리어를 새로 하면 근사하겠어요."

"장사를 해본 경험이 있습니까?"

"처음인데요."

"왜 하필이면 점점 쇠락해가는 이 거리에서 가게를 시작하려고 하죠? 솔직히 말씀드리자면 이 거리의 상권은 점점 쪼그라들고 있고, 이 가게는 문을 닫은 지 일 년이 넘도록 방치되어 있었습니다. 건물이 어찌나 낡았는지 문을 여닫을 때마다 벽에서 건축 자재 파편이 우수수 떨어지는데 괜찮겠어요?"

"제가 괜찮다는데 왜 자꾸 이러십니까?"

가게 뒤편은 1941년에 독일군의 폭격을 받아 건물이 폭삭 주저앉은 이후 공터로 남아 있었다. 아이들이 공터에서 신나게 뛰어 놀고 있었고, 염소 한 마리가 멍하니 먼 산을 바라보고 있었다. 도시인지 농촌인지 분간이 되지 않을 만큼 온통 뒤죽박죽이 되어버린 거리였다. 부동산 개발업자들이 당장이라도 오래된 건물들을 밀어버리고, 새 부지를 조성하려 든다고 해도 전혀 이상할 게 없었다.

프랭크는 부동산 업자와 길모퉁이에 위치한 〈잉글랜드 글로리〉라는 바에 가서 계약 절차를 마무리했다. 부동산 업자는 계약서에 사인을 하면서도 왜 하필 이 낙후된 거리에서 가게를 열고 싶어 하는지 이유를 모르겠다는 듯 연신 고개를 갸웃거렸다.

프랭크는 큰 키에 커다란 덩치, 부스스한 머리, 펑퍼짐한 옷차림을 하고 있었다. 어느 누가 보더라도 악의라고는 전혀 보이지 않을 만큼 선한 인상이었다.

부동산 업자는 사무실에서 그를 처음 만나 악수했을 당시 손바닥의 느낌이 떠올랐다. 손바닥 피부가 마치 분을 바른 솜처럼 부드러웠다. 거친 일이라고는 한 번도 해본 적이 없는 손이었다. 순진한 청년은 〈잉글랜드 글로리〉에 앉아 계약서 작성을 마무리 짓고 나서부터 음악 이야기를 잠시도 멈추지 않고 계속했다.

"어쩌다 이 도시까지 오게 되었습니까?"

"밴이 이 도시 근교에서 퍼져버렸어요."

이 도시의 주요 산업은 식품 가공업이었다. 구체적으로 말하자면 치즈와 양파를 사용해 짭짤한 맛이 나는 과자를 생산하는 곳이었다. 바람이 바다에서 내륙 쪽으로 불 때면 도시 전체에서 치즈와 양파 냄새가 진동했다. 남녀노소 모두가 즐기는 과자였지만 요즘은 다양한 과자들이 많이 나와 예전에 비해 생산량이 현저하게 줄어들었다. 따라서 점점 공장의 인원이 감축되어가고 있었고, 이 도시의 상권도 덩달아 축소되어가고 있었다.

프랭크의 밴은 이 도시에서 30킬로미터 떨어진 곳에 퍼져 있었다. 어머니가 세상을 떠나고 나서 바닷가 하얀 집에 홀로 살던 프랭크는 집을 비워주고 밴에 올라 길을 떠났다. 집 없는 신세가 되어버린 그는 몇 날 며칠 동안 밴을 타고 도로를 누볐다.

프랭크는 이 도시에서 무엇을 하며 살아갈지 결정했다. 음반 가게를 운영하며 살아갈 생각이었다.

그날 오후, 프랭크는 건물 점검(영국에서는 부동산 거래를 할 때 건물 점검을 하게 되어 있다 : 옮긴이)도 하지 않고 부동산 업자를 찾아가 계약서에 서명을 마쳤다.

문신 가게 주인 모드가 프랭크를 처음 만났을 때 다짜고짜 물었다. "음반 가게를 하겠다고요?" 모드는 체구는 작지만 기가 센 여자로 모히칸 스타일 머리를 하고 있었고, 그날그날 기분에 따라 머리색을 자유자재로 바꾸었다. 모드의 헤어스타일은 그 어디에서도 본 적 없을 만큼 독특했다. 그녀의 몸에는 하트와 꽃 모양 문신이 있었다.

프랭크가 양지바른 곳에 앉아 있다가 모드가 묻는 말을 듣고 고개를 들었다. 그는 노트에 스마일 캐릭터를 그리던 중이었다.

"손님들이 절실히 필요로 하는 음반을 찾아내 들려주고 싶어요."

"〈울워스〉 같은 대형 음반 체인점과 경쟁해 살아남을 자신이 있어요?"

"〈울워스〉를 경쟁 상대로 생각해본 적 없는데요."

"캐슬게이트에 〈울워스〉 매장이 있어요. 여기서 10분 거리니까 당신이 원하지 않아도 경쟁할 수밖에 없는 조건이에요."

"인기곡 차트를 어디서 구해야 할지 고민했는데 〈울워스〉가 근처에 있다니까 잘됐네요."

프랭크는 전혀 걱정하지 않는다는 듯 다시 보고 있던 노트로 고개를 돌렸다.

"주로 어떤 음반을 취급하게요? 카세트테이프?"

"무조건 엘피판만 팔 겁니다."

"카세트테이프를 찾는 손님들은 어쩌고요?"

프랭크가 그런 걱정을 왜 하냐는 듯 희미하게 웃었다. 모드는 횃불 공격을 받은 사람처럼 얼굴이 벌게졌다.

"〈울워스〉에 가서 구입하면 되잖아요."

“원래 이 집은 뜨개질 용품을 파는 가게였어요. 과거에는 제법 손님들이 많았는데 누가 요즘 뜨개질 용품을 사겠어요. 손님이 점점 줄어들다가 결국 뚝 끊겨버렸죠. 나이가 지긋한 여주인은 손님이 끊기자 한동안 넋이 나간 것처럼 지내다가 가게를 처분하고 요양원에 들어갔어요.”

프랭크는 머릿속에 메모했다.

‘모드는 긍정적인 말을 하지 않는다.’

프랭크는 가게 수리에 착수했다. 가게 안에 방치되어 있던 세탁기, 잔디 깎는 기계, 철제 침대를 밖으로 끄집어내고, 벽을 타고 오르는 담쟁이넝쿨을 뿌리째 뽑아버리고, 바닥을 반질반질하게 닦고, 창을 모두 열어젖히고 덕지덕지 쌓인 먼지를 털어냈다.

오전에 그 모든 일을 끝냈다. 가게 내부를 깨끗이 정리하자 갑자기 가능성이 무한한 공간으로 탈바꿈했다. 잡다한 물건들이 내부를 채우고 있을 때는 몰랐는데 실내 공간이 제법 넓었다.

출입문 옆에 카운터를 두고, 가운데에 턴테이블을 둬야겠어. 청음실은 당연히 턴테이블 가까이 설치해야겠지.

프랭크는 연장 세트를 구입해 본격적인 인테리어 작업에 착수했다. 유니티스트리트의 가게들은 하나같이 규모가 작은 편이어서 종업원을 두지 않고 주인 혼자 운영하고 있었다. 프랭크도 혼자서 일을 시작했다. 간혹 가게 앞을 지나다가 고개를 들이밀고 혹시 도울 일이 없는지 묻는 사람들이 더러 있었다. 프랭크는 기꺼이 도움을 받아들였고, 일을 도와준 대가로 엘피판을 주었다. 유니티스트리트의 다른 가게 주인들은 어느새 가까운 이웃이 되었다. 원래는 성직자였는데 알 수 없는 이유로 조기에 은퇴한 앤서니 신부는 남들이 콘플레이크에 우유를 따르는 아침부터 습관처럼 술을 마셨다. 4대에 걸쳐 가업으로 이어온 장의사를 물려받은 윌리엄스 형제, 아침마다 고소한 올리브유 냄새를 풍기는 폴란드 빵집 주인 노박, 미소를 지어야 할 때 오히려 인상을 찌푸리는 문신 가게 주인 모드는 이제 스스럼없이 어울리는 사이가 되었다. 프랭크는 사람들을 만나면 이야기를 잘 들어주고, 무슨 일이 있으면 자기 일처럼 나서서 돕고, 웬만해서는 절대로 화를 내지 않는 성격이라 이웃과 어울리는데 전혀 문제가 없었다.

가게 바닥에 마루를 깔고, 벽에는 새로 페인트칠을 했다. 망가진 배관 파이프를 교체하고, 깨진 지붕과 창도 손보았다. 위층에 있는 살림집으로 오르는 계단과 난간을 안전하게 고치고, 전기 배선도 교체했다.

프랭크는 가게를 수리하느라 현금이 다 떨어져 은행에 대출을 신청하기로 했다.

모드가 고개를 저으며 말했다. "은행에서 대출을 내주지 않을 걸요."

프랭크는 대출 서류를 작성해 은행 지점장을 찾아갔다. 지점장이 말하길 얼마 전 아이를 출산한 부인이 몇 주째 잠을 설치고 있어 걱정이라고 했다.

"아내의 산후 우울증이 심해 약도 지어 먹고, 온갖 방법을 다 동원해봤는데 결과가 신통치 않더군요."

프랭크는 지점장의 말을 귀 기울여 듣느라 애초의 방문 목적인 대출 문제를 까마득히 잊고 있었다. 그저 지점장의 이야기를 빼놓지 않고 듣는 데 정신을 집중했다. 지점장이 긴 이야기를 마치고 나서야 프랭크가 작성해온 대출 신청 서류를 살펴보았다.

"안타깝게도 사업 경험이 전무해 대출이 힘들겠어요. 마음이 너그러운 분이라 돕고 싶은데 요즘은 인플레가 심해 대출 심사가 까다로워졌습니다."

불경기도 문제였지만 점점 심화되는 동서냉전도 걱정거리였다. 자칫 잘못하면 밤사이 소련군 탱크가 영국의 도시들을 모두 점령해버릴 수도 있었다.

다음 날, 프랭크는 음반 두 장을 챙겨 들고 지점장을 다시 찾아갔다. 빌 에반스의 《왈츠 포 데비(Waltz For Debby)》와 힐데가르트 폰 빙엔의 찬송가 음반이었다. 메모지에 산후 우울증을 앓는 지점장의 부인이 들으면 도움이 되는 곡들을 따로 적어 가져갔다. 프랭크의 추천 목록에는 아이를 재울 때 효과 만점인 자장가도 있었다. 자장가 옆에는 '이 곡은 아이를 재울 때 들려

주면 좋은 노래입니다. 부인께서는 듣지 않아도 상관없습니다.'
라고 친절하게 적어놓았다. 프랭크가 추천한 자장가는 클래식
도 아니고, 저명한 음악가가 작곡한 곡도 아니었다. 트로그스
의 〈와일드 씽(Wild Thing 영국 록밴드 트로그스가 1966년에 발표한
곡 : 옮긴이)〉이었다.

프랭크가 은행에 다녀간 며칠 후 지점장이 타자기로 작성한
편지를 보내왔다. 부인이 산후 우울증을 극복하고 숙면을 취하
게 되었다는 내용이었다. 아이 역시 프랭크가 추천한 〈와일드
씽(Wild Thing)〉을 들려주면 눈에 보이지 않는 천사가 잠을 방
해하는 고약한 사탄을 멀리 쫓아버리기라도 한 듯 깊이 잠든다
고 했다.

지점장은 깊은 감사를 표하는 한편 대출을 받을 수 있게 해주
겠다고 약속했다. 지점장이 직접 대출을 받아내기 유리한 쪽으
로 서류를 수정해 주겠다는 것이었다. 지점장은 부디 음반 가게
가 번성하길 바란다는 인사와 함께 편지를 마무리했다. 편지 말
미에 지점장의 이름이 적혀 있었다. 헨리. 그때부터 프랭크와
헨리는 더없이 각별한 친구가 되었다.

프랭크는 음반을 꽂아둘 목재 선반을 짜서 가게에 배치했다.
턴테이블과 JBL스피커도 구입했다. 그가 보유하고 있는 엘피
판은 그 역시 대단히 좋아할뿐더러 매우 잘 아는 음반들이었기
에 더욱 세심하게 분류해놓을 수 있었다. 음반을 장르에 따라

나누거나 알파벳순으로 분류하지 않고, 그냥 음악을 들었을 때 받았던 느낌에 따라 정리했다. 가령 바흐의 《브란덴부르크 협주곡》 옆에 비치 보이스의 《펫 사운즈(Pet Sounds)》와 마일스 데이비스의 《비치스 브루(Bitches Brew)》를 비치해두는 식이었다.

프랭크가 당연하다는 듯이 말했다. "분야는 다르지만 뿌리와 정서가 같은 음악들이야."

사람들은 흔히 자신이 선호하는 장르나 좋아하는 작곡가, 가수의 음악을 편애하기 마련이어서 특정 분야만 고집해 듣는 경우가 많았다. 그럴 경우 다양한 장르의 명곡들을 접할 기회를 아예 놓쳐버릴 수도 있는 만큼 프랭크는 손님들에게 정서적으로 맥이 닿아있는 여러 음반들을 동시에 소개해주는 걸 선호했다. 평소 클래식을 가까이 하지 않던 사람들, 팝음악과 친하지 않던 사람들도 프랭크가 소개해준 음반들을 듣고 나면 장르에 상관없이 음악을 즐기게 되었다. 민들레가 멀리 떨어진 곳까지 씨를 날려 보내 꽃을 피우듯 프랭크는 장르는 다르지만 비슷한 정서를 가진 음악들을 동시에 소개해 누구나 쉽게 다양한 음악 세계를 경험할 수 있게 해주었다.

음반 가게를 시작하고 나서 2년 동안은 음반사 영업사원들의 발길이 뜸했다. 음반 가게를 둘러보고 나서 헛간 같다며 대놓고 멸시한 영업사원도 있었다. 캐슬게이트에는 〈울워스〉라는 대형 체인점이 있었고, 15킬로미터 떨어진 곳에 〈아우어 프라이스〉

매장도 새롭게 문을 열었다. 1977년에 《네버 마인드 더 볼럭스(Never Mind the Bollocks 영국 펑크록 그룹 섹스 피스톨즈의 앨범으로 '헛소리에는 신경 쓰지 마.'라는 뜻 : 옮긴이)》가 처음 나왔을 때 반경 30킬로미터 안에서 프랭크의 가게에서만 그 음반을 취급했고, 이틀 만에 매진되었다.

프랭크는 밴을 운전해 직접 런던까지 가서 음반을 구입해왔다. 그 무렵에는 체리레드 레코드, 굿 바이브레이션, 오브젝트 뮤직, 팩토리, 포스트카드, 러프 트레이드, 베거스 밴킷, 4AD 등 음반사에서 들어본 적도 없는 인디 밴드 음반들을 다양하게 생산하던 때였다.

1980년대 초에 음반사 영업사원들은 가게를 제집처럼 드나들며 홍보용 티셔츠, 포스터, 공연 티켓 따위를 지원하며 판매를 독려했다. 음반 한 장 가격에 열 장을 주는 판매 이벤트도 진행했다.

프랭크의 가게가 유명세를 타기 시작하면서 유니티스트리트도 덩달아 많은 사람들의 관심을 끌게 되었다. 프랭크는 토요일만 되면 눈코 뜰 새 없이 바빠 종업원을 뽑는다는 구인 광고를 냈다. 키트가 이력서를 지참하고 가장 먼저 찾아왔다. 키트의 이력서에는 해양 보이스카우트, 산악 보이스카우트, 세인트 존 앰뷸런스(응급처치를 가르치는 영국의 자원 봉사 단체 : 옮긴이) 훈련생, 영국 우표 수집 협회 회원, 다이애나 로스 팬클럽 회원 등

그가 가입해 활동했던 모든 단체들의 이름이 적혀 있었다. 키트는 평생 식품 공장에서 원하지도 않는 일을 하며 살아가긴 싫다며 반드시 채용시켜 달라고 매달렸다. 프랭크는 이력서를 대충 보고 나서 키트의 간절한 부탁을 외면할 수 없어 그 자리에서 당장 채용하기로 결정했다.

바야흐로 시디 전성시대가 시작되면서 프랭크의 음반 가게를 찾는 손님들의 숫자도 현저하게 줄어들었다. 프랭크가 여전히 엘피판만 고집하자 일부 사람들은 시대의 흐름에 역행하다가는 곧 문을 닫게 될 거라며 우려를 표했다. 프랭크의 고집스러운 태도를 멋지다며 치켜세우는 사람들도 있었다. 주변에 눈앞의 손익을 따지지 않고 신념을 지켜가는 인물이 있을 경우 사람들은 인생의 복잡하고 어려운 문제들을 대범하고 낙관적인 시각으로 바라볼 수 있는 여유를 갖게 되니까.

프랭크는 시디를 찾는 고객이 있으면 잠시도 망설이지 않고 〈울워스〉나 〈아우어 프라이스〉를 찾아가보라며 위치를 가르쳐주었다.

프랭크는 사람들이 왜 시디에 열광하는지 알 수 없었다.

"시디가 여러모로 편리하긴 하지만 엘피판의 그윽하고 멋스러운 느낌을 따라갈 수는 없어. 다들 두고 보면 알겠지만 시디의 유행은 그리 오래 가지 않을 거야. 소장 가치가 없으니까."

5
별에서 떨어진 여자

낯선 여자가 음반 가게 바깥 쇼윈도 앞에 서있었다. 녹색 코트 차림 여자를 보는 순간 프랭크는 뭔가 할 말이 있어 찾아왔다는 느낌을 받았다. 여자의 크고 검은 눈이 유난히 반짝였다. 여자는 양손으로 차양을 만들어 이마에 대고 가게 안을 두리번거리고 있었다. 그러다가 여자의 얼굴이 왠지 창백하고 파리해 보인다는 생각이 드는 순간 그녀가 갑자기 쿵 소리를 내며 바닥으로 쓰러졌다.

프랭크는 급히 가게 밖으로 달려 나갔다. 키트와 가게에 와있던 모드, 앤서니 신부도 덩달아 뒤따라 나갔다. 가게에서 흘러나오는 빛이 쓰러진 여자의 모습을 희미하게 비추고 있었다. 여자는 바닥에 똑바로 누운 자세로 미동도 하지 않았다. 손에는 장갑을 끼고 있었고, 구두코가 하늘을 향해 있었다.

프랭크는 정신을 집중해 기억을 떠올려 봤지만 단 한 번도 음반 가게에 들른 적이 없는 여자였다.

앤서니 신부가 걱정스러운 얼굴로 말했다. "왜 갑자기 쓰러졌지? 지병이 있는 건가?"

키트가 방정맞게 물었다. "세상에! 여자가 죽었어요?"

키트의 옆에 있던 모드가 한심하다는 듯 말했다. "그냥 잠시 기절한 것뿐이야."

프랭크가 쓰러진 여자 옆에 무릎을 꿇고 앉았다. 앤서니 신부와 키트, 모드도 가까이 다가갔다. 다행히 피를 흘린 흔적은 없었다. 나이는 20대 후반에서 30대 초반으로 보였다. 식물 줄기처럼 기다란 목에 자그마하고 윤곽이 뚜렷한 얼굴의 소유자였다. 입과 코, 눈이 하나같이 큰 편이었고, 가느다란 눈썹에 턱선이 날카로워 보였다. 코 주변에 마치 누군가 재미 삼아 뿌려놓은 듯 옅은 주근깨가 많았다. 체구는 연약하기 그지없어 보였지만 대체로 인상은 강단이 있어 보였다.

앤서니 신부가 카디건을 벗어 여자의 몸에 덮어주었다. 키트가 '세인트 존 앰뷸런스'에서 익힌 응급처치 실력을 발휘할 수 있는 절호의 기회였다. 프랭크와 앤서니 신부, 모드는 하나같이 키트가 실력 발휘를 해주길 바라는 눈으로 쳐다보았다.

키트가 입맛을 쩍쩍 다시더니 가게 안으로 뛰어 들어가 전화로 앰뷸런스를 부른 다음 다시 밖으로 나와 자신 있게 말했다.

"응급 환자를 발견할 경우 당황하거나 겁먹지 말고 신속하게 상황을 파악한 다음 앰뷸런스를 불러야 한다고 배웠어요. 저는 방금 배운 대로 임무를 완수했어요."

앤서니 신부가 나직이 말했다. "프랭크, 우선 맥박을 짚어 봐."

프랭크가 여자의 손목에 손가락을 대고 맥박을 짚어보았다.

키트가 호들갑스럽게 물었다. "숨을 쉬어요?"

"잘 모르겠어."

동네 사람들이 음반 가게 앞으로 하나둘씩 몰려들었다. 담요를 가져온 사람, 어서 따뜻한 곳으로 옮겨야 한다고 주장하는 사람, 목이 부러졌을 수도 있으니 환자를 옮기지 말고 그대로 두어야 한다고 주장하는 사람도 있었다.

프랭크가 여자의 팔을 가볍게 흔들며 소리쳤다. "여보세요, 내 말 들려요?"

여자의 얼굴에 조금씩 핏기가 돌더니 서서히 눈을 떴다. 크게 놀란 듯 엘피판처럼 새까만 여자의 눈이 왕방울만 해졌다.

사람들이 달 표면에 첫발을 내디딘 닐 암스트롱을 보았을 때처럼 한목소리로 소리쳤다. "눈을 떴어!"

그 소리가 어찌나 큰지 몇 킬로미터 밖에서도 들릴 듯했다.

여자가 호수처럼 깊고 커다란 눈으로 프랭크를 바라보았다.

그러다가 다시 힘겹게 눈을 감았다.

앤서니 신부가 말했다. "프랭크, 계속 말을 걸어봐."

프랭크는 턴테이블 뒤에서 손님과 마주 보며 음악 이야기를 하는 건 자신 있었지만 실신해 바닥에 쓰러져있는 여자와 무슨 이야기를 나누어야 할지 알 수 없었다.

"이봐요, 내 목소리가 들려요? 날씨가 추우니까 일단 가게 안으로 들어가는 게 좋겠어요. 여기 그대로 있다가는 저체온증이 올 수도 있으니까 위험해요."

두터운 재킷을 입고 있어도 몸이 덜덜 떨릴 만큼 추운 날씨였다.

앤서니 신부가 말했다. "자, 어서 가게 안으로 옮겨."

프랭크는 여자의 상반신을 일으키려고 허리를 숙였다. 그 와중에 여자의 이마가 입술에 살짝 닿았다. 여자의 머리카락에서 꽃향기가 났다.

'당장 일으켜 세워라.', '앰뷸런스가 도착할 때까지 가만히 두어라.', '날씨가 추우니까 안으로 옮겨라.'

사람들이 저마다 다른 처방을 내놓았다. 프랭크는 어느 장단에 춤을 춰야 할지 감을 잡을 수 없었다. 잠시 머뭇거리던 프랭크는 일단 가게 안으로 옮기기로 마음먹었다. 무릎을 꿇은 자세로 여자의 허리에 팔을 집어넣고 상반신을 일으켜 세웠다. 앤서니 신부도 맞은편에서 여자를 부축했다.

앤서니 신부가 말했다. "이제부터 자네 혼자서 여자를 안아 들어."

프랭크는 여자를 안아 들고 가게 출입문 쪽으로 걸음을 떼어 놓았다. 아담한 키에 몸이 날씬해서인지 그리 무겁지 않았다. 언젠가 바닷가 하얀 집에서 어머니가 마티니를 지나치게 많이 마시고 몸을 제대로 가누지 못하는 바람에 옆에서 부축하며 계단을 올라간 적이 있었다. 어머니는 키가 크고 거구라서 도저히 안아 들고 옮길 수 없었다. 섣불리 안아 들려고 했다가는 아래에 깔려 갈비뼈가 부러지거나 허리를 다쳤을 수도 있었다.

키트가 앞서 달려가 출입문을 열었다. 가게 안으로 들어간 앤서니 신부가 페르시아 카펫 위에 널려 있는 음반 상자들을 치우고 여자를 눕힐 공간을 만들었다. 모드가 항균 비누와 타월을 가져왔다. 프랭크는 그녀가 항균 비누로 무얼 할 생각인지 알 수 없었지만 묻지 않았다.

프랭크가 조심스럽게 여자를 내려놓았다.

앤서니 신부가 말했다. "우선 담요로 몸을 덮어줘야겠어."

프랭크는 담요를 가져오기 위해 위층 살림집으로 뛰어올라갔다. 난생처음 겪는 일이라 머릿속이 온통 어수선했다. 여자가 뚫어지게 바라보다가 눈을 감았던 순간이 떠올랐다. 짧은 순간이었지만 머릿속에 그때의 잔상이 계속 남아 있었다.

프랭크는 담요와 물을 찾아들고 나서 여자가 정신을 차리게 되면 배가 고플 수도 있겠다는 생각에 리츠 크래커도 챙겼다. 아래층으로 내려가 보니 가게 안은 온통 사람들로 가득 차 있었다. 어느새 의식을 회복한 여자가 자리에서 일어나 주변을 두리번거렸다. 머리카락의 절반은 핀으로 고정해 올리고, 나머지 절반은 아래로 늘어뜨린 상태였다. 사람들이 유심히 쳐다보고 있었지만 여자는 등을 꼿꼿이 펴고, 턱을 치켜들고, 양팔로 뒷짐을 진 자세로 가만히 서있었다.

사람들을 둘러보던 여자의 눈이 프랭크에게서 멎었다. 눈이 맞닿은 순간 프랭크는 머리가 하얘지며 가게 안에 모여 있는 사람들과 사물들이 시야에서 모두 사라져버렸다.

여자가 독일어로 중얼거렸다. "Was mache ich hier?(내가 여기서 뭘 하고 있죠?)" 추운 날씨 탓에 감기에 걸린 듯 쉬고 갈라진 목소리였다. 여자가 이어서 영어로 말했다. "정말이지 실례가 많았습니다."

말을 마친 여자가 황급히 출입문을 향해 걸어갔다. 사람들이 호기심을 참지 못하고 질문을 쏟아냈다.

"당신은 어디에서 온 누구죠?"

"왜 쓰러진 건가요?"

"이제는 괜찮아요?"

키트가 소리쳤다. "잠깐만요! 아, 젠장! 앰뷸런스가 곧 도착할 텐데 잠시 기다렸다가 병원에 가보는 게 낫지 않을까요?"

여자는 여러 질문이 쏟아졌지만 아무런 답변도 하지 않고, 가게 밖으로 나가더니 오른쪽으로 꺾어져 캐슬게이트 쪽으로 걸어갔다. 뒤따라나간 프랭크는 여자가 종교 선물 가게, 장의사, 폴란드 빵집, 모퉁이의 〈잉글랜드 글로리〉를 지나쳐 종종걸음으로 사라져가는 모습을 지켜보았다. 여자의 발자국 소리가 길게 울려 퍼졌다. 어둠 속에서 가로등이 원뿔형 빛을 드리운 가운데 맞은편 집들의 창문들이 누르스름한 사각형으로 빛났다. 여자는 유니티스트리트 끝 지점에서 캐슬게이트 쪽으로 방향을 틀어 계속 걸어갔고, 한 번도 뒤돌아보지 않았다.

프랭크는 현기증이 날 만큼 심장이 쿵쾅거리며 뛰는 바람에 출입문에 몸을 기대고 서서 숨을 깊이 들이쉬었다.

• • •

프랭크가 스물다섯 살 때 어머니는 마치 추락하는 행성처럼 세상을 떠났다. 병상을 지키던 프랭크는 어머니의 몸에 연결되어 있던 온갖 튜브와 관, 숨이 멎을 때 입에 씌워져 있던 산소마스크, 침상 발치의 차트를 번갈아 바라보았다. 침상 옆 보조 탁자에는 아직 마시지도 않은 자동판매기 커피가 놓여있었다.

어머니가 남긴 유산이라고는 음악 관련 수집품이 전부였다. 단셋 메이저 턴테이블, 어머니의 방 사면을 다 채우고도 남을 만큼 많은 엘피판…….

프랭크는 어머니의 장례식장에서 울려 퍼진 〈할렐루야〉를 도저히 따라 부를 수 없었다.

• • •

〈잉글랜드 글로리〉에서 술을 마실 때 앤서니 신부가 물었다.

"그 여자는 누굴까?" 앤서니 신부는 금주 중이었기 때문에 파인애플 주스를 마시고 있었다. 쇼팽만 좋아하는 남자가 좌중에게 술을 돌리고 나서 키트의 옆자리 스툴에 앉았다. 폴란드 빵집 주인 노박도 모처럼 자리를 함께했다. 노박은 언제나 잘 빗어 넘긴 은발, 칼 같이 다려 입은 바지, 주름 하나 없이 깔끔한 셔츠 차림이었다. 그는 빵집 주인이었지만 단 한 번도 밀가루를 뒤집어쓰고 있는 모습을 본 적이 없었다. 〈잉글랜드 글로리〉의 천장에는 2년 전 왕실의 결혼식 때 매단 장식이 아직 그대로 붙어 있었다.

모두들 한마디씩 추측성 발언들을 쏟아냈다. 술집의 단골손님들까지 대화에 끼어들었다.

노박이 말했다. "그 여자가 잠시 독일어로 말하는 걸 들었어요. 그런 걸 보면 독일에서 여행 온 여자가 아닐까요?"

모드가 고개를 저으며 말했다. "말도 없이 사라진 걸 보면 범

죄와 관련돼 도주 중인 여자일 수도 있어요."

그 술집 단골인 이가 세 개밖에 안 남은 남자도 끼어들었다.

"녹색 코트를 입고 있는 걸 보면 혹시 의사가 아닐까요?"

모드가 다시 나섰다. "녹색 코트는 '레프러콘(아일랜드 민화에 나오는 작은 요정 : 옮긴이)'도 입어요."

키트가 말했다. "내가 보기에는 배우 같았어요. 눈에 띄는 미모에 몸매도 쫙 빠졌잖아요."

모드가 말했다. "가당찮은 소리, 배우가 이 동네에 왜 나타나?"

"이 동네에 배우가 오면 안 된다는 법은 없잖아요."

쇼팽만 좋아하는 남자는 여자를 실제로 보지 못한 걸 몹시 아쉬워했다. 그는 사람들이 난리 법석을 떠는 동안 청음실에서 아레사 프랭클린의 노래에 푹 빠져 있었다. 그는 여자가 정신을 차리고 출입문을 향해 걸어가고 있을 때에야 청음실에서 나왔기 때문에 뒷모습만 보았을 뿐이었다.

쇼팽만 좋아하는 남자가 좌중을 향해 물었다.

"혹시 안주로 돼지 껍질을 드실 분 있어요?"

키트가 손을 번쩍 들었다. "먹고 싶어요."

앤서니 신부가 말했다. "일단 유니티스트리트에서 쉽게 볼 수 있는 스타일은 아니었어요. 녹색 코트도 그렇고, 헤어스타일도 독특하고 세련됐잖아요."

프랭크는 그런 우아한 여자가 왜 하필 음반 가게 앞에서 쓰러졌다가 말없이 사라졌는지 알 수 없었다.

이번에는 그 여자가 왜 기절했을지 한마디씩 의견을 냈다. 그 장소에 없었던 사람들이 막상 이야기가 시작되자 더욱 말이 많았다. 지병이 있거나 마약을 흡입했거나 하루 종일 굶었거나 가운데 하나일 거라는 결론이 내려졌다. 결국 아무런 결론도 내려지지 않은 셈이었다. 녹색 코트를 입은 여자는 유니티스트리트 사람들 사이에서 더욱 신비한 존재가 되었다.

모드가 술잔을 들어 목을 축이고 나서 말했다. "다들 살면서 여자라고는 구경도 못한 사람들 같네." 핵심을 찌르는 말이었다. "유니티스트리트에 여자가 궁하긴 한가봐." 역시 핵심을 찌르는 말이었다. "그 여자가 만약 음반 가게 외벽에서 떨어진 돌에 맞아 쓰러졌다면서 프랭크를 고소하면 어쩌지?"

프랭크는 맥주잔을 앞에 두고 있었지만 전혀 마시지 않았고, 대화에 끼어들지도 않았다. 그냥 갑자기 나타났다가 홀연히 사라진 여자의 모습을 머릿속으로 떠올리고 있었다.

그 여자의 모습에서 여태껏 한 번도 본 적 없는 기품이 느껴졌어. 특이한 옷차림 때문은 아니야. 단순히 외모나 말투 때문도 아니었어. 그럼 무엇이 그 여자를 그토록 돋보이게 했을까?

장의사를 운영하는 윌리엄스 형제가 목에 똑같은 머플러를 두르고 술집으로 들어섰다. 형 윌리엄스는 포트와인과 레몬을 주문했고, 동생 윌리엄스는 말없이 의자에 앉았다. 그들 역시 녹색 코트를 입은 여자 이야기에 관심을 보였다.

형 윌리엄스가 장난스럽게 말했다. "프랭크가 여자를 안아 들다가 하마터면 바닥에 떨어뜨릴 뻔했다면서?"

프랭크가 급히 팔을 내저었다.

"그 여자의 몸이 새털처럼 가벼웠는데 떨어뜨릴 뻔했다는 건 말이 안 되죠."

모드가 말했다. "여자가 쓰러졌을 때 두 분도 오셨어야죠. 하마터면 그날 밤 무덤에 묻을 사람이 생겼을지도 몰라요."

다들 모드의 김빠지는 말에 쓴 입맛을 다셨다.

바텐더 피트가 마른 행주를 내려놓으며 씩 웃었다. "그 여자가 백설공주처럼 키스를 받아야 깨어나는 상황이었다면 얼마나 좋았을까? 프랭크가 생전 처음으로 여자에게 키스할 수 있는 기회를 잡았을 텐데……. 정말이지 아까운 기회를 놓쳤어."

모두들 그 말에 짓궂은 웃음을 터뜨렸다.

키트가 배를 잡고 웃어대다가 쇼팽만 좋아하는 남자를 밀치는 바람에 하마터면 스툴에서 떨어질 뻔했다.

그래, 바로 그거야.

프랭크는 그 여자가 다른 사람들과 뭐가 다른지 깨달았다.

6
침묵의 마법

바닷가 하얀 집에서 페그가 어린 프랭크에게 말했다. "음악에서는 침묵의 순간이 중요해."

"무슨 뜻이죠?"

탁자에 엘피판이 들어있는 상자가 놓여 있었다. 페그가 정기구독하는 음반이 들어 있는 상자였다.

페그가 첫 번째 음반을 꺼내 포장지를 벗겼다. 《베토벤 교향곡 제5번 운명》이었다.

"침묵에서 출발해 침묵으로 돌아가는 게 음악의 여정이야. 무슨 말인지 알겠니?"

"아니요."

프랭크는 무슨 말인지 알 수 없었다. 사실 여섯 살짜리 아이가 이해하기에는 너무 어려운 말이었다.

페그는 재킷에서 엘피판을 꺼내 익숙한 손놀림으로 회전시켰다. 새 음반 특유의 싱그러운 냄새가 났다.

"음악이 시작될 때의 침묵과 끝날 때의 침묵은 달라."

"어떻게 다른데요?"

"말로는 설명할 수 없어. 듣고 느껴봐야지. 좋은 음악을 듣고 나면 세상이 달라 보여. 사랑에 빠지는 경우와 비슷하지만 음악은 결코 상대를 배신하지 않아."

페그는 그 말을 하고 나서 피식 웃으며 담배 한 개비를 피워 물었다.

"단셋으로 이 음반을 들어볼까?"

프랭크는 천천히 턴테이블 앞으로 걸어갔다. 가죽의 질감이 그대로 느껴지는 회색 외장과 짙붉은 테두리의 '단셋 메이저'는 그 당시만 해도 가장 성능이 좋은 턴테이블이었다.

프랭크가 다이얼을 돌리자 턴테이블이 윙 소리를 내며 잠에서 깨어났다.

"준비됐니?"

"네."

페그가 엘피판을 턴테이블에 걸고, 바늘을 올려놓았다. 프랭크는 음악이 흘러나오길 기다리며 숨을 죽였다.

"귀를 기울여봐. 역사상 가장 유명한 음 네 개를 듣게 될 테니까."

'짜자자잔.'

웅장한 소리가 마치 고요한 바다에서 거대한 괴물이 갑자기 위로 솟구치듯 터져 나왔다.

페그가 톤암을 다시 들어올렸다. "느꼈니?"

"뭘요?"

"음악이 아주 잠깐 멈추었던 침묵의 순간."

"네, 느꼈어요."

"베토벤이 침묵의 순간을 삽입한 의도를 알 수 있겠니? 너도 분명 네 번의 강렬한 음이 들린 뒤에 잠시 음이 멈춘 순간을 감지했을 거야. 그 침묵의 순간이 바로 음악에 대한 주목도를 높이지."

페그와 프랭크는 바닥에 누워 베토벤의 음악을 들었다. 페그는 누운 자세 그대로 소브라니(1879년부터 생산된 고급 담배 브랜드 : 옮긴이)를 연달아 피우며 언제나 그랬듯이 음악에 대한 이야기를 나직이 속삭였다. 프랭크는 가만히 누워 이야기를 들으면서 페그가 음악 교사가 되었더라면 정말 좋았을 거라는 생각이 들었다. 언젠가 실제로 물은 적도 있었다.

"음악 교사가 되지 그랬어요?"

페그는 얼토당토않은 말이라는 듯 피식 웃어넘겼다. 음악을 사랑했던 페그는 음반을 사는 데 많은 돈을 쏟아부었고, 방의 사면을 가득 채울 만큼 많이 소장하고 있었다. 외할아버지 역시 음악을 사랑했다. 외할아버지는 돈 많은 집안 출신인 외할머니를 만나지 않았더라면 피아니스트가 되었을 텐데 결혼한 이후 음악 대신 술을 택했고, 평생 외도를 일삼았다.

"아버지가 내게 자주 음악 이야기를 들려주었어. 아버지가 내게 남겨준 유일한 자산이야."

페그는 음악을 들을 때 침묵의 순간을 읽을 수 있어야 한다고 말했다. 그 말을 처음 들었을 때만 해도 프랭크는 무슨 의미인지 몰랐다. 그 이후 점차 많은 음악을 들으면서 그 말의 의미를 조금씩 깨닫게 되었다.

몇 년 뒤, 프랭크는 비틀스의 〈어 데이 인 더 라이프(A Day In The Life)〉를 듣다가 마지막 연주가 빛처럼 쏟아지기 직전에 아주 잠깐 침묵의 순간이 존재한다는 걸 알게 되었다. 그때 얼마나 기뻤는지 춤이라도 덩실덩실 추고 싶었다.

페그는 《메시아(Messiah)》의 〈할렐루야〉를 좋아했고, 팀파니가 쿵쿵 울리는 클라이맥스 직전에 찾아오는 침묵의 순간을 사랑했다. 페그는 그 음악을 들을 때마다 침묵의 순간에 매료되었다. 음악에서 침묵의 순간은 거대한 폭발을 일으키는 발화 지점이었다.

7
사계

음반 가게의 턴테이블은 사무용 테이블 역할을 겸했다. 프랭크는 음반사에서 보낸 청구서, 담배, 머그잔, 티슈, 카탈로그, 여분의 톤암, 매일이다시피 즐겨 먹는 바나나, 고장 난 물건 따위를 턴테이블에 올려두었다. 그는 노란색 연필깎이를 요모조모 뜯어보고 있었지만 도대체 어디가 망가졌는지 알 길이 없었다. 분명 조금 전 키트가 사용하기 전까지만 해도 멀쩡했는데 지금은 전혀 작동이 되지 않았다. 키트는 혼자 폴짝폴짝 뛰다가 아무런 장애물이 없는 바닥에서도 곧잘 넘어졌다.

프랭크는 평생 식품 공장에서 원하지도 않는 일을 하며 살아가기 싫다며 매달리는 키트의 간절한 소망을 외면할 수 없어 채용을 결정했다. 사고뭉치 키트와 지내다 보면 연필깎이를 망가뜨린 정도는 놀랄 일도 아니었다. 자주 크고 작은 사고를 치긴 했지만 키트가 있어 음반 가게에 활기가 넘친다는 걸 아무도 부정할 수 없었다.

루소 부인이 청음실에서 흰 치와와를 무릎에 앉히고 노래를 부르다가 갑자기 소리쳤다.

"프랭크, 나 좀 도와줄래?"

"당연히 도와드려야죠. 무슨 일인데요?"

루소 부인은 머릿속에서 어디선가 들어본 노래의 멜로디가 아른거리면 반드시 음반을 찾아내 들어야 직성이 풀리는 사람이었다. 루소 부인에게는 적어도 일주일에 한 번은 반드시 그런 일이 발생했다. 그럴 때마다 프랭크는 가게를 다 뒤져서라도 루소 부인의 뇌리에서 아른거리는 노래를 찾아주어야 했다. 이번에 루소 부인의 머릿속에서 맴도는 곡은 분명 '언덕'과 관련되어 있었다.

프랭크가 조몰락거리던 연필깎이를 턴테이블에 내려놓으며 물었다. "혹시 그 노래를 어디서 들었는지 기억나세요? 라디오? 아니면 커피숍?"

"라디오는 아니야. 우리 집에는 라디오가 없으니까."

"전에는 있었잖아요?"

"그냥 갑자기 멈춰버렸어."

"그냥 멈추다니요?"

"그야, 나도 모르지. 언제 시간을 내서 어디가 고장인지 봐줘."

루소 부인 집에는 오래된 라디오가 있었다. 프랭크는 어느 날 망가진 라디오를 고쳐주기 위해 루소 부인의 집을 방문한 적이 있었다. 단순한 구조로 이루어진 연필깎이도 제대로 고치지 못하는 그가 루소 부인의 망가진 라디오를 간단하게 고쳤다.

어떻게?

사실은 그냥 플러그를 빼냈다가 다시 끼우고, 라디오를 톡톡 두들겨 접촉 불량 문제를 해결해준 게 전부였다.

루소 부인은 음반 가게에서 살다시피 하는 단골로 맞은편 주택가에서 치와와 한 마리를 키우며 살고 있었다.

루소 부인이 노래를 흥얼거리기 시작했다. 80대 노인치고는 목소리가 앳되고 고왔다. 루소 부인은 얼마 전부터 손을 떨기 시작하더니 요즘은 목소리도 떨었다.

"혹시 모차르트 곡인가요?"

"아니야."

키트가 대화에 끼어들었다. "그럼 페툴라 클락(영국의 가수, 배우, 작곡가로 제2차 세계대전 당시 BBC 라디오에서 엔터테이너로 일했다 : 옮긴이)?"

"거리가 너무 멀어."

루소 부인은 아랑곳하지 않고 계속 노래를 흥얼거렸다.

프랭크는 눈을 감고 루소 부인이 흥얼거리는 멜로디에 집중했지만 결국 무슨 노래인지 알아낼 수 없었다.

머릿속에서 다시 가게 앞에서 기절했던 여자의 모습이 떠올랐다. 어머니가 처음 《라보엠》을 들려주었던 때, 탑 오브 더 팝스(BBC에서 방송한 음악 차트 프로그램 : 옮긴이)에 출연한 데이비드 보위가 〈스타맨(Starman)〉을 부르는 모습을 보았을 때, 존 필(BBC에서 라디오 쇼를 진행한 디제이 : 옮긴이)의 방송에서 더 댐드가 부르는 〈뉴 로즈(New Rose)〉를 처음 들었을 때 받았던 충격이 떠올랐다. 새롭다는 말로는 부족할 만큼 독특한 느낌이었다. 녹색 코트를 입은 여자를 처음 보았을 때에도 그런 느낌을 받았다. 음악이 아니라 사람을 대하고 나서 그런 느낌을 받은 건 난생처음이었다. 녹색 코트를 입고 쓰러진 여자 옆에 무릎을 꿇고 앉은 순간, 맥박을 확인하려고 손목을 들어 올린 순간, 여자를 안아 들다가 이마에 살짝 입술이 닿은 순간, 이전에는 경험한 적 없는 낯선 감정을 느꼈다. 온몸에 전류가 흐르는 것처럼 찌릿찌릿한 느낌이었다.

여자는 마치 오래전부터 알고 지낸 사이라도 되듯 그를 물끄러미 바라보았을 뿐 줄곧 침묵을 유지하다가 홀연히 사라졌다.

키트의 뜨거운 입김이 프랭크의 귀에 닿았다.

"그 여자가 왔어요. 길에서 쓰러졌던 여자."

• • •

키트의 말대로 방금 전 머릿속을 혼란스럽게 했던 바로 그 여자가 문 앞에 서있었다. 그의 심장이 출렁이는 파도에 오른 듯 빠르게 뛰었다. 여자는 턴테이블 뒤에 앉아있는 그를 미처 발견하지 못한 눈치였다. 오늘도 녹색 코트 차림에 핸드백을 들고 있었고, 다른 손에는 선인장 화분을 들고 있었다.

키트가 여자에게 반갑게 다가가며 인사했다. "안녕하세요? 이제 몸은 다 나았어요?"

"네, 이제 괜찮아요. 사장님은 안 계세요?"

키트가 다리를 시계추처럼 흔들며 말했다. "제가 이 가게 매니저니까 궁금한 게 있으면 뭐든 물어보시죠."

키트는 마음이 들뜨거나 긴장할 경우 다리를 흔드는 버릇이 있었다.

가게 안쪽으로 한 걸음 더 들어선 여자가 이리저리 두리번거리며 말했다. "사장님은 나가셨어요?"

키트가 손가락으로 턴테이블을 가리키며 말했다. "사장님은 바로 저기 턴테이블 뒤에 앉아 계시는데요."

여자가 바닥이 꺼지기라도 하듯 사뿐사뿐 걸어가 턴테이블 앞에 섰다. 프랭크의 코로 레몬 냄새가 섞인 꽃향기가 스며들었다.

"지난번에는 정말 실례가 많았습니다."

가게에서 사라진 뒤 줄곧 머릿속을 채우고 있던 여자가 눈앞에 있었지만 프랭크는 어찌나 부끄러운지 눈을 제대로 마주칠 수 없었다.

"건강한 모습으로 다시 만나뵙게 되어 정말 다행입니다."

겨우 그 말을 한 프랭크는 그리 바쁠 것도 없는데 선반에 꽂아둔 음반 재킷들을 정리하기 시작했다. 키트가 B로 시작되는 음반들을 알파벳순으로 꽂아둔 모양인데 순서가 정확하지 않았다. 바흐 옆에 베토벤과 브람스가 있고, 카운트 베이시, 더 비트, B-52, 아트 블래키, 빅 스타, 척 베리, 비틀스, 버트 바카락이 있었다. 거기까지는 그런 대로 수긍이 되었지만 씬 리지의 음반을 거기에 같이 놓아둔 건 납득할 수 없었다.

"음반이 정말 많아요."

"어머니가 소장하고 있던 음반들도 있고, 새로 출시된 음반들도 있습니다."

"모두 합해 몇 장이나 될까요?"

"세어보지 않아 정확한 수치를 모르겠네요. 여기 말고 위층에도 더 있습니다."

"다른 가게와 달리 음반을 섹션별로 분류해놓지 않았네요?"

"제 나름의 분류 방식이 있어요. 가령 어떤 손님이 찾아와 《러버 소울(Rubber Soul 1965년에 발표된 비틀스의 여섯 번째 정규 앨범 제목 : 옮긴이)》을 찾을 경우 함께 들으면 좋은 음반들을 옆에 비치해두어요. 비틀스와 음악적인 뿌리와 정서가 같은 음반들이 죠. 손님들이 제가 권하지 않을 경우 아예 들어볼 생각조차 하지 않을 음반들을 소개해 주어야겠다는 생각에 그렇게 하고 있어요. 제가 낯선 음반들을 소개해 주면 처음에는 다들 고개를 가로젓지만 일단 듣고 나면 공감을 표하는 손님들이 제법 많아요."

여자가 바로 앞에서 눈을 어찌나 크게 뜨고 있는지 안구가 튀어나올까 봐 걱정될 지경이었다.

"시디는 안 팔아요?"

"시디는 취급하지 않습니다. 시디가 여러모로 편리한 건 분명하지만 음악의 맛을 제대로 음미하려면 엘피판으로 들어야죠."

여자가 손에 들고 있던 선인장 화분을 내밀었다.

"지난번에는 사람들이 너무 많아 부끄럽기도 하고, 낯설고 당황스럽기도 해 인사도 제대로 못하고 돌아갔어요."

아이 주먹만 한 크기의 선인장 화분이었다.

"잠시 기절했던 건가요?"

"갑자기 잠을 자고 싶었나 봐요."

농담을 건넨 여자의 입꼬리가 위로 살짝 올라갔고, 양 볼에 보조개가 파였다. 그 모습을 본 프랭크는 다시 한번 심장이 우당탕 쿵쾅 뛰었다.

"프랭크!" 뒤에서 고압적인 목소리가 들려왔다. "하루 종일 그 손님만 상대할 건가?"

루소 부인이 노래를 찾아달라고 했다는 걸 잠시 잊고 있었다.

프랭크가 여자에게 말했다. "잠시 다녀올 테니까 음반 구경을 하고 계세요."

프랭크는 급히 턴테이블 뒤로 갔다. 여전히 머릿속은 온통 녹색 코트 차림의 여자에 대한 생각으로 가득 채워져 있었다.

루소 부인이 어떤 곡을 찾고 있었더라? 키트는 정작 필요할 때 어디에 가있는 거야?

루소 부인은 여전히 청음실에서 치와와와 함께 앉아 있었다. 그제야 루소 부인이 아까 여자가 오기 전에 허밍으로 불렀던 노래 제목이 떠올랐다. 〈저 멀리 푸른 언덕에(찬송가 : 옮긴이)〉라는 노래였다. 프랭크가 언덕에 관한 노래 가운데 으뜸으로 치는 곡은 〈솔즈베리 힐(Solsbury Hill 피터 가브리엘이 1977년에 발표한 곡 : 옮긴이)〉이었다. 프랭크는 가게를 돌며 음반을 찾아보았다. 마침내 〈솔즈베리 힐〉을 찾아냈고, 그 옆에 놓아둔 〈더 풀 온 더 힐(The Fool on the Hill 비틀스가 1967년에 발표한 곡 : 옮긴이)〉, 〈블루베리 힐(Blueberry Hill 1940년대에 처음 발표된 이후 루이 암스트롱, 패츠 도미노 등 여러 가수들이 부른 곡 : 옮긴이)〉을 들고 턴테이블로 돌아왔다.

녹색 코트 여자는 턴테이블에 놓아둔 노란색 연필깎이를 요모조모 살펴보며 프랭크를 기다리고 있었다.

"부인이 찾고 있던 노래가 혹시 〈저 멀리 푸른 언덕에〉 아닙니까?"

"빙고! 그래, 바로 그 노래야."

그제야 루소 부인은 치와와를 개구리눈 브로치처럼 가슴에 딱 붙이고 청음실을 나왔다.

"듣고 싶었던 노래를 찾아주어서 정말 고마워. 요즘 세상에 자네처럼 착한 사람은 드물어."

프랭크는 카운터로 걸어가 매출 기록부에 루소 부인이 구입한 음반 목록을 기록했다. 프랭크는 평소 구부정한 자세로 걷기 일쑤인데 오늘은 등을 꼿꼿이 펴고, 턱을 당기고, 얼굴에 부드러운 미소를 살짝 머금은 모습으로 걸었다. 아직 아는 게 별로 없는 여자였지만 이상스레 자꾸만 신경이 쓰이는 걸 어쩔 수 없었다.

여자가 턴테이블 쪽으로 걸어오는 프랭크를 향해 눈을 찡긋하더니 손가락으로 쇼윈도를 가리켰다.

"관객들이 많네요."

청하지도 않은 관객들이 단체로 쇼윈도 유리에 뿌연 입김을 뿜어내며 가게 안을 눈이 부르트도록 들여다보고 있었다. 키트, 폴란드 빵집의 노박, 앤서니 신부, 윌리엄스 형제의 눈에 호기심이 그득했다. 그 반면 문신 가게 모드는 뭐가 못마땅한지 등을 돌리고 서서 담배를 뻑뻑 피워대고 있었다.

키트가 수수께끼의 여자가 다시 나타났다며 동네방네 호들갑을 떨고 다닌 게 분명했다. 밤하늘에 새로운 별 하나가 나타났고, 다들 프랭크가 그 별의 이름을 지어주길 기대하는 눈빛이었다.

불청객들이 키트를 앞세우고 가게 안으로 우르르 밀려들어왔다. 다들 쇼윈도 밖에서 눈이 부르트도록 안을 들여다봤으면서 마치 아무 일도 없었다는 듯 무덤덤해하는 모습이 애처로웠다. 노박은 깔끔을 떠는 평소 스타일과 달리 밀가루를 뒤집어쓰고 있었고, 앤서니 신부는 별 관심이 없다는 듯 카운터 의자에 앉아 종이접기 재료를 만지작거리고 있었다. 나이가 지긋한 윌리엄스 형제는 중절모를 벗어 손에 끼우고 빙글빙글 돌려댔다. 키트는 짐짓 여자에게 무심한 듯이 앨범 정리를 하는 척했다. 닥터 마틴을 신고, 그물망 치마에 가죽 재킷을 입은 모드는 여전히 심통 난 요정처럼 입을 삐죽거리며 인상을 써댔다.

모두들 프랭크가 뭔가 한마디 해주길 애타게 기다리는 눈치였다.

“혹시 듣고 싶은 음반이 있습니까?”

“사실은 한동안 음악을 멀리해왔어요.”

그 대답이 던진 충격파가 일시에 가게 안의 모든 사람에게 번져갔다. 다들 동작을 멈추고 프랭크의 입을 주시했다. 키트의 입이 사과 한 개가 통째로 들어갈 만큼 크게 벌어졌다.

프랭크가 불길한 예언이라도 들은 사람처럼 굳은 표정으로 물었다. "왜, 음악을 멀리 했는데요?"

여자가 살짝 어색한 미소를 지었다. "이 자리에서 말씀드리기 곤란한 사연이 있어요. 나중에 기회가 되면 말씀드릴게요."

이번에는 키트가 나섰다. "팝을 좋아하지 않으면 재즈나 클래식을 들어보세요. 생각이 달라질 거예요." 키트가 매장을 돌며 큰 소리로 말을 이었다. "이 가게에는 베토벤의 《메시아》만 빼고 다 있어요. 사장님이 《메시아》를 꺼리는데 왜 그러는지 이유를 모르겠어요."

프랭크는 무슨 말을 해야 할지 몰라 묵묵히 서있었고, 다른 사람들 역시 어색한 침묵에 빠져들었다.

앤서니 신부가 분위기를 추스르기 위해 나섰다.

"아무튼 지난번 일 때문에 걱정이 많았는데 이렇게 건강한 모습으로 다시 만나 뵙게 되어 천만다행입니다. 유니티스트리트 사람들은 언제든지 당신을 환영할 준비가 되어 있으니까 시간이 나면 주저하지 말고 들러주세요."

그 말을 듣고 나서 시무룩한 표정을 짓고 있던 여자의 얼굴에 화색이 돌았다. 막혔던 혈관이 뚫린 듯 여자의 입가에 잔잔한 미소가 번져갔다.

"언제든지 맘 편히 찾아오세요. 도움이 필요하면 뭐든 얘기하시고요. 여기에 있는 사람들이 기꺼이 도와줄 테니까."

여자가 잠시 생각에 잠겼다가 프랭크를 향해 말했다. "비발디의 《사계》도 있나요?"

프랭크 대신 키트가 나섰다.

"당연히 있죠."

키트가 비발디의 《사계》를 꺼내 여자에게 건넸다. 여자는 나무 한 그루와 낙엽으로 디자인한 재킷을 유심히 들여다보았다.

"지금 들어 보실래요?"

"나중에 들어볼게요." 여자가 프랭크 쪽으로 시선을 돌리며 말했다. "혹시 《사계》에 대한 이야기를 들려줄 수 있어요?"

프랭크는 상기된 얼굴로 여자를 쳐다보았다. "《사계》에 대해 궁금한 점이 뭔지 말해보세요."

"사실은 예전부터 많이 좋아한 곡이었어요. 《사계》를 들을 때마다 비발디가 이 곡을 통해 무엇을 그리려고 했는지 늘 궁금했어요."

독일식 억양 때문에 여자의 말이 딱딱하게 들렸다.

"《사계》는 계절에 따라 변모하는 자연과 그 속에서 조화를 이루며 살아가는 인간의 모습을 섬세하게 그린 바이올린 협주곡입니다. 새소리, 벌레 소리, 폭풍우 소리, 개 짖는 소리 따위를 음악으로 표현한 작곡가는 아마 비발디가 처음일 겁니다. 《사계》는 말 그대로 사계절의 자연을 담아내고 있는데 집중해서 들어보면 그 디테일한 소리들을 들을 수 있습니다."

여자가 고개를 끄덕였다.

"《사계》를 좋아하세요?"

"적어도 《사계》를 싫어하는 사람은 없지 않을까요."

모드가 뜬금없이 나섰다. "난 좋아하지 않아."

앤서니 신부가 말했다. "난 무척이나 좋아해요."

윌리엄스 형제가 동시에 말했다. "나도 좋아해요."

폴란드 빵집의 노박이 당연하다는 듯 말했다. "《사계》야말로 아름다운 음악이죠."

키트가 노래하듯 말했다. "저도 대단히 좋아합니다."

여자가 말했다. "《사계》에 대해 좀 더 많은 이야기를 듣고 싶어요."

"《사계》는 봄, 여름, 가을, 겨울을 하나의 연결된 이야기로 만들었어요. 저는 이 음반을 데이비드 보위의 《지기 스타더스트(Ziggy Stardust)》, 존 캐시의 《엣 폴섬 프리즌(At Folsom Prison)》, ABC의 《더 렉시콘 오브 러브(The Lexicon of Love)》, 존 콜트레인의 《어 러브 슈프림(A Love Supreme)》과 함께 놓아두었습니다. 《사계》와 마찬가지로 여러 곡으로 하나의 연결된 이야기를 만들어낸 앨범들이죠. 많은 사람들이 《사계》를 소장하고 있지만 너무나 잘 아는 곡이라고 생각해 자주 꺼내 듣지는 않을 거예요. 파티나 행사 장소에서 자연스럽게 들려오는 곡이기도 하죠. 떤꾸밈음으로 새소리, 스타카토로 얼음 지치는 소리를 표현하기도 했고, 천둥소리와 개 짖는 소리도 그려냈어요. 자연의 소리들을 유념해서 들으면 각별한 즐거움을 얻을 수 있습니다."

프랭크는 말을 마치고 담배를 꺼내려다가 이미 입에 물고 있다는 걸 깨달았다.

모드가 팔짱을 끼고 프랭크 옆으로 다가오며 말했다. "프랭크, 문 닫을 시간이야." 마치 주차 단속원이 얼른 차를 빼라고 할 때처럼 다그치는 목소리였다.

키트가 여자에게 물었다. "이 음반을 구입하시게요?"

여자가 고개를 끄덕이고 나서 카운터로 걸어가더니 핸드백에서 수표책을 꺼냈다. 여자는 장갑도 벗지 않고 수표책에 서명했다.

일사 브로우크만(Ilse Brauchmann)

장갑을 착용한 상태로 쓴 글씨치고는 깔끔해보였다.

키트가 말했다. "이름이 멋지십니다."

여자는 수표책을 핸드백에 다시 집어넣고 나서 프랭크를 힐끔 쳐다보았다.

앤서니 신부가 물었다. "독일에서 오셨어요?"

일사 브로우크만이 고개를 끄덕였다.

"그럼 여행 중이십니까?"

"그냥 경험 삼아 여기저기 둘러보고 있어요."

"이 도시에서는 얼마나 머물 예정이죠?"

"아직 모르겠어요."

키트가 끼어들었다. "아, 젠장! 이름을 어떻게 발음해요?"

"일사 브로우크만."

프랭크는 한번 따라해 보려고 입안에서 혀를 굴러봤지만 잘 되지 않았다. 사람들이 저마다 한 번씩 '일사 브로우크만'을 발음했다.

모드만이 시큰둥한 표정을 짓고 있었다.

"여러모로 고마웠어요. 안녕히 계세요."

일사는 인사를 마치자마자 출입문을 향해 걸어갔다.

프랭크가 뒤따라가며 말했다. "시간 나면 들르세요. 저는 늘 이 집에 있습니다. 듣고 싶은 음반이 뭔지 말씀해 주시면 뭐든 찾아드릴게요."

일사는 문 앞에서 걸음을 멈추고 잠시 머뭇거렸다. 왠지 얼굴에 어두운 그림자가 드리워져 있었다.

일사가 몇 번이나 망설이다가 겨우 입을 열었다. "저도 꼭 다시 오고 싶지만 기회가 있을지 모르겠어요."

일사는 그 말과 함께 문을 열고 밖으로 달려 나갔다.

일사가 돌아간 뒤에도 프랭크는 한동안 마음을 가라앉히지 못하고 페르시안 카펫에서 서성거렸다. 일사 브로우크만에 대한 생각을 떨쳐버리려고 했지만 잘 되지 않았다.

프랭크는 턴테이블 뒤에 앉아 아직도 두근거리는 가슴을 애써 진정시켰다.

일사를 다시는 볼 수 없겠지? 그래, 잘된 일이야. 헛된 미망에 사로잡혀봐야 좋을 게 없어. 나를 만나려고 음반 가게에 오는 손님들이 있고, 내가 좋아하는 일이 있잖아. 지난 14년 동안 손님들에게 음악을 소개하고 들려주며 즐겁게 살아왔어. 평범하지만 나에게 가장 잘 어울리는 인생이야.

일사가 두고 간 선인장이 눈에 들어왔다. 그 옆에 노란색 연필깎이가 놓여있었다. 연필을 깎아보니 새것처럼 작동했다. 일사가 고쳐놓은 게 분명했다.

프랭크는 갑자기 나타난 여자 때문에 겨우 안정을 찾은 일상이 흔들려서는 안 된다고 생각하며 마음을 다잡았다.

앤서니 신부가 카운터에서 소리쳤다. "독일 여자가 핸드백을 놓고 갔어. 어디에 사는지 아무도 모르잖아?"

8
빨강 머리 신부

"비발디는 20대에 사제로 서품되었어. 머리색이 붉은색이라 사람들은 그를 '빨강 머리 신부'라고 불렀지."

페그는 새 엘피판을 닦고 있었고, 여러 개의 팔찌가 연신 쟁그랑거리는 소리를 냈다.

"비발디는 사제가 될 자질이 없었어. 여자들을 너무 좋아했고, 천식이 심해 미사를 집전할 수 없었으니까."

페그는 빛이 들어오는 창을 향해 엘피판을 들어 올린 다음 혹시 흠집이 없는지 이리저리 돌려가며 살펴보았다. 엘피판에서 빛이 반짝였다.

"비발디는 부모 잃은 여자아이들을 돌봐주는 자선병원 부속 여자 음악 학교에서 바이올린 교사로 일하게 되었어. 음악적 재능이 뛰어난 제자들이 많았지. 비발디는 제자들이 연주할 협주곡을 많이 작곡했어. 프랭크, 단셋 메이저를 열어봐."

"네."

페그가 턴테이블에 음반을 올려놓았다. 프랭크는 음악에 집중하기 위해 숨을 죽이고 귀를 모았다.

"행사장에서 비발디를 배경음악으로 쓰는 경우가 많은데 그의 음악이 무엇을 형상화한 것인지에 대해 제대로 아는 사람은 드물어. 비발디는 새로운 시도를 많이 했고, 일찍이 어느 누구도 이루지 못한 위업을 쌓았지. 어느 특정한 악기를 위한 곡을 써서 그 악기를 연주회의 스타로 만든 작곡가는 비발디가 처음이었어. 비발디 이전에 그런 시도를 한 음악가는 없었으니까. 비발디는 음악으로 그림을 그렸다고 해도 과언이 아니야. 심지어 바람, 비, 폭풍우 소리를 음악으로 표현했어. 새소리와 벌레소리도 음악으로 표현했고, 몸을 움직일 수 없을 만큼 무더운 날을 음악으로 표현하기도 했지. 비발디의 음악에는 뻐꾸기 소리도 등장하고, 양몰이 개도 나와. 바닥에 누워 눈을 감고, 귀를 기울여 들으면 그가 형상화한 그림들이 눈에 선하게 그려지지."

"비발디는 그 시대 사람들에게 사랑받았어요?"

"비발디는 한때 요즘의 스타 배우처럼 유명 인사였어. 모두들 비발디의 음악을 듣고 싶어 했으니까. 말년에는 그를 따르던 수

많은 사람들이 모두들 떠나갔고, 죽음이 임박했을 때는 그의 옆에 아무도 남아있지 않았지. 비발디의 생애를 통틀어 그의 장례식만큼 초라한 날은 없었을 거야."

"장례식 때 무슨 일이 있었는데요?"

"수많은 명곡을 작곡한 위대한 음악가의 장례식이었음에도 조문객 하나 없었고, 업적을 기리는 추도사도 울려 퍼지지 않았지. 그야말로 더없이 초라한 장례식이었어. 음악적으로는 성공했지만 사람들의 인심을 얻는 데는 실패한 생을 산 거야."

대개의 어머니들은 자녀들이 잠들기 전 머리맡에서 동화책을 읽어주지만 페그는 음악을 지겹도록 들려주었다. 프랭크는 여덟 번째 생일에 페그를 졸라 영화 〈밤비〉를 보러 갔다.

영화를 보고 나서 집으로 돌아온 페그는 불도 켜지 않고 그대로 어두운 방에 누웠다. "앞으로 말하는 사슴 새끼가 나오는 영화는 절대로 안 볼 테니까 같이 가자고 하지 마."

페그는 가사 도우미와 가정교사들의 보살핌을 받으며 자랐고, 어머니가 직접 만들어준 음식을 먹어본 적이 없다고 했다.

"난 잠자리에 들기 직전이 되어야 부모의 얼굴을 잠깐이나마 볼 수 있었어. 아버지는 매일이다시피 술에 만취해 피아노 앞에 앉아 있었지. 성격이 차가운 어머니는 허구한 날 잔뜩 찌푸린 표정을 짓고 있었어. 어머니가 사랑한 남자가 있었는데 벨기에 이에페르에서 사망한 이후 줄곧 우울해했지. 아버지가 그 남자를 대신해 주기에는 역부족이었나 봐. 어머니는 아버지를 사랑하지 않았고, 생이 끝나는 날까지 받아들이지 않았어."

프랭크에게 음악은 일용할 양식이나 다름없었다. 아주 어릴 때부터 가까이에서 접하다 보니 자연스레 이해의 폭이 넓어지고, 깊이도 더해졌다. 음악을 자주 듣다 보니 해당 곡에만 존재하는 특징을 쉽게 찾아낼 수 있게 되었다.

"이 음악을 들어볼래요?"

프랭크가 음악을 듣자고 하면 페그는 언제나 기꺼이 응해주었다. 아무리 바쁜 일이 있어도 프랭크가 음악에 대한 이야기를 나누자고 하면 절대로 마다하지 않았다.

프랭크는 주앙 지우베르투를 듣다가 작은 벌 소리를 재현하는 소리, 조니 미첼이 〈블루(Blue)〉에서 '블루우우' 하고 노래할 때 어둠 속에 홀로 있는 그의 모습이 눈에 선했다. 밴 모리슨의 〈인투 더 미스틱(Into the Mystic)〉에서 흘러나오는 바리톤 색소폰 연주는 뱃고동 소리를 연상케 했다. 귀를 쫑긋 세우고 집중해서 음악을 듣다 보면 그의 머릿속에서 온갖 그림이 그려졌다.

비발디의 음악을 처음 들었던 날 페그가 말했다. "빨강 머리 신부의 장례식에 음악이 없었다는 걸 생각하면 마음이 너무 아파."

9

녹색 핸드백

프랭크는 가끔 음반사 영업사원들에게 엘피판이 시디나 카세트테이프에 비해 뛰어난 점을 구구절절 설명해 주었다. 앨범 재킷의 디자인이나 카피 때문이 아니었다. '숨은 트랙'이나 마지막 홈에 새겨진 '메시지' 때문도 아니었다. '음질'이 월등하게 풍부해서도 아니었다.

영업사원이 반박했다. "시디는 엘피판에 비해 잡음이 전혀 없고, 소리도 더 깨끗해요."

프랭크가 반박했다. "시디가 음질이 깨끗한 건 맞지만 깊은 맛이 없어요. 표면에 광택제를 발라놓은 듯 질감이 느껴지지 않는 소리죠."

프랭크는 엘피판을 턴테이블에 걸고 음악을 듣는 동안의 '여정'을 좋아했다. 엘피판은 현재 트랙에서 다음 트랙으로 넘어갈 때 다소 침묵하는 순간이 있고, A면에서 B면으로 넘어갈 때 사람이 손으로 음반을 뒤집어 주어야만 했다. 엘피판을 듣는 사람은 편안하게 엉덩이를 붙이고 앉아 있을 수 없었다. 음악을 들으려면 반드시 손을 대야 하는 과정이 있으니까.

"나는 눈으로 보고, 손으로 만질 수 있는 음악이 좋아요. 엘피판을 들으려면 제법 번거로운 과정이 있죠. 편리성만 따지자면 시디가 최고일 거예요. 엘피판은 반드시 손으로 들고 다루어야 하기 때문에 의도치 않게 흠집이 나 판이 튀기도 해요. 엘피판은 세심하게 신경 써주어야 깊고 그윽한 음질로 보답하죠. 우리의 삶에 음악이 없다면 얼마나 삭막할까요. 삶을 축복해 주는 음악을 들으려면 기꺼이 그 정도 수고쯤은 감수해야죠."

영업사원들은 그 말을 듣고 나면 대개 허허허 웃으며 한 발 뒤로 물러섰다. "일리 있는 주장입니다." 다만 영업사원들에게는 주어진 할당량이 있었다. 수단과 방법을 가리지 말고 음반을 팔아야 했다. 프랭크의 가게에 자주 들르는 EMI 영업사원 필은 음반회사들이 이제 곧 엘피판 생산을 중단할 거라며 우려를 표했다.

"엘피판은 판매량이 극히 저조하고, 제작비가 너무 많이 들어요. 이제 엘피판 시대는 끝났다고 봐야 해요."

1988년에 음반 가게를 운영하려면 시디를 취급하는 게 유리했지만 프랭크는 결코 고집을 꺾지 않았다. "그런 헛소리를 지껄이려거든 당장 나가! 시디는 절대로 팔지 않아."

• • •

일사는 가게에 녹색 핸드백을 두고 갔다. 프랭크는 핸드백을 어떻게 돌려주어야 할지 생각해 봤지만 좋은 방법이 떠오르지 않았다. 그가 해결 방안이 없는 일이 있을 때마다 취하는 방식이 있었다. 일이 저절로 해결될 때까지 가만히 내버려두는 것이었다. 이번에는 다른 때와 달리 자꾸만 조바심이 일어 무심코 관망할 수 없었다.

유니티스트리트의 가게 주인들이 〈잉글랜드 글로리〉에 모여 앉았다.

키트가 말했다. "일사 브로우크만에게는 반드시 필요한 핸드백일 거예요. 녹색 코트와 때깔을 맞춘 것만 봐도 알 수 있잖아요." 키트는 '일사 브로우크만'을 자연스럽게 발음하기 위해 나름 연습까지 했다. 발음을 완벽하게 마스터한 키트는 기회가 있을 때마다 자랑삼아 그 이름을 내뱉었다.

프랭크가 말했다. "핸드백이 절실히 필요하면 진작 찾으러 왔어야 마땅하잖아."

모드가 시니컬하게 내뱉었다. "다리가 없는 여자도 아니고." 모드가 좌중을 둘러보며 불만이 섞인 말을 한마디 더했다.

“왜 다들 그 여자를 보지 못해 안달하는지 몰라.”

뭐든 보고 느끼는 대로 말하는 성향이 있는 키트가 말했다.

“그냥 척 보기에도 예쁘잖아요.”

키트는 이미 일사의 핸드백 안에 뭐가 들어있는지 몰래 염탐을 끝냈다. 수표책과 핸드크림이 전부였다. 일사의 주소나 거처를 알아낼 수 있는 단서는 그 어디에도 없었다. 키트는 핸드백을 비닐로 정성스럽게 싼 다음 카운터 아래 서랍에 넣어두었다.

키트가 말했다. “난 아직 고개가 갸웃거려지는 점이 있어요. 일사는 왜 그동안 음악을 멀리해왔을까요? 일사는 왜 하필 음반 가게 앞에서 기절해 쓰러졌을까요? 가게 앞에서 뭘 하고 있었을까요?”

키트는 정말이지 머리가 복잡하다는 듯 고개를 절레절레 저었다.

아무도 키트가 제기한 질문에 대해 명쾌한 해답을 내놓지 못했다. 일사는 그동안 음악을 멀리해왔다면서 왜 음반 가게에 왔을까? 왜 《사계》에 대한 이야기를 들려달라고 했을까? 일사는 왜 의식을 잃고 기절했을까? 유니티스트리트에는 무슨 볼일이 있어 왔을까?

앤서니 신부가 말했다. “다 그럴 만한 이유가 있겠죠. 핸드백을 두고 간 것 역시 나름 이유가 있을 거예요.” 앤서니 신부는 입술 한쪽만 치켜 올린 미소를 지으며 좌중을 둘러보았다. 눈

바로 아래에 오래된 상처가 있었다. 몸을 던지려고 난간에 올라갔던 날 이후 앤서니 신부의 얼굴에 자리 잡은 상처였다. 난간에 솟은 철침에 눈을 찔리지 않은 게 천만다행이었다. 앤서니 신부는 목숨을 버려 가면서 하느님에게 무엇을 항변하려고 했는지 끝내 말하지 않았다.

그날 앰뷸런스에 함께 타고 간 의사가 프랭크에게 말했다.

"철침에 눈을 찔렸으면 시력을 잃었을 겁니다."

형 윌리엄스가 납득이 되지 않는다는 듯 고개를 갸웃거리며 말했다. "그럼 일사가 의도적으로 핸드백을 두고 갔다는 말인가요?"

앤서니 신부가 고개를 끄덕이고 나서 말했다. "뭐 굳이 의도적이었다기보다는 무의식적으로 그런 결정을 내렸을 수도 있다는 뜻입니다. 일사가 여기에 다시 오게 될지 알 수 없다고 했지만 무의식적으로는 다시 오고 싶은 생각이 강해 핸드백을 놓아두고 갔을 수도 있습니다."

모드가 말했다. "그 여자, 완전 사이코네요." 모드는 자신이 방금 내뱉은 말이 통쾌한 듯 키득거리며 프랭크의 눈치를 살폈다. 프랭크는 멍한 얼굴로 팔짱을 끼고 앉아있을 뿐 말이 없었다.

폴란드 빵집의 노박이 말했다. "핸드백을 돌려줄 수 있는 방법이 없을까요?"

키트가 머리를 긁적이며 말했다. "포스터를 만들어 붙이면 어떨까요? '녹색 핸드백을 찾아가세요.'라고 적은 포스터를 곳곳에 붙이는 거예요. 가게 진열장과 사람들이 많이 오가는 버스 정류장 같은 곳에요. 일사가 포스터를 보게 되면 제 발로 찾아오지 않을까요?"

동생 윌리엄스가 말했다. "좋은 방법이네요. 우리 가게 창문에도 포스터를 붙일게요."

키트가 포스터를 만들면 모두들 가게에 한 장씩 붙이고, 캐슬게이트까지 가는 길 여기저기에도 붙이기로 했다. 일사가 다른 곳으로 떠나지 않았다면 포스터를 보고 찾아올 테니까.

앤서니 신부가 술집을 나서면서 프랭크의 팔을 잡으며 말했다.

"자네, 오늘 밤에 말동무가 필요하지 않아?"

"괜찮아요."

앤서니 신부는 그 말을 듣고도 프랭크를 따라갔다.

• • •

어둠 속에서 청음실 불빛이 마치 숨을 쉬듯 푸르스름한 빛을 발했다. 프랭크는 살림집으로 올라가는 문을 열었다. 살림집 역시 가게처럼 복잡하긴 마찬가지였다. 살림집 1층에는 주방과 침실, 2층에는 방 두 개와 욕실이 있었다. 어디에나 엘피판이 들어있는 상자들이 잔뜩 놓여있었다. 침실 창문에는 커튼 대신 모드가 크리스마스 선물로 준 인디언 담요를 못으로 박아 걸어두었다.

앤서니 신부가 프랭크를 따라 주방으로 가다가 빗물을 받기 위해 놓아둔 대야에 발을 빠뜨렸다.

프랭크가 미안해하며 말했다. "천장에 틈이 생겨 빗물이 새요."

프랭크는 냉장고 문을 열고 달걀과 버터, 빵을 꺼냈다. 그가 팬 위에 올린 달걀을 저으며 물었다. "삶은 콩도 드실래요?"

"좋지." 앤서니 신부가 말을 이었다. "자네가 요즘 많이 힘들어 보여."

프랭크는 대답 대신 팬에서 지글거리며 익어가는 달걀을 바라보고 있다가 오믈렛보다 더 단단해지기 전에 접시에 옮겨 담았다.

그들은 누런 불빛이 내리쬐는 식탁에 마주 앉았다.

"냅킨이 다 떨어져서 대신 티 타월을 써야 해요."

앤서니 신부가 프랭크가 차린 식단을 내려다보며 말했다. "근래에 보기 드문 진수성찬이야. 잘 먹을게."

두 사람은 한동안 말없이 음식을 먹었다. 식사를 마치고 나서 프랭크가 홍차를 끓여 내왔다. 그들은 찻잔을 들고 창가에 서서 바깥을 내다보며 차를 마셨다. 오래된 가스 공장, 낡은 가게 건물들, 다닥다닥 붙어있는 주택들이 시야에 들어왔다. 가까이 있는 주택가의 창문 너머로 평범한 저녁 시간을 보내고 있는 사람들이 눈에 들어왔다. 텔레비전을 시청하는 사람, 식사를 마치고 설거지를 하는 사람, 잠자리에 들 준비를 하는 사람들이

사는 회색 지붕들 위로 달빛이 살포시 내려앉고 있었다. 물고기 비늘처럼 생긴 지붕들이 굴뚝에서 연기를 뿜어내는 공장과 배들이 정박해있는 항구 근처까지 넓게 이어져 있었다. 앤서니 신부가 작은 별들이 주근깨처럼 박혀있는 하늘을 올려다보며 말했다. "내가 난간에서 뛰어내리려고 할 때 자네가 나타나 나를 구해줬지. 그날도 오늘처럼 달이 밝았어."

프랭크는 고개를 끄덕이고 나서 담배에 불을 붙였다.

"술 없이는 단 하루도 살 수 없었는데 자네를 만나고 나서 겨우 술독에서 벗어날 수 있었지. 그러니까 자네가 내 생명을 두 번이나 구해준 은인이야. 이 빚을 언제 다 갚을 수 있을지 모르겠어."

"신부님을 만나 외롭지 않게 살아가고 있고, 재즈에 대해서도 많이 배우게 되었어요. 그러니까 이미 빚을 다 갚은 거예요."

유리창에 비친 두 사람의 그림자가 마치 유령처럼 보였다. 멀리서 불빛을 깜박거리며 항구로 들어오는 배가 보였다.

"내가 보기에 일사 브로우크만은 자네를 마음에 두고 있어. 내 눈은 못 속여."

"일사는 조만간 독일로 돌아가야 할 거예요. 저는 이곳에서 평범하지만 좋아하는 일을 하며 살아가고 있어요. 지금 이대로 만족해요."

"누구나 자네를 좋아하지. 자네는 자신이 얼마나 매력적인 사람인지 모르지?"

"제가 어딜 봐서 매력적이죠? 요즘 사람들은 저처럼 펑퍼짐한 스타일을 좋아하지 않아요."

"자네를 만나는 사람들은 누구나 기쁨을 얻어가지. 음반 가게를 찾아오는 손님들만 봐도 알 수 있잖아."

"지나친 과찬이세요. 오히려 저를 만나는 사람들과 서글픈 이별을 했어요."

"나는 자네가 안타까워. 아직 앞날이 창창한 사람이 계속 이대로 혼자 지낼 수는 없잖은가?"

"누군가 옆에 있으면 지금처럼 마음 편히 지낼 수 없을 거예요. 지금 이대로가 좋아요."

"음악을 들을 때 엘피판보다는 시디가 더 편하지? 그럼에도 자네는 엘피판만 고집하잖아. 자네 말대로 혼자 지내는 게 편할 수는 있지만 최선은 아니야."

두 사람은 침실로 자리를 옮겨 재즈를 들었다. 마일스 데이비스, 존 콜트레인, 소니 롤린스, 그랜트 그린이 오늘 잠자리에 누워 들을 음악이었다. 두 사람이 좋아해서 오랫동안 함께 들어온 재즈의 대가들이었다. 앤서니 신부가 알코올 중독으로 몹시 힘든 시간을 보낼 때 듣던 음악이었다. 앤서니 신부가 토하려고 하면 프랭크는 재빨리 달려가 양동이를 가져왔고, 몸을 심하게 떨거나 관절을 뒤틀며 고통스러운 비명을 지르면 담요를 가져왔다. 프랭크는 몹시 힘든 상황이었지만 묵묵히 견디며 앤서니 신부의 곁을 지켰다. 마치 그 시절처럼 두 사람은 침대에 나란히 누워 재즈를 들었다.

아침 7시가 되면서 주황색, 금색, 녹색이 섞인 은빛 하늘이 모습을 드러냈다. 식품 가공 공장에서 하루를 여는 연기가 피어올랐다. 두꺼운 연기 기둥이 하늘에 걸려 움직이지 않았다.

프랭크가 말했다. "일사를 보는 순간 마음이 끌린 건 사실이에요. 그렇지만 자신 없어요."

프랭크는 담배 한 개비를 꺼내 물었다. 라이터로 불을 붙일 때 손이 조금 떨렸다. 그나마 여전히 숨을 쉬고 있고, 세상은 아무 일 없다는 듯 돌아가고 있었다. 어둠 속에서 보니 담뱃불이 마치 오렌지색 꽃 같았다.

"일사는 독일에서 왔고, 이제 곧 떠날 사람이에요. 괜한 욕심을 부리다가는 또다시 상처만 남게 될 거예요."

"일사가 어떤 선택을 할지 모르잖아. 독일로 돌아갈 수도 있고, 이곳에 남을 수도 있어. 시작도 해보기 전에 미리부터 안 된다고 단정하지 마."

앤서니 신부는 성호를 긋고 나서 뼈마디가 앙상한 손을 가슴에 얹고 잠이 들었다. 벌써부터 차들이 바삐 오가는 소리가 들려왔다. 자동차 소리는 앤서니 신부에게 무엇보다 좋은 자장가였다.

프랭크도 이내 잠이 들었고, 바닷가 절벽 옆에 있던 하얀 집 꿈을 꾸었다. 다양한 탑들, 박공 창틀, 장식을 새겨 넣은 굴뚝,

이중 지붕이 있는 커다란 집이었다. 원래는 담배 사업으로 큰 부자가 된 외할아버지가 그 집에 살았다. 외할아버지는 그 많던 재산을 도박으로 모두 탕진해버렸다. 극심한 스트레스에 시달리던 외할아버지는 술로 세월을 보내다가 쉰 살에 세상을 하직했다. 몇 달 뒤에는 외할머니도 세상을 떠났다.

하얀 집의 높은 곳에 위치한 창문들은 언제나 활짝 열려 있었고, 커튼이 마치 살아 있는 듯 안팎으로 펄럭였다.

"엄마!"

프랭크는 거듭 소리쳐 불렀지만 어머니는 아무런 응답이 없었다. 프랭크는 거실, 연회실, 당구장, 침실, 욕실 문을 차례로 열어보았지만 그 어디에서도 어머니를 발견하지 못해 정원으로 달려 나갔다. 정원의 버드나무에는 어느새 솜털 같은 버들개지가 피어있었다. 정원에서 해변으로 곧장 이어지는 석회암 계단을 내려갔다. 해변과 맞닿아있는 언덕에는 보라색 꽃들이 피어 있었다. 바닷가에도 어머니는 없었고, 파도만이 해변으로 밀려왔다 밀려가며 찰싹거리는 소리를 냈다.

프랭크는 꿈속에서 어머니를 찾아 헤매다가 끝내 만나지 못하고 잠에서 깨어났다.

언제 일어났는지 앤서니 신부가 주방에서 홍차를 만들고 있었다. 프랭크의 머릿속에는 여전히 바닷가 하얀 집이 선연하게 남아 있었고, 어머니에 대한 그리움이 파도처럼 밀려들었다.

10
현을 위한 아다지오

모드는 가게 문을 열고 '영업 끝' 표지판을 뒤집어 '영업 중'으로 바꿔놓았다. 잡지들을 부채꼴로 펼쳐 놓았다가 다시 일렬로 가지런히 쌓았다가 그 어느 것도 마음에 들지 않아 늘 하던 대로 대충 내버려두었다.

사람들이 하루 일과를 시작하며 늘어지게 기지개를 켜는 소리가 들려왔다. 추운 날씨에 몸을 웅송그리며 학교로 가는 아이들이 재잘대는 소리, 일터를 향해 걸어가는 사람들의 바쁜 발자국 소리, 자동차 유리창에 붙은 성에를 긁어내는 소리가 이어졌다. 밤새 얼어버린 홈통을 녹이기 위해 하얀 김이 모락모락 피어오르는 물을 붓는 사람, 핑크색 코트를 세트로 갖춰 입고 학교로 가는 어린 자매의 모습도 눈에 들어왔다.

키트가 팔을 휘저으며 얼음을 지치다가 너무 늦게 루소 부인을 발견하고 급히 방향을 틀었지만 미처 피하지 못하고 충돌했다. 루소 부인이 바닥으로 넘어지는 순간 손에 들고 있던 쓰레기봉투 안의 내용물들이 사방으로 흩어졌다. 키트가 거듭 머리를 굽실거리며 사과한 다음 바닥에 흩어져 있는 쓰레기들을 모아 봉투에 집어넣고 루소 부인 대신 쓰레기장에 버려주었다.

키트가 문신 가게 앞을 지나면서 모드를 향해 뭔가 손짓을 했지만 무슨 뜻인지 알 수 없었다.

모드가 무슨 뜻인지 모르겠다는 뜻으로 고개를 가로젓자 키트가 추위에 언 손을 비비며 문신 가게로 들어왔다. 바깥의 알싸한 공기가 키트와 함께 가게 안으로 밀려들었다.

"포스터를 만들려고요."

"포스터라니?"

"일사 브로우크만의 핸드백을 찾아주기 위해 포스터를 만들어 붙이기로 했잖아요. 버스 정류장과 가로등에도 붙이려고 하는데 도와줄 거죠?"

"아니, 난 시간 없어."

"왜 이러세요? 친구끼리 서로 도와야죠."

모드의 마음 깊이 프랭크라는 이름이 아로새겨져 있었다. 오른쪽 가슴 브래지어 끈 아래에 몰래 프랭크의 이름을 문신으로 새겨놓기도 했다. 프랭크와 이야기를 나눌 때 모드는 종종 문신이 새겨져있는 브래지어 끈에 손을 얹곤 했다. 나름 자기 암시이자 프랭크에게 보내는 무언의 메시지였다. 프랭크를 마음에 담아둔 지 제법 오래되었다. 무슨 말이든 귀 기울여 들어주고, 기꺼이 도우려고 애쓰는 프랭크의 푸근한 성품이 마음에 들었다. 프랭크는 무슨 부탁을 하든 냉소적으로 반응하지 않고 관심을 가져주었다. 프랭크가 남다른 친화력과 포용력을 갖춘 사람이라서인지 음반 가게에는 언제나 손님들이 많았다. 프랭크는 울화가 치밀어 맘껏 소리를 지르고 싶거나 눈물을 펑펑 흘리며 하소연하고 싶은 사연이 있는 사람들의 말을 귀 기울여 들어주고, 기꺼이 어깨를 빌려주었다.

음반 가게를 찾는 단골손님들 중에는 거식증을 앓는 여자, 미혼모, 남편의 가정 폭력에 시달리는 아내도 있었다. 프랭크는 그런 사람들의 말을 들어주는 한편 위안이 되는 음악을 찾아주기 위해 애썼다. 프랭크는 타인의 문제에 대해서는 맥을 잘 짚어내는 사람이었지만 정작 자기 자신의 애정 문제에 대해서는 조금도 관심을 기울이지 않았다. 만약 프랭크의 애인이 된다면 지금처럼 타인의 문제로 밤낮없이 고민하는 그의 태도를 받아들일 수 있을지 의문이었다.

프랭크는 왜 애정 문제에 관심이 없을까?

몇 번이나 텔레파시를 보냈음에도 번번이 아무런 반응을 보이지 않는 그를 볼 때마다 심통이 났지만 결코 단념할 생각이 없었다.

모드의 사랑은 프랭크가 처음 음반을 찾아준 날부터 시작되었다.

"이 음반을 들어보세요."

"어떤 음반인데요?"

"내 설명을 듣는 것보다는 청음실에서 직접 감상해보는 게 좋겠네요."

"이 가게에 청음실이 어디 있어요? 혹시 저 낡은 옷장을 청음실이라고 한 거예요?"

"우습게 보일지 모르지만 일단 안으로 들어가 음악을 들어보고 나면 얼마나 훌륭한 청음실인지 알 수 있을 겁니다."

자개로 작은 새들을 수놓은 옷장 안에는 벨벳 의자가 놓여 있었고, 고성능 헤드폰이 비치돼 있었다. 청음실 안으로 들어간 모드는 의자에 앉은 다음 문을 닫았다. 어린 시절에 숨바꼭질을 할 때 옷장에 숨었던 기억이 떠올랐다. 술래에게 들킬까 봐 숨소리마저 참아가며 잔뜩 긴장했던 옷장 안에는 엄마의 원피스들과 아버지의 정장이 들어있었다.

프랭크가 문밖에서 말했다. "자, 이제 헤드폰을 머리에 쓰고 음악을 들어봐요."

그날, 프랭크가 들려준 음악은 사무엘 바버(펜실베이니아 출신의 미국 작곡가 : 옮긴이)의 《현을 위한 아다지오》였다. 모드는 처음 듣는 음악이었다. 뒤이어 데프 레퍼드(1977년 셰필드에서 결성된 영국의 하드 록 밴드 : 옮긴이)의 노래가 흘러나왔다. 볼륨을 높일수록 깊은 울림을 주는 노래였다. 모드는 내면에서 예기치 않게 불쑥불쑥 솟아오르는 울분을 잠재워줄 음악이 필요했는데 프랭크가 어떻게 알아냈는지 정확하게 찾아주었다.

'얘야, 허리띠를 가져오라는데 뭐하고 있어? 착한 딸이 되어야지.'

프랭크가 권한 음악을 듣다 보니 내면에서 울려퍼지던 소름끼치는 소리가 마법처럼 잦아들었다. 음악을 듣는 동안 슬프고 아련하면서도 막혀있던 가슴이 뻥 뚫리는 것 같은 느낌을 받았다. 《현을 위한 아다지오》는 부드러운 리듬으로 시작해 한 계단씩 음을 높여가다가 바이올린이 등장해 '아아아아아!' 하고 마지막 비명을 지르고는 멈췄다. 그다음은 없었고, 마치 심장이 이탈할 듯 요동쳤다. 다시 음악이 시작되었고, 눈에 저절로 눈물이 차올랐다. 이내 눈에서 밸브를 열어놓은 듯 눈물이 하염없이 쏟아졌다.

음악이 모드에게 말했다. '견디기 힘들 만큼 고통스러웠지? 그래, 아무 일도 없었다는 듯 떨쳐버리기에는 너무나 잔인한 일이었지. 어쩌면 앞으로도 아물지 않은 상처 때문에 고통을 받게 될 수도 있을 거야. 슬픔이 밀려올 때마다 이 음악을 들어. 음악이 너의 마음 깊은 곳에 새겨진 상처를 어루만져줄 거야. 네 옆에는 언제나 음악이 있어. 모드, 움츠러들지 말고 힘을 내.'

난생처음 모드의 가슴이 음악으로 가득 채워진 날이었다. 상처는 그대로였지만 작은 변화가 생겼다. 변화의 계기를 만들어 준 사람이 바로 프랭크였다.

모드가 청음실에서 나왔을 때 프랭크가 물었다.

"어땠어요?"

그 질문에 어떤 대답을 해주어야 마땅할까? 초콜릿 사탕 같은 눈으로 깊은 관심을 가져주며 친절하게 음악을 들려준 남자에게 어떤 감사의 말을 전할 수 있을까?

모드는 오래전 기억 속을 헤매다가 다시 현실로 돌아왔다.

그 여자가 기절해 쓰러져 있을 때 프랭크는 차가운 바닥에 무릎을 꿇고 앉았어. 그런 다음 하늘하늘한 앞머리 아래의 눈으로 여자를 유심히 바라보았지. 여자가 깨어났을 때 프랭크의 입가에 걸린 미소를 보았어. 탐스럽게 익은 과일처럼 그의 아랫입술 가운데 부위가 움푹 파여 있었지. 프랭크의 눈빛에는 열정적인 섹스를 마치고 나서 부드러운 애무를 할 때처럼 짙은 애정이 깃들어 있었어.

프랭크와 〈잉글랜드 글로리〉에 마주 앉아 음반 가게를 찾아온 손님들이 털어놓은 사연에 대해 이야기를 나누며 얼마나 많은 시간을 보냈던가? 데이트를 약속했다가 바람맞은 척하며 음식을 싸들고 가 프랭크와 함께 먹은 적도 있었고, 크리스마스, 새해맞이, 생일 때마다 그를 위해 조촐한 파티를 마련했다. 모드는 언젠가 문신 가게를 접고, 프랭크와 함께 이 도시를 떠나 살고 싶다는 로망을 키워왔다.

사랑은 번개 치듯 갑자기 나타나는 게 아니야. 사랑은 느닷없이 등장해 큰 울림을 주는 바이올린 연주가 아니야. 사랑은 오랜 마음의 습관이야. 날마다 아침에 일어나 옷을 입고, 신발을 신듯 사람들은 사랑을 입고 하루하루 살아가는 거야.

음반 가게 앞에서 기절해 쓰러졌던 여자의 모습이 떠올랐다. 프랭크가 여자를 바라보던 눈빛과 표정이 분명 예사롭지 않았다. 간절함과 두려움이 반반씩 섞인 표정이었다.

이번에는 그 여자가 프랭크를 바라보던 눈빛이 떠올랐다. 비로소 오랫동안 찾아 헤매던 상대를 만났다는 듯 애정을 갈구하는 눈빛이었다.

모드야말로 프랭크와 사랑이 이루어지길 간절히 바라며 오랜 시간을 기다려왔다. 어디서 나타났는지도 모르는 녹색 코트 여자에게 프랭크를 빼앗겨버릴 수도 있다는 생각이 들자 눈앞이 캄캄했다.

키트가 짜증 섞인 목소리로 물었다. "도와줄 거죠?"

"뭘?"

"포스터 붙이는 거요."

모드가 짐짓 다정하게 미소 지으며 말했다. "내가 알아서 붙일 테니까 몇 장만 줘."

11
세찬 비가 쏟아지려고 해

(A Hard Rain's A-Gonna Fall) _ 밥 딜런의 1963년 곡

유니티스트리트에 있는 모든 가게들의 쇼윈도에 키트가 직접 그린 포스터가 붙었다.

'당신의 녹색 핸드백을 찾아가세요.'

키트는 하트 모양을 그리려다가 너무 평범해 보일 것 같아 녹색 모자, 녹색 부츠, 녹색 우산으로 포스터를 장식했다. 포스터의 배경에 양상추, 오이, 방울양배추도 곁들였다. 사연을 제대로 모르는 사람들이 포스터를 본다면 핸드백을 분실한 여자가 채식주의자라고 오해할 수도 있을 듯했다.

모드의 문신 가게에만 유독 포스터가 붙어있지 않았다. 키트가 왜 포스터를 붙이지 않았는지 이유를 묻자 모드가 팔짱을 낀 자세로 눈을 부라렸다.

유니티스트리트의 모든 가로등과 버스 정류장에도 포스터가 붙었지만 일사에게서는 아무런 소식이 없었다.

앤서니 신부의 말대로 일사는 다시 음반 가게를 방문하고 싶어 의도적으로 핸드백을 놓아두고 갔을까?

프랭크는 자기도 모르게 자주 일사를 생각했다. 딱 두 번 보았을 뿐이었고, 아는 게 전혀 없었지만 이상하게 자꾸만 마음이 끌렸다.

음반 가게에 제법 많은 손님들이 다녀갔다. 그 가운데 음악가, 음악가 지망생, 펑크족, 헤비메탈 광팬, 클래식 애호가, 뉴웨이브 음악 애호가도 있었다. 클래식 음악에 갓 입문한 청소년도 있었다. 엘피판을 처분하고 싶어 하는 사람도 다녀갔다. 엘피판을 줄 테니 시디로 바꿔달라는 사람도 있었다.

쇼팽만 좋아하는 남자는 아레사 프랭클린의 노래를 더 들어보려고 가게를 방문했다. 그는 재혼 상대를 찾기 위해 데이트 서비스 회사에 등록했다는 말을 프랭크에게 전했다. 며칠 사이에 제법 많은 사람들이 다녀갔지만 일사 브로우크만은 끝내 소식이 없었다.

프랭크가 가게 주인들이 모인 자리에서 말했다. “우린 나름 최선을 다해 핸드백을 찾아주기 위해 노력했어요. 키트가 포스터를 만들어 붙이느라 특별히 고생이 많았죠. 이제 우리가 해야 할 일은 여기까지라고 봐요. 핸드백 문제는 일단락 짓는 게 좋겠어요.”

그 무렵 폴란드 빵집 쇼윈도에 이색적인 낙서가 등장했다.

샤론은 이안을 사랑한다. -NF

N과 F가 흉한 발톱처럼 서로 맞붙어 있었다. 프랭크는 비눗물을 한 양동이 가져가 낙서를 지웠다.

폴란드 빵집 주인 노박이 말했다. "NF가 무슨 뜻이야?('NF'는 No Foreigner의 머리글자로 '외국인은 꺼져.'라는 의미로 번역할 수 있다 : 옮긴이)"

"아이들이 장난삼아 낙서를 했나 봐요. 너무 신경 쓰지 마세요."

비가 세차게 내리고 있었고, 노박은 빵집 문가에 웅크리고 앉아있었다. 빵집에서 달착지근하고 고소한 냄새가 풍겨 나왔다.

"나는 폴란드 출신이지만 전쟁이 나기 전에 영국에 왔고, 처칠이 지휘하는 영국군에 입대해 나치와 목숨 걸고 싸웠어. 나는 영국 국적을 가진 사람이고, 모든 의무를 다했어. 나를 외국인이라고 멸시하는 사람이 있다면 용서하지 않을 거야."

"그 마음 이해해요. 만약 저라도 크게 분노했을 거예요."

"요즘도 빵을 구울 때마다 죽은 아내에게 말을 걸어. 아내는 언제나 안타까운 눈빛으로 나를 바라보다가 한숨을 쉬며 말하지. '당신은 정말 딱한 사람이야. 왜 아직도 나를 잊지 못하고 매일이다시피 눈물을 흘려? 이제는 잊을 때도 됐잖아.' 아내가 쇼윈도에 적힌 낙서를 못 봐서 다행이야. 만약 낙서를 봤다면 얼마나 마음이 아팠을까?"

노박이 프랭크와 키트에게 주려고 오븐에서 갓 꺼낸 시나몬롤을 가져왔다.

"누군가 그런 낙서를 또 한다면 절대로 용서하지 않겠어요. 경찰에 신고하든지 끝까지 추적해 단단히 혼을 내줄 거예요."

프랭크는 빗속을 걸으며 낙서에 대해 곰곰이 생각해 보았다. 나이 지긋한 노박은 지금도 빵을 구울 때마다 눈물을 흘리며 먼저 떠난 부인에게 말을 걸 만큼 부부애가 각별했다. 그 마음이 너무나 애틋하게 느껴졌다. 프랭크는 음반 가게로 돌아오는 동안 다른 상점들도 둘러보았다. 장의사 카운터에 앉아있는 윌리엄스 형제와 앤서니 신부의 종교 선물 가게에 있는 북마크들과 플라스틱 예수상이 눈에 들어왔다.

유니티스트리트의 가게 주인들은 서로 도움을 주고받는 데 익숙해있었다. 다들 하나의 공동체처럼 서로 어우러져 살아왔지만 과연 언제까지 그런 축복을 누릴 수 있을지 의문이었다. 날이 갈수록 손님들이 줄어들고 있었고, 먹고사는 문제가 심각해지고 있었다. 가게 건물이 오래되고 낡아 페인트가 벗겨지거나 지붕과 벽에서 건축 자재 부스러기가 떨어졌다. 지난날 한때는 분명 산뜻하고 깔끔한 거리였겠지만 점점 낙후되어 가고 있었다.

점점 악화되어가는 여건을 바꿀 수 있는 방법이 있을까? 하루가 다르게 형편이 어려워지고 있는데 그냥 버티기만 하는 게 과연 올바른 대처법일까?

'당신의 녹색 핸드백을 찾아가세요.'

키트가 만든 포스터의 커다란 글씨가 눈에 들어왔다. 프랭크는 일사를 단념하기로 했다. 녹색 핸드백은 키트를 시켜 경찰서에 맡길 생각이었다.

프랭크가 가게 문을 밀고 안으로 들어갔다.

"키트, 어디 있어? 왜 출입문을 여닫을 때 나는 벨소리가 울리지 않지?"

"저, 여기 있어요."

키트는 마치 쇼윈도 전시품이라도 된 듯 창틀 아래 선반에 서 있었다.

"거기서 뭐해? 출입문 벨은 어떻게 된 거야?"

"벨이 사라졌어요."

"사라지다니? 벨이 발이라도 달렸어?"

유니티스트리트를 돌며 포스터를 붙인 키트는 일사를 다시 만날 수 있기를 간절히 바랐다. 키트는 혹시 일사가 포스터를 보고 찾아올지도 모른다는 생각에 거리를 좀 더 잘 내다보려고 창틀 아래 선반에 올라갔다가 실수로 발을 헛디뎌 심하게 넘어졌다. 하필이면 넘어질 때 창틀을 발로 차고, 벨을 건드려버렸다. 벨은 어디론가 사라졌고, 창틀 사이의 틈새가 벌어졌다. 빗물이 틈새를 통해 새어들었다. 키트는 가게 안으로 들이치는 빗물을 막으려다가 벌어진 창틀 사이에 팔이 끼어버렸다. 그 와중에 창틀 사이에 있는 퍼티를 건드려 더욱 많은 비가 가게 안으로 들이치게 되었다.

"그래서 몸으로 비를 막고 있는 거야?"

"저라도 막아야지 어쩌겠어요."

"그런 자세로 계속 버텨낼 자신이 있어?"

"저야 버티고 싶지만 엄마에게 약을 줄 사람이 없어요. 이제 집에 가봐야 해요."

키트의 아버지는 저녁 6시 뉴스를 보고 나면 텔레비전 앞에서 그대로 잠이 들었기 때문에 어머니의 약을 챙겨줄 사람이 없었다.

프랭크는 피식 웃고 나서 수건을 가져와 키트에게 건넸다.

"어서 빗물을 닦고 집에 가봐."

그런 다음 하드보드를 가져와 창문 틈새를 막았다. 사람을 불러 창문을 손볼 경우 적어도 20파운드는 들어야 할 것이다. 음반 가게를 찾아오는 손님들은 제법 많았지만 음반 판매량은 저조했다.

프랭크는 생각에 몰두하느라 가게 앞에 멈춰선 차를 미처 보지 못했다.

키트가 놀란 얼굴로 말했다. "드디어 일사 브로우크만이 포스터를 보고 찾아왔나 봐요."

키트의 기대와 달리 일사가 아니라 EMI 레코드사의 필이었다.

• • •

필은 체격이 당당한 40대 남자로 위로 치켜세운 머리에 구레나룻을 기르고 다녔다.

프랭크가 말했다. "더 러츠(The Ruts 레게 영향을 받은 펑크록 밴드 : 옮긴이)와 더 댐드(영국의 록 밴드 : 옮긴이) 공연을 보러 갔을 때가 정말 좋았지. 그때 우리와 동행했던 사람이 하나 더 있었는데 누구였더라?"

"안티 푸스(두 단어를 의미 그대로 해석하자면 '고름 아주머니'라는 뜻 : 옮긴이)."

필이 땀을 뻘뻘 흘리며 눈을 가늘게 떴다. 혈압이 높은 사람이 허구한 날 술을 마시니 건강이 부실해지는 건 당연했다. 어떤 날은 몸을 가누기조차 힘들 만큼 지쳐보였다.

"더 러츠의 보컬 말콤 오웬이 심벌즈로 안티 푸스의 머리를 갈기는 바람에 구급대원들이 긴급 출동해 들것에 옮겨 실어갔잖아."

프랭크도 선명하게 기억났다. 그 시절에 필의 헤어스타일은 정말 독특했다. 필의 머리를 모히칸 스타일로 만들어준 사람이 바로 모드였다. 머리에 스프레이를 얼마나 많이 뿌려댔는지 바람이 아무리 세게 불어도 전혀 흐트러지지 않았다. 모히칸 스타일 머리를 본 사람들이 킥킥대고 웃어댔지만 필은 신경 쓰지 않았다.

"그 당시 음악이 정말 화끈했어. 요즘은 죄다 조지 마이클 스타일이라서 문제야."

"조지 마이클의 음악이 어때서? 그는 정말 뛰어난 뮤지션이야."

필은 신에게 경배하듯 양팔을 펼쳐들었다. "그래, 인정해. 자네는 그런 점이 훌륭해. 진정으로 음악을 사랑하는 사람다워. 어느 한 분야만 편중해서 좋아하지 않으니까. 자네가 다양한 장르의 음악을 사랑하듯 이제 시디에 대해서도 좀 더 유연한 생각을 가져봐."

"더 이상 시디 얘기는 하고 싶지 않아."

"카세트테이프를 팔기 싫어하는 건 이해할 수 있어. 음질이 형편없이 떨어지니까. 시디는 엘피판과 비교해도 전혀 음질이 떨어지지 않아. 듣기에 편하고, 반영구적이라 음질이 변하지도 않아. 차가 깔아뭉개고 지나가도 부서지지 않을 정도야."

카운터에 앉아 있던 키트가 말참견을 했다. "시디가 강하다고는 하지만 차로 깔아뭉개고 지나가면 깨지지 않을까요? 아무리 입이 아프게 말해봐야 우리 사장님은 결코 시디를 취급하지 않을 겁니다. 이제 그만하시죠."

키트는 새로운 포스터를 만들고 있었다.

"회사에서 점주들에게 시디 진열 공간을 늘리도록 유도하라는 지침을 내렸어. 회사의 제안을 수용하지 않을 경우 거래를 끊겠대. 시디 판매 실적이 엘피판을 뛰어넘은 지 오래되었어. 프랭크, 이제라도 고집을 꺾는 게 좋아. 선반 하나 정도만 시디 진열대로 써." 필의 얼굴이 마치 바니시를 칠해놓은 듯 땀으로 번들거렸다. "자네가 내 말을 들어주면 고객들에게 사은품으로 줄 티셔츠와 배지를 충분히 지원해 줄게. 원한다면 가게에 비치하는 스탠드 재떨이도 줄 수 있어."

키트가 다시 끼어들었다. "스탠드 재떨이가 있으면 정말 좋겠네요."

손님들이 간간이 들어왔지만 아무도 그들의 대화에 신경 쓰지 않았다.

"자네가 시디를 취급하겠다고 약속하면 당분간 한 장 가격에 세 장을 제공해 줄게. 시디 한 장을 사면 두 장을 덤으로 받게 되는 거야. 엘피판 시장은 갈수록 축소되어가는 추세야. 음반사들도 하나같이 엘피판 생산라인을 줄여가고 있어. 엘피판은 이제 사양길로 접어들었다고 봐야 해. 10년 뒤에 태어나는 아이들은 엘피판이 뭔지도 모르게 될 거야. 엘피판을 사랑하는 자네 마음이야 충분히 이해하지만 시대의 흐름을 거스를 수는 없잖아."

프랭크는 아무 말도 하지 않고 턴테이블을 뚫어져라 바라보다가 그 위에 놓인 노란색 연필깎이를 집어 들었다. 잔뜩 심사가 뒤틀린 그가 얼마 전 일사가 어렵사리 고쳐놓은 연필깎이를 손으로 비틀며 말했다. "나는 자네가 아무리 좋은 조건을 제시해도 시디를 팔지 않아."

필이 한숨을 크게 내쉬었다. "자네 고집이 고래 힘줄처럼 질기다는 건 알고 있었지만 정말 너무 하네. 그래, 이제 알았으니까 내 부탁 한 가지만 들어줘."

필이 바지 주머니에서 메모지 한 장을 꺼냈다. 방금 후드 달린 우비 차림으로 출입문 안으로 들어선 손님은 엘피판을 둘러보느라 여념이 없었다.

필이 숫자가 적힌 메모지 한 장을 프랭크에게 건넸다.

"시디를 취급하지 않는 대신 한 시간에 두어 번씩 이 숫자들을 매출 기록기에 넣어줘."

"물건을 팔지도 않으면서 매출을 잡으라는 거야?"

"그냥 숫자만 넣으면 돼. 자네가 금전적으로 손해 볼 건 없어."

"그렇지만 분명 속임수야."

"서로에게 득이 되는 일이니까 제발 좀 도와줘."

필의 얼굴에 낭패감이 어려 있었고, 셔츠 겨드랑이에 반달 모양의 땀이 번졌다. 필이 간절한 눈빛으로 프랭크를 바라보았다. 그러다가 모두 부질없는 짓이라는 생각이 들었는지 시선을 거두며 한숨을 푹 쉬었다. 필이 잔뜩 화가 나서 식식거리다가 별안간 상자에 담긴 엘피판들을 집어 들고 마구 던지기 시작했다. "자네, 정말 이러기야? 그동안 내가 자네 가게에 얼마나 많은 신경을 써주었는데 이렇게까지 곤혹스럽게 만들지?"

필은 점점 화가 치미는 듯 엘피판을 무더기로 집어 들고 바닥에 팽개쳤다. 입으로도 계속 불만을 토로했다. "다수의 음반사 영업사원들이 자네 가게에 들르기 시작한 게 누구 때문인지 모르지? 내가 자네 가게에 대해 호의적으로 말해주고 찾아가보라고 했기 때문이야. 그런 공도 모르고 나를 물 먹여?"

프랭크가 필을 향해 크게 소리쳤다. "당장 여기서 나가!"

필이 출입문을 향해 비척거리며 걸어갔다. 그가 자동차 운전석에 털썩 앉아 시동을 걸더니 엔진에서 굉음이 울리도록 가속페달을 밟아댔다. 필의 차가 요란한 타이어 마찰음을 내며 캐슬게이트 쪽으로 사라졌다.

키트가 창백한 얼굴로 말했다. "필이 오늘따라 왜 저러죠?"

프랭크의 가슴에서도 불길이 활활 타올랐다.

"내가 필의 제안을 모두 거절했어. 화가 날 법도 하지."

필이 사라진 바깥을 내다보던 프랭크는 한숨을 길게 내쉬며 내부로 시선을 돌렸다가 깜짝 놀랐다. 언제 왔는지 일사 브로우크만이 바닥에 흩어져있는 엘피판들을 모아 상자에 담고 있었다.

일사가 말했다. "지나는 길에 들렀어요."

12
안녕, 안녕히

(So Long, Farewell) _ 영화 〈사운드 오브 뮤직〉의 삽입곡

일사가 후드 달린 우비 차림으로 나타나리라고는 미처 예상하지 못했다. 비가 자주 내리는 영국에서 우비는 대다수 여성들이 즐겨 착용하고 다니는 필수 품목이지만 이방인들에게는 익숙하지 않기 마련이었다. 목이 길고 눈빛이 엘피판처럼 검은 일사에게는 우비조차 너무나 잘 어울렸다.

일사가 바닥을 내려다보며 말했다. "정말 죄송해요. 이 거리의 가게들마다 붙여놓은 포스터를 보았어요. 핸드백을 찾아주기 위해 얼마나 애썼는지 알아요. 진작 들렀어야 했는데 일이 바빠 이제야 찾아뵙게 되었어요."

일사의 뺨에 발그스레한 원이 생겼다. 마치 가위로 빨간 색종이를 오려 붙인 듯했다.

프랭크는 입에 문 담배에 불을 붙이고 나서 말했다. "키트가 포스터를 손수 만들어 여기저기 붙이고 다녔죠. 저는 별로 한 일이 없으니까 고마워할 필요 없어요."

프랭크는 엘피판들을 밟지 않도록 조심하며 턴테이블 뒤로 걸어갔다.

키트가 카운터 아래 서랍에서 녹색 핸드백을 꺼내 스웨터 소매로 먼지를 닦아내며 말했다. "포스터를 곳곳에 붙여놓았는데 소식이 없어 멀리 떠난 줄 알았어요."

일사의 시선이 잠시 키트에게 머물렀다가 프랭크에게로 옮겨갔다.

"아직 이 도시에 남아 있어요."

프랭크가 물었다. "요즘은 혹시 어디 아프거나 기절해 쓰러진 적이 없습니까?"

"네, 없었어요."

"정말 다행입니다."

키트가 뭔가 질문을 던지려고 하는 순간 일사가 코트 주머니에서 진홍색 포장지로 싼 상자를 꺼내들었다.

"저의 불찰 때문에 수고를 많이 해주신 매니저님에게 드리려고 준비한 선물입니다."

키트가 반색했다. "저에게 선물을 주신다고요?"

"그냥 감사의 의미로 받아주세요."

키트가 조심스레 포장지를 뜯었다. 선물을 꺼내든 키트가 제자리에서 폴짝폴짝 뛰다가 빙글빙글 맴을 돌았다.

"〈울워스〉 판매원들이 입는 유니폼과 흡사해요."

셔츠 주머니에 빨간 글씨로 키트의 이름과 글씨가 수놓아져 있었다.

'매니저 키트, 어서 오세요!'

키트가 신이 나는지 노래하듯 말했다. "이 글씨들을 직접 수놓은 거예요?"

키트는 당장 셔츠를 입어보려고 위층 살림집으로 올라가다가 상자에 발이 걸리는 바람에 요란한 소리를 내며 넘어졌다.

프랭크와 일사가 어색한 웃음을 지었다.

일사는 그제야 우비를 벗었다. 우비 안에는 장식 없는 치마에 터틀넥 스웨터를 입고 있었고, 추운 날씨 탓인지 손에 장갑을 착용하고 있었다. 정수리 위로 틀어 올린 검은 머리에서 몇 가닥이 흘러나와 귀 주변으로 내려와 있었다.

일사는 다시 바닥에 흩어져있는 음반들을 모으기 시작했다. 그녀는 엘피판을 들어 올릴 때마다 음반 제목을 유심히 들여다보았다.

"아무리 화가 나도 그렇지, 음반을 바닥으로 집어 던진 건 너무 심했어요."

"입장을 바꿔놓고 생각해 보니 이해가 되긴 해요. 필의 제안을 단 한 가지도 받아들이지 않았으니 그럴 만도 하죠."

"엘피판만 고집하는 이유가 뭐죠?"

"엘피판으로 들어야 음악의 맛을 제대로 음미할 수 있으니까요."

"요즘은 시디가 대세잖아요. 엘피판만 취급하면 매출이 적을 수밖에 없지 않나요?"

"매출도 중요하지만 저는 손님들과 음악을 통해 즐거움을 나눌 수 있다면 만족해요."

일사가 고개를 끄덕이며 활짝 웃었다. 필 때문에 우울했던 프랭크도 기분을 풀고 함께 웃었다.

일사가 카운터로 걸어가며 말했다. "이 음반은 재킷이 약간 찢어졌어요."

허리를 가볍게 살랑거리며 걷는 일사의 뒷모습이 나비 같았다. 일사가 카운터 서랍에서 셀로판테이프를 꺼냈다. 비품들을 어디에 놓아두는지 잘 안다는 듯 자연스러운 동작이었다. 일사가 앨범 재킷을 카운터에 올려놓고 셀로판테이프를 매끈하게 붙였다.

프랭크는 잠시 생각에 잠겼다.

일사와 함께 있는 것만으로도 기분이 너무 좋아.

위층에서 키트가 계속 뭔가에 걸려 우당탕퉁탕 넘어지는 소리가 들려왔다.

일사가 셀로판테이프를 붙인 재킷을 들어보였다. 찢어진 부분이 어딘지 알 수 없을 만큼 감쪽같았다.

"이 정도면 괜찮을까요?"

"아주 훌륭합니다."

일사는 서랍을 열고 셀로판테이프를 집어넣었다.

"창문 틈새도 막아야겠던데요."

일사는 틈이 벌어진 창문 쪽으로 걸어갔다.

일사가 유리창이 빠지지 않게 끼워둔 하드보드를 들여다보다가 물었다. "망치와 못이 있나요?"

"연장통을 가져올게요."

프랭크가 연장통을 가져왔고, 일사가 망치와 못을 꺼냈다. 프랭크는 여전히 창문 틈을 어떻게 메워야 할지 감이 잡히지 않아 우두커니 서서 지켜볼 수밖에 없었다.

일사가 창틀에 하드보드를 대고 못을 박아 창문 틈새를 막았다.

"유리를 단단하게 고정시키려면 퍼티가 있어야 하는데 우선 이렇게라도 막아두어야겠어요."

"그 정도면 충분합니다. 정말 재주가 많으시네요."

일사는 쉽지 않은 일을 너무 간단히 해냈다.

"사장님이야말로 재주가 많더군요. 손님들에게 꼭 필요한 음반을 골라주고, 열정적으로 설명해 주는 모습을 보고 깊은 감명을 받았어요."

프랭크는 평소 그런 칭찬을 들으면 부끄러워 슬며시 턴테이블 뒤로 사라지곤 했지만 지금은 일사와 단 둘밖에 없어 그럴 수도 없었다.

"손님들에게 마음에 드는 음반을 소개해 주는 게 저에게 주어진 일이잖아요. 손님들이 마음에 들어 하면 저도 대만족입니다. 손님들과 저를 따로 분리해 생각할 필요가 없죠."

일사가 천천히 고개를 끄덕였다.

"음반 가게에 다녀간 손님들을 다 기억해요?"

"아마도."

일사와 프랭크는 서로 얼굴을 마주 보며 웃었다.

"음반 가게를 열지 않았다면 무슨 일을 하며 살았을 것 같아요?"

프랭크는 잠시 생각에 잠겼다가 말했다. "음반 노점상을 하지 않았을까요? 당신은 어떤 일을 하세요?"

일사의 얼굴이 갑자기 굳어지더니 반짝이는 눈동자만 남았다.

"지금은 딱히 하는 일 없이 경험 삼아 세상을 둘러보고 있어요."

일사의 얼굴에 잠깐 슬픈 표정이 스쳐 지나갔다. 살짝 끌어안고 등을 토닥거려주고 싶을 만큼 애처로운 표정이었다.

일사는 매력적인 여성이니까 분명 애인이 있을 거야. 잘생기고, 사회적으로도 성공한 사람이겠지. 명품 슈트 차림에 머리를 공들여 다듬고, 피부에서 반질반질 윤기가 흐르는 사람.

요즘 젊은이들에게는 덩치가 큰 남자보다는 일절 군살이라곤 없이 몸이 잘빠진 스타일이 인기가 많았다. 게다가 고급 차를 소유하고 있고, 명품 브랜드 옷을 걸치고 다니면 더욱 주목받았다.

프랭크는 오늘따라 낡은 스웨이드 재킷 차림에 바닥이 닳아 빠진 신발을 신고 있는 자신의 행색이 마음에 들지 않았다.

일사가 바닥에 떨어져있는 음반들을 모아 상자에 담으며 말했다.

"혹시 요한 세바스티안 바흐의 《두 개의 바이올린을 위한 협주곡 d단조》에 대한 이야기를 들려줄 수 있어요?"

프랭크는 일사를 바라보았다. 볼수록 아름답고 신비한 느낌이 드는 여자였다. 백마 탄 왕자의 품에 안겨 어디론가 훌쩍 떠나버릴 여자.

일사는 내가 감히 넘볼 상대가 아니야.

프랭크의 마음 깊은 곳에서 타이타닉 호가 침몰하는 것 같은 절망감이 일었다. 어차피 떠날 사람이라면 괜한 기대감을 갖지 않는 게 좋았다. 프랭크는 마음이 아팠고, 점점 소심해지고 있었다. 그가 몸을 돌려 턴테이블을 향해 걸어갔다.

"이제 영업을 마칠 시간이니까 돌아가세요."

"벌써요? 평소에는 문을 늦게 닫잖아요?"

"오늘은 너무 피곤해 좀 쉬어야겠어요."

"이봐요, 프랭크? 제가 혹시 기분을 언짢게 했어요?"

지금 뭐라고 했지? 프랭크?

일사가 이름을 부르자 프랭크는 마음이 금세 싱숭생숭해졌다.

일사와 매일이다시피 가깝게 지낼 수 있다면 얼마나 좋을까?

"그런 적 없어요. 필 때문에 스트레스를 받아서인지 머리가 아파요."

"아, 그래요?"

일사는 못내 섭섭한 표정을 숨기지 못하며 우비와 핸드백을 집어 들었다.

"덕분에 즐거웠어요. 안녕히 계세요."

프랭크는 잠시 전에 한 말을 거두어들이고 일사를 좀 더 잡아둘까 하는 마음이 일었지만 이내 단념했다.

미련은 자라기 전에 가지를 잘라버리는 게 좋아.

일사가 긴 팔을 우비의 소매 안으로 집어넣고, 단추를 채우고, 벨트를 매는 동안 프랭크는 그 자리에 우두커니 서있었다. 몸은 분명 여기에 있었지만 그의 마음은 이미 다른 곳을 헤매고 있었다. 그곳에서 프랭크는 일사와 마주 앉아 바흐의 《두 개의 바이올린을 위한 협주곡 d단조》를 듣고 있었다.

프랭크는 턴테이블 뒤에 팔짱을 끼고 서서 일사가 떠나는 모습을 지켜보았다.

"사장님, 저 어때요?"

위층에서 내려온 키트가 파란 셔츠 차림에 줄무늬 타이를 매고 서있었다. 머리에 물을 묻혀 한쪽으로 단정하게 넘긴 키트의 표정이 제법 진지했다. 일사가 없다는 걸 알아챈 순간 키트의 표정이 덜 구운 수플레처럼 푹 꺼졌다.

"일사는 어디 갔어요?"

"조금 전에 나갔어."

"혹시 그날 왜 기절했는지, 핸드백은 왜 두고 갔는지 물어봤어요?"

"아니, 묻지 않았어. 그 질문에 대한 답은 영원히 들을 수 없을 거야. 일사를 다시는 볼 일이 없을 테니까."

13
바흐의 눈

"내가 이전에 바흐의 눈에 대해 말해준 적 있니?"

"아뇨."

페그는 사다리에 올라서서 벽지를 붙이고 있었다. 페그의 오른손에는 풀을 칠할 때 쓰는 솔, 왼손에는 소브라니 칵테일 담배를 들고 있었다. 사실 페그가 바흐 이야기를 들려준 건 그때가 처음은 아니었다. 페그는 자주 바흐 이야기를 들려주었다. 페그가 직접 도배를 한 건 그날이 처음이었다. 몸집이 큰 여자가 사다리 위에 위태롭게 올라선 자세로 이야기를 하는 틈틈이 도배를 하고 있었다.

"바흐는 천재였어." 페그가 침실 벽에 풀을 바르며 말했다.

"단연 발군이었지. 그 자리에서 즉흥적으로 곡을 써낼 만큼 음악적 재능이 뛰어났어. 작곡가들은 흔히 음표를 여기에 넣을지 저기에 넣을지 고민하다가 피아노로 연주해보기도 하고, 뒤에 다시 수정 작업을 여러 번 거친 이후에야 곡을 완성하기 마련인데, 바흐는 즉석에서 마무리했지. 사실은 머릿속으로 이미 곡을 완성해두고 있었던 거야. 바로크 시대에 바흐보다 재능이 뛰어난 음악가는 없었어."

페그는 이야기에 몰입한 탓에 사다리 위에서 위험하게 몸을 흔들었다. 프랭크는 어머니의 목숨을 지키기 위해 사다리를 꽉 잡아야만 했다.

"바흐는 자식이 무려 스무 명이었어. 그 많은 자식들을 키우자면 정신이 하나도 없었을 텐데 수없이 많은 명곡을 남길 수 있었던 건 단연코 천재성 때문일 거야."

페그는 서른 살에 프랭크를 낳았다. 아버지가 있어야 아이가 생기는 건 당연했지만 페그는 아이 아버지가 누군지 알지 못했다. 프랭크를 낳은 이후로도 페그는 많은 남자들을 만났다. 다행인지 불행인지 프랭크 말고는 아이를 임신하는 실수를 저지르지 않았다. 페그는 애인이 손으로 꼽을 수 없을 만큼 많았다. 프랭크는 어머니가 애인을 집에 데려오면 혹시 아버지일지도 모른다는 생각에 몰래 얼굴을 살펴보는 게 습관처럼 되었다. 얼굴 생김새, 피부색, 머리색, 눈동자 색이 조금이라도 비슷할 경우 혹시 아버지가 아닌지 기대감을 갖고 바라보기도 했다.

프랭크는 침실로 가기 전 어머니의 애인들에게 의미심장한 미소를 지어 보였다. 그 미소를 본 어떤 남자가 페그에게 말했다.

"당신 아들 말인데, 혹시 정신적인 문제가 있어?"

"아니, 전혀. 프랭크가 왜?"

"나를 쳐다보며 피식 웃었는데 왠지 기분이 묘했어."

그 말을 들은 페그는 프랭크에게 다시는 남자들 앞에서 웃지 말라고 주의를 주었다.

페그는 사다리 위에서 바흐 이야기를 들려주며 벽지를 발랐다.

"바로크 시대에는 신에게 바치는 종교음악이 주류였어. 바흐는 신에게 바치는 음악을 수없이 작곡했지만 정작 신의 축복을 받지 못했지. 열한 살 때 고아가 되었고, 부인도 일찍 세상을 떠났으니까. 게다가 자식을 스무 명이나 낳았는데 절반가량이 바흐보다 일찍 죽었지. 그야말로 상실과 절망으로 점철된 생을 살았던 셈이야. 고난의 삶이 이어지는 동안 바흐의 음악은 점차 신에게서 인간으로 옮겨오게 되었어."

페그는 담배와 붓을 한꺼번에 입에 물고 있었다. 마치 붓에서 연기가 나는 듯했다. 페그가 포도송이와 꽃무늬가 그려져 있는 파란색 벽지를 벽에 대고 물었다. "벽지가 똑바로 붙었는지 봐 줄래?"

프랭크는 눈을 가늘게 뜨고 고개를 좌우로 옮겨가며 대답했다.

"네, 똑바로 붙었어요."

"벽지가 비뚤어지면 보기 흉하니까 잘 봐야 해."

"네, 잘 보고 있어요."

프랭크가 생각하기에는 무늬가 단순해 조금 비뚤어져도 전혀 상관없을 듯했다.

"색상은 어때?"

"예뻐요."

"시력이 형편없었어."

"제가요?"

"아니, 바흐 말이야. 바흐는 백내장 수술을 받았어. 실력이 출중한 의사를 만났어야 하는데 하필이면 돌팔이를 만나 수술을 망쳐버렸지. 바흐는 군중들이 잔뜩 모여든 광장에서 백내장 수술을 받아야 했어. 수술 결과가 나빠 바흐는 시력을 잃게 되었지. 넉 달 뒤에는 뇌졸중으로 쓰러져 결국 죽음을 맞았어. 헨델 역시 그 돌팔이 의사에게 백내장 수술을 받았고, 시력을 잃었어. 바로크 시대의 두 거장이 돌팔이 의사 하나 때문에 시력을 잃게 된 거야. 역사의 아이러니가 아닐 수 없지."

프랭크는 다시 벽지가 올바르게 붙었는지 확인해 보았다. 벽지의 무늬가 엇나가 있었지만 굳이 바로 잡지 않았다.

프랭크는 어머니를 속인 게 내심 통쾌했다.

잠시 후 프랭크는 단셋을 켰고, 페그는 《두 개의 바이올린을 위한 협주곡 d단조》 음반을 올려놓았다. 두 개의 바이올린이 마치 대화를 주고받듯 연주를 이어갔다. 두 개의 바이올린은 때로 평화롭게 이야기를 주고받다가 어느 순간에 갑자기 논쟁을 벌이기도 했다. 한 개의 바이올린이 먼저 이야기를 하고 나면 이내 다른 하나가 받아 이야기를 이어나갔다. 두 개의 바이올린이 하나로 땋은 머리카락처럼 서로 밀착했다가 떨어지기를 반복했다. 비발디의 《사계》는 중심적인 역할을 하는 악기가 따로 있는데 반해 《두 개의 바이올린을 위한 협주곡 d단조》는 두 개의 바이올린이 상호 보완적인 관계를 유지하며 연주를 이어가는 게 특징이었다. 마치 두 개의 불완전한 반쪽이 온전한 하나가 되어가는 과정을 그려 보이는 듯했다.

프랭크는 음악이 끝나갈 때면 슬퍼서 기뻤고, 기뻐서 슬펐다. 학교 친구들 가운데 바흐나 헨델을 대화 주제로 삼는 아이들은 없었다. 아이들은 툭하면 프랭크의 등을 연필로 찌르거나 책가방에 죽은 벌레를 넣어두는 장난을 쳤다. 프랭크는 아이들이 아무리 괴롭혀도 어머니에게 말하지 않았다.

페그는 벽지를 붙이다가 한계를 느낀 듯 중도에서 포기해버렸다. 몇 달 뒤, 페그는 무슨 일이든 척척 해내는 남자를 만났고, 그가 방 전체를 실용적인 갈색으로 페인트칠해 주었다. 그 결과 집 안이 온통 갈색으로 변했다. 심지어 벽, 장롱, 서랍장도 갈색이었고, 바닥에 깔린 카펫도 갈색이었다. 집 안에 있다보면 마치 단색으로 페인트를 칠한 버스 안에 앉아 있는 느낌이 들었다.

햇빛이 맑은 날이면 페그가 붙이다가 포기한 벽지의 포도송이와 꽃들, 파란색 바탕이 희미하게 드러나 보였다. 무슨 일이든 척척 해내는 남자가 페인트를 두텁게 칠했지만 햇살이 밝게 비치는 날만 되면 소담스러운 포도송이가 열리고, 꽃들이 피었다. 페인트를 아무리 두텁게 칠해도 과거의 실수를 말끔히 지워 버릴 수는 없나보았다.

페그가 말했다. "음악도 그래. 연주가 모두 끝나도 마음속에 영원히 남게 되지."

14

안녕 제빵사

(Bye, Bye, Baker)_ 포시즌스의 1965년 곡

〈Bye, Bye, Baby〉에서 'baby'를 'baker'로 바꿈

밤새 폴란드 빵집 주인 노박이 사라졌다. 분명 금요일에는 평소와 다름없이 영업을 했다. 쇼윈도에 시나몬 롤이 진열되어 있었고, 가게 근처에서 폴란드 빵 특유의 달콤하고 고소한 향기가 났다. 주방에서는 빵을 굽느라 연신 파란 불빛이 새어나왔다.

토요일 아침에 빵집 문은 굳게 잠겨 있었고, 실내에는 조명이 켜있지 않아 어두웠다. 점심때가 지나도록 빵집 주인 노박은 그림자조차 보이지 않았다. 프랭크와 키트, 모드, 앤서니 신부가 창문을 두드리며 노박을 소리쳐 불렀지만 아무런 대답이 없었다. 앤서니 신부는 급히 종교 선물 가게로 돌아가 빵집으로 전화를 걸었지만 아무도 받지 않았다.

키트가 말했다. "문을 따고 안으로 들어가 볼까요?"

모두들 키트의 말에 고개를 저으며 난색을 표했다.

프랭크가 말했다. "키트, 문을 따려다가 부수면 곤란하니까 잠자코 있어. 내가 사다리를 가져올 테니까 그때까지 꼼짝 말고 기다려야 해, 알았지?"

모두들 프랭크의 말에 고개를 끄덕였다.

낯선 밴 한 대가 유니티스트리트로 들어섰다. 밴이 커브 길에서 멈춰서더니 청바지와 점퍼 차림에 부츠를 신은 남자 세 명이 밖으로 나왔다. 그들은 손에 쇠톱, 도끼, 노루발장도리 따위 연장을 들고 있었다.

프랭크는 사다리를 가지러 가려다가 걸음을 멈추고 낯선 사람들을 주시했다. 그들의 손에 빵집 열쇠가 들려져 있었다. 문을 따고 빵집 안으로 들어간 남자들이 즉시 철거 작업을 시작했다. 그들이 빵집의 카운터, 진열장, 테이블, 의자 따위를 모두 밖으로 끄집어냈다.

모드가 남자들을 막아서며 말했다. "지금 뭐하는 거예요?"

"아가씨 눈에는 우리가 뭘 하는지 안 보여?"

"왜 주인 허락도 받지 않고 물건을 밖으로 끄집어내죠?"

"우리는 이 집 주인과 정식으로 계약을 맺고 철거 작업을 하는 거야."

기세등등하던 모드는 남자들의 말을 듣고 머쓱해져서 순한 양처럼 뒤로 물러섰다.

남자들은 오전 내내 철거 작업을 했다. 전기드릴과 톱 소리가 유니티스트리트에 널리 울려 퍼졌다. 철거반원들이 대형 오븐을 손수레에 올려 밖으로 끄집어내고 나서 냉장고도 똑같은 방식으로 꺼내놓았다. 조리대, 찻장, 접시, 유리잔, 사발 따위는 깨지든 말든 신경 쓰지 않는다는 듯 밖으로 집어 던졌다. 전선도 둥글게 말아 밖으로 굴려버렸다.

철거 작업을 마친 남자들이 쇼윈도와 문에 하드보드를 대고 대못을 박았다.

〈포트 개발〉 소유지. 출입 금지.

이미 비어있는 꽃집과 맞은편 빈집에도 문에 하드보드를 대고 대못을 박았다. 남자들은 전쟁 때 폭격 맞은 공터에 철책을 두르고 〈포트 개발〉 광고판을 걸었다. 커피를 마시며 행복한 웃음을 짓는 가족들을 그린 광고판이었다. 그런 평화로운 그림이 폭격 맞은 공터와 무슨 관련이 있다는 것인지 이해하기 힘들었다.

프랭크가 철거반원들에게 물었다. "노박 씨는 어디 있죠?"

"내가 어떻게 알아요?" 한 남자가 퉁명스럽게 말을 받았다. 목살이 두 겹으로 접힌 사람이었다. "궁금하면 집으로 찾아가 봐요."

"여기가 바로 노박 씨가 살던 빵집인데요. 그나저나 〈포트 개발〉은 뭐하는 회사입니까?"

"부동산 개발 회사입니다. 이 집은 이제 〈포트 개발〉 소유가 되었어요."

모드와 키트, 앤서니 신부는 하드보드에 붙여놓은 안내문을 보고 나서 단체로 한숨을 쉬었다.

단 하루 만에 빵집이 사라졌다. 다들 꽃을 한 송이씩 가져와 빵집 앞에 놓아두는 것 말고는 달리 무얼 해야 할지 알 수 없었다.

윌리엄스 형제도 합류했다. 나이가 지긋한 그들 형제는 마치 조문을 온 듯 모자를 벗어들고 있었다. 키트가 의자들을 내왔고, 모드는 담요를 가져왔다. 그들은 길거리에 앉아 담배를 피우며 점점 피폐해져가는 거리를 바라보았다. 허물어져가는 벽, 양쪽 끝부터 조금씩 썩어 들어가듯이 문을 굳게 닫아버린 두 가게, 폭격 맞은 공터에 둘러쳐진 철책이 점점 낙후되어 가는 유니티스트리트의 현실을 적나라하게 보여주고 있었다.

프랭크가 말했다. "노박 씨는 왜 우리에게 아무 말도 하지 않고 떠났을까요?"

아직 푸른 리본 같은 하늘이 조금 남아 있었고, 날씨가 그리 춥지 않았다. 늦은 오후의 햇살이 마치 필터를 통과한 듯 어둑해 유니티스트리트의 모든 건물들이 세상과 동떨어져 보였다. 거리 전체가 하나의 소재로 이루어진 세트장처럼 보이기도 했다. 가게 건물들이 온통 푸른색으로 보였고, 맞은편 주택가도 마찬가지였다. 가게의 쇼윈도들이 노란 액자처럼 보였다. 장의사, 종교 선물 가게, 음반 가게, 문신 가게…….

앤서니 신부가 프랭크의 생각을 읽은 듯이 말했다. "우리가 살아온 삶의 터전이 점점 쇠락의 길을 걷고 있어."

루소 부인이 홍차가 담긴 보온병을 들고 치와와와 함께 나타났다. 윌리엄스 형제는 간식거리로 비스킷을 가져왔다. 키트가 루소 부인에게 의자를 양보했다. 모드는 가게 안으로 들어가 담요를 하나 더 가져왔다.

루소 부인이 겁먹은 표정으로 물었다. "설마 여기 있는 사람들 중에는 가게를 팔고 떠날 사람이 없겠죠?"

형 윌리엄스가 말했다. "우리 형제는 유니티스트리트에서 태어났죠. 관에 들어가기 전에는 이곳을 떠나고 싶지 않아요."

프랭크가 농담 삼아 말했다. "앞으로 약 50년 뒤에 두 분이 동시에 돌아가시면 더블 사이즈 관이 필요하겠네요."

사람들이 그 말에 일제히 웃음을 터뜨렸다.

루소 부인이 말했다. "앤서니 신부님이 노박 씨와 여기에 남은 우리들을 위해 기도해 주세요."

앤서니 신부가 이제 자신은 성직자가 아니라며 손을 내저었지만 루소 부인은 상관없다며 재차 기도를 부탁했다.

앤서니 신부가 어쩔 수 없다는 듯 기도하는 자세로 고개를 숙였다. "주여, 이 거리에서 저희와 오랜 시간 함께 우정을 나누며 지내온 노박 씨가 가게를 처분하고 떠났습니다. 부디 어딜 가더라도 노박 씨가 용기와 힘을 잃지 않고 복된 삶을 누릴 수 있도록 이끌어주소서. 저희는 비록 가난하지만 마음은 풍요롭나이다. 어려운 가운데 이 거리를 지켜온 저희들 모두가 주의 축복 속에서 슬기롭게 고난을 극복할 수 있도록 은총을 베풀어 주소서."

사람들이 한목소리로 아멘을 했다. 루소 부인이 흐느끼기 시작하자 모드가 휴지를 건넸다. 루소 부인은 눈물을 닦으며 모드의 손을 잡았고, 그다음에는 키트가 프랭크의 손을 잡았고, 앤서니 신부는 윌리엄스 형제에게 손을 내밀었다. 이제 유니티스트리트에 남아있는 모든 가게 주인들이 한자리에 앉아 손을 굳게 잡았다. 유니티스트리트뿐만 아니라 이 도시의 여러 곳에서 오래되고 낡은 건물들이 재개발의 물결에 내밀려 철거되고 있었다.

가게 맞은편 주택가 사람들이 따뜻한 음식을 내왔다. 동그란 안경을 쓴 금발 머리 여자가 말했다. "어느 날 회사 일이 늦게 끝나게 되어 노박 씨에게 전화해 사정을 말했더니 퇴근할 때까지 문을 열어두고 기다리고 계시더군요. 배려심이 많은 분이었는데 정말이지 안타까워요."

관자놀이 부분이 희끗희끗한 남자도 한마디 했다. "제 딸의 생일에 빨간 새를 장식한 초코케이크를 사러 갔는데 다 떨어지고 없는 거예요. 딸이 각별히 좋아하는 케이크라 몹시 아쉬워하자 노박 씨가 밤늦게까지 수고해가며 만들어주었던 기억이 나요."

사람들은 빵집 앞에서 음식을 나누어 먹으며 어디론가 떠나간 노박 씨를 추억했다. 제2차 세계대전에 참전했던 그는 전쟁이 끝난 직후 부인과 함께 빵집을 열어 한때는 이 도시에서 명성이 자자했는데 결국 시대의 물결을 거스르지 못하고 문을 닫게 되었다.

〈잉글랜드 글로리〉의 바텐더 피트가 맥주를 가져왔고, 프랭크는 스피커를 밖으로 꺼내놓고 음악을 틀었다. 유니티스트리트는 자연스레 파티 장소가 되었다.

프랭크가 술잔을 기울이고 있는 사람들에게 건배 제의를 하며 말했다. "우리 모두 힘을 합치면 살아남을 수 있어요."

15
나는 살아남겠어

(I Will Survive) _ 글로리아 게이너의 1978년 곡

달빛의 푸른 기운이 가게를 가득 채웠다. 프랭크는 턴테이블 뒤에 앉아 자주 가게에 들르던 아이를 생각했다. 그 아이는 수요일만 되면 가게에 왔다. 음반을 정리하다가 손이 닿지 않으면 상자를 밟고 올라가 기어이 임무를 완수했다. 하얀 빛이 도는 금발에 파란 눈을 가진 아이였다. 나이는 일고여덟 살쯤 되었고, 마음이 뻥 뚫릴 만큼 큰 눈이 귀여운 아이였다.

프랭크는 아이에게 하이든, 글렌 밀러, 오 제이스, ELO의 음악을 들려주었다. 조용한 아이였지만 의외로 웅장한 음악을 좋아했다.

언젠가 아이가 말했다. “엄마는 집 밖에 나가지 않아요. 형이 둘 있고, 아빠는 다른 도시에서 일하는데 집에 잘 들르지 않아

가끔 볼 수 있어요."

프랭크는 아이의 부모가 이혼해 따로 살고 있을 거라고 짐작했다.

어느 날, 아이가 말했다. "제 잘못이에요."

"네 잘못이라니?"

아이는 대답 대신 팔을 보여주었다. 시퍼런 멍 자국이 보였다.

"누가 이런 짓을 했니?"

아이는 끝내 매를 때린 사람이 누군지 말해주지 않았다. 그저 자신이 어떤 처지인지 알려주고 싶었던 것 같았다. 프랭크가 집으로 돌아가려는 아이의 손에 좋아하는 음반을 들려주려고 하자 가벼운 한숨을 쉬며 말했다. "집에 턴테이블이 없어요."

프랭크는 더 이상 음반을 권할 수 없었다. 아이는 턴테이블이 없다는 말을 하고 나서 울음을 참으려고 애쓰다가 기어이 눈물을 쏟아냈다. 굵은 눈물방울이 아이의 뺨을 타고 흘러내렸다.

"아저씨, 제가 가게에 오는 게 싫죠?"

"아니, 단 한 번도 그런 생각을 한 적이 없어. 가게에 오고 싶으면 언제든지 와도 돼. 넌 정말 착한 아이라서 아저씨도 너랑 함께 있으면 기분이 좋아."

아이는 그 후 몇 년 동안 가게를 드나들었다. 비록 행색은 초라해도 반짝이는 눈빛과 착한 심성을 가진 아이였다. 아이가 어려운 환경 속에서도 그토록 착한 마음을 유지하며 살아가고 있는 모습이 대견스러웠다. 불우한 환경에도 언제나 주눅 들지 않고 해맑은 표정을 짓는 아이를 볼 때마다 오래전 자신의 모습이 겹쳐지며 애잔한 생각이 들었다.

프랭크는 아이가 가게 문을 열고 들어설 때마다 반가운 마음을 듬뿍 담아 하이파이브를 했다.

"그동안 잘 지냈어, 대장?"

"네, 잘 지내요."

아이가 한동안 가게에 오지 않아 프랭크는 사람들을 만날 때마다 물었다. "나이는 여덟 살이고, 머리는 하얀 빛이 도는 금발이고, 눈이 크고 초롱초롱한 아이인데 혹시 어디선가 본 적이 있어요?"

안타깝게도 아이에 대해 아는 사람이 없었다.

"금발 머리 아이라고 하면 너무 막연하잖아요. 좀 더 구체적인 특징을 말해 봐요."

"눈빛이 파랗고, 몸에서 빛이 나고, 그 나이답지 않게 말수가 적어요."

끝내 아이의 소식을 듣지 못했다.

앤서니 신부가 프랭크의 마음을 달래주었다. "자네 덕분에 그 아이는 음악의 세계를 알게 되었어. 아이는 아마 음악을 들으며 힘겨운 날들을 이겨나가고 있을 거야. 이제 자네의 도움을 받지 않고도 어떻게 살아야 할지 좋은 방법을 찾아낼 거라고 믿어. 생각이 깊고 지혜로운 아이니까."

프랭크는 어둠 속에 가만히 앉아 손으로 머리를 감싸 쥐었다. 아이가 앤서니 신부의 말처럼 정말 행복한 삶을 누리게 되었는지, 아니면 음악을 들으러 올 시간이 없을 만큼 피폐해진 생활을 하고 있는지 알 길이 없어 괴로웠다.

아이는 지금 어디에 있을까? 어떻게 살아가고 있을까?

아이가 음반 가게에 드나들 때 이름 대신 대장으로 부른 게 후회되었다. 아이의 이름과 주소를 알아두었어야 마땅했는데 묻지 않았다. 나름 친절하고 다정하게 대해주긴 했지만 아이의 마음을 채워주기에는 여러모로 부족했을 것이다. 프랭크는 이 세상에 혼자 버려졌다는 느낌이 들 때 얼마나 큰 좌절감을 갖게 되는지 잘 알고 있었다.

• • •

키트가 뜬금없이 물었다. "일사가 다시 올까요?"

"나도 모르지."

"멀리 떠났을까요?"

"그럴지도 모르지."

왜, 일사를 잡지 않았을까? 일사가 바흐의 《두 개의 바이올린을 위한 협주곡 d단조》에 대한 이야기를 들려달라고 했을 때 왜 다른 손님들에게 하듯이 즐겁게 받아들이지 않았을까?

어차피 이루어질 수 없는 사이라면 미련을 남겨두지 말고 깨끗이 정리하는 게 좋다는 생각이었는데 두고두고 후회하게 될 줄은 미처 몰랐다. 미련을 떨쳐버리려 애쓸수록 일사의 얼굴이 머리에 찰싹 들러붙어 떨어질 줄 몰랐다.

프랭크는 혹시 녹색 코트를 입은 여자가 가게 앞을 지나가지는 않을까 하는 생각에 자주 바깥으로 눈길을 주었다. 심지어 일사와 우연히 마주치길 기대하며 밖으로 나가보기도 했다.

누군가 문을 닫은 두 가게의 문에 스프레이로 낙서를 해놓고 사라졌다. 폭격 맞은 부지에 세워둔 광고판에 등장하는 사람들의 얼굴에는 우스꽝스러운 수염과 뿔을 그려놓았다.

시의회에서 담당자가 나와 유니티스트리트의 가게들을 대상으로 안전 점검을 실시했다. 건물 벽이 낡아 붕괴 위험이 크다는 민원이 접수된 까닭이었다.

회색 슈트 차림에 어깨가 구부정한 시의회 공무원이 말했다.

"당장 건물 외벽 수리를 하지 않을 경우 영업정지 처분을 내릴 수밖에 없습니다. 작업을 마칠 때까지 행인들이 접근하지 못하도록 노란색 경고 테이프를 두르고, '벽돌 낙하 주의'라고 쓴 표지판을 설치하세요."

모드가 공무원에게 물었다. "노란색 경고 테이프를 두르면 손님들이 아예 가게에 출입할 수 없을 텐데 어떻게 장사를 하죠?"

"출입문만 빼고 두르면 되죠."

가게 주인들은 어쩔 수 없이 건물 주위로 노란색 경고 테이프를 두르고, 접근 금지 표지판을 설치했다.

모드가 시니컬하게 말했다. "범죄 현장에 쳐놓은 폴리스 라인 같네."

도시를 뒤덮은 차갑고 눅눅한 안개가 좀처럼 걷힐 기미를 보이지 않았다. 안개가 짙은 날에는 바로 옆집도 보이지 않았다. 동이 터오는 아침에는 거리 일대가 온통 뿌옇게 변해 한치 앞을 내다볼 수 없었다.

프랭크는 〈포트 개발〉에서 보낸 편지를 받았다. 가게를 팔 의사가 있는지 묻는 편지였다.

프랭크는 편지를 돌돌 말아 쓰레기통에 던져버렸다. 마음 같아서는 편지를 자근자근 밟아버리고 싶었지만 겨우 참았다.

최근에 녹색 코트를 입은 일사를 보았다는 말이 자주 흘러나왔다. 〈잉글랜드 글로리〉의 단골손님들이 주로 일사를 봤다는 이야기를 했다. 이가 다 빠져버리고 달랑 세 개만 남은 남자는 식당으로 들어가는 일사를 보았다고 했다. 헤어롤로 머리를 말아 올린 여자는 약국에서 마주친 적이 있다고 했다.

프랭크는 한 번도 본 적이 없었기에 그 말을 믿을 수 없었다.

키트도 일사를 보았다고 했다. "일사가 낡은 집 지하로 내려가는 걸 봤어요."

모드가 말했다. "확실해?"

앤서니 신부도 끼어들었다. "일사가 이 도시에 있다면 음반 가게에 한 번쯤 들르지 않았을까?"

키트가 풀이 죽어 말했다. "11번 버스를 타고 갈 때였는데 안개가 짙게 낀 날이라 내가 본 여자가 일사였는지 확신할 수는 없어요."

모드가 소리쳤다. "이런 멍청이! 확실하지 않은 얘기는 아예 꺼내지도 마."

결국 일사의 행방은 여전히 오리무중이라는 결론이 내려졌다.

프랭크는 일요일에 라디오 인기 가요 프로그램인 〈톱 40〉을 듣고, 월요일 아침에는 차트에 새롭게 등장한 싱글 앨범들을 정리했다.

음반 가게 문을 밀고 들어선 루소 부인이 말했다. "머릿속에서 맴도는 노래가 하나 있는데 제목이 생각나지 않아. 자, 내가 허밍으로 불러볼 테니까 잘 들어봐."

요즘 들어 프랭크는 사람들에게 도움이 되는 일을 한다는 자부심이 사라졌다. 갑자기 자기 자신이 낯설어보였다. 다른 사람이 대신 음반 가게에 나와 앉아 있는 듯했다.

어머니가 세상을 떠난 후 프랭크는 사람들과 좋은 관계를 유지하려고 애써왔다. 사람들과 가까이 지내려고 애쓰다 보니 결국 돈독한 사이가 되었지만 다들 이런저런 이유로 떠나갔다. 어머니가 세상을 떠나고 나서 혼자 남았다는 생각을 지울 수 없었는데 그때와 비슷한 기분이 들었다. 식당 웨이트리스에 이어 우체국에서 일하는 여자를 만났다가 헤어졌다. 그 이후 두 번은 연상의 여자를 만났다. 결과는 언제나 이별로 이어졌다. 그 어떤 여자도 그의 텅 빈 가슴을 채워주지 못했다.

프랭크는 몇 번의 이별을 경험하는 동안 여자에 대한 자신감을 잃었다. 여자와 가까워질수록 마음이 불안했고, 상대가 미래를 함께하고 싶어 하는 신호를 보내면 더럭 겁이 났다. 그런 일이 축적되다 보니 차라리 혼자 지내는 게 마음 편했고, 모두 다 잊고 차라리 음악에서 위안을 찾으며 사는 게 홀가분하고 좋았다.

화요일에 단골 학생이 들러 마이클 잭슨의 《배드(Bad)》를 찾았다. 프랭크는 그제야 앨범이 품절되었다는 걸 알게 되었다. 필과 크게 다툰 이후 음반사 영업사원들의 발길이 뚝 끊겼다. 영업사원이 와야 품절된 앨범들을 구매할 수 있을 텐데 일주일 동안 단 한 사람도 오지 않았다.

키트가 말했다. "제가 어제 《배드》가 품절되었다고 말씀드렸잖아요."

"그랬어?"

"제가 무슨 말을 하는지 못 들었어요? 그때 사장님이 창밖만 우두커니 내다보고 계셨으니 그럴 수도 있겠네요."

프랭크는 품절된 앨범을 구입하기 위해 음반사 영업사원에게 전화를 걸었다. 프랭크가 이름을 밝히자마자 아무런 말도 없이 전화가 끊겼다. 다른 영업사원에게 전화했지만 결과는 마찬가지였다. 프랭크가 이름을 밝히자마자 다들 하나같이 전화를 끊었다.

"영업사원들이 고의적으로 회피하는 것 같은데요."

"그동안 좋은 관계를 유지해왔는데 회피할 이유가 없잖아."

잠시 후 가장 자주 들르던 영업사원으로부터 전화가 걸려왔다.

"당분간 사장님 가게에는 가지 않겠습니다. 다른 영업사원들도 저랑 같은 생각일 겁니다. 사장님이 엘피판만 고집하기 때문만은 아닙니다."

가게에 손님은 두 명뿐이었다. 루소 부인은 청음실에서 잠들어 있었고, 다른 손님 하나는 음반을 둘러보고 있었다.

"다들 사장님이 인간적이라며 좋아했는데 배신감을 느끼고 있습니다. 필이 그렇게 진지하게 부탁했는데 왜 들어주지 않았죠?"

"필이 매출 기록을 조작해달라고 했어요."

"바람직한 일은 아니지만 다들 먹고살기 위해 어쩔 수 없이 그렇게 하고 있어요. 필이 회사에서 해고당했습니다. 사장님에게도 어느 정도 책임이 있어요."

프랭크는 등골이 서늘해지도록 놀랐다. "필이 회사에서 잘려요? 정말입니까?"

"영업사원들 사이에서 필의 해고 소식이 가장 뜨거운 화제입니다. 앞으로는 어느 누구도 사장님 가게에 들르지 않을 겁니다. 불편하시겠지만 당분간 음반사와 직거래를 트세요." 영업사원이 허탈하게 웃으며 말을 이었다. "사장님만 왜 유독 시대의 흐름을 외면하죠?"

프랭크는 하루 종일 그 질문에 대한 답을 찾기 위해 머리를 싸맸지만 결국 실패했다.

시디를 취급하라는 제안을 받아들였어야 했나? 매출 조작 제안을 받아들여야 했나? 매출 조작에 협조하지 않았다고 배신자로 몰아붙이는 건 너무 심하잖아.

프랭크는 최근 몇 주 동안 유니티스트리트를 벗어난 적이 없었다. 고개를 높이 들어 올리고 다른 세상에 눈길을 주었다면 어떤 일이 벌어졌을까?

필의 집에 전화했더니 부인이 받았다. 필은 지금 술집에 있고, 앞으로 다시는 전화하지 말아달라고 냉정하게 말했다.

프랭크는 아무리 배신자로 낙인찍힌다 해도 매출 조작 제안만큼은 받아들일 생각이 없었다. 영업사원들 입장에서 보자면 시디를 취급하지 않는 음반 가게와 굳이 거래를 계속할 이유가 없을 듯했다.

일이 이렇게 된 이상 음반사와 직거래를 트는 수밖에 없었다.

프랭크는 여러 음반사에 전화를 걸어봤지만 돌아오는 대답은 한결같았다. 시디를 취급하지 않는 음반 가게와는 직거래를 할 수 없다고 했다. 엘피판만 받을 경우 한 장 가격에 세 장을 주는 이벤트도 진행할 수 없다고 했다. 시디를 취급하지 않을 경우 제값을 다 내고 엘피판을 구입해야 하고, 만약 재고 물량을 반품할 경우 페널티 비용을 추가로 부담해야 한다고 했다. 히트 싱글 앨범은 어떻게 구해야 하는지 묻자 A&R 음반사 직원이 퉁명스레 말했다.

"난들 어떻게 알겠어요. 〈울워스〉에 가서 물어보세요."

프랭크는 금전 출납기에 들어있는 돈을 몽땅 꺼내 지갑에 챙겨 넣고 재킷을 걸쳐 입었다. 바깥 공기가 어찌나 차가운지 입김이 무성하게 쏟아져 나왔다. 한동안 전혀 운행하지 않은 밴의 유리창에 성에가 잔뜩 끼어 밖이 내다보이지 않아 잠시 히터를 틀고 기다려야 했다. 높이 솟은 나무들은 앙상한 가지만 남아 찬바람을 그대로 맞고 서있었다. 건물 옆을 지나다닐 때 조심하라는 뜻으로 둘러놓은 노란색 경고 테이프가 아래로 축 늘어져 있어 과연 효용성이 있을지 의문이었다.

코트를 입고 털모자를 쓴 앤서니 신부가 종교 선물 가게에서 쇼윈도에 진열된 예수상에 쌓인 먼지를 털어내고 있었다. 프랭크가 장의사 앞을 지나갈 때 윌리엄스 형제가 밖으로 나와 차를 세웠다.

형 윌리엄스가 주머니에서 편지를 꺼내 프랭크에게 건네며 물었다. "자네는 어떻게 생각하나?"

프랭크는 〈포트 개발〉이라는 글자가 보이는 순간 편지를 읽고 싶은 생각이 사라져버렸다.

"〈포트 개발〉과 관련되어 있는 이야기라면 관심 없어요."

"〈포트 개발〉에서 가게를 사고 싶다는 편지를 보내왔어. 우리에게는 적지 않은 액수야. 아마 그들이 제시한 가격보다 더 비싸게 가게를 사려는 사람은 없을 거야." 쌍둥이 형제들이 서로 눈치를 살피다가 이번에도 다시 형 윌리엄스가 나섰다. "오랜 이웃이었던 노박 씨가 가게를 팔고 떠난 이후 우리 형제도 고심이 많았어. 시의회 공무원이 외부 수리를 하지 않을 경우 영업정지 처분을 내리겠다고 했잖아. 건물 수리를 해야 하는데 비용도 없고, 찾아오는 손님도 없어."

"시의회에서 그냥 겁주려고 한 말입니다. 건물 수리를 하지 않는다고 영업정지 처분을 내릴 수는 없어요. 어려운 때일수록 똘똘 뭉쳐야 합니다. 부동산 개발업자들과 개별적으로 접촉하는 건 위험해요. 〈포트 개발〉 사람들은 이 거리 가게들이 전부 문을 닫을 때까지 개별적으로 회유할 게 뻔해요. 그들의 각개

격파 전략에 넘어가서는 안 됩니다."

윌리엄스 형제는 고개를 푹 숙였다. 동생 윌리엄스의 옷깃에 달걀 얼룩이 묻어 있었다. 그들은 유행이 한참 지난 슈트를 입고 있었고, 오늘따라 어깨가 축 처져 서커스단 광대처럼 체격이 왜소해 보였다.

형 윌리엄스가 펠트 중절모를 만지작거리며 거듭 한숨을 쉬다가 말했다. "자네 말이 옳다는 건 알지만 당장 생계를 유지하기 어려운 실정이라 얼마나 더 버틸 수 있을지 모르겠어."

"이런 때일수록 힘을 합쳐 대처해야 합니다. 조만간 대책 회의를 열어야겠어요."

"그나저나 자네는 어딜 가려고 나선 건가?"

프랭크는 캐슬게이트에 음반을 사러 간다는 말을 할 수는 없었다.

"그냥 답답한 일이 많아 시내에 나가 바람 좀 쐬고 오려고요."

필이 말한 대로 엘피판만 판매하려면 매출 기록을 조작하는 수밖에 없고, 다들 그렇게 하는 눈치였다.

종교 선물 가게를 지나갈 때 마일스 데이비스의 《카인드 오브 블루(Kind of Blue)》를 틀어놓은 앤서니 신부가 손을 흔들었다.

16
마일스의 부츠

페그가 처음 마일스 데이비스의 《카인드 오브 블루》 음반을 들려주었을 때 프랭크는 그 음악의 어떤 부분이 그토록 강렬한 인상을 주었는지 미처 알지 못했다. 마일스 데이비스의 앨범이 막 출시되었던 1959년에 그는 겨우 열한 살이었다.

프랭크는 마일스 데이비스의 음악을 듣는 동안 닫혀있던 문이 하나씩 열리는 것 같은 느낌을 받았다. 이제 음이 느려지겠지 싶으면 빠르게 달렸고, 이제 곧장 앞으로 직진하겠지 생각하면 옆으로 비켜갔다. 이제 천천히 걸어갈 거라고 짐작하면 갑자기 지느러미가 생긴 듯 부드럽게 유영했다.

"마일스 데이비스의 이 음반이 재즈 역사를 다시 쓰게 될 거야."

"그렇게 대단한 음반이에요?"

페그는 천장을 향해 담배 연기를 길게 내뿜었다.

"아무도 가보지 않은 길을 열어젖혔으니까. 이 음반을 만드는 데 동참한 마일스 데이비스, 빌 에반스, 존 콜트레인, 윈튼 켈리, 캐논볼 애덜리, 폴 챔버스, 지미 콥은 하나같이 당대 최고의 재즈 뮤지션들이었어. 마일스 데이비스가 이 뛰어난 뮤지션들을 한자리에 모았을 때만 해도 저마다 재즈의 일가를 이룬 대가들에게 어떤 역할을 맡길지 예측할 수 없었어. 마일스 데이비스는 뮤지션들에게 고정된 역할을 맡기기보다는 즉흥 연주를 해달라고 주문했지. 스튜디오에 모인 뮤지션들은 마일스 데이비스의 의도대로 각자 자기 스타일을 유지하며 자유롭게 연주를 했어. 앞으로 세상 사람들 모두가 《카인드 오브 블루》를 소장하게 될 거야. 재즈를 그다지 좋아하지 않는 사람도 이 앨범만큼은 반드시 소장하고 싶어 할 테니까."

"그렇게 될 거라 확신하는 근거가 뭔데요?"

"이 앨범은 재즈 역사상 가장 뛰어난 걸작이니까."

페그가 재즈를 좋아한 이유는 딱히 없었다. 음악에 관한 한 페그는 경계가 없었고, 모든 장르에 대해 문호를 개방하고 받아들일 수 있는 마음의 준비가 되어 있었다.

바닷가 하얀 집의 정원 담장에는 큰 구멍이 하나 뚫려 있었다. 페그가 레인지 로버를 후진시키다가 담장을 들이받았을 때 생긴 구멍이었다. 어느 해 여름에 페그는 사람들을 집으로 불러

들여 정원 가꾸기 강습을 했다. 또 어느 해 여름에는 프랑스어 초급 과정 코스를 열었다. 페그는 다방면에 재주가 뛰어났고, 음악에 대한 지식은 타의 추종을 불허할 만큼 풍부했지만 어느 한 분야에 집중하지 못하는 게 단점이었다.

페그는 변덕이 심해 무슨 일이든 꾸준히 지속하지 못했다. 페그에게 규칙은 파기하기 위해 존재했다. 사랑에 관해서도 마찬가지였다. 어느 누구보다 연애를 잘하는 편이었지만 쉽게 싫증을 냈기에 그 어떤 상대와도 오래도록 좋은 관계를 유지하지 못했다.

페그는 재즈 뮤지션들을 별명으로 부르길 좋아했다. 디즈, 트레인, 카운트, 프레즈. 재즈 뮤지션의 연인쯤 되어야 알 수 있는 사소한 습관과 특징에 대해서도 모르는 게 없었다.

"카운트 베이시는 불을 켜놓지 않으면 잠을 못 이루었어. 레스터 영도 어둠을 무척이나 싫어했지. 듀크 엘링턴은 뭐든 마무리 짓는 걸 두려워해서 셔츠 단추를 채우지 않았어. 디지 길레스피는 엄청난 악동이었지. 마일스 데이비스도 엉뚱한 점이 많았어."

"마일스 데이비스의 엉뚱한 점이라면?"

"그가 어느 유명 재즈 뮤지션에게 연락해 함께 연주하자고 제안했어. 유명 재즈 뮤지션은 마일스 데이비스의 제안을 흔쾌히 받아들였고, 결국 무대에 함께 오르게 되었지. 연주가 끝났을 때 그는 진심으로 뿌듯해했어. 연주 경험이 풍부한 재즈 뮤지션 이었는데 그날 연주가 그의 생애에서 가장 마음에 들었기 때문이었지. 그가 마일스 데이비스와 연주할 때 일화를 공개했어. 마일스 데이비스가 손으로 계속 바닥을 가리키더라는 거야. 그는 소리를 줄이라는 뜻으로 알아듣고 앰프의 출력을 낮추었는데 마일스 데이비스가 계속 손가락으로 바닥을 가리키더래. 얼마나 표정이 진지한지 그가 소리쳐 물었어. '마일스, 내가 뭘 해주길 바라는 거예요?'라고 했더니 마일스가 손으로 자신의 발을 가리키며 '새 부츠를 샀는데 어때요?'라고 했다는 거야."

페그는 마일스 데이비스의 음악을 각별히 좋아했다.

재즈는 음표 사이의 공백이 중요한 음악이다. 내면에서 울리는 소리에 귀를 기울일 때 벌어지는 일들을 담은 음악이다. 재즈는 간극과 틈이 포인트다. 추락을 두려워하지 않을 때만이 진정한 삶이 펼쳐지듯이.

17
사랑을 나눠요

(Let`s Get It On) _ 마빈 게이의 1973년 곡

"사장님, 어떻게 하죠? 매출 기록기가 고장 났어요."

키트가 매출 기록기를 들고 울상을 짓고 있었다.

"갤럽에서도 그 기기가 망가질 거라고는 예측하지 못했을 거야. 도대체 어쩌다가 망가진 거야?"

"매출 기록기에 묻은 먼지를 제거하려고 플러그를 뽑고 걸레로 닦아내다가 망가뜨렸어요."

"걸레로 먼지를 닦는다고 기기가 망가지는 경우는 없잖아?"

"너무 열심히 닦다가 그만 기기를 바닥에 떨어뜨렸는데 플러그를 다시 꼽고 아무리 버튼을 눌러도 작동이 되지 않아요."

"매출 기록기는 수백 파운드가 넘는 기기니까 각별히 조심해서 다루어야 한다고 말했잖아. 가뜩이나 매출이 많이 떨어졌는

데 비싼 기기를 망가뜨리면 어쩌라는 거야?"

키트가 말을 제대로 하지 못하고 머리만 긁적였다.

"기기를 굳이 손에 들고 닦을 필요는 없잖아. 그냥 제자리에 놓아두고 먼지만 살살 닦아내면 될 텐데 꼭 무리하다가 아예 망가뜨려 버리잖아."

"이럴 때 일사가 있었으면 정말 좋았을 텐데, 정말이지 아쉬워요."

"일사가 있다고 뭐가 달라지는데?"

키트가 반전의 기회를 잡았다는 듯 의기양양하게 말했다. "일사는 뭐든 기가 막히게 잘 고쳐요. 연필깎이도 고쳐놓았고, 살짝 찢어진 앨범 재킷도 감쪽같이 붙였어요. 제가 입고 있는 셔츠에 예쁜 글씨를 수놓은 솜씨도 뛰어나고, 벌어진 창문을 완벽하게 메워놓았어요. 일사가 있었으면 아마 이 기기도 간단하게 고쳤을 거예요."

프랭크는 매출 기록기를 들고 턴테이블 쪽으로 갔다. 전원을 연결하고 '엔터' 버튼을 눌렀지만 기기가 작동할 때 울리는 삐 소리가 나지 않았다. 그때 처음 보는 꽃이 눈에 들어왔다. 일사가 두고 간 선인장에 어느새 분홍색 꽃이 피어있었다.

"일사는 잊어버려. 다시는 오지 않을 테니까."

키트는 그 말에 아무런 대꾸도 하지 않았다. 다만 먼 바다를 살피듯 손을 눈 위에 대고 가게를 이리저리 둘러보다가 음반이 들어있는 상자 몇 개를 괜히 들었다 놨다 했다.

• • •

폴리돌 사의 담당 여직원은 시디 판매대를 설치하지 않을 경우 엘피판을 공급해줄 수 없다고 했다. 매출 기록기도 교체해주길 바랐지만 불가하다고 잘라 말했다. 시디를 판매하지 않는 가게와는 거래를 이어가기 어렵다고 했다.

그날 밤, 프랭크는 앤서니 신부를 만나 하소연하듯이 말했다. "정말이지 어이가 없어서 원! 지난 수 년 동안 아무런 문제없이 거래를 유지해왔는데 시디를 취급하지 않겠다고 하니까 다시는 볼 일이 없는 사람 취급을 하네요. 야박하기 그지없는 사람들 같으니라고."

프랭크는 모처럼 종교 선물 가게를 방문해 앤서니 신부와 L자 형 카운터에 앉아 홍차를 마시고 있었다. 실내공기가 제법 썰렁했지만 앤서니 신부와 함께 있다 보니 그나마 마음이 차분해졌다. 종교 선물 가게에서는 언제나 광택제 냄새가 났고, 진열장이 늘 깔끔하게 정리되어 있었다. 자애로운 포즈를 취하고 있는 성인들의 조각상, 햇빛에 오래 노출되어 표지색이 일부 변색된 기도서들, 종교시집들, 선물 카드들, 가죽 표지로 된 성서들이 늘 있던 자리에 놓여있었다.

"자네는 가끔 아이러니하다는 생각이 안 드나?"

"아이러니라니요? 무슨 말씀이신지……."

"자네는 음반 가게를 찾는 손님들에게 주로 무슨 말을 해주나?"

"당신의 마음에 쏙 드는 음반을 찾아줄 테니 저를 믿어달라고 하죠."

"그래, 자네는 손님들에게 늘 믿어달라는 말을 하지?"

"네, 그런데요?"

"자네는 약속대로 언제나 손님들이 흡족해하는 음악을 찾아 주곤 하지. 자네가 가진 매우 특별한 재능이야. 아무나 할 수 있는 일이 아니니까. 게다가 자네는 언제나 성심성의껏 손님들을 상대하지. 처음에는 대부분 음반을 사러오지만 나중에는 해결 기미가 보이지 않는 고민거리를 들고 찾아오는 손님들이 많아."

"그런 손님들이 제법 있긴 해요." 프랭크는 벌레를 쫓아버리듯 팔을 휘저었다. "제가 손님들이 털어놓는 이야기를 주의 깊게 들어주고, 나름의 해법을 제시하니까 그런가 봐요. 게다가 위안이 되는 음악을 추천해 주기도 하니까. 손님들에게 좋은 음악을 소개해 주는 게 저에게 주어진 일이잖아요. 매출에 연연하지 않고 손님들과 좋은 친구가 되려고 애쓰고 있어요."

"그러니까 자네는 마음이 무척이나 아름다운 사람이야. 손님들을 돕고자 하는 건 그들이 원해서가 아니라 자네 스스로 정한 거잖아."

"네, 그렇긴 하죠. 자, 이제 저에게 해주고 싶은 말이 뭔지 빙빙 돌리지 말고 털어놔 보세요."

앤서니 신부가 빙그레 웃으며 말했다. "손님들이 여러 가지 고민을 털어놓고 나서 좋은 해결 방안이 없는지 물을 때마다 자네가 해준 말이 뭔지 기억하나? 고민을 해결하려면 우선 자기 자신이 변화해야 한다고 말했어."

"풀리지 않는 매듭을 풀고 싶으면 당연히 방식을 바꾸어야 하잖아요. 자기 자신이 변해야만 상대도 변하고, 그래야만 해결의 실마리를 찾을 수 있으니까."

"지극히 합당한 말인데 자네 자신은 정작 변화를 두려워하고 있다는 게 문제야. 자네가 엘피판을 고집하는 마음은 분명 아름답지만 이제는 시대의 흐름을 수용할 필요가 있지 않을까? 음반사의 요구대로 시디를 취급하는 대신 엘피판을 중점적으로 팔면 되잖아."

"현실적으로 생각하자면 시디를 파는 게 순리이지만 세상이 천편일률적으로 되어가는 건 바람직하지 않다고 봐요. 어차피 규모 면에서 〈울워스〉처럼 큰 음반 가게와는 경쟁이 되지 않아요. 제가 알기로는 엘피판만 고집하는 사람들이 의외로 많아요. 저는 그런 손님들의 뜻을 받들면서 엘피판만 팔고 싶어요. 변화가 두려워 엘피판만 고집하는 건 아닙니다. 엘피판만으로도 충분히 승산이 있기 때문에 고집을 부리는 거예요."

"자네 말에도 일리가 있으니까 그건 그렇다 치고, 연애 문제에 있어서는 왜 변화를 두려워하는지 말해주겠나? 자네는 일사 브로우크만을 마음에 두고 있으면서도 적극적으로 다가가기보다는 오히려 회피하고 있어. 내가 잘못 보지 않았다면 분명히 그래."

"몇 번의 연애를 하는 동안 매번 안 좋은 결과로 이어졌어요. 이제 더는 상처받고 싶지 않아요. 언제나 변하지 않는 음악을 사랑하며 살아가는 것만으로도 충분히 즐거울 수 있어요."

"자네는 그 방어 심리를 극복해야 제대로 된 연애를 할 수 있고, 남은 인생을 행복하게 살 수 있다는 걸 알아야 해."

"아직도 지난날의 상처가 가시지 않았어요. 상처를 덧붙이기 싫어요."

이튿날 오후, 일사 브로우크만이 다시 음반 가게에 왔다.

• • •

일사가 오는 날에는 언제나 비가 내렸다. 우산을 손에 든 일사가 쇼윈도 앞에서 등을 돌리고 서있었다. 프랭크는 문을 열고 밖으로 달려 나갔다. 재킷을 들고 나가 일사의 어깨에 걸쳐줘야 하는데 반가운 마음에 급히 달려 나가다 보니 깜박 잊고 말았다.

프랭크는 심장이 쿵쾅거리며 뛰는 걸 느꼈다. 일사의 귀에서 녹색 귀걸이가 반짝였다. 우산을 썼지만 일사의 머리카락이 비에 젖어 있어 안쓰러웠다. 일사는 급히 달려온 듯 숨을 몰아쉬고 나서 특유의 독일식 억양으로 말했다. "저 왔어요. 괜찮죠?"

"괜찮다마다요."

프랭크는 담배를 입에 물고 라이터를 켰지만 바람이 심하게 불고 빗물이 계속 떨어져 불을 붙이기도 전에 자꾸만 꺼져버렸다. 일사가 가죽 장갑 낀 손을 라이터 둘레에 둥글게 모아주어 겨우 불을 붙일 수 있었다.

두 사람은 우산 아래에 나란히 서있었다. 빗물이 우산 안으로 들이쳐 점점 옷이 젖어들고 있었지만 개의치 않았다.

"떠난 줄 알았어요."

"일자리를 구했어요."

"그럼 당분간 이 도시에서 지내야겠네요?"

"그래야 할 것 같아요."

자동차 한 대가 물을 튀기며 지나갔다. 프랭크는 담배 연기를 깊이 빨아들였지만 여전히 채워지지 않는 빈구석이 남아 있었다. 프랭크의 귀에는 빗소리가 마치 멀리서 울리는 사이렌 소리처럼 들렸다.

간간이 거리를 지나는 차 소리만 들려올 뿐 두 사람은 계속 침묵을 지키고 있었다.

일사가 먼저 침묵을 깼다. "비발디를 들어봤어요."

일사가 입을 열자 세상이 온통 숨을 죽였다.

"어땠어요?"

일사가 손을 뻗어 프랭크의 담배를 빼앗아 들더니 한 모금 깊이 빨아들였다.

"당신이 이야기해준 새소리, 폭풍우 소리, 개 짖는 소리를 들었어요. 천둥소리, 세차게 부는 바람 소리도 들려왔어요. 아이들이 얼음을 지치는 소리, 가족들이 난롯가에 모여앉아 도란도란 이야기를 나누는 소리도 들었죠."

일사는 말을 하는 내내 도로만 바라보고 있었다. 프랭크의 담배가 일사의 손에서 타들어가고 있었다. 일사가 되돌려준 담배의 필터에 분홍색 립스틱 자국이 묻어 있었다.

"당신이 《사계》가 무엇을 형상화한 음악인지 이야기해준 덕분에 그 많은 소리들을 들을 수 있었어요. 한동안 음악을 멀리해왔는데 다시 예전처럼 친해질 수 있다는 생각을 갖게 되어서 정말 기뻐요. 그래서 말인데……." 일사는 잠시 말을 멈췄다가 다시 이었다. "일주일에 한 번씩 저에게 음악 강습을 해줄 수 있어요?"

"음악 강습이라고요?"

"장소는 음반 가게가 아니어도 상관없어요. 카페도 괜찮고, 거리를 산책하면서 음악 이야기를 들려주어도 괜찮아요."

프랭크는 일사가 오해하지 않도록 조심스레 말했다. "음악 이야기라면 얼마든지 들려줄 수 있지만 강습은 한 번도 해본 적이 없어서요."

일사의 뺨에 붉은 동그라미가 만들어졌다. “프랭크, 당신은 음반 가게에서 해야 할 일이 많잖아요. 아무런 대가 없이 시간을 내달라고 할 수는 없어요. 당신이 저를 위해 시간을 내준다면 당연히 대가를 지불해야죠. 비용은 당신이 정하세요. 일주일에 한 번만 시간을 내주시면 되고요.”

일사가 고개를 틀어 가게 안을 쳐다보았다. 키트가 쇼윈도에 얼굴을 찰싹 붙이고 서서 두 사람을 눈이 빠지도록 바라보고 있었다. 마치 젤리를 창에 붙여놓은 듯했다.

키트가 물갈퀴를 흔들 듯 두 사람을 향해 손을 흔들었다.

“그렇다고 돈을 받고 음악 강습을 해줄 수는 없어요. 음악 교수도 아닌데 강습이라니요?”

일사가 예상한 답변이라는 듯 고개를 끄덕이며 빗물이 스며든 구두로 보도를 탁탁 쳤다. “무슨 말인지 알겠어요. 그냥 없었던 일로 할게요. 부디 가게가 잘되길 바라요.”

일사는 마치 우산이 자동차 핸들이라도 되듯 손에 꽉 쥐더니 몸을 돌려 빗속으로 달려갔다. 프랭크는 길 끝까지 달려간 일사가 모퉁이를 돌아 사라질 때까지 우두커니 지켜보며 서있었다.

일사 브로우크만, 당신은 도대체 누구야? 왜 잊을 만하면 자꾸 나타나 이토록 마음을 뒤흔들어놓는 거야? 도대체 당신은 정체가 뭐야?

프랭크는 떠나버린 기차를 허망하게 바라보듯 일사가 사라진 모퉁이를 한참 동안 바라보다가 문득 깨달았다.

일사가 다시 오지 않는다면?

그런 생각을 하자 갑자기 슬픔이 봇물처럼 밀려들었다.

"일사, 기다려요."

프랭크가 크게 소리치며 캐슬게이트 쪽으로 달려갔다. 비가 세차게 내리고 있었지만 아랑곳하지 않았다. 운동화가 고인 물에 빠져 흠뻑 젖어들고, 빗물이 얼굴을 차갑게 때렸지만 멈추지 않았다. 무거운 돌덩이가 가슴을 찍어 누르듯 숨이 가빠오고, 다리에 힘이 빠져 당장이라도 쓰러질 것 같았지만 상관없었다.

프랭크는 캐슬게이트의 상가를 지나고, 술집들을 지나고, 마침내 모퉁이로 접어들 때까지 숨이 턱에 닿을 듯 거친 숨을 몰아쉬며 내처 달렸다.

• • •

그날, 캐슬게이트에서는 보기 드문 광경이 연출되었다. 사람들은 굵은 빗줄기가 보도를 뚫어버릴 듯 세차게 내리는 날에 덩치 큰 남자가 비를 흠뻑 맞으며 달려가는 모습을 목도했다. 덩치 큰 남자는 빗물이 눈앞을 가릴 정도로 내리는데 우산도 쓰지 않고, 우비도 입지 않은 상태였다.

남자는 길에서 마주치는 사람들에게 일일이 물었다.

"혹시 녹색 코트 차림에 녹색 장갑을 낀 여자가 어디로 가는지 보셨습니까?"

캐슬게이트의 사람들은 혹시 녹색 코트 차림의 여자가 대단히 값비싼 물건을 훔쳐 달아난 건 아닌지 의심했다. 그도 그럴 것이 덩치 큰 남자는 비를 흠뻑 맞아 머리카락에서 빗물이 줄줄 흘러내리고 있는데도 사람들의 시선을 조금도 의식하지 않고 녹색 코트 차림의 여자를 악착같이 찾아다니고 있었기 때문이다.

마침내 거구의 남자와 녹색 코트 차림의 여자가 길 한가운데에서 서로를 마주한 채 서있었다.

녹색 코트의 여자가 말했다. "무슨 일이죠?"

프랭크가 숨을 헐떡이며 말했다. "당신이 원하는 대로 해줄 수 있어요. 일주일에 한 번씩 당신을 만나 음악 이야기를 들려줄게요."

일사의 얼굴이 먹구름 사이로 한 줄기 햇살이 비치듯 환해졌다.

"듣던 중 반가운 소식이네요."

주변 상점들의 쇼윈도에서 흘러나온 불빛이 굵은 빗줄기 아래에서 마주 보고 서있는 두 사람을 비추었다. 거리를 지나는 행인들도 얼굴 가득 미소를 담고 그들의 옆을 지나쳐갔다.

일사가 먼저 활짝 웃었고, 프랭크는 여전히 계면쩍어 하면서도 히죽히죽 따라 웃었다.

"난생처음 해보는 일이라 잘해낼지 모르겠어요."

"그냥 편안하게 음악 이야기를 들려주면 되니까 부담 갖지 말아요. 비발디의 《사계》에 대한 이야기를 들려주었을 때처럼 하면 되니까."

"장소는 어디가 좋을까요?"

"일단 대성당에서 만나 카페로 이동하면 되겠네요."

"네, 좋아요. 그럼 언제……."

"다음 월요일?"

"음……."

"아니면……."

"화요일?"

"네, 화요일이 좋겠네요. 시간은 몇 시?"

"아무 때나 괜찮아요."

"그래도 당신이 정해요."

"아뇨, 당신이 정해야죠."

"5시 반?"

"네, 좋아요."

두 사람은 일주일 뒤 캐슬게이트에서 가장 유서 깊은 건물인 대성당에서 만나기로 약속하고 헤어졌다.

일사와 헤어진 프랭크는 어린아이처럼 콧노래를 흥얼거리며 음반 가게로 돌아왔다. 돌아오는 길에 몇 번이나 미친 사람처럼 혼자 키득키득 웃었는지 모른다.

18
메시아

장엄하고 우렁찬 합창이 울려 퍼졌다.

"할렐루야! 할렐루야!"

페그와 프랭크는 나란히 누워 헨델의 오라토리오 《메시아》를 듣고 있었다.

"인류 역사상 가장 뛰어난 합창곡이야."

페그는 음악을 다 듣고 나서 헨델에 대한 이야기를 들려주었다. 헨델은 보통 사람들도 이해하기 쉬운 음악을 만들려고 애쓴 작곡가였다. 바흐와 마찬가지로 돌팔이 의사에게 백내장 수술을 받은 결과 끝내 시력을 잃게 되었다. 그나마 비발디와는 달리 재산이 많아 숨을 거둘 때까지 넉넉한 생활을 영위했다. 헨델의 장례식에 무려 3천 명이 넘는 조문객이 찾아왔다.

"《메시아》에 대한 이야기를 들려주세요."

"《메시아》를 발표하기 전까지만 해도 헨델은 번번이 실패를 거듭했고, 경제적인 형편도 좋지 않았어. 헨델은 《메시아》 대본을 읽어보고 나서 비로소 인생에 빛이 되어줄 명곡의 탄생을 예감했지. 헨델은 무려 24일 동안 방에 틀어박혀 작곡에 몰두했어. 식사 시간도 아까워 하인이 방으로 가져다주는 샌드위치로 허기를 달래며 작곡에 매달렸지. 어느 날 하인이 샌드위치를 들고 방에 들어갔더니 헨델이 《메시아》 악보를 손에 들고 눈물을 흘리고 있더래. 헨델이 하인에게 말했대. '나는 천국을 봤어.'라고."

"헨델은 정말 천국을 봤을까요?"

"식사를 거르며 일하다 보니 헛것을 봤을지도 모르지."

페그의 입가에 장난기 어린 미소가 피어올랐다.

"헨델은 엄청난 곡이 탄생했다는 걸 알고 있었던 거야. 헨델이 예감한 대로 《메시아》는 불후의 명곡이 되었지."

《메시아》는 더블린에서 처음 공연을 하게 되었고, 표가 너무 많이 팔려 주최 측에서 관객들에게 넓은 스커트를 입고 오면 안 된다는 조건을 내걸었다. 객석은 입추의 여지가 없었다. 일찍이 그 정도로 열광적인 호응을 이끌어낸 오라토리오는 없었다. 헨델은 1742년에 이미 조지 해리슨이 열었던 '방글라데시 자선 콘서트'를 뛰어넘는 공연을 한 셈이었다.

《메시아》는 사람들에게 '우리는 혼자가 아니다.'라는 사실을 일깨워주었다. 페그는 바로 그 메시지가 마음에 들어 《메시아》를 특별히 더 좋아하게 되었다고 했다. 《메시아》는 사람은 각기 다르지만 하나같이 소중한 존재라는 인식을 고취시키는 곡이었다.

할렐루야! 할렐루야!

페그가 세상을 떠난 지 어느새 15년이 지났지만 프랭크는 여태 어머니가 생전에 가장 좋아한 《메시아》를 들을 수 없었다. 《메시아》를 들으면 어머니가 생각나 감당할 수 없을 만큼 마음이 아플 테니까.

B면
1988년 2월

19
도와줘!

(Help!) _ 비틀스의 1965년 곡

유니티스트리트의 가게 주인들이 영업을 마치고 〈잉글랜드 글로리〉에 모여 앉았다. 치와와를 안고 있는 루소 부인과 쇼팽을 좋아하는 남자도 합석했다. 하루 종일 음반 가게에서 시간을 흘려보낸 깡마른 남자도 그 자리에 왔다. 그가 비스킷과 홍차를 좋아한다는 건 알고 있었지만 어디에 살고, 무슨 일을 하는지는 아무도 몰랐다.

어떤 남자가 주크박스 앞에서 서바이버의 〈아이 오브 더 타이거(Eye Of The Tiger)〉를 무려 열 번이나 반복해서 듣고 나서 술집을 나갔다. 키트는 그 노래에 질려 주크박스 전원을 아예 뽑아버리려다가 가까스로 참았다.

키트가 말했다. "사장님이 일주일에 한 번씩 일사를 만나 음악 강습을 해주기로 약속했다면서요?"

"그래, 음악 강습이라기보다는 그냥 음악 이야기를 들려주기로 약속했어."

"그럼 그냥 평소 손님들에게 하듯 음악 이야기를 들려주면 되지 우리가 도울 일은 또 뭐예요?"

"일사에게 무슨 이야기를 들려주어야 할지 감이 잡히지 않아서 그래. 혹시 좋은 의견이 있으면 참고하려고."

프랭크는 정말 골치 아픈 일이라는 듯 머리를 감싸 쥐었다.

일사를 만나 음악 이야기를 들려주기로 약속했지만 어떤 방식이 좋을지 알 수 없었다. 일사가 어떤 음악을 좋아하는지 모를뿐더러 무엇을 알고 싶어 하는지 몰라 답답했다.

간밤에도 잠을 설쳐가며 머리를 쥐어짰지만 일사가 녹색 코트를 즐겨 입고, 망가진 물건을 잘 고치고, 가시가 많은 선인장을 좋아한다는 것 말고는 딱히 아는 게 없었다.

앤서니 신부가 물었다. "일사가 취직했다며? 어느 회사야?"

"취직했다는 말은 들었는데 어느 회사인지는 몰라요."

동생 윌리엄스가 형의 귀에 대고 물었다. "일사가 독일 출신이지?"

"독일 여성이 맞아. 이곳에는 얼마 전에 왔나 봐."

키트가 좌중을 둘러보며 물었다. "혹시 일사가 장갑을 벗은 모습을 본 적 있어요?"

다들 고개를 저었다.

"제가 기억하기로 일사는 실내에서조차 단 한 번도 장갑을 벗지 않았어요. 수표책에 서명할 때조차 장갑을 벗지 않았으니까."

프랭크가 말했다. "키트, 지금 장갑이 중요한 건 아니잖아."

"아무튼 이상하잖아요."

일사가 왜 실내에서도 장갑을 끼고 다니는지 의견이 분분했다.

앤서니 신부가 말했다. "일사는 예의와 격식이 몸에 배어 있어 집을 나설 때마다 습관처럼 장갑을 착용하는 걸 거야."

형 윌리엄스가 말했다. "위생 문제 때문에 장갑을 끼고 다니는 게 아닐까요?"

쇼팽을 좋아하는 남자가 말했다. "아마도 겨울에 동상으로 크게 고생한 적이 있어 단단히 대비하는 차원에서 장갑을 끼고 다니는 걸 거예요."

홀에 있던 노인이 끼어들었다. "뭔지는 몰라도 손에 보기 흉한 상처가 있을지도 몰라. 가령 어린 시절에 화상을 입은 흉터가 아직 남아있을 수도 있지."

치아가 세 개밖에 남지 않은 남자가 뜻밖의 의견을 내놓았다.

"잘은 모르지만 의수일 가능성도 있어."

키트가 인상을 찌푸리며 말했다. "세상에! 의수라면 일사가 정말 불쌍해요. 어쩌다가 손을 잃게 되었을까요."

모드가 시니컬하게 말했다. "그냥 날씨가 추우니까 장갑을 착용하고 다니겠죠. 그 여자가 장갑을 착용하고 다니든 말든 우리가 무슨 상관이죠? 이 자리에서 시시콜콜하게 그 여자 이야기를 해야겠어요?"

모드는 프랭크와 일사가 가까워지는 걸 결코 바라지 않았다.

앤서니 신부가 말했다. "일사의 장갑 이야기를 하려고 모인 게 아니라 프랭크가 첫 음악 강습을 어떻게 진행하면 될지 도와주려고 모인 거야."

프랭크는 손으로 콧날을 어루만지며 생각에 잠겼다.

왜 일사에게 음악 강습을 해주겠다고 약속했을까?

이제 겨우 문을 살짝 열었을 뿐인데 일사는 어느새 프랭크의 머릿속에 자리를 잡고 짐을 풀었다.

프랭크는 요즘 젊은이들이 얼마나 멋지게 치장을 하고 다니는지 알고 있었다. 캐슬게이트에 새롭게 문을 연 와인 바는 젊은 사람들이 많이 찾는 곳으로 몇 번 그 앞을 지나다가 와인을 마시며 웃고 떠드는 젊은 사람들을 얼핏 본 적이 있었다. 다들 세련된 옷차림에 자신만만한 태도를 보이고 있었다.

프랭크가 힘없이 말했다. "한 가지 아이디어가 있긴 한데 듣고 나서 비웃지는 마세요."

앤서니 신부가 말했다. "우린 모두 자네 친구들인데 비웃기야 하겠나?"

앤서니 신부가 파인애플 주스를 한 모금 마시고 나서 프랭크의 얼굴을 주시했다.

"음악을 시로 표현해 읽어주면 어떨까요?"

"시를 쓰는 게 이야기를 들려주는 것보다 어렵지 않을까?"

"가급적 쉽게 쓰려고요."

다들 아무 말도 하지 않고 묵묵히 앉아 있었지만 좋은 생각이 아니라는 표정이 얼굴에 묻어나 있었다.

앤서니 신부가 다시 말했다. "이전에도 음악을 시로 표현해본 경험이 있나?"

"학교 다닐 때 선생님이 숙제로 내줘 시를 써본 적은 있는데 그 이후로는 전혀 없어요."

다들 답답하긴 한데 적당한 말을 찾지 못해 고개만 저었다.

키트가 과자봉지에 입김을 불어넣어 빵빵하게 부풀린 다음 엉덩이에 깔고 앉자 '펑!' 소리를 내며 터졌다. 나름 답답한 분위기를 환기시키기 위해 생각해낸 장난이었는데 반응이 영 신통찮았다.

앤서니 신부가 말했다. "시를 써본 경험이 없다면 좋은 방법이 될 수 없어."

"음악에 대한 이야기를 피아노 연주로 들려주면 어떨까요?"

"그건 지나치게 고차원적이잖아. 자네가 쇼팽처럼 피아노의 천재라면 모르겠지만 즉흥 연주가 가능하겠어?"

"가능할 것 같지 않아요."

모드가 테이블에 엎드려 가슴을 붙잡고 어깨를 들썩였다. 눈가에 눈물이 촉촉하게 맺혀 있었다.

프랭크가 물었다. "어디 아파?"

"아픈 게 아니라 너무 웃겨서."

모드뿐만 아니라 다른 사람들 역시 억지로 웃음을 참느라 여념이 없었다. 루소 부인이 데려온 치와와도 덩달아 가볍게 짖어댔다.

프랭크는 잠시 멋쩍어하다가 키득거리며 웃었다.

"난 괜찮으니까 맘껏 웃어도 됩니다. 내가 천재도 아닌데 즉석에서 시를 쓰고, 피아노를 연주한다는 게 웃기긴 하네요."

앤서니 신부가 다시 진지한 표정을 지었다. "프랭크, 우리가 처음 만났던 날을 기억하나?"

"기억하다마다요."

"그날 난 자네가 보여준 친절에 깊은 감명을 받았어. 다들 알다시피 그때만 해도 난 매일이다시피 술독에 빠져 지냈지. 그날 음반 가게를 처음 방문했는데 자네는 내 이야기를 귀 기울여 듣고 나더니 재즈 음반을 찾아주었어. 자네 덕분에 오랫동안 잊고 지낸 재즈를 다시 들을 수 있게 되었지. 재즈를 들으면서 많은 위안을 받았어. 일사도 뭔가 대단한 걸 바라지는 않을 거야.

자네가 들려주는 음악 이야기면 충분해. 깊이 고민할 필요 없이 자네가 그날 나에게 그랬듯이 진심을 보여주면 돼."

그 자리에 모인 사람들 모두가 앤서니 신부의 말에 공감을 표했다. 사람들은 저마다 프랭크가 찾아준 음악에 대해 이야기했다.

'프랭크가 나에게 아레사 프랭클린을 찾아주었어.'

'프랭크가 나에게 바흐를 들려주었어.'

'프랭크가 나에게 모타운의 음반을 찾아주었어.'

모두들 프랭크가 있는 그대로의 모습을 보여주면 일사 역시 즐겁게 받아들일 거라며 한목소리로 말했다. 물론 일리 있는 말이었지만 막연한 처방이기도 했다. 그 자리에 있는 사람들은 프랭크가 지난날 사랑에 빠졌다가 얼마나 깊은 마음의 상처를 받았는지 알지 못했다.

프랭크가 여덟 살 때였다. 스쿨버스가 오길 기다리고 있는데 페그가 길모퉁이에서 하늘하늘한 노란색 카프탄드레스를 입고 나타났다. 프랭크는 한달음에 달려가 반갑게 인사했다. "엄마, 안녕?"

페그는 인사를 받지 않고 그대로 지나쳐갔고, 프랭크는 아이들 앞에서 한바탕 웃음거리가 되었다.

그날 저녁, 집으로 돌아와 페그에게 왜 인사를 받지 않고 그냥 지나쳐갔는지 따져 물었다.

페그는 대수롭지 않은 일이라는 듯 시큰둥하게 말했다. "다른 생각을 하느라 인사하는 소리를 못 들었어. 그런 일로 화를 내면 안 돼."

페그가 외면하고 지나갔을 때 프랭크는 버림받은 느낌을 받았다. 망망대해에서 혼자 표류하는 배를 타고 있는 아이가 된 듯했다. 그가 어릴 때부터 페그는 '엄마'라는 호칭을 쓰지 못하게 했다. 버스 정류장에서 페그가 그를 외면한 건 어쩌면 '엄마'라고 부른 호칭 때문이었는지도 모른다. 아이들 앞에서 처음으로 엄마라고 불러 보았는데 외면을 당한 것이다.

프랭크는 물었다. "왜 엄마라고 부르지 못하게 해요? 다른 아이들은 전부 엄마라고 부르는데 왜 나만 안 돼요?"

"왜 굳이 '엄마'라고 불러야 하지? 왜 다른 아이들과 똑같아야 하지? 말끝마다 엄마라고 부르는 것보다 얽매이는 것 없이 깔끔해서 좋잖아."

프랭크는 혼자 있을 때면 가끔 아무도 모르게 '엄마'라는 소리를 내보았다.

'잘 자요, 엄마.', '고마워요, 엄마.'

프랭크는 엄마와 아들 사이에 얽매이는 것 없이 깔끔한 게 왜 좋은 건지 이해할 수 없었다.

어린 프랭크는 가끔 혼자 우울한 기분에 사로잡혔다.

따스한 보살핌을 받고 있다는 느낌을 받고 싶어. 내게도 따뜻한 음식을 차려 주는 엄마가 있었으면 얼마나 좋을까? '사랑해.'라는 말을 자주 해주는 엄마가 있었으면 얼마나 좋을까? 나도 다른 아이들처럼 어리광을 부릴 수 있는 엄마가 있었으면 얼마나 좋을까?

• • •

일사를 만나기 하루 전날 프랭크는 음반을 한 아름 꺼냈다. 일사가 좋아하는 음악이 뭔지 모르는 만큼 우선 그 자신이 좋아하는 음악가들을 주제로 이야기를 시작하기로 했다.

바흐, 조니 미첼, 마일스 데이비스…….

프랭크는 자신이 각별히 좋아하는 음반들을 바닥에 늘어놓았다. 마치 좋아하는 나무들로 꾸민 정원에 앉아 있는 기분이 들었다. 클래식, 재즈, 대중음악이 한자리에 어우러져 있었다.

프랭크는 그 음반들을 바라보는 것만으로도 감회가 새로웠다. 인생의 친구들이라고 해도 과언이 아닌 음반들이었다. 그는 내일이 바로 일사를 만나기로 한 날이어서 설렘과 긴장이 교차하는 가운데 잠이 들었다.

프랭크는 잠에서 깨어난 순간 또다시 암담한 느낌이 들었다. 머리카락이 시든 풀잎처럼 축 늘어져 있어 머리를 감았더니 삐죽삐죽 하늘로 솟구친 상태가 되었다. 아침 식사로 계란프라이와 야채샐러드를 준비했지만 식욕이 일지 않아 먹는 둥 마는 둥 하다가 포크를 내려놓았다. 아래층 가게로 내려가 문을 열고, 바흐의 음악을 들으며 자꾸만 긴장되는 마음을 가라앉혔다.

문을 열고 얼마 지나지 않아 키트가 가게 안으로 들어서며 말했다. "사장님, 머리카락이 왜 그래요?"

프랭크는 하늘로 뻗친 머리카락을 그대로 둘 수 없어 모처럼 이발소에 갔다.

프랭크가 이발사에게 물었다. "머리카락이 자꾸 서는데 좋은 방법이 없을까요?"

이발사가 능숙하게 가위질을 하며 말했다. "요즘 효능이 좋은 왁스가 많이 나와 있으니까 마음에 드는 제품을 구입해 사용해 보세요."

프랭크는 이발을 마치고 드러그스토어에 들러 왁스를 구입하고 나서 직원에게 향기가 좋은 애프터 셰이브를 소개해달라고 했다.

"손님처럼 덩치가 좋은 분들은 조반 머스크 향이 어울리죠. 냄새가 강하긴 하지만 섹시한 느낌을 풍기거든요."

프랭크가 섹시한 향보다는 은은하고 점잖은 향이 좋겠다고 말하려는데, 점원이 스프레이로 된 테스터 병을 꺼내 그의 몸에 분사했다. 강한 향이 코로 스며들었다. 섹시하기보다는 야한 느낌이 들었다. 냄새가 어찌나 강한지 피부를 뚫고 뼈로 스며들 듯했다.

음반 가게로 돌아온 프랭크는 조반 머스크 향을 지우기 위해 2층 살림집으로 올라가 샤워를 했다. 무려 30분 동안 씻어냈는데도 냄새가 가시지 않았다. 머리에 물을 묻히는 바람에 머리카락이 또다시 삐죽삐죽 서버렸다.

프랭크는 머리에 왁스를 바르고 이발사가 해주었던 대로 정리해보려고 했지만 손을 댈수록 뒤죽박죽이 되었다. 겨우 그럭저럭 머리 정리를 마치고 나서 재킷을 모두 꺼내 입어보기도 하고, 신발도 이것저것 신어 보았다.

고민을 거듭하다가 결국 늘 신던 운동화에 스웨이드 재킷을 입기로 했다. 일사를 만나기 전에 은행에 볼일이 있어 일찍 출발하려고 계단을 내려오다가 음반 가게에 와있던 모드와 눈이 마주쳤다.

모드가 이마를 짚으며 말했다. "이게 무슨 냄새야?" 키트도 옆에서 똑같이 따라 했다. "이게 무슨 냄새야?" 그런 다음 프랭크에게 물었다. "머리가 왜 그래요?"

"이상해 보여?"

"고슴도치 같아요."

"좋다는 거야, 나쁘다는 거야?"

"아, 젠장! 그냥 고슴도치 같다고요."

모드는 아무 말도 하지 않고 사탕만 빨고 있었다.

• • •

헨리가 말했다. "대출을 받으러 왔다고?"

헨리의 사무실은 난방이 지나쳐 열대 지방 같았다. 헨리는 의자에 앉아 좌우로 상체를 흔들어대고 있었고, 프랭크는 책상을 사이에 두고 그와 마주 앉아 있었다. 14년 전에 앉았던 작은 의자가 아직 그대로 놓여 있었다. 프랭크의 몸이 예전에 비해 더 커지긴 했지만 겨우 한쪽 엉덩이만 걸칠 수 있는 의자였다. 여전히 애프터 셰이브 냄새가 신경을 거슬리게 했다. 사무실 온도가 높아 냄새가 더 심하게 나는 듯했다.

"음반 가게를 새 단장해야겠어. 변화가 필요한 시점이야."

프랭크는 맞은편 벽에 걸린 시계를 쳐다보았다. 한 시간 뒤에 일사를 만나기로 되어 있었다.

"돈이 얼마나 필요한데?"

"제법 많이 필요해."

프랭크는 머리를 넘기려고 손을 올렸지만 머리카락이 잡히지 않았다. 머리를 짧게 자른 걸 깜박 잊고 있었다.

"얼마나?"

"5천 파운드 정도."

헨리의 눈이 휘둥그레지더니 매운 고추를 먹은 듯 길게 숨을 쉬었다. "그렇게 많이?"

프랭크는 수리가 필요한 목록을 적어놓은 수첩을 꺼내 헨리에게 보여주었다.

일부 파손된 건물 외장 벽돌을 교체한다.

가게 내부에 목재 진열장을 설치하고, 상자와 박스는 없앤다.

가게 정면 출입문 위에 간판을 달고, 쇼윈도 유리도 교체한다.

가게 내부의 조명도 전부 새롭게 바꾼다.

비닐 밀봉 포장기를 구입한다.

헨리가 물었다. "비닐 밀봉 포장기는 뭐야? 꿀벌을 포장하는 기계는 아닐 테고. 음반을 파는데 그런 기계가 왜 필요하지?"

"비닐 밀봉 포장기를 구입해 음반을 셀로판지로 깔끔하게 포장한 다음 라벨을 붙일 거야. 라벨에는 언제 어느 때 들으면 좋은 음악인지 설명해 주는 팁을 적어 놓을 생각이야. 손님들에게 유용한 정보가 될 거야. 《NME》 같은 음악 잡지에도 소개되는 특별한 음반 가게를 만들고 싶어. 변화하지 않으면 문을 닫아야 할지도 몰라. 음반 가게가 잘되면 유니티스트리트의 다른 가게들도 덩달아 힘을 받게 될 거야. 유니티스트리트가 다시 활기를 찾을 수 있도록 한다는 게 내 목표야."

"현재 은행 잔고가 얼마나 있지?"

"아마 바닥일 거야." 프랭크가 가벼운 한숨을 쉬고 나서 물었다. "여기서 담배를 피워도 되나?"

"우선 하던 이야기나 마치고 피워."

헨리는 부하 직원을 불러 프랭크의 계좌를 확인해달라고 했다.

부하 직원이 계좌를 확인하는 동안 프랭크가 물었다. "자네 가족들은 다들 잘 지내나?"

프랭크의 질문에 헨리가 탁구공을 받아넘기듯 대답했다. "그럭저럭 잘 지내고 있어."

헨리의 책상에 가족사진들이 놓여 있었다. 헨리와 결혼하기 전에 찍은 부인 사진도 있었다. 그때는 아이들을 낳기 전이었다. 가족사진에 등장하는 헨리의 부인 모습이 왠지 행복해 보이지 않았다. 지금 눈앞에 앉아있는 헨리 역시 어딘가 모르게 외로워보였다. 헨리 부부를 음악에 비유하자면 지나치게 잘 조율된 단조 같았다. 헨리의 결혼 생활이 그리 순탄하지 않은 게 분명했다.

은행 직원이 헨리의 책상에 프랭크의 계좌를 정리한 서류를 두고 갔다.

헨리는 서류를 보자마자 한숨부터 쉬었다 "현재 자네 통장에 남은 잔고가 얼마인지 알아? 68파운드야. 잔고가 없으면 대출해 주기 힘들어."

프랭크가 맥 빠진 목소리로 말했다. "마이너스 대출은 가능하지 않을까? 다들 그렇게 하잖아."

"요즘은 본점에서 마이너스 대출을 엄격하게 규제하고 있어."

“최근에는 경기도 좋고, 대처 총리가 직접 나서서 자영업을 권장하고 있는데 왜 대출을 규제하지?”

“대처 총리는 경기 부양 차원에서 그런 정책이 필요하다고 생각하겠지만 본점에서는 물가가 계속 고공비행 중이라 리스크 관리를 하는 거야.”

“몇 달만 열심히 일하면 대출금을 갚을 자신이 있어.”

“회계 장부와 담보 설정 물건은 있어?”

“현재는 회계 장부를 작성하고 있지 않지만 앞으로는 꼭 할게. 담보 물건으로는 살림집을 내놓을게.”

헨리가 난감한 표정을 지었다. “만약 일이 잘못되면 어쩌려고?”

“캐슬게이트에 있는 큰 음반 가게들과 경쟁해서 살아남으려면 변화가 필요해. 내가 가게를 탈바꿈시켜 돈을 긁어모을 테니까 두고 봐.”

프랭크는 벽시계를 힐끔 쳐다보았다. 다시 심장이 요란하게 뛰기 시작했다.

“나는 이제 약속이 있어서 가봐야 해.”

헨리가 관심을 내비치며 물었다. “데이트 약속인가?”

프랭크가 황급히 손을 내저으며 부인했다. “데이트가 아니라 음악 강습을 해주기로 했어. 사실 강습이라기보다는 음악 여행을 시켜주는 거라고 할 수 있지.” 프랭크는 헨리가 더는 깊이 따지고 들지 않기를 바라며 발치에 놓아둔 가방을 뒤져 앨범 한 장을 꺼냈다.

"자네 부부에게 주려고 가져왔어."

"살라마?"

"오늘 집에 가서 부인과 함께 들어봐. 특히 A면 1번 곡인 〈어 나이트 투 리멤버(A Night to Remember)〉를 들으면 많은 도움이 될 거야. 다만 아이들이 없을 때 들어야 해."

그들은 포옹할 듯 서로를 마주 보다가 악수를 나누었다.

"대출이 가능할까?"

"장담할 수는 없지만 애써 볼게."

그들은 마침내 서로를 포옹했다. 헨리는 하마터면 거대한 곰 같은 프랭크의 품에 푹 덮일 뻔했다.

프랭크가 헨리에게 물었다. "자네 혹시 〈포트 개발〉이라는 회사에 대해 들어본 적 있나?"

"아니, 처음 들어봐."

"〈포트 개발〉에서 유니티스트리트의 가게들을 모두 사들이려 하고 있어."

"목적이 뭘까?"

"자네는 혹시 내막을 알고 있지 않을까 해서 물어본 건데 전혀 몰랐어?"

"〈포트 개발〉이라는 부동산 개발 회사 이름은 처음 들어봐."

프랭크가 빙긋 웃고 나서 다시 말했다.

"살라마가 정말 마음에 들 거야."

• • •

어느새 빛이 희미해지며 사위가 어두워지기 시작했다. 공기는 맑았고, 서늘한 바람이 과자 공장에서 치즈와 양파 냄새를 실어왔다. 그 냄새가 그나마 조반 머스크 향을 상쇄시켜주었다.

캐슬게이트의 노점상들은 떨이를 외치며 하루 장사를 마무리하고 있었고, 마약 중독자들이 골목 구석으로 모여 들었다. 시계탑을 지나 왼쪽으로 꺾어지면 대성당이 있었다. 자갈을 깐 대성당 주변 길에도 노점상들이 많았다. 그들은 담요를 펼치고 그 위에 책, 플러그, 재떨이, 부츠 같은 물건들을 내놓고 팔고 있었다. 머리 위에서 갈매기들이 떼를 지어 날아다녔고, 그 모습이 마치 하늘에 그려놓은 거대한 십자가 같았다. 마침내 웅장한 대성당의 모습이 시야에 들어왔다. 아직 일사에게 어떤 음악 이야기를 들려줄지 정하지 못했다.

프랭크는 큼큼 헛기침을 해 목을 가다듬고 나서 주변을 둘러보았다. 대성당 녹지 건너편에서 누군가 소리쳐 부르다가 팔을 흔들며 아래위로 껑충껑충 뛰고 있었다.

"키트?"

키트 옆에는 줄무늬 타이츠와 우스꽝스러운 털 재킷을 입은 모드가 서있었고, 귀마개가 달린 모자를 쓰고 있는 앤서니 신부의 모습도 보였다.

앤서니 신부가 부러진 안경을 착용하더니 버스 시간표를 들여다보았다. 그가 내뿜은 하얀 입김이 연기처럼 퍼져나갔다.

프랭크는 그들이 있는 곳으로 성큼성큼 걸어갔다. "다들 거기서 뭐해요?"

키트가 말했다. "그냥 바람 쐬러 나왔어요." 키트가 차마 프랭크와 눈을 마주치지 못하며 말을 이었다. "노는 건 자유잖아요."

앤서니 신부가 말했다. "11번 버스를 타봤는데 이 도시 구석구석을 누비고 다닐 줄은 미처 몰랐어."

모드는 아무 말도 하지 않았다.

키트가 이번에는 자못 진지하게 말했다. "솔직히 사장님이 괜찮은지 궁금해서 와봤어요."

"난 괜찮아."

"대출 문제는 어떻게 되었어요? 받을 수 있겠어요?"

"쉽지 않겠어."

"일사에게 들려줄 음반은 가져왔어요?"

"그야, 당연히 가져왔지."

"사장님이 해야 할 일을 잊지 마세요."

"내가 해야 할 일이 뭔데?"

"일사가 왜 한사코 장갑을 끼고 다니는지 손을 잘 살펴봐야죠."

"난 장갑에는 관심 없어."

"우린 관심이 많거든요. 본 샹스(Bonne chance 행운을 빈다는 뜻의 프랑스어 : 옮긴이)."

"고마워."

"프랑스어예요."

"나도 알아."

키트는 행운을 빈다는 말을 또 다른 언어로 말하고 싶은 표정이었다. 하필 그때 그는 바닥에 떨어져있는 오물을 밟았고, 모퉁이 담벼락에 대고 신발을 털었다. "아, 젠장!"

앤서니 신부가 11번 버스의 노선을 살피며 말했다. "자네가 음악을 들었을 때 받았던 느낌을 있는 그대로 이야기해 주면 일사도 좋아할 거야. 오늘은 어떤 음악을 주제로 이야기를 할 생각인가?"

"베토벤의 《월광 소나타》요."

20
월광 소나타

어느 날 페그가 말했다.

"소나타에 대해 아는 대로 말해 봐."

프랭크는 그 질문에 아는 대로 답했다.

"소나타는 3악장으로 구성되어요. 빠르게, 느리게, 빠르게."

소나타 형식을 확립한 음악가는 하이든과 모차르트라고 할 수 있지만 베토벤이 재창조했다고 해도 과언이 아니었다. 베토벤은 소나타뿐만 아니라 교향곡도 재창조했다. 바흐는 바로크의 왕, 모차르트와 하이든은 고전주의의 왕, 브람스와 쇼팽, 리스트와 베를리오즈는 낭만주의의 거장이라고 할 수 있었다. 안톤 브루크너, 구스타프 말러, 리하르트 바그너는 20세기 음악을 열었다. 이고르 스트라빈스키와 아놀드 쇤베르크는 화음의 정의를 바꾸었다.

베토벤은 바흐나 헨델과 달리 하느님을 찬양하거나 생계를 꾸리기 위한 방편으로 음악을 만들지는 않았다. 베토벤은 음악을 하지 않고는 견딜 수 없는 사람이라 다양한 음악을 작곡했다.

페그가 갑자기 담배 연기를 훅 내뿜는 바람에 프랭크는 하마터면 기침을 할 뻔했다. "《월광 소나타》에 대해 반드시 알아두어야 할 게 있는데 달과는 전혀 관련 없는 곡이라는 거야."

"그럼 왜 제목을 《월광 소나타》로 정했어요?"

"사실 제목은 베토벤이 아니라 어느 음악평론가가 붙였어. 베토벤의 소나타를 들은 음악평론가가 말하길 '호수에 잠긴 달을 바라보는 느낌이 들어요.'라고 했어. 왜 그런 비유를 했을까? 아마도 그 빌어먹을 평론가의 집이 호수 근처에 있었기 때문일 거야. 그 이후로 제목이 붙게 된 경위와 상관없이 누구나 《월광 소나타》를 들을 때면 호수에 어린 달빛을 떠올리게 되었지."

페그가 《월광 소타나》의 앨범 재킷을 들어보였다. 보름달과 호수를 주제로 디자인한 재킷이었다.

"사람들이 이 곡을 들을 때면 달과 호수를 떠올리기 마련이지만 베토벤의 의도는 전혀 달랐어."

"달빛 어린 호수가 아니면 무얼 묘사한 곡인데요?"

페그는 베토벤이 《월광 소나타》를 작곡할 당시의 배경 이야기를 들려주었다.

"베토벤은 제자인 줄리아와 사랑에 빠졌어. 불우한 환경에서 자란 베토벤은 대체로 우울한 성격이었고, 심리가 매우 복잡한 인물이었지. 줄리아는 열일곱 살이었고, 백작의 딸이었어. 줄리아를 사랑했던 베토벤은 두 가지 중대한 난관에 봉착하게 되었지. 하나는 줄리아의 부친이 귀족 가문의 자제와 딸을 결혼시키기로 결정한 것이고, 다른 하나는 청각을 잃게 된 것이었어. 음악이 생의 전부나 다름없던 베토벤에게 청각 상실은 감당하기 힘든 고통이었어. 절망에 빠진 베토벤은 참담한 심정을 담은 소나타를 작곡해 줄리아에게 헌정했지. 소나타는 대개 3악장으로 이루어져있고 빠르게, 느리게, 빠르게로 이어지는 형식인데 《월광 소나타》는 느리게, 빠르게, 제멋대로로 전개되는 곡이야. 이를테면 형식을 완전히 파괴했지. 이전의 소나타와는 확연히 달라."

페그는 바늘을 엘피판에 얹고, 바닥에 누웠다. 턴테이블이 탁, 탁 소리를 내고 나서 음악이 흘러나왔다.

"내 옆에 누워서 들어."

"그냥 의자에 앉아서 들을게요."

음악이 끝난 뒤에도 페그는 그냥 그 자리에 누워 한참 동안 아무 말도 하지 않았다. 페그가 담배 연기로 도넛 모양을 만들고 나서 뜻 모를 한숨을 쉬었다. 그날 따라 페그의 한숨 소리가 무척이나 슬프게 들렸다.

"뭘 좀 먹어야 하지 않을까요?"

페그가 음식을 준비했다. 늘 그랬듯이 직접 조리하지 않은 식품이었다. 포트넘 앤 메이슨의 모크 터틀 수프(소머리나 족발 등을 재료로 거북이 고기 같은 맛을 살린 수프 : 옮긴이) 통조림, 카스 테이블 워터 크래커, 복숭아 통조림, 연유가 식탁에 올랐다.

프랭크가 식사를 마치고 빈 접시를 개수대에 넣고 나서 다시 의자에 앉았을 때 페그가 말했다.

"열다섯 살 때 첫사랑을 했어. 내 영혼이 가장 순수하고 맑았던 시절이었지. 상대 남자는 아버지 친구였는데 일주일에 한 번씩 만났어. 우리는 만날 때마다 그의 차 뒷자리에서 사랑을 나누었지. 그를 진심으로 사랑했고, 몇 년 동안 은밀한 관계를 지속했어. 그는 수시로 나를 사랑한다고 말했고, 조만간 부인과 결혼 생활을 청산하겠다고 맹세했지만 끝내 약속을 지키지 않았지. 그는 부인과 이혼하지 않고 시간을 끌다가 결국 헤어지자고 하더군. 큰 상처를 받았지만 중요한 교훈을 얻게 되었어. 사랑은 믿을 게 못 된다는 거야. 사랑을 멀리하는 게 좋아."

21
완두콩 색 코트

녹색 코트 차림의 일사가 대성당의 오래된 가로등 아래에 서 있었다. 일사는 꾸미지 않아도 그 자체로 환한 빛을 발했다. 프랭크는 별안간 가슴이 진공 상태가 된 듯 숨이 멎었다.

일사가 손을 흔들었고, 프랭크는 부끄러움을 감추지 못하고 어색한 미소를 지었다. 프랭크의 얼굴을 올려다보는 일사의 커다란 눈빛이 호수처럼 깊고 맑았다. 프랭크는 그 눈빛을 대하는 것만으로도 가슴이 설레었다.

"괜히 번거롭게 해드린 건 아니죠?"

"그럴 리가요? 키트가 가게를 보고 있으니까 괜찮아요."

"근처에 〈싱잉 티포트〉라는 카페가 있는데 그곳으로 자리를 옮겨 이야기를 나누는 게 좋겠어요."

프랭크는 대답 대신 고개를 끄덕이고 나서 앞장서서 걸어가는 일사를 뒤따랐다. 주름진 분홍 커튼, 빈티지 브라운 베티(영국에서 생산되는 갈색 티포트로 빅토리아 시대에 널리 쓰였다 : 옮긴이)부터 다양한 색상과 모양의 티포트들이 진열되어 있는 쇼윈도가 인상적인 카페였다. 티포트들이 실제로 노래를 부르지는 않았지만(Singing Teapot라는 카페 이름은 '노래하는 티포트'라는 뜻 : 옮긴이) 상호 때문인지 당장이라도 노랫소리가 흘러나올 듯했다.

일사가 창가의 둥근 테이블에 자리를 잡고 코트를 벗었다. 일사는 여전히 장갑을 벗지 않았다.

프랭크는 엉거주춤한 자세로 서있다가 일사의 맞은편 자리에 조심스레 앉았다. 여전히 가슴이 두방망이질을 치고 있었고, 어찌나 긴장이 되는지 입안이 바짝바짝 타들어갔다.

테이블로 다가온 20대 초반 종업원이 벽에 걸린 시계를 가리키며 말했다. "5시 30분에 가게 문을 닫아야 하는데 괜찮겠어요?"

검정 원피스에 자그마한 레이스 캡을 쓰고 있는 모습이 제법 귀여워보였다.

일사가 눈썹을 위로 치켜 올렸다. "그렇게 일찍 문을 닫아요?"

"평상시에는 밤 9시까지 여는데 오늘은 주방장이 급한 볼일이 있어 일찍 퇴근하는 바람에 부득이 문을 닫아야 해요."

"조금만 더 시간을 주면 안 될까요? 그리 오래 걸리지는 않을 거예요."

종업원이 입을 삐죽 내밀고 나서 원피스 옷자락을 여미며 말했다. "그 대신 주방장이 없어 음식을 만들 수는 없어요. 커피나 음료수는 얼마든지 가능해요."

"어떤 음료가 있죠?"

"커피는 종류 별로 가능하고, 홍차나 스쿼시도 있어요."

"그럼 저는 레몬 스쿼시로 할게요." 그런 다음 프랭크를 보며 물었다. "프랭크, 당신은 뭘 시킬까요?"

프랭크가 계면쩍은 표정으로 말했다. "저는 얼음을 넣은 오렌지 스쿼시를 주세요."

"죄송하지만 얼음이 떨어졌는데요."

프랭크가 미소를 지으며 말했다. "얼음이 없어도 괜찮아요."

종업원이 카운터로 돌아가고 나서 일사가 말했다. "자, 이제 음악 이야기를 들려주세요."

일사가 여전히 장갑을 낀 양손으로 턱을 받치더니 두 눈을 깜박거렸다. 이야기를 들을 준비가 다 끝났다는 뜻인 듯했다.

프랭크는 먼저 큼큼 목소리를 가다듬고 나서 음악 이야기를 시작했다. "음악에 대해 아무리 풍부한 지식을 보유한 사람이라고 해도 다양한 장르의 무수히 많은 곡들을 다 알기는 어렵다고 봅니다. 오늘은 우선 장르를 불문하고 음악을 즐기는 방법에 대해 이야기해보려고 합니다."

종업원이 음료가 담긴 쟁반을 테이블에 내려놓으며 말했다.

"보나페티(Bon appétit 프랑스어로 '맛있게 드세요.' 혹은 '잘 먹겠습니다.'라는 뜻으로 식전에 하는 인사말이다 : 옮긴이)."

"오늘은 베토벤의 《월광 소나타》를 중심으로 이야기를 해볼게요. 아무리 음악의 문외한이라고 하더라도 베토벤을 모르는 사람은 없을 겁니다. 당신은 독일 출신이니까 베토벤에 대해 더 욱 잘 알겠네요."

일사가 장난스럽게 물었다. "혹시 록밴드 아닌가요?"

"전설적인 록밴드죠."

"미안해요. 분위기가 너무 진지한 것 같아 농담을 해봤어요. 이제부터 차분하게 이야기에 집중할게요."

"베토벤의 음악은 많이 접해 보셨죠?"

"그냥 일반적으로 널리 알려진 명곡에 대해서만 조금 알고 있을 뿐이에요. 《월광 소나타》는 너무나 유명한 곡이라 자주 들어 보긴 했어요."

프랭크가 다시 한번 목청을 가다듬었다. "방금 말씀하셨다시피 《월광 소나타》는 매우 유명한 곡이고, 많은 사람들이 즐겨 듣는 음악이죠. 지금부터 내가 《월광 소나타》를 들으면서 느꼈던 이야기를 해볼게요. 익히 알려진 이야기는 생략하겠습니다."

일사가 고개를 끄덕이며 말했다. "기대가 되네요."

프랭크는 우선 베토벤과 제자 줄리아의 사연을 어머니로부터

들은 대로 이야기해 주었다. 《월광 소나타》라는 제목이 붙었지만 사실은 호수와 달과는 전혀 관계가 없는 곡이라는 이야기도 들려주었다.

프랭크가 다른 사람에게 어머니 이야기를 한 건 난생처음이었다. 어머니와 살던 바닷가 하얀 집, 어머니가 데려오던 남자들, 어머니의 독특한 교육 방식 때문에 다른 아이들과 자주 어울릴 기회가 없었던 어린 시절 이야기들이 봇물처럼 터져 나왔다.

여전히 손으로 턱을 괴고 이야기를 듣고 있는 일사의 표정이 먼 바다처럼 고요했다. 흡사 끝없이 펼쳐진 망망대해를 바라보고 있는 것 같기도 했다.

"《월광 소나타》를 들을 때마다 베토벤이 줄리아와 나란히 피아노 앞에 앉아 있는 모습이 머릿속에 그려져요. 《월광 소나타》는 베토벤이 줄리아에게 쓴 연애편지라고 할 수 있죠. 1악장의 도입부는 매우 부드러운 선율로 시작됩니다. 베토벤은 피아노를 연주하면서 가끔씩 줄리아의 얼굴을 바라보아요. 그녀의 얼굴에서 자신이 전하고자 하는 마음을 이해한다는 신호가 나타나는지 확인하고 싶은 거예요. 베토벤은 사실 줄리아의 아버지와 나이가 비슷했어요. 그는 줄리아 말고도 나이 어린 제자들과 사랑에 빠진 적이 종종 있었죠. 줄리아는 나이는 어렸지만 매우 아름다웠고, 대단히 영특했어요. 1악장의 중반부로 접어들면서 차츰 음이 고조되기 시작하지만 절대로 빨리 달리지는 않아요. 베토벤은 줄리아가 한시바삐 자신이 보낸 연애편지에 대해 답을 주길 기다려요. 중반부를 넘어서면서 음이 점점 위로 올라가고, 낮은 음들은 '좋아요, 좋아요.'를 외치며 비슷한 패턴을 반복하죠. 그 부분에서는 베토벤이 줄리아에게 '우리가 서로 느끼는 감정이 같다고 믿어도 될까?'라고 간절히 묻는 듯해요. 그러다가 높은 음이 길게 늘어지죠. 그 부분에서는 마치 베토벤이 줄리아가 되고, 줄리아가 베토벤이 된 것 같은 느낌이 들어요. 섹스를 하듯이 친밀한 감정을 불러일으키는 부분이죠."

일사의 얼굴이 홍조를 띠었다.

"섹스를 하듯이 친밀한 감정?"

프랭크는 자신의 입에서 나온 말을 일사의 입을 통해 다시 한 번 듣자 얼굴이 후끈 달아올랐다. 그는 얼른 주스 잔을 집어 들고 급히 들이켰다. 분위기가 더 어색해지기 전에 이야기를 계속하는 게 좋을 듯했다.

"2악장부터는 음악이 빨라집니다. 베토벤이 '사랑이 이대로 끝나더라도 후회하지 않아. 줄리아, 그대를 사랑한 건 내 생애의 축복이었으니까.'라고 말하는 듯합니다. 그렇지만 그건 베토벤의 진심이 아니었어요. 3악장에서는 음악이 거칠어져요. 베토벤은 의자에서 벌떡 일어나 피아노 건반 위로 뛰어오르죠. 실제로 그랬다는 게 아니라 베토벤의 내면 심리가 그랬다는 뜻입니다. 베토벤은 3악장에서 음악을 갈가리 찢어발겨요. 갑자기 '펑크록'이 된 느낌이 들 정도입니다. 베토벤은 2악장까지 차분하게 줄리아의 답변을 기다렸던 인내심을 잃고 발을 치켜들고 음들을 하늘 높이 차올립니다. 베토벤은 지옥에 다녀와야 비로소 생의 가치를 알게 된다는 걸 잘 알고 있었고, 그걸 음악에 담아낸 거예요. 물론 다른 해석도 가능해요. 베토벤이 '젊은 남자의 사탕발림을 믿지 마. 인생은 개똥이야.'라고 말하는 것일 수도 있어요. '그래, 속고 속이는 게 인생이지만 음악으로 담아내면 아름다운 모습으로 승화시킬 수도 있지.'라고 말하는 것일 수도 있고요. 베토벤의 음악을 어떤 의미로 받아들일지는 각자의 선택이겠죠. 다만 음악은 마음을 열고 귀 기울여 듣지 않으면 절대로 깊은 맛을 알아낼 수 없어요."

프랭크가 말하는 동안 일사는 눈을 동그랗게 뜨고 귀를 기울였다. 프랭크는 열변을 토하느라 지쳤고, 종업원이 담요를 가져다준다면 그 자리에 누워 스르르 잠이 들어버릴 것 같았다.

종업원이 다가왔다. 그녀는 담요 대신 진공청소기의 손잡이를 쥐고 있었다. 어느새 6시가 넘어 있었고, 밖에는 이미 어스름이 내려 있었다.

프랭크는 일사에게 음반이 들어 있는 가방을 건넸다. 《월광 소나타》와 마일스 데이비스의 《카인드 오브 블루》, 비치 보이스의 《펫 사운즈》 앨범이 들어있었다.

"이 음반들을 차례로 들어 봐요. 그냥 집중해서 듣기만 하면 됩니다. 이 음반들은 분야는 각기 다르지만 정서와 뿌리가 같고, 공통된 메시지를 담고 있어요. 이 음반들을 듣다 보면 분명 새로운 세상을 만나게 될 겁니다."

일사는 이야기를 듣는 동안 숨소리조차 내지 않았고, 그 큰 눈을 단 한 번도 깜박이지 않았다.

"언제부터 음악에 대한 관심을 갖게 되었어요?"

"아마 태어난 직후부터 매일이다시피 음악을 들었을 거예요. 내가 생을 자각하기 시작한 순간에는 이미 음악과 엘피판이 내 생의 일부가 되어 있더군요. 새로운 음악을 들을 때마다 어두운 벽장문을 열고 비밀 세계를 들여다보는 기분이 들었어요. 성장기에는 주로 라디오 음악 방송에 주파수를 맞추고 다양한 음악을 들었죠. 그러다 보니 자연스럽게 여러 장르의 음악들이 서로 겹쳐지는 접점을 발견하게 되더군요. 그 이후로는 어느 특정 장르를 고집하기보다는 다양한 음악을 가리지 않고 듣게 되었죠. 음악은 내 삶에서 가장 친한 친구였어요. 그저 아는 거라고는 음악밖에 없었죠. 학교 공부에는 도무지 관심이 없어 가망 없는 학생 취급을 받았지만 신경 쓰지 않았어요."

프랭크는 음반 가게를 방문하는 손님들의 이야기를 늘 귀 기울여 들어주었지만 그때껏 자기 이야기를 한 적은 없었다. 일단 이야기를 시작하자 오랫동안 잊고 지낸 과거의 기억들이 새록새록 되살아났다.

일사의 관심 어린 눈빛이 프랭크에게 이야기를 계속 할 수 있는 에너지를 불어넣어 주었다고 할 수 있었다.

프랭크는 이야기를 끝내고 나서 주스 잔을 입으로 가져갔다.

마침내 일사가 무겁게 닫혀 있던 입을 열었다. "아주 멋진 시간이었어요."

일사는 카운터로 걸어가 음료수 값을 계산하고 나서 프랭크에게 봉투를 건넸다. 15파운드가 들어 있었다. 음반 가게의 하루 매상보다 많은 금액이었다.

일사는 녹색 코트를 입고 출입문을 향해 걸어갔다. 프랭크는 종업원에게 고맙다고 인사하고 나서 부지런히 일사를 뒤따라갔다.

• • •

일사가 뒤따라온 프랭크에게 말했다. "갑자기 달빛을 머금은 호수를 보러 가고 싶어졌어요. 오늘 처음으로 《월광 소나타》가 달빛과는 전혀 관련 없는 곡이라는 걸 알게 되었지만 왠지 그러고 싶네요."

그들은 돌이 깔린 골목길을 걸어 캐슬게이트를 지나갔다. 공원 정문은 아직 잠겨 있지 않았고, 어느새 반쯤 베어 먹은 사과 같은 반달이 떠있었다. 색색의 조명을 받으며 서있는 나무들이 머리 위로 빨강, 파랑, 노랑의 지붕을 형성했다. 바람이 불자 나뭇가지들이 마치 자기들끼리 웅성이는 것 같은 소리를 냈다.

겨울에는 문을 열지 않는 음악당을 지나 호수로 내려갔다. 호숫가에서 찰랑대는 물결과 멀리서 아득하게 들리는 도시의 소음들이 불협화음을 이루었다. 일사가 선착장까지 앞장서서 걸었고, 프랭크는 줄곧 적당한 거리를 유지하며 뒤따랐다. 어둑어둑한 호수의 물빛이 비치는 선착장에는 오리 모양 보트들이 밧줄에 묶인 채 백조처럼 물 위를 떠다녔다.

프랭크는 비로소 어둠에 눈이 익었다. 벨벳 같은 푸른색 호수가 눈앞에 펼쳐져 있었다. 그들은 나란히 서서 호수를 바라보며 담배를 피웠다. 프랭크는 달빛 어린 호수를 바라보는 동안 이상스레 마음이 편안해졌다.

일사가 나직이 말했다. "오리 보트를 타고 싶어요."

프랭크가 뭐라 말하기도 전에 일사가 보트 한 척의 밧줄을 풀었다. "어서 타요."

프랭크는 선착장과 보트 사이에서 세 가지 중요한 사실을 떠올렸다.

나는 몸집이 크다. 보트는 작다. 나는 수영을 못한다.

프랭크의 어머니 페그는 아이들 대부분이 배우는 여러 과목들을 아무것도 가르치지 않았다. 수영도 그 가운데 한 과목이었고, 그래서인지 물만 보면 두려움에 떠는 사람이 되었다.

프랭크가 발을 올려놓자 오리 보트가 옆으로 급격하게 기울어졌다. 일사가 아랑곳하지 않고 보트를 발로 밀어냈다. 프랭크의 한쪽 발은 여전히 땅을 짚고 서있었다. 두 다리 사이의 간격이 점점 벌어지고 있었지만 프랭크는 그냥 버티고 서서 옴짝달싹하지 않았다.

일사가 소리쳤다. "어서 올라 타요."

프랭크는 그녀가 얼토당토않은 요구를 하고 있다고 생각하며 한숨 쉬듯 말했다. "어휴! 못해요."

일사가 두 손으로 프랭크의 어깨를 밀었다. 프랭크의 몸이 저절로 오리 보트로 옮겨갔다. 그 순간 프랭크는 마치 종이컵에 착륙하는 느낌이 들었다. 오리 보트가 심하게 기울어지면서 물이 안으로 들어왔다. 보트 바닥은 어느새 물이 흥건했다. 프랭크가 잡아주려고 손을 내밀자 일사는 고개를 저으며 위로 훌쩍 뛰어올라 오리 보트에 안착했다. 보트가 시소처럼 좌우로 흔들리다가 겨우 중심을 잡았다. 프랭크는 그제야 가슴을 쓸어내리며 안도했다.

"호수가 얼마나 깊을까요?"

"모르긴 해도 사람 키보다 깊을 거예요."

일사가 노를 잡았다. 바닥에 물이 차있어 신발이 젖었지만 개의치 않았다. 일사가 삐걱거리며 노를 젓는 소리가 음악 소리처럼 들려왔다.

"노 젓기는 언제 배웠어요?"

일사가 오리 보트를 호수 가운데로 이동시키며 주위를 살폈다.

"배운 적 없어요. 노를 젓는 데 딱히 기술이 필요하지는 않잖아요."

프랭크의 발이 심하게 젖어들어 운동화 안쪽과 양말이 찰싹 달라붙었다. 프랭크는 오리 보트의 끝부분에서 몸을 움츠리고 앉아 있었다. 여전히 겁이 나는 한편 짜릿한 스릴이 느껴지기도 했다.

프랭크는 어린 시절에 절벽 끝에 서서 아래쪽 해변을 내려다보았던 기억이 떠올랐다. 다른 아이들은 모두 바다에서 놀고 있었고, 아이 엄마들은 피크닉 바구니와 수건을 가까이 놓아두고 바닷가에 앉아 이야기를 나누고 있었다. 프랭크는 아이들과 함께 바다에서 수영을 하며 신나게 놀고 싶었지만 페그는 절대로 허락하지 않았다.

비로소 교교한 달빛이 물 위에 가득 내려앉았다. 공원의 나무에 매달아놓은 색색의 꼬마전구들에서 흘러나온 불빛이 물 위를 비추었다. 오리 보트가 앞으로 나아가는 동안 물이 좌우로 갈라졌다가 다시 모여들었다.

일사가 멀리 보이는 대성당을 가리켰다. 프랭크의 음반 가게와 캐슬게이트, 항구가 어디쯤인지도 손짓을 해가며 알려주었다. 일사의 얼굴이 하늘로 향하더니 별들을 일일이 가리키며 이름을 알려주기도 했다.

언젠가 어머니의 애인이 프랭크에게 밤하늘에서 북두칠성을 찾아보라고 한 적이 있었다. 어디서 어떻게 찾아야 하는지 방법을 알려주지 않아 수많은 별들 가운데 북두칠성이 과연 어디에 있는지 도저히 알 길이 없었다.

오리 보트가 수면을 가르며 앞으로 나아가는 동안 일사의 머리카락이 바람에 흩날렸다. 선착장에 놓인 일사의 녹색 핸드백과 음반이 들어 있는 가방이 바다에서 놀던 아이들의 엄마처럼 그들이 무사히 돌아오길 기다리고 있었다.

일사가 노를 저어가며 말했다. "베토벤이 불쌍해요. 줄리아와 사랑이 이루어졌으면 얼마나 좋았을까요."

"사랑을 이루고 싶었던 간절한 마음이 《월광 소나타》라는 명곡을 탄생시킨 거예요."

"프랭크, 당신은 애인이 있어요?"

"아뇨."

"문신 가게 여자 분과 커플인 줄 알았어요."

프랭크는 하마터면 크게 웃음을 터트릴 뻔했다. "모드가 좋은 친구인 건 분명하지만 연애 감정을 느껴본 적은 없어요."

"혹시 동성애자는 아니죠?"

일사의 직설적인 질문에 프랭크는 하마터면 물에 빠질 뻔했다.

"아뇨, 나는 그냥 혼자 지내는 게 좋아요."

"아!" 일사가 잠시 입을 다물었다가 또 의미를 알 수 없는 신음소리를 발했다. "음!"

일사는 호수 가운데에 다다를 때까지 노를 저었다. 프랭크는 마치 잉크로 된 바다에 떠있는 느낌이 들었다. 과거나 미래가 아닌 두 사람만의 장소에……. 호수의 잔물결이 오리 보트에 가볍게 부딪쳤다. 날이 어두워 일사의 얼굴을 제대로 볼 수 없어 아쉬웠다. 날씬한 몸을 본뜬 종이를 오려 낸 듯 일사의 실루엣만 보일 뿐이었다.

"어린 시절에는 유명 인사가 되고 싶었어요. 거울 앞에 서서 수많은 청중들 앞에서 연설을 하는 연습을 해본 적도 있었죠. 환호를 보내는 청중들을 향해 미소를 머금고 여유 있게 손을 흔들어주는 모습을 떠올리며 혼자 흐뭇해하기도 했어요. 그냥 평범하게 살다가 떠나면 인생이 너무 허무할 것 같았죠. 물론 지금은 생각이 바뀌었어요. 유명해지기보다는 주변 사람들과 좋은 관계를 맺으며 평범하게 살고 싶어요. 나 혼자 외딴 섬이 되고 싶지 않아요. 서로 교류하고 소통하고 사랑하며 살아가고 싶어요."

일사가 노를 저어 다시 호수 기슭으로 돌아왔다. 일사는 보트를 원래 있던 자리에 안착시킨 다음 떠내려가지 않게 밧줄로 단단히 맸다. 프랭크는 일사와 나란히 공원을 걸었다. 그들은 걷는 동안 아무 말도 하지 않았다. 음악과 사랑에 대해 이야기를 나눈 두 사람은 이제 각자의 삶으로 돌아가야 할 시간이었다. 프랭크는 이따금 일사가 뭔가 할 말이 남아 있는 듯 나지막이 한숨을 쉬는 소리를 들었다.

물에 젖은 발이 시려서 한숨을 쉰 건가?

차가운 한기가 공원의 가로등 주위에서 날벌레처럼 날아다녔다. 그들은 이내 공원 정문에 다다랐고, 일사가 녹색 구두를 내려다보며 작별 인사를 했다. "정말이지 즐거운 시간이었어요. 안녕히 가세요."

프랭크 역시 낡아빠진 운동화를 내려다보며 인사했다. "안녕히 가세요. 음반을 듣고 나서 다음번에 소감을 이야기해 줘요."

"네, 당연히 그래야죠."

한동안 긴장되고 답답한 정적이 흘렀다.

프랭크는 아마도 다른 생이었다면 일사를 끌어안고 키스를 했을 것이다.

일사가 길 건너편에 멈춰선 택시를 가리키며 말했다.

"저기 택시가 왔어요. 다음 화요일에 만나요."

일사가 택시 뒷좌석에 올라 손을 흔들었다. 프랭크는 일사가 탄 택시가 보이지 않을 때까지 그 자리에 서서 눈을 떼지 않고 지켜보았다. 일사와 함께할 때면 가슴이 설레고 심장이 두방망이질을 쳤지만 마치 습관처럼 욕심을 내서는 안 된다는 생각이 고개를 들었다. 그녀를 보지 않으려고 아래만 바라보고 있다가 고개를 들면 언제나 큰 눈이 거기에 있었다. 호수처럼 깊고 고요하면서도 별처럼 반짝이는 눈이었다.

프랭크는 그 어느 날보다 즐거운 하루를 보냈지만 자꾸만 마음 한편이 허전해지는 걸 어쩔 수 없었다.

22
기억할 밤

(A Night to Remember) _ 샬라마의 1982년 곡

"맨디, 나 왔어."

헨리는 문을 열고 집 안으로 들어서자마자 맨디를 소리쳐 불렀다. 마치 아무도 살지 않는 듯 집 안이 온통 고요 속에 잠겨 있었다.

맨디가 집을 나간 건 아니겠지?

헨리의 집은 도심에서 차로 30분쯤 떨어진 전원주택 단지에 있었다. 저명한 시인들의 이름을 딴 도로와 울창한 숲이 있는 마을이었다.

"맨디! 애들아!"

그제야 맨디의 축 처진 목소리가 들려왔다. "아이들은 위층에 올라갔어."

맨디는 주방에서 조리대 위에 눌어붙은 작은 얼룩들을 닦아내느라 여념이 없었다. 헨리는 그 모습을 보며 실소를 흘렸다.

아니, 그깟 얼룩을 지우는 게 뭐 그리 중요하다고 남편이 부르는데 대답도 안 한 거야?

그들 부부는 일 년 넘게 잠자리를 같이 하지 않았다.

"오늘, 프랭크가 은행에 다녀갔어."

"무슨 일로?"

"추가 대출을 받아야 하나 봐."

"어디에 쓰려고?"

"음반 가게를 리모델링해야 한대. 내가 생각하기에는 위험한 투자야. 이제 유니티스트리트는 회복하기 힘든 길로 접어들었어."

그들은 높낮이 없는 말투로 대화를 주고받았다. 요즘 그들 부부는 대화할 때마다 늘 분위기가 축 처져 있었다. 서로 상대를 대놓고 무시할 수는 없어서 마지못해 응하는 대화였다.

"프랭크가 부업으로 음악 강습을 하게 되었나 봐."

"그래? 대단하네!"

헨리는 부부 사이가 어쩌다 이렇게까지 되었는지 알 수 없었다. 결혼 초만 해도 서로 뜨겁게 밀착되어 있었다. 무슨 일이 생기면 무엇이든 털어놓고 상의했다. 말다툼을 하더라도 그리 오래 가지 않고 풀어졌다. 아이들이 태어난 이후 조금씩 틈새가 벌어지기 시작했다. 처음에는 알아챌 수도 없을 만큼 가느다란 틈새였다. 그렇다고 상대에게 나쁜 말이나 행동을 하지는 않았다. 다른 사람에게 한눈을 팔지도 않았다. 헨리는 일을 마치고 돌아오면 심신이 피곤해 저녁 식사를 마치고 텔레비전을 보다가 얼마 안 있어 잠자리에 들기 일쑤였다. 맨디 역시 하루 종일 아이들을 돌보느라 지쳐 있었다. 서로 지치다 보니 부부 사이를 돌아볼 여유가 없었다. 서로 깊이 이해해 주면 문제될 게 없을 거라 여겼는데 시간이 흐르다 보니 전혀 예상치 못한 결과로 이어졌다. 부부 사이의 틈새가 너무 크게 벌어졌다는 걸 깨달았을 때는 이미 회복이 쉽지 않을 만큼 관계가 악화되어 있었다.

헨리는 요즘 맨디에게 어떻게 다가가야 할지 알 수 없었다. 가끔 예전처럼 다정하게 말을 붙여보았지만 언제나 시큰둥한 반응이 돌아왔다.

"프랭크가 이 음반을 꼭 들어보라고 했어." 헨리가 음반을 내밀었다. 그제야 맨디는 얼룩을 닦던 손길을 멈추고 헨리를 바라보았다.

"누구 음반이야?"

"살리마라는 그룹인데, 첫 번째 곡을 반드시 들어보라고 하더군."

"들어봐."

"당신이 좋아하는 장르는 아닌 것 같아."

맨디는 들고 있던 행주를 싱크대에 던져놓았다.

"일단 들어보면 알 수 있겠지."

거실에는 조명등을 켜지 않아 정원의 가로등에서 흘러들어온 불빛만이 희미하게 비칠 뿐 대체로 어둡고 추웠다. 그들은 서로 잠자리를 같이 하지 않게 되면서 한자리에 앉아 있는 것조차 어색했는데 그나마 주변이 어두워 다행이었다.

헨리는 턴테이블을 켜고, 재킷에서 엘피판을 꺼냈다. 헨리는 에머슨, 레이크, 앤 파머의 프로그레시브 록을 좋아했다. 맨디는 음악보다는 책 읽기를 좋아하는 편이었고, 거의 매일이다시피 도서관에서 빌려온 소설을 읽었다. 헨리가 턴테이블에 음반을 올려놓고 나서 얼마 안 있어 첫 번째 곡이 흘러 나왔다. 헨리는 전기 기타 소리로 시작되는 신나는 음악에 자기도 모르게 어깨가 들썩여졌다. 이어지는 키보드 연주는 필 콜린스를 연상시켰다. 필 콜린스의 연주라면 발라드 곡이 제격인데 이내 신시사이저 베이스와 드럼이 리드미컬한 소리를 내며 등장했고, 바이올린 소리와 관악기 소리가 뒤따랐다. 그다음 청아하면서도 달콤한 여성 보컬의 노래가 터져 나왔다.

When you love someone it's natural, not demanding('사랑은 자연스러운 거예요. 노력하는 게 아녜요.'라는 뜻 : 옮긴이).

이제 헨리는 어깨뿐만 아니라 팔다리를 흔들어가며 춤을 추기 시작했다.

맨디가 흥미로운 눈빛으로 헨리를 바라보며 말했다. "볼륨을 높여!"

"아이들은 자?"

"방으로 들어가면 절대로 안 나와."

헨리가 볼륨을 높였다. 스피커의 볼륨을 나타내는 빨간 눈금이 위로 치솟았다. 맨디도 이내 가볍게 몸을 흔들며 거실을 빙빙 돌았다. 헨리는 여전히 거실 구석에서 춤을 추고 있었고, 맨디는 한가운데에서 몸을 흔들어댔다.

To you, baby, I surrender. Get ready. Tonight……('내 사랑, 당신에게 나를 맡겨요. 준비됐어요. 오늘 밤……'이라는 뜻 : 옮긴이)

맨디가 겨우 용기를 내서 말했다. "우리 같이 춤출까?"

헨리는 어안이 벙벙한 얼굴로 자신을 가리켰다. "나랑?"

"여기에 당신 말고 누가 또 있어?"

헨리는 흥겹게 머리를 흔들고 손뼉을 치며 거실 가운데로 걸어갔다. 리듬이 변화무쌍해 어디로 튈지 알 수 없었다. 음악에 맞춰 박수를 쳤다고 생각했는데 박자가 엇나갔다. 처음 듣는 음악이어서 어느 박자에 장단을 맞춰야할지 알 수 없었다.

맨디가 빙글빙글 몸을 돌리며 거실을 돌기 시작했고, 헨리도 가까이에서 뒤따랐다. 그들은 어느새 서로 몸을 밀착시키고 있었다. 거실 가득 울려 퍼지는 음악이 이제부터 뭐든 다 잘될 거라고 말해주는 듯했다. 아니, 무슨 일이든 두려워하지 말고 헤쳐 나가라고 응원해주는 듯했다.

헨리는 머리를 흔들기 시작했고, 맨디는 기마 자세로 서서 엉덩이를 돌려대며 팔을 흔들었다. 맨디가 몸을 격렬하게 흔들어대는 바람에 블라우스 버튼 하나가 저절로 풀어지며 맨살이 드러났다. 오랫동안 잊고 지낸 맨디의 향기가 헨리의 코로 스며들었다.

헨리는 신나게 몸을 흔들며 맨디를 힘껏 끌어안았다.

23
은빛 기계

(Silver Machine) _ 영국 록그룹 호크윈드의 1972년 곡

"어떻게 됐어요?"

"일사가 약속 장소에 나왔어요?"

"《월광 소나타》가 마음에 든대요?"

"일사가 장갑을 벗었어요?"

"다음에 또 만나기로 했어요?"

키트의 질문이 속사포처럼 쏟아졌다. 프랭크는 고개를 이리저리 저으며 대답을 회피했다. 키트는 그러든 말든 포기하지 않고 계속 질문을 쏟아냈다.

"혹시 손이 이상하지 않던가요?"

"아니, 전혀 이상하지 않았어."

"손이 커요, 작아요?"

"그냥 보통이야."

"의수가 아니라 진짜 손이었어요?"

"그래, 진짜 손이었어."

앤서니 신부도 정도의 차이는 있었지만 일사에 대해 궁금해하는 건 마찬가지였다. 윌리엄스 형제, 루소 부인, 바텐더 피트도 일사를 만나 무슨 이야기를 나누었는지 집요한 관심을 보였다.

모드가 음반 가게 문을 활짝 열어젖히며 안으로 들어섰다. 그때는 이미 프랭크가 오늘 일사를 만난 이야기를 자세히 들려주고 난 뒤였다.

모드가 물었다. "프랭크, 독일 여자와 어땠어?"

프랭크는 턴테이블 뒤에 앉아 키트에게 눈빛을 보내 대변인 역할을 맡겼다.

"사장님이 《월광 소나타》를 주제로 무려 두 시간이 넘도록 열강을 했답니다. 3악장을 섹스에 비유하자 일사가 얼굴을 붉히며 부끄러워하기도 했대요. 카페에서 이야기를 마치고 나와 일사와 함께 호수에 가서 물 위에 어린 달과 별을 감상하며 오리보트를 탔답니다."

모드가 갑자기 발치에 놓인 박스를 힘껏 걷어차더니 가게를 나갔다.

그날 프랭크는 하루 종일 머리가 멍했다. 만난 지 하루도 지나지 않았는데 일사가 너무 보고 싶었다. 앞으로 일사의 얼굴을 어떻게 마주해야 할지, 그녀를 향한 애타는 마음을 어떻게 숨겨야 할지 알 수 없었다.

일사를 사랑해서는 안 돼.

목요일에는 희소식이 날아들었다.

키트가 우편으로 온 대출 승인서를 손에 들고 호들갑스럽게 소리쳤다. "사장님! 사장님이 해냈어요."

크라프트지 봉투에 서명이 필요한 대출 관련 서류들과 맨디가 따로 쓴 카드가 들어 있었다.

프랭크는 입술과 하트 문양이 그려진 카드에 적혀 있는 맨디의 편지를 읽었다.

프랭크, 우리 부부에게 샬라마의 음악이 절실히 필요하다는 걸 어떻게 알았죠? 샬라마의 음악이 우리 부부의 사랑을 되찾게 해주었어요. 진심으로 감사드려요.

헨리가 쓴 점잖은 글도 있었다.

프랭크, 아주 마음에 쏙 드는 음반이야. 자네 덕분에 맨디와 다시 행복해졌어. 고마워.

프랭크는 대출 관련 서류를 넘기며 체크 표시와 서명을 했다.

앤서니 신부가 걱정스런 얼굴로 말했다. “살림집을 담보로 걸었다고? 괜찮겠나?”

“앞으로 음반을 많이 팔아 해결하면 됩니다. 너무 걱정 마세요.”

〈포트 개발〉에서 또다시 가게를 매각하라는 편지를 보내왔다. 프랭크는 그 자리에서 편지를 구겨 쓰레기통에 던져버렸다.

이제 프랭크와 키트의 관심사는 음반 가게를 어떻게 새 단장할 것인지에 모아졌다.

키트가 손님들에게 말했다. “완전히 새로운 음반 가게가 탄생하게 될 테니까 기대해도 좋아요.”

프랭크는 비닐 포장기를 구입하기 위해 여기저기 전화를 걸어 알아본 결과 최소한 800파운드를 내야 한다는 걸 알고 깜짝 놀랐다.

프랭크가 풀이 죽어 말했다. “비닐 포장기가 이렇게 비싼지 미처 몰랐네.”

옆에서 듣고 있던 키트도 욕조 마개를 뽑았을 때 물이 내려가는 것 같은 소리를 내며 침을 꿀꺽 삼켰다.

“아, 젠장! 중고 기계가 800파운드라니 너무 비싸네요.”

“어쩔 수 없지 뭐. 비닐 포장기가 있어야 손님들에게 보다 나은 서비스를 제공할 수 있을 테니까 무리해서라도 구입해야지.”

프랭크는 인테리어 업체에 전화해 견적을 뽑아달라고 요청했다. 그런 다음 엘피판을 주문하기 위해 여러 음반사에 전화를 걸었다.

전화를 받은 음반사 직원들이 엘피판을 주문하자 똑같은 질문을 던졌다.

"엘피판만 원한다고요?"

"네, 엘피판만 보내주세요. 시디를 살 때 주는 증정품은 필요 없어요."

"시디로만 나온 앨범은 어쩌죠?"

"필요 없어요."

"요즘은 엘피판으로 제작되지 않는 앨범이 많아요. 3월에는 모리세이, 토킹 헤즈, 비틀스 모음곡이 시디로만 나올 예정인데 어떻게 하시려고요?"

"그냥 엘피판만 보내주세요. 우리 가게에서는 엘피판만 판다고 했잖아요."

"엘피판은 할인 혜택이 적용되지 않아요."

"할인은 바라지도 않으니까 걱정 말고 보내주세요."

"엘피판의 경우 반품 정책이 바뀌었어요. 팔지 못한 엘피판을 반품할 경우 일부 비용을 부담해야 합니다."

어떤 음반사에서는 아예 엘피판만 공급해 주는 건 불가하다는 입장을 밝혔다.

"우린 그런 조건으로는 거래할 수 없으니까 도매점에서 구입해서 쓰세요. 엘피판만 취급하는 음반 가게와 거래할 경우 부담이 너무 큽니다."

프랭크는 음반사의 입장이 아무리 완강해도 시디는 절대로 취급하지 않겠다는 결심을 바꾸지 않았다. 일부 엘피판을 도매점에서 현금으로 구입해야 하는 부담이 따르게 되었지만 기꺼이 감수하기로 했다. 일단 대출 받은 자금이 있는 만큼 당분간 도매점에서 엘피판을 구입해 쓰기로 했다.

이튿날 아침, 다양한 음반들이 도착했다. 오래전 발매된 희귀본, 라벨에 아무것도 찍혀 있지 않은 음반, 박스세트 컬렉션, 재킷에 하트, 새, 모자 모양이 그려진 싱글 음반, 파랑, 빨강, 주황, 노랑, 흰색이 흩뿌려진 한정판 컬러 음반, 영화의 사운드트랙 음반, 인기 절정의 최신 음반, 메이저 음반사에서 나온 클래식 컬렉션, 데모 음반, 희귀한 모노 레코딩 음반, 한정판 고음질 음반, 재킷에 포스터나 소책자가 들어 있는 음반, 음악가의 사인이 들어 있는 음반 등 다양한 장르의 제품이 총망라되어 있었다.

프랭크는 인테리어 작업을 하느라 바쁜 와중에도 일사의 얼굴이 자꾸만 머릿속에서 아른거렸다. 카페에서 음악 이야기를 들려줄 때 그 커다란 눈을 조금도 깜박이지 않고 들어주던 모습, 호수에서 여유 있게 오리 보트의 노를 젓던 모습이 연속해서 떠올랐다. 프랭크의 마음 깊은 곳에서 사랑의 감정이 소용돌이를 일으키고 있었다.

밸런타인데이를 하루 앞둔 토요일에는 하염없이 비가 내렸다. 오후에는 우박이 타악기를 치는 소리를 내며 요란하게 쏟아졌다.

키트는 최근 발매된 음반들을 광고하는 포스터를 만들어 쇼윈도에 붙였다.

신제품 엘피판 다량 구비! 망설이지 말고 들어오세요!

프랭크는 턴테이블 뒤에 앉아 손님들이 듣길 바라는 신청곡들을 틀어주었다. 앤서니 신부는 〈플리즈 미스터 포스트맨(Please Mr. Postman)〉, 루소 부인은 에디트 피아프의 샹송을 신청했다. 쇼팽만 좋아하는 남자는 결혼정보 회사에서 마음에 드는 여자를 소개받았다면서 아레사 프랭클린의 앨범 가운데 선물하기에 적당한 음반이 있는지 물었다.

프랭크는 그 자리에서 마빈 게이의 음반을 추천해 주었다.

"아레사 프랭클린도 좋지만 새로운 연인과 함께 마빈 게이의 노래를 들어보세요."

음반 가게는 비가 오는 날인데도 하루 종일 손님들로 붐볐고, 몇 달 만에 최고의 매출을 올렸다.

프랭크는 컬러 펜으로 가게를 어떻게 새 단장할지 스케치했다. 우선 카운터를 새로운 시스템으로 바꿀 생각이었고, 진열장도 새로 들여놓기로 했다. 기존에 쓰던 박스나 나무 상자는 폐기하기로 했다. 바닥에 깔려 있는 페르시아 카펫도 버리기로 했다. 화재에 취약해 누군가 피우다 만 담배꽁초를 버릴 경우 불이 날 위험이 있었다.

비닐 포장기가 들어오면 음반을 셀로판지로 매끈하게 포장한 다음 음악에 대한 팁을 적은 라벨을 붙일 생각이었다.

밤이 깊어 가게 문을 닫으려고 할 때 모드가 나타났다. 모히칸 스타일 머리를 녹색으로 염색한 모드는 화가 잔뜩 난 듯 인상을 찌푸리고 있었다. 털 코트를 입은 모드가 가게 안으로 성큼성큼 걸어 들어와 프랭크 앞에 서더니 말했다. "영화표가 생겼는데 같이 보러 가지 않을래? 바쁘면 안 가도 괜찮아."

"어떤 영화야?"

"〈아기를 가졌어(She's having a baby 존 휴즈 감독의 영화로 우리나라에서는 〈결혼의 조건〉이라는 제목으로 공개되었다 : 옮긴이)〉라는 영화야."

"언제 시작해?"

"30분 뒤에."

그들은 극장에 조금 늦게 도착하는 바람에 앞부분을 놓쳤다. 프랭크는 영화는 별로였지만 음악이 마음에 들었다. 뒤쪽 자리에 앉은 그들은 영화를 보는 동안 담배를 연달아 피우며 와인 맛이 나는 사탕을 먹었다.

모드는 영화를 보는 동안 앞에 앉은 커플의 등을 두 번이나 가볍게 톡톡 쳐야 했다. 그들이 애무에 정신이 팔려 자주 모드의 시야를 가렸기 때문이다.

영화가 끝나고 그들은 함께 걸으며 이야기를 나누었다.

모드가 대형 쇼핑센터가 눈에 띄자 말했다. "사람들이 죄다 저기에 가서 물건을 사니까 유니티스트리트를 찾는 손님들이 점점 줄어드는 거야." 어느 도시에나 대형 쇼핑센터가 들어서고 있었고, 편리성 때문에 누구나 애용하고 있었다.

프랭크는 대형 쇼핑센터가 상권을 장악해버리면 앞으로는 세상 사람들 모두가 똑같은 물건을 쓰게 될 거라는 생각이 들었다.

나이트클럽 앞 도로에 친구들로 보이는 여자들이 술에 취해 왁자지껄하게 떠들고 있었고, 일행 중 하나가 하수구에 대고 구토를 하고 있었다.

소란스러운 캐슬게이트와 달리 유니티스트리트는 더없이 고요하고 적막했다. 마치 다른 세상으로 들어선 듯했다. 전구가 깨져 불이 들어오지 않는 가로등이 어둠 속에 외로이 서있었다. 이제 비는 그쳤지만 건물 지붕에서 떨어지는 물방울 소리가 간헐적으로 들려왔다. 커다란 개를 데리고 산책을 나온 어떤 남자가 길바닥에 소변을 보게 하고 있었다.

모드가 문신 가게 앞에서 걸음을 멈추더니 말했다. "잠시 들어와서 커피나 한잔 마시고 갈래? 시간이 없으면 그냥 가도 괜찮아."

"커피 마실 시간 정도는 있어."

모드의 문신 가게는 프랭크의 음반 가게와 마주 보고 있었다. 가게 안은 깔끔하게 정리되어 있었지만 약간 냉기가 돌았다. 모드가 가게 뒤쪽 문을 열고 작은 정원으로 나갔다.

모드를 알고 지낸 지 14년이 되었지만 문신 가게 뒤에 이렇게 근사한 정원이 있는 줄은 미처 몰랐다. 모드는 가게 뒤쪽에 정원이 있다고 말한 적이 없었다. 음반 가게 뒤에도 공터가 있었지만 온갖 잡동사니들을 잔뜩 쌓아두는 야적장으로 사용하고 있었다.

모드가 정원의 조명을 켰다. 나무 아래에 테이블 하나와 의자 두 개가 놓여 있었고, 주변에 다양한 화분들이 놓여 있었다. 모드가 커피 대신 위스키와 술잔, 무릎 담요를 가져왔다.

"정원을 이렇게 멋지게 꾸며놓은 줄은 미처 몰랐어."

"당신은 나에 대해 모르는 게 너무 많아."

그들은 나뭇잎과 조명에 둘러싸여 위스키를 마셨다. 비가 그친 하늘에서 유난히 많은 별들이 반짝였다. 모드가 화분에서 마른 잎을 떼어내고 나서 쓰러진 줄기를 바로 세워주었다.

"그 여자는 언제까지 만날 생각이야?"

"일사가 원할 때까지."

"무슨 일을 하는 여자야?"

"나도 몰라."

"도대체 아는 게 뭐야?"

앤서니 신부의 살림집에는 이미 불이 꺼져있었다. 윌리엄스 형제의 집도 마찬가지였다.

모드가 늘어지게 하품을 했다.

프랭크가 의자에서 일어서며 말했다. "난 이만 가볼게. 덕분에 영화 잘 봤어."

모드가 어깨를 으쓱하고 나서 말했다. "이 정원은 늘 비어 있으니까 술이 생각나면 언제라도……." 모드는 나머지 말은 생략했다. "내 말이 무슨 뜻인지 알지?"

모드가 어색한 표정을 지으며 프랭크를 마주 보았다. 안아주길 바라는 눈치였다. 만약 다른 사람이었다면 모른 체하고 돌아섰겠지만 상대가 모드라서 냉정하게 뿌리치고 돌아설 수 없었다. 누가 뭐래도 모드는 오랜 시간 가까이 지내온 친구니까.

프랭크는 양팔을 벌리고 모드를 어색하게 안았다. 모드는 비스듬한 자세로 프랭크의 가슴에 얼굴을 기댔다. 모히칸 머리의 정수리가 프랭크의 턱에 닿았다. 그들은 그런 어색한 자세로 한동안 서있었다. 프랭크는 어쩔 줄 몰라 하며 숨을 고르고 있었고, 모드는 목에 힘을 주며 주먹을 쥐고 있었다.

프랭크는 좀 전에 화분에서 마른 잎을 떼어 내고, 쓰러진 줄기를 바로 세워주던 모드의 모습이 떠올랐다. 언제나 싸움닭처럼 보였던 모드에게 그처럼 섬세하고 여성적인 면이 있는 줄은 미처 몰랐다.

프랭크는 마음속으로 생각했다.

누구에게나 사랑할 사람이 필요한 거야. 누구나 사랑하길 간절히 원하지.

"우리는 지금 이대로가 좋아. 더 깊어지면 어색할 거야."

모드가 그의 가슴에서 얼굴을 떼고 돌아서더니 빈 술잔들을 집어 들었다.

"이만 돌아가. 꼴도 보기 싫으니까."

• • •

월요일에 비닐 포장기가 도착했다. 일사와 약속한 화요일이 하루 앞으로 다가왔고, 프랭크는 벌써부터 마음이 설레었다. 어찌나 조바심이 나는지 식욕을 잃을 정도였다. 비닐 포장기는 크기가 가정용 냉장고만 했다.

앤서니 신부가 물었다. "가게 안에 두기에는 기계가 너무 커. 어디에 두는 게 좋을까?"

프랭크가 말했다. "가게 뒤 공터에 두려고요."

비닐 포장기가 어찌나 무거운지 키트를 포함해 다섯 사람이 힘을 합쳐 공터까지 옮겨놓았다. 키트가 기계를 옮기다가 뒷문에 손가락을 찧는 바람에 연고를 바르고 밴드를 감았다. 비닐 포장기 판매자가 셀로판지 한 롤과 응급 수리 키트를 덤으로 주고 돌아갔다.

사람들이 비닐 포장기 주위로 모여들었다.

루소 부인이 기계의 뚜껑을 열려고 하자 프랭크가 말했다.

"다치면 안 되니까 조심하세요."

앤서니 신부가 물었다. "이 기계를 어떻게 사용하는지 배웠어?"

"배우지는 않았지만 그다지 어렵지 않을 거예요."

프랭크가 자신 있게 스타트 버튼을 누르자 삐 소리가 나더니 뭔가 타는 냄새가 났다. 기계 내부 어딘가에서 빛이 번쩍했고, 어디선가 윙윙거리는 소음이 났다.

프랭크는 셀로판지로 음반을 감싼 다음 슬롯에 넣었다. 마치 우체통 구멍에 편지를 집어넣은 느낌이었다. 기계를 분해하기 전에는 안쪽을 들여다볼 수 없다는 게 문제였다. 일단 음반을 슬롯에 집어넣고 기다리는 수밖에 없었다. 기계가 윙윙거리는 소리를 발했고, 이내 표면이 뜨거워졌다. 키트가 겁을 집어먹고 뒤로 물러서다가 또다시 문에 손을 찧었다. "아, 젠장!"

기계가 요란하게 쿵쿵거리는 소리를 내더니 갑자기 잠잠해졌다.

형 윌리엄스가 나직이 말했다. "어떻게 된 거야?"

프랭크가 뚜껑을 열고 어찌 됐는지 확인하려는 순간 기계에서 또다시 쿵쿵거리는 소리가 울려 퍼졌다. 10초 뒤, 슬롯에 집어넣었던 음반이 반대편에 위치한 바구니로 떨어졌다.

모두의 시선이 음반에 집중되었다.

루소 부인이 고개를 갸웃거리며 물었다. "원하는 대로 작업이 된 거야?"

앤서니 신부가 말했다. "기계를 제대로 사용하려면 시간이 좀 걸리겠어."

그나마 앨범이 셀로판지로 포장되긴 했다. 그 점에 대해서는 다들 이견이 없었지만 음반의 가장자리가 휘고, 공기가 들어가 셀로판지의 표면이 울퉁불퉁하다는 게 문제였다.

프랭크가 말했다. "첫술에 배부를 수는 없잖아요. 차츰 기계 사용법을 익히고 나면 문제없을 거예요."

앤서니 신부가 말했다. "잘못된 원인이 뭔지는 알겠어?"

프랭크 대신 모드가 말했다. "온도를 너무 높게 설정해놓아 셀로판지가 녹아버렸네요."

루소 부인이 물었다. "이 음반을 쓸 수 있을까?"

프랭크가 바구니에서 음반을 집어 들었다. 여전히 손을 대기 힘들 만큼 뜨거웠다.

"과일 받침으로나 써야겠네요."

키트가 머리를 긁적이며 말했다. "기계 사용법을 제대로 알 수 있는 사람이 하나 있긴 해요."

24
베아타 비세라

"먹구름을 뚫고 고난의 강을 건너야만 천국으로 가는 길로 들어설 수 있는 건 아니야. 우리의 생이 고통과 슬픔의 연속일지라도 즐거운 눈으로 세상을 바라볼 때 천국이 가까워지는 거야."

페그는 대형 유리창 앞에 서서 바다와 하늘을 번갈아 바라보고 있었다. "음악은 고통을 어루만져주고, 즐거운 눈으로 세상을 바라볼 수 있게 해주지. 우리의 생이 힘겹게 느껴질 때 노래를 부르거나 음악을 들으면 용기를 얻을 수 있어."

프랭크는 새 음반을 재킷에서 꺼냈다. 데이크론 헝겊으로 홈을 따라 음반을 닦고 나서 턴테이블의 바늘에 낀 미세한 먼지도 닦아냈다.

페로탱(Pérotin 중세 프랑스의 작곡가 : 옮긴이)은 12세기말 프랑스에서 살았다. 그 당시만 해도 화성학이 정립되기 이전이어서 대체로 단순한 리듬의 노래가 주류를 이루었다.

"중세의 음악은 단순했어. 노래를 부르는 장소는 주로 교회였고, 성직자들이 가수 역할을 했고, 악기 연주 없이 목소리만으로 노래를 불렀지. 요즘 관점으로 보자면 그림이 잘 그려지지 않을 거야. 프랑스에서 노트르담 대성당이 축조되고 나서 변화의 필요성을 절감하게 되었어. 대규모 성당에서 독창만으로는 깊은 감명을 줄 수 없었으니까. 페로탱은 독창 대신 두 사람이 함께 노래를 부르게 했어. 최초로 이중창을 시도한 거야. 그다음부터는 숫자를 세 명, 네 명으로 늘려갔어. 페로탱은 그 과정에서 여러 사람이 노래를 함께 부르려면 화음이 필요하다는 걸 절실히 깨달았어. 페로탱이 화성학의 시대로 접어드는 계기를 마련한 거야."

프랭크는 당시 열여섯 살이었고, 키가 많이 자라 페그보다 신장이 커지게 되었다. 그 무렵부터 자기만의 음악 세계를 갖게 되었고, 페그가 들려주는 음악 이야기에 싫증을 느끼기 시작했다. 수시로 상대를 갈아치우는 페그의 남성 편력에도 염증을 느꼈다. 페그가 만나는 남자들 중에는 더러 쓰레기들도 있었다. 프랭크는 가끔 선글라스로 가린 페그의 눈두덩이 퍼렇게 멍들어 있는 모습을 본 적이 있었다.

"이제 허구한 날 집 안에 틀어박혀 음악을 듣는 생활을 청산하고 새로운 취미를 찾아보는 게 어때요? 밖에서 바람을 쐬며 운동을 할 수 있는 취미를 알아보세요. 가령 골프 같은 운동은 어때요?"

"모르는 소리 좀 그만해. 골프 클럽에 다니는 남자들 가운데 절반가량은 나를 만났던 작자들이야. 내가 골프 클럽에 나타나면 어떤 일이 벌어질까?"

페그는 사랑을 멀리 해야 한다고 가르쳤지만 프랭크는 이미 마음에 두고 있는 여학생을 만났다. 프랭크는 매일이다시피 동급생인 데보라와 어울려 지냈다. 데보라는 어머니가 손수 뜨개질한 스웨터를 즐겨 입었고, 손에는 벙어리장갑을 끼고 다녔다.

프랭크는 이미 체리를 닮은 데보라의 젖꼭지를 두 번이나 만져보았다. 데보라는 난방장치를 제대로 갖춘 집에서 부모와 함께 살았다. 데보라의 어머니는 남편과 자녀들을 위해 매끼마다 따스한 음식을 조리했고, 식탁에서 온 가족이 둘러앉아 즐겁게 식사를 했다. 데보라의 어머니가 양파를 다지고 고기를 굽는 모습을 볼 때마다 프랭크는 그렇게 부러울 수 없었다. 데보라의 부모는 다정하고 친절한 사람들이었다.

페그가 창가에 서서 말했다. "어서 페로탱의 《베이타 비세라》를 틀어봐."

데보라를 생각하다가 바지 앞섶이 부풀어 오른 프랭크는 그 모습을 들키지 않기 위해 조심하며 단셋 앞으로 걸어갔다.

탁, 탁, 탁.

깊은 적막과 고요 속에서 청아한 목소리가 울려 퍼졌다. 가늘고 섬세하게 시작된 목소리는 이내 높고 강렬한 고음으로 변했다. 천상의 목소리가 따로 없었다. 프랭크는 마치 새가 되어 하늘을 나는 느낌이 들었다. 눈 아래에 펼쳐진 세상이 보였다. 하얀 집, 푸른 바다, 저 멀리 보이는 마을…….

프랭크는 여전히 발기해 있었고, 페그는 창문 앞에 그대로 서 있었다.

"프랭크, 너도 이제 남자가 되었구나. 서서히 날아갈 준비를 해라."

25
이제 신나지 않아?
(Ain't It Funky Now) _ 제임스 브라운의 1969년 곡

프랭크는 〈싱잉 티포트〉의 테이블을 사이에 두고 일사와 마주 앉았다. 분명 꿈이 아니라 현실인데도 일사와 마주 앉아있다는 게 믿어지지 않았다.

프랭크는 간밤에 일사를 생각하느라 밤새도록 잠을 설쳤다. 분명 몹시 피곤한 상태였는데 일사를 보자마자 거짓말처럼 피로감이 가셨다.

종업원이 레몬 스쿼시와 오렌지 스쿼시, 토스트를 테이블에 내려놓으며 말했다.

"보나페티."

종업원은 음식을 내려놓고 돌아가 카운터 뒤 스툴에 앉았다.

일사가 토스트를 먹으면서 《월광 소나타》를 듣고 느낀 점에

대해 말했다. "《월광 소나타》에서 베토벤이 줄리아와 피아노 앞에 앉아 사랑을 고백하는 부분과 줄리아가 자신도 좋아한다고 말하는 부분이 있잖아요?"

"네, 그런데요."

"그 부분이 흘러나올 때 잠자코 앉아 있을 수 없어 자리에서 일어나 소리쳤어요. '줄리아, 베토벤을 버리고 떠나면 안 돼요.' 라고요."

일사는 《월광 소나타》에서 핵심부를 찾아냈고, 음악 속으로 깊이 들어가 주인공들과 감정을 공유한 셈이었다.

"비치 보이스의 앨범 《펫 사운즈》도 들어봤어요. 개 짖는 소리, 자전거와 썰매를 타는 소리, 종소리, 깡통 차는 소리, 기차 소리, 소 방울 소리가 나더군요."

프랭크는 잠시 생각에 잠겼다.

소 방울 소리가 뭐지? 소 방울 소리는 전혀 듣지 못했는데?

"〈캐롤라인, 노(Caroline, No 비치 보이스의 앨범 《펫 사운즈》의 수록곡 : 옮긴이)〉를 듣고 나서 얼마나 슬펐는지 몰라요."

일사가 팔을 크게 흔들며 말을 하는 바람에 하마터면 블라우스의 단추가 풀릴 뻔했다.

"브라이언 윌슨이 캐롤라인을 사랑한 거죠? 혹시 그들이 어떤 사랑을 했는지 알아요?"

일사의 뺨이 다시 발그레해졌다.

"〈캐롤라인, 노〉는 사랑을 잃은 슬픔을 절절하게 표현한 곡으로 알려져 있지만 사실은 브라이언 윌슨이 애초에 곡을 만들게 된 동기와는 거리가 멀어요. 브라이언 윌슨은 머리를 잘못 자르고 온 애인에게 들려주기 위한 노래를 만들고자 했는데 전혀 다른 곡이 나온 겁니다. 지극히 사소한 동기에서 출발했는데 심오한 의미를 담은 노래가 탄생한 거예요. 마일스 데이비스의 곡은 어땠어요?"

일사가 잠시 눈을 감고 생각에 잠겼다.

"굳게 닫힌 문이 하나씩 차례로 열리는 느낌이 들었어요."

"왜 그런 느낌을 받았죠?"

"왜 그런지는 모르겠어요."

"사실 나도 그런 느낌이 들었는데 왜 그런지는 모르겠어요."

두 사람은 누가 먼저랄 것 없이 크게 웃었다. 일사는 크고 아름다운 눈을 반짝이며 마일스 데이비스의 노래를 들은 느낌을 이야기했다. 그가 해야 할 이야기를 일사가 대신 해주고 있었다.

마일스 데이비스를 들은 느낌이 어쩜 나랑 똑같을 수 있지?

"오늘은 어떤 음악을 주제로 이야기를 들려주실 거예요?"

"지난번에는 귀를 호강시켜주는 음반을 소개했어요. 이번에는 음악이 듣는 사람을 어디로 데려가는지 이야기할게요. 오늘 소개해드릴 음악가는 노래하는 성직자, 오페라에 버금가는 명

연주, 록 역사상 가장 뜨거웠던 헤비메탈 밴드에 대해 이야기할 게요."

프랭크는 네 개의 음반을 테이블에 올려놓았다. 페로탱의 《베아타 비세라》, 푸치니의 《토스카》, 제임스 브라운의 《앤트 잇 펑키 나우(Pt.1, 2부)》, 《레드 제플린 Ⅳ》이었다.

"오페라부터 헤비메탈까지 망라되어 있네요. 서로 연결시키기 어려운 음악들 아닌가요?"

"전혀 다른 장르이지만 큰 틀에서 보자면 뿌리와 정서가 같은 음악이라고 생각해요."

프랭크는 우선 이 음반들을 어떤 자세로 들어야 하는지 설명했다.

"이 음반들은 누워서 들어야 해요. 물론 누워서 들을 수 있는 환경이 필요하겠죠. 가능하시죠?"

"네, 가능해요."

"이 음악을 들을 때는 아무 일도 하지 말아야 해요. 가능하면 전화선도 뽑아버리고, 헤드폰을 반드시 착용하고 들어야 합니다."

일사가 왜 그래야 하는지 궁금하다는 표정을 지으며 손을 깍지 꼈다.

"페로탱의 《베아타 비세라》를 들을 때면 마치 새의 등에 올라타 하늘을 나는 기분이 들 거예요."

프랭크는 페로탱과 화음 이야기를 일사에게 자세히 들려주었다. 그 역시 페그에게서 들은 이야기였다. 열여섯 살에 만났다가 헤어진 데보라 이야기도 했다. 날마다 방과 후에 데보라의 집에 가서 놀다가 그 아이 가족들과 함께 저녁 식사를 했던 일, 데보라의 아버지가 일요일에 빗자루로 낙엽을 쓸어 모아 마당에서 태우던 일, 데보라의 어머니가 앞치마를 두르고 감자 껍질을 벗기며 그를 '서니 보이(Sonny boy 나이 든 사람이 소년이나 청년을 친근하게 부르는 구어로 우리말로 옮기자면 '아들내미' 같은 뜻 : 옮긴이)'라고 불러주었던 일, 데보라의 어머니가 그 집에서 5킬로미터 떨어진 바닷가 하얀 집까지 자전거를 타고 갈 때 먹으라며 샌드위치를 싸주었던 일들이 지금도 뇌리에 선연하게 남아 있었다.

"데보라와는 어떻게 됐어요?"

"우리는 10대였고, 데보라는 자기 인생을 찾아갔어요."

"혹시 데보라를 못 잊어 다른 사랑을 시작하길 두려워하는 거예요?"

"아주 오래전이고, 그 일에 연연하지는 않아요."

"첫사랑이었겠네요. 무려 20년이 지났지만 첫사랑에 대한 기억은 가슴 한구석에 깊이 남아있기 마련이죠."

프랭크가 슬며시 웃었다.

"혹시 경험에서 우러나온 말인가요?"

일사도 따라 웃었다. "이제 서른 살밖에 안 됐으니 그 질문은 10년 후에나 들어야겠네요."

이야기가 자꾸만 샛길로 빠져 프랭크는 이제라도 음악 이야기로 돌아가야겠다고 생각하며 페로탱의 《베아타 비세라》 음반을 집어 들었다.

"이 솔로 곡은 첫사랑처럼 인상적이라서 한 번 들으면 절대로 잊을 수 없어요. 노래가 시작되면 듣는 사람은 새의 등에 올라타 하늘 높이 날아오르는 기분을 느끼게 되죠. 새가 급상승과 급강하를 반복하다가 자그마한 점으로 보일 만큼 높이 솟아오르기도 해요. 하늘을 나는 동안 전혀 불안하지는 않아요. 노래가 안전하게 보호해주고 있다는 느낌이 드니까. 《베아타 비세라》를 듣고 인간이 이토록 아름다운 존재가 될 수 있구나 생각했어요. 앞으로는 새를 볼 때마다 이 노래를 떠올리게 될 거예요."

프랭크는 자기도 모르게 양팔을 커다란 새의 날개처럼 펼치고 있었다. 〈싱잉 티포트〉의 종업원이 스툴에 앉아 그들의 이야기에 귀를 기울이고 있었다. 일사는 말없이 그를 바라보며 고개를 끄덕였다. 일사의 얼굴 피부가 유난히 희어서 주근깨가 잘 드러나 보였다.

프랭크는 다음 음반을 손에 들었다.

"《토스카》는 비극적인 사랑 이야기인데 음악적으로는 매우 웅장하죠. 이 오페라의 주인공인 토스카는 가수인데 한 남자를 사랑합니다. 로마의 경시총감인 스카르피아는 매우 악독한 인물인데 토스카를 마음에 두고 있죠. 스카르피아가 토스카의 연인인 카바라도시를 체포하고, 그녀를 협박하며 정부가 되어달라고 해요. 토스카는 스카르피아를 칼로 찔러 살해합니다. 토스카의 연인인 카바라도시 역시 죽음을 맞게 되고, 그녀는 지붕에서 뛰어내리죠."

모두 합해 3막으로 이루어진 푸치니의 장대한 오페라를 간략하게 설명하려니 한계가 있었다.

"《토스카》에서 1막의 마지막 5분이 매우 의미심장합니다. 《베아타 비세라》와는 대척점을 이루는 부분이죠. 듣는 이를 천국이 아니라 지옥으로 데려가니까요. 《토스카》의 진수를 맛볼 수 있는 부분이라고도 할 수 있죠. 그 부분을 들으면 스카르피아가 토스카를 얼마나 간절히 원하는지 느낄 수 있어요. 푸치니는 교회 예배 장면을 그 부분의 배경으로 넣었어요. 종소리, 대포 소리, 비탄에 빠진 사람들이 외치는 소리도 효과음으로 삽입되죠. 마치 신과 인간이 맞붙어 싸우는 장면 같아요. 결국 신이 이기는 구도이지만 스카르피아가 사람들과 함께 부르는 〈테 데움〉을 들을 때면 소름끼치도록 무서워요. 스카르피아가 자신을 신을 뛰어넘는 경지로 올려놓으려고 하는 순간이기 때문이죠. 그 부분에서 관객들은 희망을 모두 상실하고 비탄에 빠지게 됩니다. 1막의 커튼이 내려오면 장담컨대 술을 마시고 싶어질 거예요."

프랭크는 자신도 모르게 자리에서 벌떡 일어나 있었다.

언제 일어섰지?

일사가 진지한 얼굴로 프랭크를 바라보고 있었다. 종업원도 흥미로운 일이라는 듯 그를 쳐다보았다. 프랭크와 눈이 마주친 종업원이 재빨리 눈을 돌리더니 레이스 캡을 긁는 척했다.

프랭크가 멋쩍은 얼굴로 다시 자리에 앉으며 《토스카》 음반을 내려놓았다. 그는 제임스 브라운에 대해 이야기할 때는 갑자기 자리에서 벌떡 일어서거나 팔을 벌리거나 흥분하지 말아야겠다고 마음먹었다.

《앤트 잇 펑키 나우(Pt.1,2)》를 이야기하면서 어떻게 가만히 앉아 있을 수 있지?

"이 노래는 리듬에 주목할 필요가 있습니다. 처음에는 유사한 비트가 연속적으로 반복되다가 갑자기 음이 상승하는 변곡점이 있어요. 무심코 음악을 듣던 사람은 갑자기 턱을 강타당한 느낌이 들 거예요. 무하마드 알리가 조지 포먼과 대결할 때 상대가 계속 공격하게 유도한 다음 크게 지쳤을 때 반격을 가하는 전략과 비슷하다고 이해하면 됩니다. 혹시 '정글의 혈전'이라고 들어봤어요?"

일사가 고개를 젓고 나서 입술을 삐죽 내밀었다.

"콩고의 수도 킨샤사에서 권투 역사상 가장 흥미로운 대결이 펼쳐졌어요. 경기가 시작되고 무하마드 알리는 한동안 계속 수세에 밀려 두들겨 맞기만 했죠. 로프에 기대 조지 포먼의 주먹을 피하기 급급했던 무하마드 알리가 8회에 접어들면서 상대의 턱에 원투 스트레이트를 꽂아 넣어버립니다. 공격 일변도였던 조지 포먼은 무하마드 알리의 오른손 펀치를 한 대 더 맞고 아예 바닥에 누워버렸죠. 《앤트 잇 펑키 나우(Pt.1,2)》는 바로 그 경기와 흐름이 비슷해요. 제임스 브라운은 마치 무하마드 알리가 펼쳐 보인 그 경기처럼 음악을 전개하죠."

일사가 얼굴을 찌푸렸다. "권투는 좋아하지 않아요."

"알리와 포먼의 대결은 권투가 아니라 거의 예술이었죠."

프랭크는 자기도 모르게 또 자리에서 일어나 알리와 포먼의 흉내를 내고 있었다.

일사가 웃음을 참지 못하고 손바닥으로 입을 가렸다.

프랭크는 내심 마지막 음반을 설명할 때는 흥분해서는 안 된다고 다짐하며 팔짱을 끼었다.

"〈스테어웨이 투 헤븐(Stairway to Heaven 《레드 제플린 Ⅳ》에 실린 곡으로 '천국으로 가는 계단'이라는 뜻 : 옮긴이)〉은 섬세한 기타 리듬으로 처음부터 듣는 이를 주목하게 만들어요. 기타를 연주하는 사람이라면 누구나 한 번쯤 연주해보고 싶어 하는 곡이죠. 신비한 느낌이 드는 가사와 너무나 잘 어울리는 기타 연주가 우리의 영혼을 낯선 곳으로 데려갑니다. 보컬인 로버트 플랜트는 회상하듯 가사를 읊조리고, 지미 페이지의 기타는 듣는 사람을 하늘로 날아오르게 하죠. 누구나 노래와 연주가 멈추지 않고 그대로 계속되기를 바랄 겁니다. 그야말로 황홀한 오르가슴……."

프랭크는 그 말을 하다가 아차 하며 손으로 자기 입을 틀어막았다.

"음악이 표현할 수 있는 절정의 영역에 다다른 곡이라는 뜻입니다." 정말? 정말 그런 뜻으로만 말했나? "전반적으로 낯설고 신비한 느낌이 드는 곡이지만 누구나 분명하게 인식할 수 있어요. 이 음악을 들으면 영적인 문이 열리게 된다는 걸……."

프랭크가 이야기를 마치고 가방에서 음반을 꺼내는 동안 일사는 뭘 했을까? 그가 음악을 듣다가 오르가슴을 느끼는 〈스테어웨이 투 헤븐〉, 새의 등에 올라 하늘을 나는 《베아타 비세라》, 무하마드 알리처럼 곡을 전개하는 제임스 브라운, 비장한 사랑을 이야기하는 《토스카》를 꺼내 테이블에 내려놓을 때까지 일사는 눈이 휘둥그레진 가운데 가만히 앉아 있었다.

멍한 상태로 듣고 있다가 겨우 정신을 차린 일사가 카운터로 걸어가 계산을 치르고 나서 프랭크에게 봉투를 건넸다. 문을 열고 밖으로 나선 두 사람은 시선을 딱히 그 어디에도 두지 않고 멍하니 어두워진 하늘을 올려다보았다. 일사는 여전히 다른 세상에 가있는 표정이었다.

두 사람이 대성당 쪽으로 걸어갈 때 프랭크는 일사에게 음반 가게를 새롭게 꾸밀 계획과 비닐 포장기에 대해 이야기했다. 두 사람은 말없이 걸었고, 한동안 돌이 깔린 바닥에서 일사의 구두가 딸깍거리는 소리와 프랭크의 운동화가 저벅거리는 소리만이 울려 퍼졌다.

두 사람은 대성당 앞에서 걸음을 멈추었다. 프랭크는 빈 택시가 있는지 둘러보았지만 없었다.

일사가 나직이 한숨을 쉬며 말했다. "할 말이 있어요." 일사는 잠시 말을 멈췄다. "중요한 말이에요. 꼭 알아두셔야 할 게 있는데……."

프랭크는 턴테이블에 걸린 음반이 B면으로 넘어가기 직전, A면의 마지막 트랙 지점에 다다랐다는 느낌이 들었다.

일사는 무슨 이야기를 하려는 걸까?

지난 한 달 반 동안 유니티스트리트 사람들은 일사가 어떤 사연이 있어 독일을 떠나 왔는지, 왜 프랭크를 만나 음악 이야기를 듣고 싶어 하는지 매우 궁금해하고 있었다.

일사는 말을 꺼내기가 힘든 듯 입술을 깨물었다.

프랭크는 그 모습을 보며 일사와의 관계를 어떻게 설정해야 할지 생각해보았다. 두 번의 만남은 그들이 함께 어떤 거리를 여행한 것이나 다름없었다. 프랭크의 이야기는 음악에 국한되지 않았고, 개인사도 포함되어 있었다.

프랭크는 바닷가 하얀 집을 떠나온 날 이후 그 어떤 여자에게도 마음을 열어 보인 적이 없었다. 지난날의 상처가 아직 봉합되지 않은 채 가슴 깊이 아로새겨져 있는 탓이었다. 프랭크는 이미 오래전부터 혼자 살아가기로 결심했고, 한 번도 마음을 고쳐먹은 적이 없었다.

일사를 만나면서 그날 이후 처음으로 마음이 흔들리고 있었고, 꽉 닫혀 있던 문이 조금씩 열리는 느낌이 들었다. 일사에게 더 가까이 다가가서는 안 된다는 생각을 하자 슬픔이 밀려왔지만 다른 선택이 있을 수는 없었다.

일사와 더 이상 진척되지 않는 게 좋아. 일사에게 상처를 주어서는 안 돼.

프랭크는 혼자라야 행복할 수 있었다. 깊은 고독 속에서 혼자 지내야 마음이 편안했다.

프랭크는 일사의 말을 듣고 싶지 않았다.

"말하기 곤란하면 하지 마세요."

"내가 무슨 말을 하려는지 모르잖아요?"

"그냥 이대로가 좋아요."

그때 길 건너편에서 빈 택시가 멈춰 섰다.

"다음 화요일에 만나요."

"앞으로 나를 미워하게 될지도 몰라요."

"내가 당신을 미워해요? 그런 일은 없을 거예요. 우리는 음악

이야기를 하려고 만났잖아요. 사사로운 감정을 개입시킬 필요는 없어요."

프랭크는 자꾸만 마음과는 다른 말을 내뱉고 있는 이 상황을 견디기 힘들었다.

일사가 진지한 표정으로 프랭크를 바라보았다. 그러다가 마침내 고개를 끄덕였다.

"당신 말대로 음악 이야기만 하면서 지내면 문제될 게 없겠네요. 무슨 뜻인지 잘 알았으니까 이만 돌아가세요. 내가 하려던 말은 없었던 일로 할게요."

일사가 음반이 들어 있는 가방을 들고 길을 건너갈 때 프랭크는 그제야 생각났다는 듯 소리쳤다. "혹시 비닐 포장기를 다룰 줄 아세요?"

• • •

프랭크는 저녁 7시쯤 유니티스트리트에 도착했다. 앤서니 신부의 종교 선물 가게 앞에 경찰차 한 대가 서있었고, 사람들이 그 앞에 우르르 모여 있었다. 허리춤에 손을 받치고 담배를 피우는 모드의 모습이 눈에 들어왔다. 윌리엄스 형제는 경관과 긴밀히 이야기를 나누고 있었고, 키트는 종교 선물 가게 유리창을 열심히 닦고 있었다.

모드가 다가오며 물었다. "어디에 갔었어?"

"일사를 만나고 왔어."

모드가 부츠로 담배를 비벼 껐다. "앤서니 신부님 가게에 누군가 스프레이로 낙서를 하고 사라졌어. 앤서니 신부님이 가게 위층 살림집에 있는데 보란 듯이 낙서를 한 거야."

모드는 낙서 사건이 마치 프랭크 때문에 일어나기라도 한 듯 계속 퉁명스럽게 말했다.

"뭐라고 낙서했는데?"

"'쪼다', '바보', 'NF' 같은 저질 낙서들이었지."

키트는 열심히 쇼윈도를 닦고 있었고, 이제 낙서를 거의 다 지운 상태였다.

앤서니 신부가 담배를 피우며 다가왔다. 프랭크도 담배를 피워 물고 앤서니 신부를 모퉁이로 데려갔다.

"〈포트 개발〉이 다음 타깃으로 나를 지목했나 봐."

"왜 그런 말씀을 하세요?"

오늘따라 앤서니 신부의 어깨가 유난히 야위어 보였다. 베이지색 울 스웨터 안에 감추어진 뼈만 앙상하게 남은 몸이 눈에 보이는 듯했다.

"〈포트 개발〉 사람들이 계속 이런 식으로 나오면 가만두지 않을 거예요."

"저들이 가게를 매입하고 싶다는 편지를 보내왔어."

"신부님은 가게를 계속하길 원하시잖아요?"

"나야 그렇지만 어디 그게 내 마음대로 되어야 말이지."

"우리는 유니티스트리트의 운명 공동체잖아요. 다 함께 힘을 합해 싸워 나가야죠."

"자네가 그렇게 말해주니까 그나마 안심이 되는군."

프랭크는 앤서니 신부와 이야기를 나누는 와중에도 자꾸만 일사의 모습이 떠올라 곤혹스러웠다. 일사의 검은 눈동자, 자연스럽게 아래로 흘러내리는 머리카락, 녹색 코트가 뇌리를 스쳐 지나갔다.

"난 절대로 물러서지 않을 거예요."

26

작은 기도를 올린다

(I Say a Little Prayer) _ 1967년에 디온 워윅이 처음 발표한 곡이지만

아레사 프랭클린이 1968년에 불러 더욱 유명해진 곡

지난날 남자와 여자가 사랑에 빠졌다. 여자는 유부녀, 남자는 성직자였다. 은밀한 사랑이 발각되자 여자는 남자의 어깨에 기대 눈물을 흘리고 나서 멀리 떠났고, 남자는 징계위원회에 회부되어 성직자의 옷을 벗었다. 서글픈 사랑이었지만 남자는 후회하지 않았다.

앤서니 신부는 〈포트 개발〉에서 보낸 편지를 다시 한번 읽어 보았다.

우리는 마지막으로 귀하의 부동산을 고가에 처분할 수 있는 기회를 주고자 합니다. 건물을 매각할 경우 항만 지역에 건설할 새 아파트 입주권을 제공하겠습니다. 부디 우리의

제안을 수용하고, 생산적인 대화에 응해주길 바랍니다.

앤서니 신부는 지난 20년 동안 지켜온 가게를 둘러보았다. 바닥에 깔린 카펫이 닳아 바닥이 드러나 보일 정도였다. 지난 며칠 동안 비교적 고가인 조각상은커녕 책갈피 하나 팔지 못했다. 연료비가 떨어져 밤마다 털모자와 귀마개를 쓰고 잠을 잤다. 매일이다시피 감자와 물로 배를 채웠다. 그러던 차에 〈포트 개발〉에서 무시할 수 없는 가격에 매각을 요구하고 있었다.

앤서니 신부는 오래전에 떠난 사랑을 생각했다. 프랭크가 이 거리에 와서 재즈를 들려주기 전까지만 해도 허구한 날 술독에 빠져 지냈다. 지난 14년 동안 프랭크와 친아들보다 더 가깝게 지내왔다. 이 거리를 떠난다면 매일 밤 프랭크가 그리워 잠을 이루지 못할 것이다. 앞으로 가게를 계속할 방법이 떠오르지 않았다. 가게 위층에 버젓이 주인이 있는데 쇼윈도에 낙서를 하고 사라지는 일이 발생했다. 앞으로 또 어떤 도발을 해올지 예측할 수 없었다.

위층 살림집으로 올라가기에는 너무 추운 날씨였다. 앤서니 신부는 카운터에 앉아 쇼윈도를 바라보았다.

"주여, 아주 작은 실마리라도 좋습니다. 제발 저에게 가게를 팔아야 할지 말아야 할지 알려주소서."

앤서니 신부는 의자에 가만히 앉아 하느님이 기도에 응해주길 기다렸다. 그때 밖에서 자동차 시동 거는 소리가 들려왔다. 누군지 모르지만 시동이 걸리자 거듭 액셀러레이터를 밟아 엔진을 공회전 시키며 요란한 소리를 냈다.

'부르릉 부릉 부르릉.'

머릿속이 온통 자동차 엔진 소리로 가득 찼다. 앤서니 신부는 다시 한번 쇼윈도 밖을 내다보다가 하마터면 비명을 지를 뻔했다. 10대 아이들 둘이 가게 안에 있는 그를 빤히 쳐다보고 있었다. 한 아이는 키가 크고, 다른 아이는 작았다.

앤서니 신부가 프랭크를 부르려고 전화기에 손을 뻗기도 전에 두 아이가 가게 문을 열고 안으로 들어섰다.

"오늘은 영업이 끝났어요."

작은 아이가 여자 목소리로 대꾸했다. "아직 문이 열려 있잖아요."

이제 보니 키가 작은 쪽은 여자아이였고, 큰 쪽은 남자아이였다.

앤서니 신부는 새장에 갇힌 새가 침입자를 발견하고 깜짝 놀라 요란하게 날개를 치듯 심장이 빠르게 뛰었다.

두 아이가 나란히 서서 앤서니 신부의 앞길을 막아섰다. 앤서니 신부가 가진 거라고는 동전 몇 푼이 전부였다. 위층 살림집에도 즐겨 읽는 시집 몇 권과 유리 그릇 몇 점뿐이었고, 값나가는 물건이라고는 없었다.

두 아이는 앤서니 신부 앞을 가로막고 서서 눈으로 선반을 두루 살펴보았다. 두 아이의 친구들이 밖에서 망을 보고 있을지도 몰랐다. 가게들의 불빛이 모두 꺼져 거리는 짙은 어둠 속에 잠겨 있었다.

앤서니 신부는 담대하게 마음먹으려고 애썼지만 자기도 모르게 다리가 떨려왔다.

앤서니 신부가 말했다. "뭐든 원하는 대로 해도 괜찮은데 제발 가게 물건을 부수지는 말아요."

여자아이가 물었다. "앤서니 신부님이죠?"

앤서니 신부가 고개를 끄덕였다. "나를 알아요?"

"신부님이면 제대로 된 성직자 맞죠?"

"예전에는 신부이고 성직자였지만 지금은 다 내려놓고 보통 사람으로 살고 있어요. 그나저나 어떤 물건을 사려고 왔나요?"

여자아이가 말했다. "혹시 결혼식 주례를 봐주실 수 있어요?"

"결혼식 주례라면?"

여자아이는 앤서니 신부가 말귀를 못 알아들었다고 생각했는지 다시 한번 천천히 말했다. "결혼식 주례를 맡아주실 수 있는지 물었어요."

"좀 전에도 말했다시피 지금은 성직자가 아니고 일반인이라서 결혼식 주례를 맡아줄 수는 없어요. 주례를 맡아줄 신부님을 만나보려면 성당에 가야죠."

남자아이가 말했다. "빌어먹을! 성당에 가봤는데 결혼식을 하려면 신원을 증명할 증빙서류를 가져오라잖아요."

여자아이는 남자아이가 상스러운 말을 한 게 못마땅한 듯 인상을 찌푸렸다. 남자아이가 실수해서 미안하다는 뜻으로 여자아이의 허리를 팔로 감싸 안았다.

"둘이 결혼하게요?"

앤서니 신부가 가는귀가 먹었다고 판단했는지 여자아이가 크게 소리쳐 말했다.

"현재는 성직자가 아니더라도 결혼을 축복하는 기도 정도는 해줄 수 있잖아요?"

앤서니 신부는 차분하게 현재 상황을 정리해보았다. 그러니까 두 아이는 강도 짓을 하거나 물건을 훔치려고 가게에 들이닥친 게 아니라 주례를 부탁하기 위해 찾아온 게 분명했다.

두 아이의 눈빛을 보니 무척이나 긴장하고 있는 듯했다.

"내가 비록 지금은 신부가 아니지만 두 사람의 결혼을 축복하는 기도를 해줄게요."

여자아이가 물었다. "기도할 때 무릎을 꿇어야 하나요?"

"그냥 서서 해도 괜찮아요."

"무릎을 꿇는 게 좋겠어요. 그래야 하느님이 우리의 진심을 알아주실 테니까요."

앤서니 신부는 카펫에 불순물이라도 묻어있는 듯 손으로 정성스럽게 털었다. 두 아이는 앤서니 신부 앞에 무릎을 꿇고 앉아 눈을 꼭 감고 양손을 모아 기도하는 자세를 취했다. 두 아이가 하는 짓이 마치 한 쌍의 다람쥐처럼 귀여웠다.

앤서니 신부가 모자를 벗고 기도를 시작했다. "주여, 이 젊은 한 쌍을 사랑으로 굽어 살피소서. 힘들고 지칠 때 서로 위로가 되게 하시고, 고난과 시련이 닥치면 서로 의지하며 힘이 되게 하시고, 괴롭고 슬플 때 서로 바라보며 용기가 되게 하소서. 이 어여쁜 젊은이들이 평생 행복한 삶을 누릴 수 있도록 은총을 베풀어주소서."

앤서니 신부가 기도를 하는 동안 떠돌이 개 한 마리가 가게 앞을 지나가다가 가로등 기둥에 다리 하나를 들어올렸다.

여자아이가 물었다. "끝난 거예요?"

"기도를 올린 지 너무 오래되어서 왠지 어색하네요."

남자아이가 먼저 일어나 여자아이 손을 잡아 일으켜 주려다가 생각보다 무거웠는지 중심을 잃고 비틀거렸다. 여자아이가 얼굴을 붉히며 부끄러워하다가 앤서니 신부에게 감사 인사를 했다.

"신부님, 너무나 훌륭한 기도였어요. 감사합니다."

두 아이가 손을 맞잡고 밖으로 나가더니 다정하게 거리를 걸어갔다. 앤서니 신부는 한동안 쇼윈도 앞에 서서 그 모습을 계속 지켜보았다. 마음속에서 오래도록 잊고 지낸 감정이 되살아났다. 오래전 사랑했던 여자가 있었다. 오늘따라 그의 어깨에 얼굴을 묻고 울었던 그 여자가 무척이나 그리웠다.

지금 이대로가 좋아. 이대로 죽어도 좋아.

사랑이란 많은 위험과 고난이 도사리고 있는 여정이지. 때로 사랑의 여정은 원하는 곳이 아닌 길에서 끝날 수도 있어. 사랑하는 사람의 손을 잡고 있었던 시간이 허망하게 멀어져가더라도 아무것도 하지 않고 허비한 시간보다는 훨씬 가치 있는 거야.

앤서니 신부는 어두운 하늘을 올려다보았다. 오렌지색에 가까운 하늘이었고, 별은 보이지 않았다.

"주여, 계시를 내려주셔서 감사합니다."

앤서니 신부는 〈포트 개발〉에서 보낸 편지를 찢어버리고 위층으로 올라갔다.

27
하늘은 내가 비참해진 걸 안다

(Heaven Knows I'm Miserable Now) _ 더 스미스의 1984년 곡

목요일 아침에 일사가 음반 가게 출입문 앞에 서있었다.

"지나는 길에 들렀어요."

일사는 급류에 휩쓸린 위기 상황에서 목숨을 구해줄 유일한 구명보트라도 되듯 핸드백을 손에 꽉 움켜쥐고 있었다.

프랭크와 키트가 놀란 얼굴로 그녀를 쳐다보았다.

"비닐 포장기를 고쳐보려고요."

"시간이 제법 오래 걸릴 텐데 괜찮겠어요?"

"두 시간쯤 여유가 있어요."

키트가 물었다. "그다음에는 어딜 가시게요?"

"일하러 가봐야죠."

프랭크는 한동안 그 자리에 서서 움직일 수 없었다. 일사가

아침 일찍 찾아오는 바람에 기쁘고, 설레고, 들뜨고, 겁나고, 행복하고, 슬펐다. 몹시 반가운 한편 왠지 지난번 헤어질 때 일이 생각나 마음이 불안하기도 했다. 프랭크는 마치 대사를 잃어버린 배우처럼 턴테이블 뒤로 돌아가 우두커니 서있었다.

키트가 노래하듯 말했다. “잘 오셨어요. 우선 커피 한잔 하실래요?”

“우선 기계부터 볼게요. 잘 고칠 수 있을지 모르겠어요.”

키트가 비닐 포장기가 있는 공터로 일사를 안내했다. 프랭크는 늘 그랬듯이 일사가 미소를 보내거나 손을 흔들어주길 기대했지만 눈길 한번 주지 않고 공터로 걸어가자 마음이 허전했다.

일사는 비닐 포장기 주위를 빙빙 돌며 부품들을 자세히 들여다보고 나서 허리를 굽혀 기계 안쪽을 살폈다. 그런 다음 셀로판지로 감싼 음반을 집어넣는 슬롯과 포장이 완료되어 나오는 바구니를 점검했다.

프랭크는 여전히 턴테이블 뒤에 서서 일사의 일거수일투족을 지켜보고 있었다. 당장이라도 일사에게 다가가 이것저것 묻고 싶었지만 자꾸 망설여졌다.

“아하(Ich verstehe ‘알겠어.’라는 뜻의 독일어 : 옮긴이).”

일사는 코트를 벗어 키트에게 건네고 나서 핸드백에서 꺼낸 앞치마를 둘렀다. 코트 안에는 검정색 원피스를 입고 있었다. 일사는 주머니에서 핀을 꺼내 머리카락을 고정했다.

키트가 물었다. "제가 장갑을 갖고 있을까요?"

"장갑을 끼고 일하는 게 편해요."

일사가 다시 한번 기계를 요모조모 살피다가 뭔가 중요한 걸 알아낸 듯 고개를 끄덕였다.

키트는 노골적으로 일사의 장갑 낀 손을 쳐다보고 있었다.

일사는 음반 한 장을 집어 들고 셀로판지로 감쌌다. 그런 다음 기계의 슬롯에 넣고 스타트 버튼을 눌렀다. 기계에서 윙 소리와 함께 퉁퉁거리는 소리가 났다.

일사는 손가락을 깍지 끼고 기계가 임무를 마치고 멈춰서길 기다렸다. 잠시 후에 완벽하게 포장된 음반이 반대편 바구니에 떨어졌다. 비닐이 우글우글해지거나 흠집이 나지 않고 깨끗이 포장되어 있었다. 기계가 작동하는 동안 타는 냄새도 나지 않았다.

프랭크는 놀라서 혀를 끌끌 찼다.

어떻게 해야 저리 완벽하게 포장이 되지?

키트가 박수를 쳐주자 일사가 손을 내저으며 웃었다.

"기계의 구조는 별로 복잡하지 않고 간단해요. 무엇보다 온도를 적절히 맞추는 게 중요해요. 밸브를 적당한 온도에 맞춰 놓아야 기계가 오작동을 하지 않아요. 셀로판지가 심하게 울거나 타는 냄새가 나면 밸브를 다시 조절해야 한다는 점을 잊지 마세요."

프랭크는 마침내 턴테이블 뒤에서 나와 비닐 포장기 쪽으로 다가갔다. 일사에게 제발 자신의 마음을 헤아려달라는 신호로 몇 번 헛기침을 했다.

키트가 신이 난 목소리로 가게를 어떻게 새 단장할지 일사에게 설명해 주었다.

"정말 멋진 구상이네요."

프랭크는 좀처럼 대화에 끼어들 기회를 잡지 못하고 멍하니 듣기만 했다.

키트가 말했다. "음반마다 직접 손으로 쓴 라벨을 붙일 거예요. 라벨에는 음악에 대한 팁을 적어 넣으려고요. 이 모든 아이디어가 사장님 머리에서 나왔어요."

일사는 덩치 큰 남자가 2미터 옆에 서있었지만 여전히 눈길 한번 주지 않았다.

"멋지네요."

목소리에 영혼이 담겨 있지 않은 듯했다.

키트와 일사가 한동안 이야기를 주고받았다. 프랭크는 그 자리에 전혀 어울리지 않는 사람이 된 느낌이 들었다.

프랭크가 말했다. "키트, 라벨지를 사러 가야 한다고 했잖아?"

"나중에 갈게요."

일사는 콧방귀도 뀌지 않고 음반 위에 셀로판지를 두르고 비닐 포장기의 슬롯에 집어넣었다.

"문구도 사와야 해."

"저도 알고 있지만 지금은 일사를 도와야 해요. 일사, 내 말이 맞죠?"

일사가 고개를 끄덕였다.

"네, 맞아요."

일사는 여전히 프랭크에게 눈길을 주지 않았다. 일사의 태도가 왜 갑자기 냉담해졌는지 이해하고 있었지만 서운한 감정이 드는 건 어쩔 수 없었다. 〈싱잉 티포트〉에서 음악 이야기를 나눌 때만 해도 분위기가 좋았는데 괜한 말을 하는 바람에 망쳐버렸다는 생각이 들었다.

프랭크는 새로 구입한 싱글 음반들을 진열대에 가지런히 쌓았다. 일사 때문에 자꾸만 마음이 싱숭생숭했고, 이럴 때는 차라리 일에 열중하는 게 나을 듯했다.

"키트, 어서 가서 라벨을 사와. 팁을 적어 넣어야 하니까."

"보시다시피 저는 지금 바쁘니까 사장님이 다녀오세요."

키트의 대답이 야속하게 들리긴 했지만 틀린 말도 아니어서 무턱대고 나무랄 수도 없었다.

프랭크는 바지춤에 티셔츠를 집어넣으며 심드렁하게 말했다.

"그럼 내가 다녀올게."

프랭크는 일사가 뭔가 말해주길 기대하며 출입문 쪽으로 천천히 걸어갔다.

키트가 말했다. "골라 담는 젤리도 사다주세요."

일사는 음반을 기계에 넣고 있을 뿐 아무 말도 하지 않았다.

프랭크는 빠른 걸음으로 캐슬게이트를 향해 갔다. 문구점에 도착해 계산대를 보니 오늘따라 유난히 긴 줄이 늘어서 있었다. 프랭크는 라벨을 구입하는 걸 포기하고 돌아오다가 유니티스트리트 모퉁이에서 루소 부인과 마주쳤다. 루소 부인이 새 전자레인지가 말썽을 부린다고 투덜댔다.

프랭크는 루소 부인의 집에 가서 전자레인지 플러그를 빼냈다가 다시 꽂았다. 전자레인지가 거짓말처럼 제대로 작동하기 시작했다. 오는 길에 윌리엄스 형제의 가게에도 들렀다. 그들 형제 역시 〈포트 개발〉에서 보낸 편지 때문에 심란해 있었다.

프랭크는 가게로 돌아와 문을 활짝 열었다. 셀로판지로 매끈하게 포장해 턴테이블 옆에 쌓아둔 음반들만 눈에 들어올 뿐 일사는 보이지 않았다. 키트는 카운터에서 새로운 음반에 대한 홍보 포스터를 그리고 있었다.

"어디 갔어?"

"누구요?"

"누구긴? 테레사 수녀님 말이지."

키트가 짐짓 딴청을 부렸다.

"테레사 수녀님이 우리 가게에 왔어요? 언제요?"

"일사 말이야."

"갔어요."

"다시 온대?"

키트가 잠시 생각에 잠긴 표정을 지으며 펜 끝을 잘근잘근 씹었다.

"아뇨."

• • •

인테리어 업자들이 리모델링 견적을 뽑으려고 가게 안팎을 살피고 다녔다. 그들은 많은 비용을 들여 가게를 새 단장하려는 이유를 모르겠다는 듯 고개를 갸웃거렸다. 누가 보더라도 부동산 개발 회사에 건물을 매각하는 게 경제적으로 현명한 판단일 테니까.

프랭크는 사람들이 뭐라 하든지 리모델링 공사를 밀어붙일 생각이었다. 공사는 처음 생각했던 것보다 훨씬 더 복잡했다. 일단 새 벽돌을 벽에 붙이려면 비계를 설치해야 하고, 벽의 표면을 고르게 하려면 현재 발라져 있는 석고를 제거하는 작업이 선행되어야 했다.

처음 음반 가게를 열 때만 해도 도서관에서 리모델링 서적을 대출해와 참고해가며 작업을 했다. 지나가던 행인들도 제 일처럼 나서서 도와주었기 때문에 그나마 수월하게 공사를 마칠 수 있었다. 지금은 그 당시보다 건물이 훨씬 더 낡아 손볼 곳이 많았다.

인테리어 업자가 말했다. "건물이 너무 오래돼 자칫 잘못했다가는 작업 중에 사고가 날 수도 있어요."

인테리어 업자로부터 견적서를 받아본 결과 예상보다 훨씬 많은 비용이 든다는 걸 알게 되었다. 프랭크는 최대한 빨리 공사를 마무리해달라고 부탁했다. 일에 따라 파트타임으로 공사를 하게 되면 가게 영업을 중단하지 않아도 되었다.

프랭크는 지난번처럼 일사가 가게에 나타나주길 고대했지만 아무런 소식이 없었다. 비닐 포장기로 작업을 하다가 몇 번이나 손을 데기도 했다. 바쁜 와중에도 가게 문이 열릴 때마다 혹시 일사가 아닐까 기대하며 쳐다보는 게 습관처럼 되었다. 하루에 수십 번씩 심장이 빠르게 뛰다가 가라앉기를 반복했다.

내 말에 기분이 많이 상했나? 일사를 생각해서 한 말이었는데 그토록 불쾌했나?

프랭크는 괜한 말을 한 걸 후회했다.

다시 그날로 돌아갈 수만 있다면 과연 그 말을 하지 않을 수 있을까? 일사가 사귀자고 하면 넙죽 받아들일 수 있을까? 왜 일사를 만나면 어떻게 처신해야 한다는 설명서가 없을까?

프랭크의 새 음반 컬렉션이 소문을 타고 널리 퍼졌다. 아직 음반에 대한 팁을 적은 라벨을 붙이지도 않았는데 어디서 소문을 들었는지 손님들이 줄을 이었다. 다들 원하는 음반이 일찍 매진될까 봐 부랴부랴 구입하러 왔다고 했다. 음반을 몇 보따리나 구입해가는 수집가들도 있었다. 어떤 사람은 밴을 몰고와 트렁크에 가득 싣고 돌아가기도 했다.

지역 신문 기자가 시디도 아닌 엘피판이 무더기로 팔리는 현상에 대해 취재하려고 가게를 방문했다. 지역 신문에 '엘피판의 부활을 위해 애쓰는 인디 상점 주인'이라는 제목의 기사와 함께 하필이면 눈을 감고 찍은 프랭크의 사진이 대문짝만하게 실리게 되었다. 프랭크는 카메라 플래시가 터지는 순간 눈을 감은 사실을 미처 몰랐다. 그나마 파란 유니폼을 입은 키트가 옆에서 사진을 함께 찍어주어 다행이었다.

어느 방송국의 디제이는 프랭크가 소개하는 펑크 음반들과 12인치 싱글들을 보고 매우 마음에 들어 했다. 그는 방송 중에 프랭크의 가게에 대해 여러 번 언급하며 크게 호평해 주었다.

토요일 아침, 프랭크는 살림집에서 내려와 가게 문을 열려고 하다가 입을 떡 벌렸다. 가게 앞에 무려 열 명이 넘는 손님들이 줄을 서서 기다리고 있었다. 트위드 재킷, 보머 재킷, 아노락, 니트 카디건 등 옷차림도 각양각색이었다. 다만 눈을 씻고 찾아봐도 녹색 코트는 보이지 않았다.

• • •

프랭크는 2월 23일 화요일 5시 반에 〈싱잉 티포트〉에서 드디어 일사를 만났다.

"화나셨어요?"

"아니요, 당신이 화난 줄 알았어요. 기계를 고쳐주러 갔을 때 시큰둥한 표정으로 인사도 받지 않았잖아요."

"당신이 인사를 했던가요?"

"가게 주인은 당신이잖아요. 주인이 먼저 인사해야죠."

그들은 코트도 벗지 않고 티격태격하느라 여념이 없었다.

"당신은 나에게 눈길조차 주지 않았어요."

"당신도 마찬가지였어요."

그때 〈싱잉 티포트〉 종업원이 메뉴판과 접시 두 세트를 테이블에 내려놓았다.

일사가 메뉴판을 펼치며 말했다. "메뉴판을 보니까 갑자기 배가 고파요. 가장 빨리 내올 수 있는 요리가 뭐죠?"

종업원이 말했다. "달걀 요리가 가장 빠르죠."

"그럼 달걀 요리로 해주세요."

"프라이를 만들어 드릴까요? 아니면 삶아 드릴까요?"

프랭크가 일사를 대신해 시큰둥하게 말을 받았다. "그냥 아무거나 주세요."

일사가 못마땅한 표정을 지으며 말했다. “꼭 그렇게 퉁명스럽게 말해야겠어요?”

“내가 언제 퉁명스럽게 말했어요?”

“그럼 내가 없는 말을 지어내겠어요?”

“죄송합니다.”

결국 프랭크는 프라이를 주문했고, 일사는 삶은 달걀을 시켰다.

종업원이 자리를 뜨자마자 일사와 프랭크는 말싸움을 이어갔다.

“그날 회사에 어렵사리 양해를 구하고 자리를 빠져나와 도와주러 갔는데 주인이 가게를 비우고 사라진다는 게 말이 돼요?”

“그날 유난히 쌀쌀맞게 굴었던 사람이 누군데 그래요? 나는 쳐다보지도 않고 키트랑 둘이서 말을 주거니 받거니 했잖아요.”

일사는 재떨이를 옆으로 치워놓았을 뿐 아무런 대꾸도 하지 않고, 화가 잔뜩 난 듯 코를 벌름거렸다.

종업원이 주방에서 문을 박차고 나왔다.

“실례합니다.”

종업원이 테이블로 다가와 티포트를 내려놓고, 더운 물, 크림과 설탕, 집게, 레몬, 감미료, 얼음을 많이 넣은 레몬 스쿼시를 테이블에 내려놓았다.

“보나페티.”

종업원은 두 사람이 이전처럼 사이좋게 지냈으면 하는 마음으로 내려다보다가 카운터로 돌아갔다.

프랭크는 마음을 차분하게 가라앉히려고 했지만 자꾸 의도하지 않은 말이 흘러나왔다. 일사 역시 마찬가지였다. 두 사람은 스스럼없이 상대에게 공격을 가했다. 이상한 건 둘이 싸우다 보니 왠지 이전보다 마음이 편안하게 느껴진다는 것이었다. 차라리 상대에게 무슨 말을 해야 할지 몰라 마음을 졸일 때보다는 한결 좋았다.

"음반은 들어봤어요?"

"네."

"누워서 들었어요?"

"네."

"눈도 감았어요?"

"그럼요." 일사가 잠시 뜸을 들였다가 물었다. "비닐 포장기는 잘 사용하고 있어요?"

프랭크는 대답 대신 '흠' 하는 콧소리를 냈다. 딱히 '아니오.'라고 대답한 건 아니었지만 자신 있게 '네.'라고 한 것도 아니었다.

"오늘은 어떤 음악 이야기를 들려줄 거예요?"

"내 이야기가 도움이 되던가요?"

"당연하죠."

"앞으로도 계속 듣고 싶어요?"

"물론이죠."

일사의 눈에 갑자기 눈물이 고였다. 프랭크의 눈을 빤히 바라보는 일사의 눈빛이 전에 없이 진지했다. 프랭크는 괜히 쓸데없는 질문을 한 걸 후회하며 마른침을 삼켰다.

"나를 만나고 싶지 않아요?"

"천만에요. 그럴 리 없잖아요."

"아까는 화내서 미안해요."

"오히려 내가 미안하죠."

일사가 손을 내밀었고, 프랭크가 기꺼이 잡았다. 다정하게 손을 맞잡았다기보다는 그냥 악수에 가까웠다. 로맨스를 나누는 사람들이 서로의 손을 잡을 때의 짜릿한 교감보다는 의례적인 악수에 불과했다. 그럼에도 일사의 부드러운 장갑이 손에 닿은 순간 프랭크는 그 안에 들어있을 섬섬옥수를 떠올렸다. 가늘고 긴 손가락, 예쁘게 정리한 손톱…….

"달걀 요리가 나왔습니다."

주방장이 퇴근하는 바람에 부득이 직접 달걀 요리를 한 종업원이 자랑스럽다는 듯 환하게 웃고 있었다.

28
베를리오즈의 드레스

프랭크가 처음으로 데보라를 바닷가 하얀 집에 데려간 날 페그가 말했다. "인간은 문명인이 되려고 애쓰는 짐승들이야. 내가 왜 그런 생각을 갖게 되었는지 베를리오즈를 예로 들어 설명해볼게. 데보라, 너도 베를리오즈가 누군지 알지?"

데보라의 얼굴이 입고 있는 니트 스웨터처럼 분홍색이 됐다.

"이름은 많이 들어봤지만 별로 아는 게 없어요."

"알고 있는 게 뭔지 말해볼래?"

"사실은 전혀 몰라요."

프랭크와 데보라는 이미 뜨거운 사이 - 데보라가 체리 같은 유두를 보여주었을 때보다 더욱 밀착된 - 가 되었지만 집으로 초대한 건 처음이었다. 페그는 쇼스타코비치와 《비치스 브루

(Bitches Brew 마일스 데이비스의 1970년 앨범 : 옮긴이)》를 틀고, 칵테일과 크래커, 파인애플 통조림을 내왔다. 역시 직접 조리한 음식은 없었다.

데보라는 바닷가 하얀 집과 페그를 대하고 나서 몹시 놀라워했다.

"네 엄마는 마치 보헤미안처럼 보여. 바닷가의 집도 멋지고, 두 사람이 엄마와 아들 사이가 아니라 친구 같아."

프랭크는 집이 낡아 허물어져가고 있다는 말을 굳이 하고 싶지는 않았다. 지붕이 새 비가 내리면 방수 천을 덮고 자야 한다는 것도 굳이 말하지 않았다.

프랭크가 페그에게 말했다. "베를리오즈는 틀지 마세요. 데보라는 만토바니나 허만스 허밋을 좋아하니까."

"만토바니는 사실 제가 아니라 엄마와 아버지가 좋아해요."

"만토바니의 음악은 어때?"

"그냥 감미롭고 듣기 좋아요."

"난 그다지 좋아하지 않아."

그때 프랭크가 대화에 끼어들었다.

"이제 우린 위층으로 올라갈게요."

프랭크는 이미 한참 전부터 데보라와 침대에서 뒹굴고 싶어 안달이 나있었다. 그는 데보라가 페그 앞에서 시종일관 예의바르고 차분하게 처신하는 게 고마웠다.

데보라는 평상시 음악에 대한 질문보다는 혹시 배가 고프지는 않은지, 요즘은 무얼 하며 지내는지 주로 물었다. 프랭크의 열일곱 번째 생일에 데보라는 직접 뜨개질한 스웨터를 선물로 주었다. 데보라가 즐겨 입고 다니는 스웨터와 다른 점이라고는 분홍 고양이 대신 파란 개가 수놓아져 있다는 것뿐이었다.

페그가 스웨터를 입고 있는 프랭크에게 말했다. "하필이면 그런 옷을 입고 다니니?"

데보라를 만나면서 프랭크는 평범한 삶을 동경하게 되었다. 데보라와 그 아이의 가족은 그에게 평범하고 행복한 삶이 무엇인지 제대로 보여주었다.

프랭크가 위층으로 올라가겠다고 했는데 페그는 들은 척도 하지 않고 베를리오즈의 음반을 꺼내들었다. 페그는 이미 꺼낸 말을 주워담은 적이 없었다.

"내가 베를리오즈에 대한 이야기를 들려주겠다고 했잖아. 베를리오즈는 프랑스 사람이고, 19세기 낭만주의에 속하는 음악가야."

"데보라도 그 정도는 알 거예요."

"유복한 집안에서 자랐고, 스물일곱 살에 음악 장학금을 받고 로마에 갔어. 로마에서 음악 공부를 하던 그는 프랑스에 두고 온 애인이 변심해 다른 남자를 만난다는 소문을 듣게 되었지. 그런 소문을 들은 그는 어떤 선택을 했을까?"

데보라가 말했다. "저는 짐작조차 못하겠어요."

"베를리오즈는 한마디로 제정신이 아니었어. 그는 드레스와 모자, 권총, 스트리크닌 약병을 챙겨 파리행 기차를 탔지. 하녀로 변장한 다음 애인과 남자에게 접근해 권총으로 머리를 날려버리고 자살할 생각이었어. 첫 번째 계획이 실패로 돌아갈 경우 대체할 독약도 미리 준비해두었지."

데보라가 깜짝 놀란 얼굴로 물었다.

"베를리오즈가 애인과 남자를 죽였나요?"

"아니, 모든 계획을 포기하고 지중해에 몸을 던져버렸어."

"자살한 거예요?"

"자살을 시도했지만 다행히 구조되었어. 그야말로 다행스러운 일이었지. 만약 그때 목숨을 잃었다면 우리는 《환상 교향곡》을 들을 수 없었을 테니까. 그 유명한 표제음악도 나올 수 없었겠지."

페그는 소브라니 담배 연기를 내뿜고 나서 카프탄을 매만졌다.

"파인애플 먹을래?"

데보라가 갑자기 손으로 입을 가리고 헛구역질을 하더니 창백한 얼굴로 말했다. "아니, 괜찮아요."

프랭크도 깜짝 놀라며 물었다. "데보라, 정말 괜찮아?"

"나, 사실 임신했어."

"임신?"

페그도 깜짝 놀랐다 "뭐, 임신?"

페그가 선글라스를 벗고 나서 작은 눈을 깜박거렸다.

데보라가 다시 한번 분명하게 말했다.

"임신한 지 세 달 됐어요. 많이 생각해봤는데 반드시 아이를 낳을 거고, 프랭크와 결혼하고 싶어요."

29
두 명의 여왕과 한 명의 공작

말싸움을 벌인 탓에 서로 지나치게 조심스러워하는 분위기가 사라진 건 다행이었다. 프랭크는 바닷가 하얀 집의 정원에 있던 나무들과 식물들이 떠올랐다. 여름철에 뜨거운 열기를 머금은 바람을 맞아 금방이라도 쓰러질 듯 시들해 있던 나무와 식물들은 비가 내리면 언제 그랬냐는 듯 이내 파릇파릇 되살아나 싱그러운 자태를 뽐내곤 했다.

"지난번에 당신이 권한 음반들을 모두 들어봤어요. 하나같이 좋았어요. 오늘 일하는 내내 이 시간이 기다려지더군요."

프랭크는 사무실 의자에 앉아있는 일사의 모습을 상상해보았다.

아마도 패션 분야 일을 할 거야.

"제임스 브라운, 《베아타 비세라》, 푸치니 모두 숨을 쉴 수 없을 만큼 좋았어요. 레드 제플린의 〈스테어웨이 투 헤븐〉도 최고였죠."

"음악은 말로는 표현할 수 없는 영역을 건드려요. 세 번째 음악 이야기의 주제입니다."

테이블에 접시, 티포트, 양념이 가득해 음반을 올려놓을 자리가 없었다. 프랭크는 음반을 하나씩 들어 일사에게 보여주었다.

"오늘은 펑크, 여왕, 공작, 드레스를 입은 남자를 만나게 됩니다."

일사는 커다란 눈을 반짝이며 고개를 끄덕였다. 프랭크가 설명을 시작하기도 전인데 일사는 벌써부터 잔뜩 기대 어린 표정으로 입가에 미소를 머금고 있었다.

"음악은 건강에 위험할 수도 있어요. 잘 맞는 음악과 가사는 다이너마이트가 될 수도 있죠. 펑크 음악을 들어보긴 했죠?"

"물론 들어봤지만 아는 건 없어요."

"오늘 소개해줄 곡은 섹스 피스톨즈의 〈갓 세이브 더 퀸(God Save the Queen)〉입니다. 이 노래는 엘리자베스 2세가 즉위한 지 25주년이 되는 1977년에 나왔어요. 영국 전체가 여왕 즉위 25주년을 기념해 길거리 파티를 계획하고 있을 무렵이었죠. 이 노래는 여왕에게 '영국에서 당신을 위한 미래는 없어.'라고 주장해요. 영국의 왕실과 정부를 조롱하는 가사 일색에 위트가 넘치죠.

섹스 피스톨즈 멤버들의 연주 실력은 그다지 좋지 않았지만 풍자가 섞인 가사로 왕실과 정부를 무조건적으로 찬양하는 사람들을 비꼬고 경멸해요. 그때까지 영국 왕실은 아무도 건드리지 못하는 신성한 영역이었는데 대놓고 '좆같은 여왕'이라고 비난하죠."

일사는 갑자기 욕설이 나오자 겁이 나는지 몸을 움츠렸다.

"그래서 어떻게 됐어요?"

"〈갓 세이브 더 퀸〉은 BBC에서 방송 금지 처분을 받게 되었고, 음반 가게에서는 아예 팔 생각을 하지 못했어요. 그해 여름 내내 나는 그 노래를 들었죠. 여왕에게 딱히 유감이 있지는 않았지만 섹스 피스톨즈의 주장에 기꺼이 동의하는 편이었으니까요. 전통과 관습에 반하는 신념을 갖고 있더라도 스스럼없이 표현할 수 있는 자유와 권리가 보장되어야 한다고 믿어요. 신성불가침한 성역이 존재해서는 안 되죠. 저항할 수 있는 권리는 매우 인간적이잖아요. 아마도 영국 여왕 역시 나랑 다르지 않은 생각을 갖고 있으리라 믿어요. 섹스 피스톨즈(존 라이든, 스티브 존스, 폴 쿡, 시드 비셔스)가 여왕을 폄훼하고 모욕하는 노래를 만들어 널리 퍼뜨렸지만 유치장에 가두거나 목을 베는 짓은 하지 않았잖아요."

일사가 그제야 안심한 듯 환하게 웃었다.

"〈갓 세이브 더 퀸〉은 자폭 버튼이나 다름없어요. 사실 보컬인 존 라이든은 악보도 볼 줄 모르는 사람이었죠. 〈갓 세이브 더 퀸〉은 왕실의 존재에 대해 반대할 뿐만 아니라 이대로 가면 영국의 미래는 없다는 가사를 담고 있어요. 우리에게는 존 라이든이 보여준 저항 정신이 필요해요. 나라 전체가 여왕 즉위 25주년을 축하하며 깃발을 흔들고 파티를 벌일 때 분연히 나서서 맨 엉덩이를 까 보이는 건 사실 대단한 용기를 필요로 하는 행위죠. 섹스 피스톨즈는 바로 그런 용기를 보여주었던 밴드입니다."

일사는 천천히 고개를 끄덕였다.

"다음은 헨리 퍼셀의 오페라 《디도와 아이네이아스(Dido and Aeneas)》에 나오는 아리아 〈디도의 비가〉에 대한 이야기를 해볼게요. 〈갓 세이브 더 퀸〉이 밖으로 폭발했다면 이 슬픈 아리아는 안으로 폭발합니다. 아마도 이보다 더 슬픈 노래는 없을 거예요. 오페라가 거의 끝나갈 무렵 울려 퍼지는 아리아인데 관객들이 슬픔에 잠겨 자리에서 일어서지 못할 정도로 울림이 강한 곡이죠. 카르타고의 여왕 디도는 트로이의 왕자 아이네이아스를 영혼의 짝으로 여겼는데 그가 떠나게 되었어요. 디도 여왕이 선택할 수 있는 길은 자결밖에 없었죠. 비탄에 빠진 디도의 마음이 이 아리아에 고스란히 녹아들어있어요."

일사는 토스트를 반숙 달걀에 찍으려다가 동작을 멈췄다.

"〈디도의 비가〉에서 디도 여왕은 같은 음으로 '나를 기억하세요. 나를 기억하세요.'라고 노래하는데 마지막 부분에서 목소리가 갑자기 고음으로 올라가요. 그 부분이 너무나 절망적이어서 누구나 슬픔에 잠기게 되죠." 프랭크가 이야기를 잠시 멈추고 나서 가슴을 쳤다. "카르타고의 여왕 디도가 그토록 자신을 기억해달라고 외치는데, 평범한 우리들은 과연 어느 누가 기억해 줄까요?" 프랭크가 또다시 가슴을 쳤다. "디도 여왕은 오케스트라의 음악이 끝나기 전에 노래를 마칩니다. 정말이지 마지막에 터지는 강렬한 한 방이죠. 너무 슬퍼요. 세상에 그렇게 슬픈 노래는 없어요."

프랭크는 자기도 모르게 눈물이 흘러 몹시 당황했다. 일사가 티슈를 건넸다.

"이 아리아를 들을 때는 코트도 벗지 말고, 그대로 바닥에 누워 헤드폰을 끼고 들어야 해요."

프랭크는 티슈에 대고 코를 풀었다. "감기인가 봐요."

일사도 감기인 듯 코를 풀었다. 일사가 접시를 옆으로 치우고 양손으로 턱을 괴더니 프랭크를 뚫어지게 바라보았다.

"다음은 어떤 곡이죠?"

"이제 듀크 엘링턴(Duke Ellington 미국의 피아니스트이자 재즈 음악가 : 옮긴이) 차례입니다. 이름이 공작이라는 뜻의 '듀크(Duke)'라서 흔히 '공작'이라고 부르죠. 여왕에 대한 노래 다음에 이 음악을 들어야 해요. 듀크 엘링턴의 음악을 들으면 기분이 저절로 행복해져요. 1번 트랙의 〈새틴 돌(Satin Doll)〉은 보컬 없는 연주 버전인데 이 곡은 밖으로든 안으로든 폭발하지 않아요. 그저 매우 신나는 멜로디를 들려주죠. 밴드를 구성하고 있는 모든 악기들에게 독주의 기회가 주어져요. 그러니까 모든 악기를 주인공으로 만들어주는 곡입니다. 각각의 악기들은 서로 뽐내기도 하고 돕기도 하죠. 듀크 엘링턴은 공연을 할 때 마지막 곡으로 〈새틴 돌〉을 연주할 때가 많아요. 그가 왜 그런 선택을 하는지 곡을 들어 보면 알게 됩니다. 마치 밴드를 비추던 불빛이 하나씩 꺼져 가는 느낌이 들다가 마지막에 펑 터지죠. 아주 행복한 작별이라는 느낌이 들게 하는 곡입니다."

일사가 웃었다.

프랭크가 네 번째 음반인 베를리오즈의 《환상 교향곡》을 손에 들고 페그가 들려준 변장 이야기를 시작했을 때 예기치 못한 일이 벌어졌다. 베를리오즈의 변장 일화는 지금껏 일사에게 들려주었던 그 어떤 이야기보다 흥미로울 거라고 내심 기대했다. 그가 이야기를 들려줄 때마다 일사가 귀 기울여 들어주며 때론 웃기도 하고, 때론 눈물을 보이기도 했지만 베를리오즈의 경우도 깊은 감명을 받을 거라고 확신했다. 그는 자신만만하게 베를리오즈의 변장 이야기를 시작했다. 이야기를 더욱 실감나게 만들려고 하녀복과 모자에 대해 묘사할 때는 조금 살을 붙여 지어내기까지 했다.

프랭크는 하녀복 차림에 모자를 쓴 낭만주의 음악가가 권총을 몸에 지니고 파리를 걸어가는 모습을 상상하며 자신 있게 이야기를 전개했다. "베를리오즈는 왜 그런 터무니없는 계획을 세

웠을까요? 제정신이 아니었던 거죠. 변장을 하면 아무도 못 알아볼 거라 믿었던 거예요. 기가 막힌 변장을 했다고는 하지만 그는 왜 아무에게도 들키지 않을 거라고 확신했을까요?"

일사가 갑자기 자리에서 벌떡 일어섰다. 얼굴에 분노의 감정이 고스란히 드러나 있었다. 마치 심하게 모욕적인 말을 들은 것 같은 표정이었다.

"왜 그래요?"

일사가 독일어로 신음하듯 말했다. "Verdammt(독일어로 '빌어먹을'이라는 뜻 : 옮긴이)."

"무슨 일인지 말해 봐요. 내가 도와줄게요."

"당신의 도움 따윈 필요 없어요."

일사가 겨우 지갑을 열고 5파운드짜리 지폐와 프랭크에게 줄 봉투를 내려놓고 녹색 코트를 집어 들었다. 프랭크가 가져온 음반들은 거들떠보지도 않았다.

"무슨 일인데 그래요? 내가 뭘 잘못했는지 말해 봐요."

일사는 출입문을 향해 곧장 걸어가다가 갑자기 뒤돌아보며 말했다. "절대로 뒤따라오지 말아요."

밖으로 나간 일사는 어둠 속으로 사라졌다.

프랭크는 종이 백에 음반들을 집어넣었다. 무슨 말 때문에 일사가 그토록 화가 났는지 도무지 알 수 없었다. 종업원이 주방 문 앞 스툴에 앉아 안타깝기 그지없는 눈빛으로 그를 쳐다보고 있었다.

"비가 주룩주룩 내리는데 어서 뒤따라가지 않고 뭐해요?"

갑자기 나타난 먹구름이 온통 하늘을 뒤덮고 있었고, 비가 부슬부슬 내리고 있었다.

"절대로 따라오지 말아달라고 했어요."

그 말을 들은 종업원이 어이가 없다는 듯 눈을 실룩거렸다. 어찌나 심하게 눈자위를 굴려대는지 눈동자가 머리 위로 사라져버릴 듯했다.

"여자 마음을 그렇게 몰라요?"

• • •

프랭크는 비가 내리는 거리를 샅샅이 뒤지며 일사를 찾아다녔다. 캐슬게이트, 자갈이 깔린 좁은 골목, 택시 정류장을 두루 살피고 다녔지만 그 어디에서도 일사를 찾을 수 없었다. 프랭크는 오기가 생겨 밤을 새우더라도 기필코 찾아내고야 말겠다고 마음먹었다.

비가 내리더니 기온이 갑자기 뚝 떨어졌다. 한기가 눈과 입으로 밀려들어와 날카롭게 몸을 찔러댔다. 프랭크는 손이 너무 시려 겨드랑이에 끼우고 거리를 샅샅이 살피고 다녔다. 거리에서 치즈와 양파 냄새가 심하게 났다. 비가 진눈깨비로 변한 가운데 하늘에서 흐릿한 달무리가 보였다. 진눈깨비를 뿌리는 하늘이 온통 뿌옇게 흐려져 있었다.

프랭크는 공장에서 퇴근해 집으로 돌아가는 사람들, 가판대를 정리하는 상인들을 지나쳐 성큼성큼 걸었다. 거리에서 떼 지어 몰려다니는 10대 아이들, 골판지 아래에서 숨죽이고 앉아있는 노숙자들, 와인 바에서 나와 자동차로 급히 달려가는 커플들이 눈에 들어왔지만 일사는 그 어디에서도 보이지 않았다.

프랭크는 쇼윈도에 시디들을 진열해놓은 〈울워스〉를 지나 자동차 매연 때문에 검게 물든 벽, 너덜너덜하게 벗겨진 회벽, 깨진 창문이 스산한 느낌을 풍기는 건물을 지나고, 셔터가 굳게 내려져 있는 상점들을 지나 지난날 일사와 함께 거닐었던 공원으로 들어섰다. 호수 일대를 샅샅이 뒤져보았지만 일사의 자취는 보이지 않았다. 호수물이 출렁일 때마다 선착장의 오리 보트들이 덩달아 흔들렸다. 호수물이 마치 석탄처럼 검게 보였다.

어느새 진눈깨비는 눈으로 바뀌었다. 프랭크는 눈을 그대로 맞으며 대성당이 있는 곳까지 걸었다. 허공에서 아주 작은 점들이 서서히 땅을 향해 내려오고 있었다. 눈송이가 너무 작아 바닥에 닿기도 전에 대부분 녹아버렸다.

프랭크는 피로에 지친 다리를 이끌고 버스 정류장, 술집, 식당 등을 두루 살폈다. 눈발이 좀 더 거세졌고, 옷에 달라붙은 눈이 쉽사리 녹지 않았다. 하늘이 무게를 견디지 못해 눈을 내버리기로 결정한 듯했다.

프랭크는 혹시 일사가 돌아와 있지 않을까 기대하면서 다시 〈싱잉 티포트〉로 갔다. 카페는 텅 비어 있었고, 조명이 모두 꺼져 있었다. 종업원이 창가에 서서 목을 길게 빼고 하늘을 쳐다보고 있다가 프랭크를 발견하고 안타깝다는 듯 고개를 저었다.

이제는 함박눈이 쏟아지고 있었다. 하늘에서 하얀 솜을 다 버리기로 작정한 듯했다. 바닥이 금세 눈으로 뒤덮였다. 고개를 들어 하늘을 쳐다보거나 앞을 보기조차 힘들었다. 바퀴가 헛돌아 꼼짝없이 도로에 멈춰선 차들이 눈에 들어왔다. 프랭크는 사람들과 함께 헛바퀴를 돌고 있는 차들을 밀어주었다.

누군가 말했다. "날씨가 갑자기 미친 건가?"

다른 누군가 말했다. "눈이 더 높이 쌓이기 전에 집으로 돌아가는 게 좋겠어."

미처 30분도 지나지 않아 도시는 쥐죽은 듯 고요해졌다. 프랭크는 옷에 묻은 눈을 털어내며 대성당 안으로 들어갔다. 다시 눈 속으로 뛰어들기 전 잠시나마 몸을 녹일 생각이었다.

일사는 이미 택시를 타고 집으로 돌아가 벽난로 앞에서 불을 쬐고 있을지도 몰라.

함박눈이 펑펑 쏟아지고 있었지만 프랭크의 머릿속은 다시 거리로 나가 일사를 찾아야 한다는 일념으로 가득 차 있었다. 그는 뭔가 한 가지에 집중하는 순간 다른 생각을 하지 못하는 성격이었다.

기대와 달리 대성당 안은 바깥보다 더 추웠다. 마치 냉장고 안으로 들어서 문을 닫아버린 듯했다. 가방을 옆에 내려놓고 꿇어앉은 회사원, 고개를 숙이고 앉아 기도하는 중년 여성이 눈에 띄었다. 제단 주변에서 사제 두 명이 주름진 카펫을 발로 펴고 있었다. 사제들이 있는 옆쪽 긴 의자에 일사가 앉아 있었다. 녹색 코트를 입은 여자.

프랭크는 반가운 마음이 앞서 큰 소리로 이름을 부르려다가 일사가 놀라 도망칠까 봐 발자국 소리를 죽여 가며 조심스럽게 다가갔다. 일사의 눈은 퉁퉁 부어 있었고, 입술이 바짝 말라 있었다. 악착같이 착용하고 다니던 가죽 장갑을 벗어 옆에 놓아두었고, 핸드백이 활짝 열려 있었다.

일사는 손가락에 연고를 바르고 있었다.

프랭크가 옆에 앉을 때까지 일사는 아무 말도 하지 않았다. 프랭크는 무슨 말부터 꺼내야 할지 알 수 없었고, 제법 긴 침묵이 이어졌다.

일사가 먼저 침묵을 깨고 입을 열었다. "내가 늘 손을 감추고 다니니까 베를리오즈의 변장에 빗대 나를 놀린 거죠?"

"그럴 리 없잖아요. 내가 왜 당신을 놀리겠어요?"

일사가 이를 악물고 양손을 내밀었다. "내가 어떤 사람인지 궁금했죠? 자, 똑똑히 봐요."

프랭크는 마치 일사가 자해하는 모습을 지켜보는 듯 속이 쓰리고 불편했다. 일사의 목소리가 너무 커서 성당 안에 있는 모든 사람들의 시선이 이쪽으로 쏠릴까 봐 걱정되기도 했다.

다행히 다른 사람들은 모두 기도에 열중하고 있었다. 그 사람들은 녹색 코트를 입은 여자가 큰 소리로 말하든 말든 전혀 개의치 않는 눈치였다.

"베를리오즈가 우스꽝스러운 변장을 했다며 비웃었잖아요?"

"비웃었다기보다는 그냥 이야기를 실감 나게 하려다가 오버한 겁니다."

"내 손을 봐요. 나도 비웃고 싶죠?"

일사의 손은 보통 사람들과 크게 다르지 않았다. 다만 손가락 관절 마디가 붉게 물들어 있었고, 크게 부어올라 있었다. 중지는 아예 구부려지지 않을 듯했고, 엄지는 조금 휘어 있었다.

"어쩌다 손가락이 그렇게 되었어요?"

"10대 때부터 손가락 관절염을 앓았어요. 나이가 들면서 점점 심해지더군요."

일사가 눈물을 흘리기 시작했다. 사람들의 시선을 의식해서인 듯 남몰래 소리 죽여 울었다.

손가락 관절염 때문에 얼마나 속이 상했으면 눈물을 흘릴까?

프랭크는 그런 와중에도 끝까지 품위를 잃지 않는 일사의 모습에 감동했다.

"그렇지만 남달리 재주가 많은 손이잖아요. 기계도 잘 다루고, 못도 잘 박고, 연필깎이도 잘 고치고요."

"그 정도 못질은 누구나 다 할 수 있고, 연필깎이는 구조가 간단해 누구나 다 고쳐요."

일사가 그제야 피식 웃으며 손수건을 꺼내 눈물을 닦았다.

프랭크가 악수를 나누자는 뜻으로 손을 내밀었다. 일사가 팔을 움츠리는 바람에 그의 손은 한동안 갈 곳을 몰라 하며 허공에 머물러 있었다. 기도를 하던 회사원은 어느새 사라지고 없었다. 중년 여성이 앉아 있던 자리도 비어있었다. 두 사제도 제의실로 갔는지 보이지 않았다.

마침내 움츠렸던 일사의 손이 프랭크의 손을 잡았다. 프랭크는 나머지 손으로 일사의 손을 감쌌다. 일사의 손가락 관절 마디의 촉감이 느껴졌다. 마치 작은 짐승의 등뼈를 만지는 것 같은 느낌이 들었고, 그 부위가 몹시 뜨거웠다.

"이제 알겠어요?"

프랭크는 일사의 부어오른 손을 바라보는 동안 마음이 아팠다. 그는 누구에게도 상처를 주지 않고, 마음속으로만 간직해 둔 사랑에 빠져 있는 까닭에 일사가 바라는 게 무엇인지 제대로 알지 못했다.

바깥에서는 여전히 함박눈이 펑펑 쏟아지고 있었다. 하얀 눈이 지상의 지저분한 오물들을 모두 숨겨주고 있었다.

C면
1988년 봄

30
나는 사랑에 빠지지 않았어

(I'm Not in Love) _ 영국 그룹 10cc의 1975년 곡

'시디 없음! 카세트테이프 없음! 오직 엘피판만 팝니다! 어서 들어오세요!!!'

키트가 그린 포스터가 가게의 쇼윈도에 붙었다. 도시를 온통 깜짝 놀라게 한 폭설이 내린 날로부터 어느새 35일이 지난 3월이었다. 봄이 다가오면서 날씨는 점점 따뜻해지고, 해도 하루가 다르게 길어지고 있었다. 햇빛이 비치는 양에 따라 건물 벽이 상아처럼 희게 보이기도 하고, 황동처럼 짙게 보이기도 하고, 장미석영처럼 보이기도 했다. 이른 아침이면 식품 가공 공장 위로 옅은 연기가 걸려 있다가 파란 하늘 속으로 녹아들었다.

봄이 되면서 나무들은 새순을 틔우고, 가느다란 미풍이 멀리에서 손짓하며 다가왔다. 공원의 야외 음악당은 새로 페인트칠

을 했고, 오리 보트는 묶여 있던 줄에서 풀려나 호수 한가운데로 나아갔다. 캐슬게이트의 상점들은 벌써부터 여름 제품을 광고하기 시작했고, 와인 바에서는 바깥 공터에 파라솔과 테이블을 비치했다.

〈울워스〉의 쇼윈도는 나우(Now) 11의 시디로 채워졌다. 아직 정식으로 출시도 되지 않은 시디였다.

유니티스트리트의 창문들이 활짝 열려 있었다. 주택가에서는 담요를 꺼내 햇빛에 말렸고, 빨래도 바깥 빨랫줄에 널었다. 새들은 동이 트기 전부터 맑고 청아한 소리로 노래했다. 루소 부인의 집 지붕에는 새들이 둥지를 틀었다. 루소 부인은 정원에 그네를 만들어놓았다. 분홍색 코트 차림의 두 소녀가 아버지로부터 자전거를 배우고 있었다. 주택가의 집이 한 채 더 팔려 〈포트 개발〉 표지판이 붙었다. 행복한 표정을 지으며 커피를 마시는 사람들이 등장하는 광고판은 손으로 새 집을 가리키고 있는 사람들이 나오는 사진으로 교체되었다. 〈포트 개발〉은 유니티스트리트의 모든 집과 가게에 편지를 보내 5월 초에 공개회의를 열겠다고 공지했다.

유니티스트리트의 상가 중심부에서 밤마다 간판이 빛났다. 〈뮤직숍〉이라는 간판이었다. 프랭크는 새 단장한 쇼윈도에 색색의 앨범을 진열했다. 음반들은 모두 셀로판지로 말끔하게 포장되어 있었고, 음악에 대한 특별 팁이 적혀 있는 라벨이 붙어있었다.

엘가의 《소스피리(Sospiri)》. 바이올린과 피아노를 위한 협주곡. 제1차 세계대전이 발발하기 직전에 작곡되었다. 유럽에 몰려드는 암울한 전운을 느낄 수 있는 음악이다. 워커 브라더스(1960년대와 1970년대에 활동한 미국 팝 그룹 : 옮긴이)를 좋아한다면 강추!

건물 외벽에서는 여전히 노후화한 건축 자재 부스러기들이 떨어지고 있었지만 주위로 노란색 경고 테이프를 둘러놓아 시의회의 안전 점검을 통과했다. 가게의 왼쪽 벽을 따라 목재 선반을 새롭게 설치했다. 가게 가운데에 비치되어 있던 테이블은 진열대로 교체했다. 오른쪽 벽에도 진열대를 설치해놓았지만 중간 부분에서 어정쩡하게 끝나 있었다. 인테리어 업자는 곧 진열대 설치 작업을 마무리해 주겠다고 약속했다. 카운터도 상판과 서랍들을 제대로 갖춰 새롭게 단장했다.

부서진 바닥은 새 널빤지로 교체했다. 페르시아 카펫은 차마 버릴 수 없어 그대로 두었다. 턴테이블도 그 자리에 그대로 놓아두었다. 인테리어 업자가 청음실을 보더니 음반 가게에 웬 자개 옷장이 있냐며 의아해했다.

키트가 말했다. "옷장이 아니라 음악을 듣는 청음실인데요."

인테리어 업자는 청음실이 보기에 우스꽝스럽다며 교체하는 게 좋겠다고 했지만 프랭크는 완강하게 반대했다.

비닐 포장기는 공터에서 가게 내부로 자리를 옮겼다. 기계 앞에 앉아 포장 작업을 할 수 있도록 의자를 비치했다. 의자 등받이에는 종종 일사의 녹색 코트가 걸려 있었다.

음반 가게는 세련된 인테리어와 오래된 가구들이 묘한 조화를 이루면서 성공적인 새 단장을 끝내가고 있었다. 프랭크의 음반 가게는 이제 세련된 디자인의 7인치 싱글부터 수집가들이 탐내는 희귀 음반을 골고루 갖춘 명소로 거듭나게 되었다.

인테리어 업자는 공사를 빠른 시간 내에 마무리해 주기로 약속했다. 키트가 음반을 찾다가 스웨터가 못에 걸려 찢어지는 사고를 당했다. 바텐더 피트는 인테리어 업자가 공사를 마무리하기 전까지 공사 비용을 모두 지불해서는 안 된다고 충고했다.

프랭크는 앞머리가 자라 전처럼 헝클어뜨리고 다녔다. 은행에서 대출한 돈은 어느새 바닥을 보이고 있었다.

날씨가 따뜻해지면 더욱 많은 고객들이 가게를 찾을 거야.

앤서니 신부는 지난주에 가죽 북마크 열 개와 문진 한 개를 팔았다. 바이크 족들이 모드의 문신 가게를 찾아와 상체에 꽃과 하트 문신을 단체로 새겼다.

음반 회사 영업사원이 프랭크에게 전화해 말했다. "프랭크, 이번이 마지막 기회야. 여전히 시디를 취급할 생각이 없나?"

"난 엘피판만 팔 거야."

"요즘에는 시디로만 출시되는 음반들이 많아. 엘피판으로는 아예 만들지도 않는다니까. 조만간 자네 가게에 갈 테니까 진지하게 대화를 나누어보자고."

"헛수고가 될 테니까 아예 오지 않는 게 좋겠어. 난 자네가 아무리 설득해봐야 엘피판만 팔 테니까. 엘피판만 팔겠다는 건 내 고집이 아니라 사업 아이템이기도 해. 절대로 바꿀 수 없어."

• • •

일사가 자주 음반 가게에 들르자 프랭크와 어떤 사이인지 궁금해 하는 사람이 많았다. 그럴 때마다 프랭크는 황망하게 손을 내저으며 말했다. "일사와는 그냥 가까이 지내는 친구 사이일 뿐입니다."

일사에게서 손가락 관절염 이야기를 들은 이후 둘 사이는 이전보다 훨씬 더 가까워졌다. 프랭크는 남몰래 일사를 사랑하기로 했다. 이 세상 어느 누구보다 일사를 아끼고 응원해줄 생각이었다. 사랑 때문에 상처받을까 봐 두려워하지 않아도 되는 짝사랑이 좋았다.

일사 역시 비밀을 털어놓고 나서 마음이 훨씬 더 편안해 보였다. 일사는 시간이 날 때마다 음반 가게에 왔다. 30분쯤 머물다 가는 날도 있었고, 오후 내내 음반 포장 작업을 하다가 가는 경우도 있었다. 회사 사정에 따라 머물다가는 시간이 달랐다.

언젠가 일사가 즐거운 표정으로 말했다. "음반 포장 작업이 이렇게 재미있는 줄 미처 몰랐어요."

점심시간에 샌드위치를 사들고오는 경우도 있었다. 날씨가 추운 날에는 손이 꽁꽁 얼어 가게에 오자마자 한참 동안 손을 비비기도 했다. 그럴 때 보면 여전히 손가락이 퉁퉁 부어 있었다. 일사가 부은 손에 연고를 바르는 모습을 볼 때마다 프랭크는 마음이 몹시 아팠다.

일사는 이제 손을 가리려 하지 않았다.

어느 날 오후에 키트가 말했다. "우리 엄마도 손가락 관절염을 앓았어요."

"통증이 심했을 텐데 고생이 많았겠네요."

"지금도 손가락에 연고를 발라요. 물론 손가락 관절염보다는 치매가 더 걱정이죠. 엄마는 요즘 지인들 이름을 기억하려고 애쓰다가 하루를 다 보내요. 가끔은 아버지 이름도 잊어요."

"정말 안됐네요."

유니티스트리트의 가게 주인들은 일사가 손가락 관절염 때문에 겪은 아픔을 알게 된 이후 모두들 그녀를 좋아하게 되었다. 모드는 여전히 시큰둥한 태도를 보였다. 일사의 생일에 루소 부인은 생크림 케이크를 선물로 주었다. 앤서니 신부는 여름 장갑, 윌리엄스 형제는 꽃다발을 선물했다. 프랭크가 비틀스의 《화이트 앨범》에 있는 〈버스데이(Birthday)〉를 틀었고, 모두들 스파클링와인을 잔에 따라 들고 일사의 생일을 축하하는 건배를 했다.

프랭크가 매주 진행하는 음악 이야기가 네 번, 다섯 번, 여섯 번, 일곱 번, 여덟 번까지 이어졌다. 하이든, 블론디, 브람스를 주제로 이야기를 진행했다. 《브람스 피아노 협주곡 1번》에 대해 이야기할 때 프랭크가 말했다. "폭풍우 같은 음악이 몰아친 뒤에 피아노가 등장하면 마치 햇살이 쏟아지는 평원을 걷는 느낌이 들어요."

모차르트, 조니 미첼, 엘라 피츠제럴드, 커티스 메이필드, 밥 말리, 칙에 대한 이야기도 했다.

"칙의 음악은 가만히 앉아서 듣긴 힘들죠."

아이슬란드 합창단이 부르는 찬송가 〈Heyr Himna Smiður(헤이, 하늘의 목수)〉를 듣고 나서 일사가 프랭크에게 말했다. "백 개의 손이 나를 들어 올리는 것 같았어요."

프랭크가 레날도 안의 〈À Chloris(클로리스에게)〉를 비롯한 연가에 대해 말했다. "음악을 들으며 떠나는 시간 여행이라고 할까요?"

일사는 매주 프랭크가 권하는 음반을 듣고 나서 소감을 말해 주었다. 간혹 일사는 음반에서 프랭크도 미처 알지 못했던 특징을 찾아내기도 했다.

종업원은 이제 음식 솜씨가 많이 좋아져 양고기 찹스테이크와 스테이크 파이를 일품으로 만들었다.

종업원은 프랭크와 일사를 연결해주는 가교 역할을 하고 싶어 했다. 기계가 부드럽게 돌아가려면 윤활유가 필요하듯이 그녀는 두 사람이 좋은 관계를 이어갈 수 있도록 옆에서 기꺼이 도왔다.

프랭크는 가끔 종업원이 카운터에 앉아 그들의 대화를 귀 기울여 듣고 있는 모습을 보았다. 그럴 때마다 그녀의 얼굴에는 불그스레한 홍조가 떠올라 있었다.

두 사람은 음악 이야기가 끝나면 거리를 함께 걸었다. 갈매기 울음소리만 들릴 뿐 폐허가 되다시피 한 항구에도 〈포트 개발〉의 손길이 뻗쳐 있었다. 그들은 오래된 항구에 울타리를 두르고 출입 금지 표지판을 세워두었다.

가끔은 대성당에 가거나 공원을 거닐었다. 프랭크의 눈에는 이 도시를 이루는 모든 풍경들이 아름답고 흥미로워 보였다. 일사만 옆에 있으면 너무 오래되어 갈색으로 물들어가는 집이든 마약 중독자들이 모여드는 시계탑 아래든 낡은 창고들이 늘어선 길이든 모두 아름다웠다. 바람이 도시 쪽으로 불 때 풍기는 치즈와 양파 냄새도 좋았다. 공원의 나무들에는 탐스러운 꽃이 만발했다. 봄이 되면서 호수 가운데에 떠있는 오리 보트들이 많아졌다.

석양을 보려고 야외 음악당을 지나갈 때 일사가 물었다. "손님들에게 꼭 필요한 음반이 뭔지 어떻게 알아내는 거예요? 그 비결이 궁금해요."

"딱히 비결은 없어요. 어머니가 둘째가라면 서러워할 만큼 음악을 좋아했던 분이었어요. 집에 음반이 무수히 많았고, 어머니로부터 음악에 대한 이야기를 매일이다시피 들으며 자랐죠. 손님들이 하는 이야기를 듣다 보면 소개해 주기에 적합할 음반들이 떠올라요. 내가 이미 들어본 음악이라서 정서와 느낌을 잘 아니까."

일사는 분홍빛으로 물든 하늘에서 글을 읽어나가듯 천천히 말했다. "음반 가게에 오는 손님이 환자이고, 당신은 그들을 치유해주는 의사라고 할 수 있네요."

"대부분 감으로 하는 일들이라 의사와 비교할 수는 없죠."

"혹시 듣기 싫어하는 음악도 있어요?"

"헨델의 《메시아》에 나오는 〈할렐루야〉 합창곡을 싫어해요."

일사가 그 합창곡을 왜 싫어하는지 몰라 고개를 갸웃거렸다.

"대단한 명곡인데 왜 싫어하죠?"

"어머니가 각별히 좋아한 합창곡이었어요. 그 합창곡을 들으면 어머니가 생각나 가슴이 찢어질 것 같아요."

두 사람은 음반 가게에서는 거의 대화를 나누지 않았다. 프랭크는 일사가 같은 공간에 있다는 것만으로도 마음이 뿌듯했다. 일사는 늘 비닐 포장기 근처에 있었고, 프랭크는 턴테이블 뒤에 있었다.

가끔 키트가 프랭크를 대신해 일사에게 대답하기 난감한 질문들을 던졌다.

"어디 사세요?"

"여기서 그리 멀지 않은 곳에 살아요."

"월세인가요?"

"네."

"집은 마음에 들어요?"

"대체로 만족해요."

"집이 커요?"

"그리 크지는 않아요."

"남자와 함께 살아요?"

"아니요, 그 질문은 못 들은 걸로 할게요."

키트가 오히려 몹시 겸연쩍어하며 얼굴을 붉혔다.

"저는 요즘 독일어 공부를 하고 있어요."

"언제부터 독일어에 대해 관심이 많았어요?"

"얼마 전까지만 해도 전혀 관심이 없었는데 갑자기 생겼어요. 누구 때문일까요?"

키트는 도서관에서 엘피판 부록이 딸린 독일어 교재를 빌렸다. 엘피판에 흠집이 많아 1장부터 6장까지 바늘이 그냥 미끄러졌다. 키트는 아직 독일어라고는 그저 '안녕하세요.'와 '제 이름은 키트입니다.' 정도밖에 몰랐다. 조금 난해한 말로는 '1월에 내 아기가 태어나요.' 정도…….

지난 몇 주 동안 키트는 일사를 볼 때마다 질문 세례를 퍼부었다. 모드, 앤서니 신부, 윌리엄스 형제, 루소 부인이 〈잉글랜드 글로리〉에 모이면 늘 궁금해 하던 질문들이었다.

"영국에는 언제 왔어요?"

"올 1월에 왔어요."

"어떻게 영어를 그리 잘해요?"

"독일에 있을 때 학교에서 배웠어요."

"이 도시에 오기 전에는 무슨 일을 했어요?"

"특별히 일은 하지 않았고, 여기저기 여행 삼아 돌아다녔어요."

"영국을 여행해본 결과 마음에 들어요?"

"네, 좋았어요."

"영국에 온 목적이 뭐죠?"

"내 삶에 변화를 주고 싶었죠."

"형제자매는 없어요?"

"네, 아쉽게도 없네요."

"부모님은 무슨 일을 하세요?"

"아버지는 수리공이고, 어머니는 가사를 해요."

"좋아하는 색은?"

"보라색."

"보라색?"

"아니, 농담이고, 녹색."

"현재 직업은?"

"당신이 맞혀 봐요."

"교사? 의사? 영화배우?"

일사가 피식 웃었다. "청소부."

키트는 진공청소기로 먼지를 빨아들이는 일사의 모습을 떠올려보았지만 적절한 모습이 그려지지 않는다는 듯 고개를 갸웃거렸다.

"결혼할 남자는 있어요?"

그 질문을 들은 일사의 얼굴에서 갑자기 웃음기가 사라졌다.

"아직 없어요. 아버지 건강도 안 좋고, 어머니도 보고 싶어 곧 독일로 돌아가야 할 수도 있어요."

"사장님에게 음악 이야기를 듣는 이유는 뭐죠?"

"아, 이런! 질문에 신경 쓰다가 셀로판지가 찢어졌어요." 일사는 포장기에서 음반을 꺼낸 다음 셀로판지를 다시 씌워 집어넣었다. 이번에는 완벽하게 포장이 되었다.

일사는 녹색 코트를 집어 들고 말없이 가게를 나갔다.

일사가 음반 가게 앞에서 기절한 지 석 달이 지났다. 프랭크는 그날 어쩌다가 기절하게 되었는지 묻지 않았다. 어디에 살고, 무슨 일을 하는지도 묻지 않았다. 결혼할 남자가 있는지도 묻지 않았다. 그가 아는 거라고는 일사가 손가락 관절염을 앓고 있다는 것뿐이었다. 그럼에도 그는 일사를 사랑했다. 그녀에 대해 아는 게 전혀 없어도 계속 끈질기게 사랑할 생각이었다. 비록 짝사랑일지라도.

아홉 번, 열 번, 열한 번, 열두 번째 음악 이야기가 이어졌다. 프랭크가 들어보라고 권한 음반들만 해도 이제는 세기 힘들 만큼 많았다. 밴 모리슨의 《비든 플리스(Veedon Fleece)》, 닉 드레이크의 《파이브 리브스 레프트(Five Leaves Left)》, 롤링스톤스, 라몬스, 밥 딜런, 슈베르트, 프리팹 스프라우트, 브린슬리 슈왈츠, 그레이엄 파커, 스틸리 댄, 바흐, 아레사 프랭클린 등등.

31
샤프트 테마곡

(Theme from Shaft) _ 아이작 헤이스가 1971년 작사, 작곡한 노래이자

영화 〈샤프트(Shaft)〉의 주제곡

일정한 리듬으로 시작되는 드럼, 분위기를 환기시키는 기타, 배경에 깔리는 피아노와 플루트, 포인트를 넣어주는 관악기, 신나는 베이스, 화려한 현악기로 이어지다가 등장하는 아이작 헤이스의 보컬로 이루어진 곡이 바로 〈샤프트 테마곡(Theme from Shaft)〉이었다. 바다로 향하는 강물처럼 음악이 전개될수록 다양한 악기들이 가세해 다이내믹한 분위기와 환상적인 하모니를 만들어낸다.

아이작 헤이스를 보면 주어진 미션을 성공적으로 수행하고 나서 화려한 요트에서 휴식을 즐기는 특수 공작원이 떠오른다. 친구들에게는 의리있고, 여성들에게는 친절하고 다정하지만 적들에게는 치명적인 위협이 되는 남자.

키트는 엘피판이 쌓여있는 진열대를 부지런히 누비고 다녔다. 그는 멋진 남자가 되길 소망해왔지만 단 한 번도 뜻을 이루지 못했다. 그는 진열대에서 아레사 프랭클린의 앨범을 집어 들고 비닐 포장기가 놓여 있는 곳으로 갔다. 셀로판지로 싼 앨범을 슬롯에 넣고 스위치를 누르자 기계가 윙 소리를 내며 비닐 타는 냄새를 풍겼다. 그는 기겁하듯 놀라며 스위치를 껐다.

일사가 할 때는 매끈하게 잘 포장되어 나오던데 왜 내가 하면 늘 이 모양이지?

키트는 자주 유명한 사람이 되어 있는 자신의 모습을 상상해 보곤 했다. 어머니에게 약을 줄 때, 아버지를 잠에서 깨울 때조차 뒤에서 그 장면을 촬영하는 방송국의 카메라가 있다고 상상했다. 카메라가 자신의 일거수일투족을 찍고 있다고 생각하면 기분이 좋아지기는 했지만 망상에서 깨어났을 때의 허탈감이 너무 컸다.

"필요한 음반을 말씀해 주시면 제가 찾아드릴게요."

키트가 그렇게 말하면 손님들은 대부분 시큰둥한 표정을 짓고 나서 출입문 쪽으로 걸어가기 일쑤였다. 그는 그저 프랭크처럼 되고 싶었을 뿐인데 이상한 사람 취급을 받았다. 그는 자신이 툭하면 덤벙대다가 다치거나 물건을 깨뜨리거나 기계를 망가뜨리는 사람으로 인식되고 있다는 걸 잘 알고 있었다. 그렇다고 금세 의기소침해지거나 다소곳해지는 스타일이 아니었다.

누가 뭐라고 하든지 결코 주눅 들지 않고 갈 길을 가는 사람이었다.

키트는 자신이 얼마나 재미있는 사람인지 알리기 위해 우스꽝스러운 행동도 마다하지 않았다. 심지어 원숭이처럼 제자리에서 펄쩍펄쩍 뛰어오르며 '끽끽'거리는 소리를 내기도 했다. 그가 자신의 존재감을 높이려고 아무리 애써도 사람들은 애정 어린 박수를 보내주거나 따스한 눈길로 바라봐 주기는커녕 한심하다는 듯 피식 김빠지는 소리를 내며 비웃기 일쑤였다.

키트는 자신도 존중받고 싶었다. 앤서니 신부는 사람들에게 인정받길 원한다면 누군가를 따라 하기보다는 자기만의 색깔을 찾으라고 조언했다. 하느님에게 소망을 이루어달라고 기도하는 것도 좋은 방법이 될 수 있다고 했다.

키트는 타인에 대한 이해의 폭도 좁았고, 기도에도 서툴렀다. 프랭크가 어떤 방식으로 손님들이 원하는 음반을 찾아내는지 도저히 알 길이 없었다. 프랭크가 손님들과 대화를 나눌 때 무슨 이야기를 나누는지 귀를 쫑긋 세우고 들어보았지만 그다지 특별한 건 없어보였다. 그저 손님이 하는 말을 놓치지 않고 열심히 들어주는 것뿐이었다.

키트는 프랭크를 따라해 보기로 결심하고 어머니와 아버지가 무슨 대화를 나누는지 귀를 기울여봤지만 텔레비전 소리만 들려왔다. 앤서니 신부가 무슨 말을 하는지 들어보려고 했지만 숨

소리만 들려왔고, 윌리엄스 형제의 말을 들어보려고 했지만 머리에 바른 포마드 냄새만 맡았다. 모드의 말을 들어보려고 했지만 '젠장! 왜 사람을 노려봐?' 하는 핀잔만 들었다.

키트가 여러 가지 복잡한 생각에 빠져 있을 때 일사가 문을 열고 들어섰다.

"안녕하세요, 프랭크는 외출했어요?"

키트가 아이작 헤이스의 앨범이 걸려있는 턴테이블에서 바늘을 급히 들어 올리다가 그만 그대로 떨어뜨렸다. 바늘이 음반에서 요란하게 튀며 '섹스 머신 투 올 더 칙스(Sex machine to all the chicks 모든 아가씨들에게 섹스 머신을 : 옮긴이)'라는 가사가 느닷없이 울려 퍼졌다.

"사장님은 음반을 사러 나가셨어요."

"내가 도울 일은 없어요?"

일사가 코트와 장갑을 벗었다. 일사의 손이 벌겋게 부어올라 있었다.

"사장님이 외출하시면서 저에게 아무것도 만지지 말라고 신신당부했어요."

일사가 재미있다는 듯 킥킥거리며 웃었다. 일사는 키트의 말이 농담인줄 알았는데 표정이 너무 진지해 보였다. 키트 자신도 얼마나 더 나이를 먹어야 만지는 물건마다 망가뜨리는 일이 발생하지 않게 될지 궁금했다.

일사는 오늘따라 무척이나 아름다웠다. 키트는 일사의 카디건 소매와 앞으로 흘러내린 머리카락을 바라보았다. 그저 바라보기만 했을 뿐인데 키트는 정말 중요한 한 가지 사실을 알게 되었다. 서로 이야기를 나누지 않고도 뭔가를 알아낸 건 난생처음이었다. 아드레날린이 솟구쳤다가 사라지며 정신이 아득해졌다.

"키트, 괜찮아요?"

키트는 일사의 마음속에서 울려 퍼지는 연주를 들을 수 있었다. 더없이 슬픈 바이올린 소리였다.

일사는 프랭크를 사랑한다.

키트가 알아낸 일사의 비밀이었다.

32
빗방울

보슬비가 내렸다. 옷 안으로 깊숙이 파고들어 뼈까지 시리게 만드는 겨울비와는 달랐다. 가느다란 빗줄기가 지붕과 도로를 촉촉하게 적셨다. 어디에서나 향긋하고 싱그러운 봄 냄새가 묻어났다.

프랭크는 〈싱잉 티포트〉에서 일사와 마주 보고 앉아 있었다. 그는 오늘 일사에게 쇼팽의 〈전주곡 15번 내림 D장조〉에 대한 이야기를 들려주었다.

일사는 양손으로 턱을 받치고 창밖에서 내리는 비를 바라보며 이야기를 들었다.

건강이 악화된 쇼팽은 연인이었던 조르주 상드와 날씨가 따스한 마요르카 섬으로 요양차 여행을 떠난다. 맑은 햇살이 쏟아지는 화창한 날씨를 기대하고 떠났는데 막상 마요르카 섬에 도착해보니 하루 종일 비만 내린다. 쇼팽과 조르주 상드는 발데모사 수도원 근처의 오두막에 머물고 있다. 창문을 열면 올리브 농장이 내다보이는 오두막이다. 쇼팽이 마요르카 섬에서의 힘든 투병 생활을 그린 곡이 바로 24개의 전주곡이다.

쇼팽의 〈전주곡 15번 내림 D장조〉를 듣고 있으면 오두막 지붕, 올리브 나무, 레몬 나무들이 보이고, 정원을 적시는 빗방울이 보인다. 눈길 돌리는 곳, 소리 나는 곳 어디에나 빗방울이 떨어지고 있다. 이제 더는 떨어질 빗방울이 없을 거라고 생각하는 순간 유리창에 마지막 한 방울이 떨어진다.

"이 곡은 오두막 주변 풍경과 빗방울을 주로 묘사하고 있지만 사랑의 노래이기도 해요."

"왜죠?"

"기다리는 마음을 담고 있으니까요. 이 곡을 듣다 보면 어둡고 좁은 오두막에서 힘겹게 투병 생활을 하는 쇼팽의 모습과 그의 연인 조르주 상드가 어서 따스한 햇살이 내리비치는 날이 찾아오길 기다리며 비를 바라보고 있는 모습이 보여요."

"프랭크, 당신은 사랑하는 사람을 기다릴 건가요?"

"당신은 어때요?"

"기다려야죠."

그들이 이야기를 나누는 동안에도 창밖에서는 계속 봄비가 내렸다. 창문에 부딪친 빗방울이 유리를 따라 아래로 흘러내렸다.

• • •

프랭크는 음악 이야기를 마치고 일사와 함께 호수로 갔다. 비가 내리는 날이라 인적이 드물었다. 프랭크가 이번에는 오리 보트에 먼저 올라 일사에게 손을 내밀었다. 일사가 사뿐히 오리 보트에 올랐다.

그들은 각기 노를 하나씩 잡고 오리 보트를 호수 한가운데로 저어갔다. 공원의 숲이 호수에 투영돼 회색으로 비쳤다. 빗방울이 호수에 떨어지며 동심원을 만들었다. 그들은 한참 동안 말없이 호수에 떨어지는 빗물을 바라보았다. 어느새 일사의 머리카락이 흠뻑 젖어들었고, 녹색 코트도 젖어 검정색으로 보였다. 비가 계속 쏟아지고 있었지만 그들은 아랑곳하지 않고 호수 한가운데에 그대로 머물러 있었다.

어느덧 먹구름이 서서히 물러가더니 비가 그치고 저녁 해가 살짝 모습을 비추었다. 주변의 나무와 풀, 멀리 보이는 지붕들이 갑자기 보석처럼 빛났다.

일사가 말했다. "쇼팽과 조르주 상드가 마요르카 섬에서 기다리던 해가 비로소 우리 눈앞에 모습을 드러냈어요. 앞으로도 계속 따스한 햇살을 볼 수 있는 날이 이어졌으면 좋겠어요."

33
일어서자, 맞서자

(Get Up, Stand Up) _ 밥 말리의 1973년 곡

5월 초의 어느 화요일 아침에 유니티스트리트 곳곳에 정체 모를 낙서가 등장했다. 가게의 쇼윈도를 비롯해 도로, 건물 벽, 공터에 세워놓은 광고판에도 온갖 낙서가 되어 있었다. 앤서니 신부의 종교 선물 가게 출입문에는 '아일랜드 놈은 꺼져버려!'라는 낙서가 적혀 있었다. 주택가 건물 벽에는 스프레이로 나치 표시를 그려놓은 낙서도 등장했다. 주민 한 사람이 후드 티를 입은 아이들이 낙서를 그려놓고 캐슬게이트 쪽으로 달아나는 모습을 보았다고 했다.

유니티스트리트의 가게 주인들은 〈잉글랜드 글로리〉에 모여 대책 회의를 열었다. 앤서니 신부, 윌리엄스 형제, 루소 부인과 치와와, 프랭크, 키트, 모드가 한자리에 모였다.

프랭크는 하루 종일 낙서를 지우느라 피곤한 하루를 보냈다. 일사는 지난 사흘 동안 음반 가게에 오지 않았다. 그래서인지 프랭크는 마음이 싱숭생숭해 일이 손에 잡히지 않았다.

루소 부인이 말했다. "아이들이 낙서를 하고 달아난 이유가 뭘까요?"

앤서니 신부가 말했다. "부자는 더욱 부자가 되고, 가난한 사람은 더욱 가난해질 때 이런 현상이 빚어지게 됩니다. 유니티스트리트뿐만 아니라 이 도시 전체에 재개발 바람이 불고 있어요. 부동산 개발업자들이 가난한 사람들을 쫓아내려고 겁을 주고 있는 겁니다."

바텐더 피트가 말했다. "징병제도를 부활해 몹쓸 짓을 하는 놈들은 죄다 군에 보내야 해요."

모드가 말했다. "아이들을 사주해 몹쓸 짓을 시키는 놈들이 더 문제죠."

형 윌리엄스가 말했다. "이제 무서워서 밤에는 밖에도 못 나가겠어요. 프랭크, 자네는 어떻게 생각하나? 앞으로 무슨 짓을 할지 모르는데 가게 문 앞에 철제 셔터를 설치해야 하지 않을까?"

모드가 고개를 저었다. "철제 셔터를 설치하려면 제법 많은 비용이 들어요. 이 불경기에 그럴 돈이 어디 있어요? 다들 난방비가 없어 추위에 덜덜 떨고 있는 실정이에요."

형 윌리엄스가 다시 말했다. "다음번에는 돌을 던져 쇼윈도를 박살낼지도 몰라."

키트가 말했다. "가게마다 경보장치를 갖추고 비상시에 서로 연락을 취할 수 있게 해야겠어요."

모드가 피식 웃으며 말했다. "전화가 있잖아. 급한 일이 생기면 전화로 연락하면 되지."

바텐더 피트도 한마디 덧붙였다. "민병대를 조직하는 건 어때요? 야구 배트를 들고 순찰을 돌다가 수상한 짓을 하는 놈들이 눈에 띄면 즉각 제지해야죠. 내가 민병대를 조직하면 함께할 사람 있어요?"

가게 주인들은 마치 피트가 방금 전 하늘에서 뚝 떨어진 사람인 양 빤히 쳐다보았다.

형 윌리엄스가 손사래를 쳤다.

루소 부인이 지적했다. "아이들이 낙서를 했다고 민병대를 조직해 야구 배트를 휘두르면 경찰이 가만있지 않을 텐데요."

앤서니 신부도 무리한 제안이라는 뜻으로 어깨를 으쓱했다.

키트가 팔을 번쩍 들었다. "저는 적극 찬성합니다. 당장 민병대에 지원하겠습니다."

피트가 다시 나섰다. "생각해보니 민병대는 무리겠네요. 그나저나 앤서니 신부님의 가게 문에 적혀 있는 낙서는 도무지 이해가 되지 않아요. 앤서니 신부님은 분명 켄트 출신인데 왜 '아일랜드 놈'이라는 욕설을 적어놓았을까요?"

앤서니 신부가 말했다. "사실은 자주 그런 오해를 받아. 아일랜드 출신 신부가 많아서 그런가 봐."

키트가 진지하게 물었다. "예수님도 아일랜드 출신이죠?"

사람들이 배를 잡고 웃어댔다. 키트의 황당한 질문 때문에 진지하던 분위기가 갑자기 깨져버렸다.

모드가 말했다. "유니티스트리트는 끝났어요. 이제라도 난파선에서 탈출해야죠. 꽃집 주인의 선택이 옳았어요."

바텐더 피트가 말했다. "꽃집이 좀 더 버텨주었으면 이 지경이 되지는 않았을 거예요."

프랭크가 더는 침묵할 수 없다는 듯 대화에 끼어들었다. "아직 끝나지 않았어요. 저는 거금을 들여 가게를 새 단장했어요. 그 이후 손님이 늘어났고, 앞으로도 잘될 거라 확신해요. 유니티스트리트의 가게들은 캐슬게이트에서는 구하기 힘든 물건들을 팔고 있어요. 그런 점을 적극 활용하면 가게를 살릴 수 있어요."

가게 주인들이 일제히 프랭크를 바라보았다.

"저는 고집스럽게 엘피판만 팔고 있어요. 〈울워스〉에서 구하기 힘든 엘피판을 다수 보유하고 있기도 하죠. 가게를 차별화할 수 있는 대책을 고민해봐야 해요. 찾아보면 해답이 있을 거예요. 오늘, 저는 볼일이 있어 이만 실례할게요."

모드가 소리쳤다. "어디에 가려고?"

"5시 반에 일사를 만나기로 했어."

모드가 벌에 쏘인 표정으로 프랭크를 바라보았다.

"잠시 후 〈포트 개발〉 사람들과 회의를 해야 하는데 당신이 자리를 비우면 어쩌자는 거야? 앞으로 한 시간도 안 남았어."

"〈포트 개발〉 사람들을 만나서 무슨 얘기를 하게? 난 관심 없어."

형 윌리엄스가 말했다. "〈포트 개발〉 사람들이 무슨 생각을 갖고 있는지 들어보는 게 좋지 않을까?"

모드가 말했다. "만남을 취소해."

"일사가 기다리고 있을 거야."

"전화하면 되잖아."

"전화번호를 몰라."

모드가 눈썹을 치켜 올렸다. "그렇게 자주 만나면서 아직 전화번호도 모른단 말이야? 그 여자는 뭐 그리 숨기는 게 많아?"

5시 26분이었다. 4분 안에 〈싱잉 티포트〉까지 걸어가야 했다.

프랭크가 말했다. "〈싱잉 티포트〉에서 일사를 만나 사정 이야기를 하고 돌아올게. 6시 반까지는 도착할 수 있을 거야."

빨리 달리기에는 프랭크의 덩치가 너무 컸다. 나름 최선을 다해 달리고 있었지만 점점 다리가 풀리고, 숨이 차고, 종아리가 끊어질 듯 아팠다. 갈수록 속도가 줄어들더니 오히려 걷는 사람들이 그를 앞질러갔다. 다리를 절뚝이며 캐슬게이트를 지나가면서 보니 시디를 할인 판매하는 노점상 수레 앞에 사람들이 잔뜩 몰려들어 있었다.

노점상이 크게 소리쳤다.

"시디 한 장을 사면 네 장을 줍니다. 어서들 오셔서 사가세요."

프랭크는 숨을 헐떡이며 〈싱잉 티포트〉로 들어서는 골목으로 접어들었다. 카페 앞에 도착해 안을 들여다보았다. 일사가 손바닥으로 턱을 괴고 창가 자리에 앉아 있었다. 프랭크가 안으로 들어서자 일사가 자리에서 벌떡 일어섰다.

"왜 아직 안 오나 걱정했어요."

프랭크가 숨을 고르고 나서 말했다. "어젯밤에 아이들이 유니티스트리트 여기저기에 낙서를 해놓고 도망쳤어요. 오늘 밤에 유니티스트리트 사람들이 〈포트 개발〉 사람들을 만나 회의를 열기로 했어요."

프랭크가 사정 설명을 하는 동안 종업원이 인사를 건네며 다가왔다.

"오늘은 맛이 끝내주는 음식을 내올 테니까 기대해도 좋아요."

"죄송하지만 오늘은 회의가 있어 식사할 시간이 없어요."

종업원이 안타깝다는 듯이 말했다.

"재료 준비가 다 되어 있으니까 잠깐이면 끝나요. 여자 손님도 안 좋은 일이 있나 보던데 잠시만 앉았다가 가요."

프랭크가 놀란 얼굴로 일사에게 물었다. "무슨 일 있어요?"

"아버지 병세가 악화되었다는 연락을 받았어요. 어머니가 당장 집으로 돌아오래요."

일사의 커다란 눈에 눈물이 그렁그렁했다.

"언제 돌아갈 거예요?"

"아직 정하지는 않았는데 가급적 빠른 시일 내에 돌아가야죠."

"언제 다시 돌아와요?"

"아직은 잘 모르겠어요. 일단 가봐야 알 수 있겠죠."

바로 그때 주방문이 활짝 열리더니 자욱한 연기 속에서 지지직거리는 소리가 들려왔다.

"자, 음식이 준비됐어요."

종업원은 보이지 않고 자욱한 연기만 눈에 들어왔다.

프랭크가 소리쳤다. "음식이 다 탔어요."

종업원이 연기 속에서 대답했다. "좀 타긴 했지만 보나페티!"

프랭크가 여전히 지글거리는 음식에 물을 조금 부었다. 그제야 소리가 멎었다. 음식은 형체를 알아볼 수 없을 만큼 검게 타 있었다.

프랭크가 시계를 흘깃 보고 나서 말했다.

"음식을 먹을 시간이 없어요. 당장 출발해도 회의 시간에 늦을 것 같아요. 같이 갈래요?"

일사와 종업원이 동시에 반문했다. "우리도요?"

"네, 급히 가봐야 해요."

• • •

모드는 〈잉글랜드 글로리〉 앞에서 담배를 피우고 있었다. 아니, 담배를 피운다기보다는 필터를 잘근잘근 씹어대고 있었다.

모드가 숨을 헐떡이며 달려온 프랭크와 일사, 종업원을 향해 눈을 부라리며 말했다. "왜 이리 늦었어? 다 모여 있으니까 어서 들어가 봐. 그나저나 캡을 쓴 저 여자는 누구야?"

"카페 종업원."

〈잉글랜드 글로리〉 안은 비집고 들어갈 틈이 없을 만큼 많은 사람들이 모여 있었다. 프랭크는 보기 드문 광경에 잠시 어리둥절했다. 모두들 칵테일 파티에 참석한 듯 옷을 말끔히 차려입고 있었다. 벨벳 재킷을 입은 남자들, 드레스를 입은 여자들, 머리를 말아 올리고 실크 스카프를 목에 두르고 온 여자도 있었다. 이가 세 개밖에 남지 않은 노인은 타이를 엉성하게 매고 있었다.

바텐더 피트는 왕실 결혼식 이후로 가장 바빠 보였다. 앞쪽 테이블 위에 슬라이드 환등기가 놓여 있었고, 벽에 스크린이 설치되어 있었다. 〈포트 개발〉 로고가 인쇄된 커다란 현수막도 걸려있었다.

프랭크는 사람들을 뚫고 안으로 깊이 들어가려다가 포기했다. 앞줄에 앉아 있는 윌리엄스 형제의 모습이 보였다. 앤서니 신부는 키트와 함께 두 번째 줄 의자에 앉아 있었고, 루소 부인은 치와와가 누군가 데려온 푸들에게 계속 으르렁거리는 바람에 구석 자리에 앉아 있었다. 사람들이 조금씩 자리를 좁혀 〈싱잉 티포트〉 종업원과 일사에게도 자리를 내주었다.

〈포트 개발〉에서 나온 직원들이 술집 안으로 들어섰다. 하나같이 회색 슈트 차림이었다. 턱수염을 기른 남자, 깨끗이 면도한 얼굴에 서류철을 들고 있는 남자, 지시봉을 들고 있는 콧수염 남자, 구레나룻을 기른 남자가 테이블이 놓여 있는 앞쪽에 자리를 잡았다. 밴을 타고 온 작업복 차림의 남자들도 있었지만 그들은 안으로 들어오지 않고 밖에서 대기하고 있었다.

사람들이 빈틈없이 들어차있는 탓에 실내공기가 탁했다. 〈포트 개발〉 사람들이 재킷을 벗어 의자에 걸었다. 턱수염을 기른 남자가 자리에서 일어나 좌중을 둘러보았다.

"자, 모두들 주목하세요. 오늘 이 자리는 유니티스트리트 주민들과 〈포트 개발〉의 상견례 차원에서 마련했고, 시간이 그리 오래 걸리지는 않을 겁니다. 술과 음식이 준비되어 있으니 회의가 끝나면 맘껏 드시기 바랍니다." 턱수염을 기른 남자가 잠시 뜸을 들였다가 다시 말했다. "우선 여러분들에게 〈포트 개발〉이 어떤 회사인지 소개하겠습니다. 다들 아시겠지만 〈포트 개발〉은 부동산 개발 회사입니다."

레게 머리를 헤어밴드로 묶은 학생이 가벼운 야유를 보냈다.

"우우!"

"〈포트 개발〉은 주거 환경을 개선하는 일을 하는 회사입니다. 자, 이제부터 슬라이드를 보시겠습니다."

지시봉을 들고 있는 남자가 환등기를 켜자 스크린에 사진이 떴다. 첫 번째 사진은 개인 주택, 두 번째 사진은 그 집에서 행복한 미소를 짓는 여자, 세 번째 사진은 우아한 욕실, 네 번째 사진은 온가족이 거실 소파에 앉아 환하게 웃는 모습이었다. 네 번째 사진이 뒤집혀있어 사람들이 폭소를 터뜨렸다.

지시봉 남자가 말했다. "죄송합니다. 슬라이드를 잘못 끼웠네요."

이제 서류철을 들고 있는 남자가 말할 차례였다.

"저는 유니티스트리트와 비슷한 거리에서 자랐습니다. 폭격을 맞은 건물이 붕괴된 공터에서 공놀이를 하며 놀았고, 길모퉁이에 있는 구멍가게에서 비위생적인 불량식품을 자주 사먹기도 했죠. 낙후된 환경은 사람들의 일상생활을 불편하게 만들고, 건강을 해치죠."

사람들이 고개를 끄덕이며 소리쳤다. "옳소, 옳소."

키트도 목이 부러질 정도로 고개를 끄덕였다.

"유니티스트리트의 주택들은 지은 지 너무 오래되어 붕괴 위험이 클뿐더러 안락한 생활을 영위하기에는 시설이 낙후되어 있습니다. 따라서 시의회에서도 이미 재개발을 결정했습니다."

사람들은 처음 듣는 소식에 큰 충격을 받은 눈치였다.

서류철 남자가 분위기 반전을 위해 솔깃한 제안을 했다.
“〈포트 개발〉은 현재 시세보다 월등히 높은 가격에 주택과 상점 건물을 매입하기로 결정했습니다.”
윌리엄스 형제가 동시에 손을 들고 일어섰다. 형 윌리엄스가 말했다. “우리 가족은 대대로 유니티스트리트에서 살아왔어요. 지금은 장의사를 찾는 손님들이 없어 건물을 매각할까 고려 중입니다. 이 거리가 고향이고, 이웃 사람들을 좋아하지만 뾰족한 대책이 없네요.”
사람들이 안타까움을 표하며 고개를 끄덕였다.
형 윌리엄스가 계속 말을 이었다. “안타까운 일이지만 이제는 이 거리를 떠나야 할 때가 온 것 같네요.”
이번에는 노숙자를 대표하는 여자가 자리에서 일어섰다.
“유니티스트리트는 월세가 저렴한 방들이 많아 가난한 사람들이 살기에는 매우 좋은 조건을 갖춘 동네죠. 가난한 사람들을 내쫓고 재개발을 하려는 시도에 반대합니다.”
그다음으로 어떤 남자가 자리에서 일어섰다.
“우리 집은 방이 두 개뿐이지만 테라스도 있고, 작은 정원도 있어 여섯 아이를 키우며 사는 데 전혀 문제가 없었습니다. 저도 재개발에 반대합니다.”
이가 세 개밖에 남지 않은 노인이 자리에서 일어서더니 느닷없이 노래를 부르기 시작했다. 이 거리와 관련된 노래는 아니지만 추억을 떠올리는 곡이었다. 그가 노래를 마치고 나서 말했다.

"유니티스트리트는 저에게 잊지 못할 추억이 깃든 곳입니다. 이 거리를 떠나기 싫습니다."

서류철 남자가 분위기를 수습하기 위해 다시 슬라이드를 보여주었다. 스크린에 부서진 벽돌 조각을 클로즈업한 이미지가 나타났다.

서류철 남자가 심각한 표정으로 말했다. "이 거리의 집들은 대부분 낡아 사고가 발생할 위험이 큽니다. 만약 사고가 날 경우 누가 피해 보상을 해줄까요?" 남자가 어깨를 으쓱하고 나서 말을 이었다. "혹시 보험을 들어놓았으면 모르지만 대비책도 없이 사고를 당할 경우 아무런 피해 보상도 받지 못하고 거리를 떠나야 할 겁니다. 그 주인공이 누가 될지 궁금하군요. 아무쪼록 행운을 빕니다."

윌리엄스 형제가 불안한 눈빛을 주고받았다.

이번에는 구레나룻 남자가 자리에서 일어섰다.

"잠시 주목해 주세요. 이 거리가 얼마나 매력적인지 잘 알고 있습니다. 우리도 그 사실을 부정하지 않습니다. 다만 이 도시에는 여기 말고도 좋은 동네가 많습니다. 다들 항만 지구 개발 사업에 대해 알고 계실 겁니다. 투자 가치가 매우 높은 곳이죠. 〈포트 개발〉은 유니티스트리트 주민들의 집을 시세보다 고가에 매입해주는 한편 항만 지구에서 새 집을 마련하고자 하는 분들에게 이자가 저렴한 대출을 알선해줄 계획을 갖고 있습니다. 낡은 집을 팔고, 전망 좋은 위치에 새 집을 마련할 수 있는 기회를 놓치지 마시기 바랍니다. 공짜나 다름없이 새 집을 살 수 있는 마지막 기회이니까 다들 잘 생각해 보십시오. 유니티스트리트에서 최근에 강도 사건이 발생한 걸 알고 계시죠? 밤에 외출했다가 강도를 만나면 어쩌시려고요? 건물도 오래되고, 치안도 불안한 이 거리에서 계속 살길 원하십니까?"

프랭크가 물었다. "언제 강도 사건이 발생했죠? 금시초문인데요?"

프랭크뿐만 아니라 다들 옆 사람 얼굴을 쳐다보며 어리둥절한 표정을 지었다.

구레나룻 남자가 서둘러 얼버무렸다.

"경찰이 수사 중인 사건이라서 아직 구체적으로 말씀드릴 수는 없지만 이 거리의 치안이 얼마나 허술한지 다들 잘 알고 있을 겁니다."

사람들은 그 말을 듣고도 여전히 동요했다.

구레나룻 남자가 다시 말했다.

"무엇보다 중요한 건 지금이 1948년이 아니라 1988년이라는 겁니다. 여러분들에게 매우 좋은 선택의 기회가 주어졌습니다. 현재 사는 집보다 훨씬 좋은 조건의 집을 마련할 수 있는 기회를 놓치고 나중에 땅을 치며 후회하실 겁니까?"

지시봉 남자가 환등기 버튼을 눌렀다. 커피를 마시며 활짝 웃는 사람들의 이미지가 화면을 가득 채웠고, 데이비드 보위의 〈체인지(Change)〉가 배경 음악으로 흘러나왔다.

지시봉 남자가 박수를 치자 사람들이 영문도 모르고 따라 쳤다.

누군가 프랭크의 옆구리를 꼬집었다. 돌아보니 모드가 눈을 부라리며 속삭였다. "한마디 하지 않고 뭐해?"

일사도 불안한 눈빛으로 프랭크를 바라보고 있었다.

프랭크가 천천히 자리에서 일어났다. "유니티스트리트는 지금 이대로 보존할 가치가 있는 거리입니다. 재개발만이 능사는 아닙니다. 유니티스트리트는 지금은 사라져가고 있는 지난날의 정취와 풍물을 간직한 곳입니다. 경제적으로 풍족하지는 않지만 이웃 사람들과 함께 어우러져 살아가는 생활 공동체이기도 합니다. 재개발보다는 거리의 특색을 살리고, 주변 환경을 개선해나가야 합니다. 지난날의 추억을 간직한 사람이라면 이 거리를 아예 없애기보다는 개선하는 데 동의할 겁니다."

모드가 옆에서 부추겼다. "목소리를 좀 더 크게 해!"

프랭크는 양팔을 흔들어가며 말을 이었다. "자, 주변에 있는 사람들을 둘러보세요. 우리는 오랜 시간 한 가족처럼 살아온 이웃입니다." 프랭크는 일사와 음악 이야기를 할 때처럼 마음에서 우러나온 말들을 이어갔다. "우리들의 가게는 엘피판과 유사합니다. 엘피판의 음질을 유지하려면 먼지가 끼지 않도록 자주 닦아주고, 재킷에 넣어 정성스럽게 관리해야 합니다. 우리의 가게를 엘피판을 다루듯이 정성을 다해 관리하고 지켜간다면 굳이 재개발을 할 필요는 없습니다."

프랭크는 사람들의 눈길이 집중된 가운데 힘주어 말했다. "이 세상에 완벽한 사람이 없듯이 우리가 사는 거리 역시 마찬가지입니다. 저는 이 거리를 볼 때마다 제 자신의 모습을 보는 듯합니다. 현대식 건물들과 깔끔하게 정비된 도로들로 이루어진 거리와 비교하자면 뭔가 허술해 보이기도 하고, 낙후되어 보이기도 합니다. 저 역시 허점이 많고 부족한 사람입니다. 저는 어린 시절에 어머니가 매우 독특한 양육 방식을 고집하는 바람에 따스한 배려와 보살핌을 받지 못하며 자랐습니다. 그야말로 홀로 떨어져있는 섬처럼 외롭게 지냈습니다. 어머니가 저에게 물려준 가장 소중한 유산은 음악이었습니다. 어머니는 매일이다시피 음악을 들려주었고, 곡이 나오게 된 배경과 의미에 대해 이야기해 주었습니다. 그나마 음악이 마음의 평화를 가져다주었습니다. 이 거리에 와서 여러 이웃을 만나게 되었고, 가족이나 다름없이 지내왔습니다."

프랭크는 사람들 틈에서 크고 검은 눈, 더없이 침착하고 고요한 눈을 보았다. 도저히 그 깊은 심연을 들여다볼 수 없는 눈이었다.

"15년 전, 어머니가 돌아가셨고, 1년후 그때까지 살아온 바닷가 하얀 집을 떠날 수밖에 없었습니다. 밴에 올라 무작정 길을 떠났고, 우연히 이 거리에 내려 지금껏 살아오고 있습니다. 제가 이 거리를 처음 보았을 때의 느낌 역시 낙후되어 보인다는 것이었습니다. 건물은 죄다 낡아있었고, 심지어 전쟁 이후 방치되어 있는 공터에서 염소를 키우는 사람도 있었으니까요."

그때 앞쪽 자리에 앉은 여자가 부끄러워하며 말했다. "그 염소를 키우던 사람이 바로 저예요!"

사람들이 그 말에 배를 잡고 웃어댔다.

"여러분들이 갈 곳 없는 저를 따스하게 맞아주었습니다. 제가 이 거리에 정착해 음반 가게를 열려고 할 때 많은 분들이 가족처럼 도와주셨습니다. 유니티스트리트는 이웃 간의 정이 살아있는 공동체입니다. 우리는 오랫동안 서로의 이야기를 귀 기울여 들어주고, 어려운 일이 생기면 다 함께 힘을 모아 도우며 살아왔습니다. 이 도시에 재개발 바람이 분다고 우리가 애써 이루어온 공동체를 포기할 수는 없습니다. 우리가 당장 힘들다고 떠날 경우 무엇을 잃게 될지 깊이 고민해봐야 합니다. 어떤 이들은 유니티스트리트에 더 이상 희망이 없다고 하지만 저는 결코 그렇게 생각하지 않습니다. 우리가 어떻게 하느냐에 따라 재개발보다 몇 배는 더 매력적인 거리로 가꿀 수 있습니다. 부디 지혜롭고 현명한 판단을 해주시기 바랍니다."

사람들이 열렬한 박수를 보내자 〈포트 개발〉 사람들이 일제히 당황한 표정을 지었다. 몇몇 사람들은 프랭크의 시선을 피했지만 대부분 깊은 생각에 잠기거나 눈물을 글썽였다.

루소 부인은 눈물을 흘리며 프랭크의 어깨에 기댔다.

앤서니 신부가 다가와 프랭크에게 악수를 청했다.

"최고의 연설이었어. 자네가 내 이웃이라는 게 자랑스러워."

사람들이 다가와 프랭크의 어깨를 토닥이며 감동적인 연설이었다고 말해주었다. 그들은 모두 프랭크를 지지한다는 의사를 밝혔다.

"유니티스트리트를 떠나지 않을 거예요. 여긴 우리의 공동체니까요."

"이 거리를 사랑해요. 우리가 뭉치면 그 어떤 어려움도 능히 극복할 수 있을 거예요."

모드도 엄지를 들어 보이며 환하게 웃었다.

모두들 〈포트 개발〉에서 제공해준 맥주를 마셨다. 몇몇은 회색 슈트를 입은 〈포트 개발〉 남자들과 진지한 대화를 나누었다.

프랭크와 일사는 〈싱잉 티포트〉 종업원을 배웅해주기 위해 바깥으로 나섰다. 밤공기는 달콤했고, 나뭇잎들이 살랑거리며 싱그러운 냄새를 풍겼다. 하늘 높이 솟은 대성당 첨탑이 보였다.

두 여자가 양옆에서 프랭크의 팔짱을 끼고 걸었다. 〈싱잉 티포트〉에 도착한 종업원은 카페 안으로 들어가 뒷정리를 하고 돌아가겠다고 했다.

"다음 주에는 이탈리아 음식을 만들어볼게요."

"무척이나 기대되네요."

일사가 종업원을 안아주고 나서 프랭크 쪽으로 몸을 돌리더니 뺨에 입을 맞추었다.

"멋진 연설이었어요. 당신은 이제 외떨어진 섬이 아니에요."

이튿날 오후, 윌리엄스 형제가 음반 가게에 왔다. 쌍둥이 형제가 프랭크에게 의논할 게 있다고 했다. 쌍둥이 형제는 한동안 손에 들고 있는 모자만 내려다보고 있었다.

형 윌리엄스가 말했다. "사실은 〈포트 개발〉에 다녀왔어. 항만 근처에 주택을 짓고 있는데 최신식 난방장치를 갖추고 있고, 넓은 테라스와 욕실이 있고, 바다가 한눈에 바라다 보일 만큼 전망이 기가 막힌 집이었어. 가게 건물을 팔면 새 주택 입주권을 주겠다고 해서 생각해보겠다고 하고 돌아왔어."

이번에는 동생 윌리엄스가 말했다. "강도 사건 얘기를 또 꺼내더군."

"주민들을 동요시키려고 퍼뜨린 헛소문이라는 걸 알잖아요?"

"그래, 그럴지도 모르지. 어쨌든 우리는 더 이상 버티기 힘들어. 손님들이 찾아오지 않는 가게를 마냥 지키고 있을 수는 없잖아."

윌리엄스 형제는 다음 날 가게를 팔고 떠났다. 폴란드 빵집의 노박 씨와는 달리 도망치듯 사라지지 않고 사람들과 일일이 악수를 나누고 나서 손을 흔들며 떠났다. 당분간 스코틀랜드에 있는 여동생 집에서 지낼 계획이라고 했다.

"여동생과 크리스마스를 보내기로 약속했어."

이제 장의사 문은 굳게 잠겼다.

옆집 여자가 말했다. "그나마 윌리엄스 형제와 작별 인사를 할 수 있어서 다행이네요."

이웃집 남자가 말했다. "두 노인이 손을 꼭 잡고 떠나는 모습을 보고 가슴이 울컥했어요. 정말 착한 분들이었는데 많이 아쉬워요."

윌리엄스 형제가 떠나는 모습을 본 사람들이 얼마나 심리적으로 크게 위축될지, 얼마나 더 많은 사람들이 이 거리에서 사라지게 될지 걱정스러운 상황이었다.

그런 와중에 낙서 사건이 또 발생했다.

'샤론 쌍년아! 고향으로 돌아가라.'

전혀 어울리지 않는 낙서도 있었다.

'다이애나 왕세자비님 사랑해요!'

이색적인 낙서도 있었다.

'음반 가게로 가는 길은 이쪽입니다!'

키트가 고백했다. "그 낙서는 제가 했습니다."

이제 유니티스트리트에는 모드의 문신 가게, 앤서니 신부의 종교 선물 가게, 프랭크의 음반 가게만이 남게 되었다.

34
저항의 노래

턴테이블에서 빌리 홀리데이의 노래가 흘러나왔다.

Southern trees bear strange fruit, Blood on the leaves and blood at the root…….(빌리 홀리데이의 노래 〈스트레인지 프루트(Strange Fruit)〉의 앞부분 가사로 '남쪽 나무에는 이상한 과일이 열리지, 잎에도 피가, 뿌리에도 피가 있지.'라는 뜻 : 옮긴이)

음반이 다 돌아갈 때까지 페그는 아무 말도 하지 않고 음악을 들었다.

"아들의 인생을 망쳐버리니까 후련해요?"

"아이를 낳아 무슨 수로 키우려고? 데보라는 겨우 열일곱 살이야. 어린아이에게 아이를 낳으라고 할 수는 없었어."

"데보라와 결혼해서 같이 살고 싶었어요. 안 될 이유는 없잖아요."

"어린아이들끼리 결혼이라니? 말도 안 되는 억지 주장이야."

"낙태야말로 죄악이에요."

"낙태는 어쩔 수 없는 선택이었어."

"어째서요? 아이를 낳아 키우면 되지 안 될 게 뭐가 있어요?"

"넌 몰라서 그렇지 아이를 키우는 건 어려운 일이야."

데보라는 병원에서 낙태 수술을 받았다. 프랭크에게는 사전에 아무 말도 하지 않아 낙태 수술을 받기로 한 사실을 전혀 모르고 있었다.

데보라가 병원에서 돌아와 전화했다.

"이제 우리 아이는 세상에 없어." 데보라가 울먹이며 말을 이었다. "우리 이제 그만 만나."

프랭크는 수화기를 내려놓기 무섭게 자전거를 타고 데보라의 집으로 달려가 대문을 두드렸다.

"데보라! 데보라!"

데보라의 어머니가 잔뜩 화난 얼굴로 밖으로 나왔다.

"네 어미랑 너를 생각하면 울화통이 터지니까 당장 꺼져! 다시는 찾아오지 마. 앞으로 내 눈에 띄면 가만 두지 않을 거야."

데보라에게 매일 편지를 썼지만 죄다 반송되어 돌아왔다.

그 무렵 프랭크는 '저항의 노래'를 자주 들었다. 밥 딜런, 존 바에즈, 우디 거스리, 커티스 메이필드가 부른 노래들이었다. 저항의 메시지를 담지 않은 노래에는 관심이 가지 않았다.

집에 있든 학교에 가든 머릿속이 온통 데보라에 대한 생각으로 가득 채워졌다. 공부에는 흥미가 없었고, 여지없이 낙제를 당했다.

프랭크는 군에 입대하겠다며 집을 나왔다. 다시는 돌아가지 않을 결심이었다. 술집에서 일자리를 구했다. 술집 주인이 건물 꼭대기에 있는 빈방을 내주었다.

그 여름에 주인집 여자와 은밀한 관계를 시작했다. 그녀의 풍만한 젖가슴에 얼굴을 기대고 있으면 데보라와 세상을 보지 못하고 떠난 아이에 대한 생각을 잠시나마 떨쳐버릴 수 있었다.

술집 주인 남자에게 들켜 갈비뼈가 부러지도록 두들겨 맞고 그 집에서 쫓겨났다.

"다시 내 눈앞에 나타나면 죽여버릴 거야."

프랭크는 열아홉 살에 다시 집으로 돌아왔다.

어느 날 페그가 물었다. "지금도 데보라와 결혼해 아이를 낳아 키웠으면 좋았을 거라고 생각하니?"

"그 이야기는 더 이상 하고 싶지 않아요."

프랭크는 그렇게 말했지만 마음속으로 소리쳤다.

'데보라와 아이를 낳아 서로 사랑하며 살아가도록 내버려두지 왜 그런 짓을 했어요!'

35
한마디도 믿지 마

(Don't Believe a Word) _ 그룹 씬 리지의 1976년 곡

'〈포트 개발〉 반대! 단결 유니티스트리트!'

키트가 만든 포스터에 적힌 문구였다. 주택가의 대문, 거리의 가로등 기둥, 가게 쇼윈도에 포스터를 붙였고, 전단도 만들어 돌렸다.

프랭크는 주택가의 문에 포스터를 붙이다가 주인과 눈이 마주치면 즉시 말했다. "절대로 집을 팔면 안 됩니다."

사람들이 간혹 물었다. "강도 사건은 어떻게 되었어요?"

"〈포트 개발〉에서 분위기를 뒤숭숭하게 만들려고 헛소문을 퍼뜨린 거예요."

강도 사건은 사람들에게 실제로 벌어진 일로 받아들여졌다. 바텐더 피트는 손님들에게 밤에는 호루라기를 지참하고 다니라

고 조언했다. 밤길에 강도를 만났지만 가까스로 도망쳤다고 주장하는 사람도 나타났다. 5월 말에 주택가의 다섯 집이 〈포트 개발〉에 팔렸다.

일사와 프랭크는 〈싱잉 티포트〉에서 만나 음악 이야기를 계속 이어갔다.

"아버지가 병원에서 재검진을 받았는데 감기로 판명이 나서 한시름 놓았어요. 지난번에는 의사가 오진을 했나 봐요."

"정말 다행이에요. 그럼 독일에 가지 않아도 되겠네요?"

일사가 고개를 저었다. "잠시 결정을 유보했어요. 좀 더 생각해 보려고요."

"당신이 떠나지 않길 바라요."

"그나저나 얼굴이 많이 상해 보여요. 오늘은 음악 이야기보다는 잠시나마 눈을 붙이는 게 좋겠어요."

"괜찮겠어요?"

"다음에 더 많은 이야기를 나누면 되잖아요."

"어제, 일을 마치고 키트랑 포스터를 붙이고 전단을 돌리느라 너무 피곤했나 봐요."

프랭크가 의자에 기대 잠깐 잠든 사이 일사는 조용히 창밖을 내다보며 생각에 잠겼다.

프랭크는 30분쯤 자다가 눈을 떴다. 짧은 시간이었지만 더없이 달콤한 잠이었다. 남은 시간에 밥 딜런, 존 바에즈가 부른 저항의 노래에 대한 이야기를 일사에게 들려주었다.

음반 가게에 새로 구입한 음반 상자들이 계속 입고되었다. 시의회에서 사람이 나와 말했다. "이 거리의 노후화된 건물에서 자꾸만 벽돌이 떨어져 지나가던 사람이 크게 다칠 뻔했어요. 당장 이 문제를 해결하지 않으면 영업정지 처분을 내릴 수밖에 없습니다."

프랭크는 다시 한번 노란색 경고 테이프를 건물 주변에 둘러 사람들이 지나다니지 못하도록 조치했다.

• • •

6월의 어느 오후에 모드는 전단을 돌리러 간 프랭크를 대신해 음반 가게를 봐주고 있었다.

어떤 남자 손님이 모드를 직원으로 생각하고 물었다.

"비발디의 음반이 어디 있는지 아세요?"

"주인이 잠시 부재중이라 대신 가게를 봐주고 있어요. 어디 있는지 모르지만 찾아볼게요."

모드는 비발디의 음반을 찾다가 프랭크가 《사계》에 대한 이야기를 들려주었던 어느 오후를 떠올렸다. 평생 잊을 수 없는 날이었다. 《더 룩 오브 러브(The Look of Love 더스티 스프링필드가 1967년에 발표한 앨범 : 옮긴이)》와 《엣 폴섬 프리즌(At Folsom

Prison 1968년에 발표한 조니 캐시의 라이브 앨범 : 옮긴이)》 사이에 비발디의 《사계》가 놓여있었다.

모드가 손님에게 음반을 건네며 말했다.

"뒷면에 붙여놓은 라벨에 음반에 대한 특별 팁이 있으니까 참고하세요."

모드는 음반을 뒤집어 손님에게 라벨을 보여주다가 깜짝 놀랐다. 그녀는 마음을 진정시키며 양손으로 카운터를 잡았다. 손님에게 돈을 받고 나서 매출 기록부에 적는 동안 손이 어찌나 떨리는지 글씨가 제대로 써지지 않았다.

"도와줘서 고맙습니다. 또 올게요."

"네, 감사합니다. 언제든지 오세요."

모드는 부리나케 위층으로 뛰어올라갔다. 키트가 위층에서 새로 입고한 음반들을 정리하고 있었다.

"이 많은 음반들을 언제 다 팔 수 있을까요?"

"나야 모르지."

모드는 지금 음반에 대해 이야기할 기분이 아니었다.

"일사가 집으로 들어가는 걸 봤다고 했지? 집이 어딘지 알려줄래?"

• • •

가게 주인들은 모처럼 〈잉글랜드 글로리〉에 모여 앉았다. 다들 어리둥절한 표정을 짓고 있었다.

바텐더 피트가 안주로 달걀 피클을 내놓았지만 아무도 먹지 않았다. 먹성이 좋은 키트도 오늘따라 안주에 손을 대지 않았다.

모드가 어처구니없는 일이라는 듯 말했다.

"알고 보니 일사 브로우크만이 유명 바이올리니스트였어요. 베를린 필하모니 소속이었으니 말 다했죠."

좌중은 하나같이 입을 크게 벌리고 모드를 쳐다보았다.

키트는 입을 벌리고 있는 사이에 날벌레가 입안으로 들어간 걸 미처 깨닫지 못하고 멍하니 모드를 바라보았다.

키트가 물었다. "믿을 만한 소식이에요?"

"《사계》 음반에 일사의 사진이 있어."

모드가 음반 재킷을 키트에게 건넸다.

"나무 사진밖에 없잖아요."

"멍청하기는! 뒷면을 봐야지."

모드의 말대로 뒷면에 일사의 사진이 나와 있었다. 신비스러운 느낌이 나는 커다란 눈, 반은 올리고 반은 내린 머리카락…….

"음반 재킷을 봐. 제1바이올린 옆에 일사 브로우크만이라는 이름이 적혀 있어."

키트가 고개를 끄덕이며 말했다. "정말 그러네요."

이제는 모든 사실이 명백해졌음에도 프랭크는 도저히 믿기 힘들었다.

일사가 베를린 필하모니 소속으로 음반을 낼 만큼 유명한 바이올리니스트였다고?

키트가 말했다. "어쩐지 풍기는 이미지가 다르더라니……."

프랭크의 귀에는 그 어떤 말도 들어오지 않았다. 땅이 계속 흔들리고 있었고, 가슴도 덩달아 뛰었다.

모드가 다시 말했다. "키트에게 일사가 어느 집에 사는지 물어보고 직접 찾아가 봤어요. 낡은 벽돌집 초인종 옆에 일사 브로우크만이라는 이름이 붙어 있더군요. 이웃집 사람에게 일사가 그 집에 사는지 물었더니 그렇다고 했어요. 가끔 일사가 음악을 너무 크게 틀어놓아 벽을 두드리면 볼륨을 줄인답니다. 일사는 지하층에 살고 있었어요. 이웃 사람에게 물어보니 환경미화원 일을 한다더군요."

프랭크는 점점 더 머리가 복잡해졌다.

앤서니 신부가 자리에서 일어나 프랭크 옆으로 다가갔다. "자네, 괜찮나? 자네에게는 더욱 충격적인 소식이겠지."

프랭크의 귀에는 앤서니 신부의 말이 제대로 들어오지 않았다.

바텐더 피트가 말했다. "일사는 왜 거짓말을 했을까요?"

좌중의 시선이 일제히 프랭크에게로 쏠렸다. 프랭크라면 혹시 답을 알고 있지 않을까 기대하는 눈치였다.

프랭크가 말했다. "난 아무것도 몰라요. 여러분과 똑같은 입장이니까 나에게 기대하지 말아요."

프랭크는 그 말을 하고 나서 크게 하품을 했다. 그 후로도 하품을 몇 번이나 더 했다.

키트가 말했다. "모르긴 해도 일사가 손가락 관절염 때문에 바이올린을 포기할 수밖에 없었던 것 같아요."

다른 사람들도 그 말에 동의했다.

앤서니 신부가 말했다. "내 생각에도 그래. 일사가 얼마나 힘들었을까? 다시는 기억하고 싶지 않은 악몽이었을 거야."

모드가 프랭크에게 물었다. "일사를 그렇게 자주 봐왔으면서 전혀 눈치 채지 못했어?"

"전혀."

프랭크는 더는 대꾸하고 싶지 않았다. 그는 그저 어두운 곳에 누워 음악을 듣고 싶었다. 그는 재킷을 집어 들고 술집을 나왔다.

앤서니 신부가 뒤에서 소리쳤다. "오늘 밤, 이야기를 나눌 상대가 필요하지 않나?"

"저는 할 얘기가 없어요. 잠시 혼자 있고 싶어요."

• • •

프랭크는 침대에 누워 흐릿하게 보이는 천장을 바라보았다. 마치 출구 없는 방에 갇힌 느낌이었다. 아무리 생각해도 일사가 왜 바이올리니스트였다는 사실을 숨겼는지 알 수 없었다.

유명한 바이올리니스트가 왜 나에게 음악 이야기를 들려달라고 했을까?

페그가 세상을 떠난 이후 프랭크는 생각의 늪에 빠져들지 않기 위해 애썼다. 무엇이든 단순화시켜 세상을 바라보았다. 머리를 싸매고 고민하기보다는 실제로 몸으로 부딪쳐보면 어느새 진실이 눈앞에 다가서 있곤 했다.

상처를 받았다기보다는 상실감이 컸다. 일사는 그에게 활력을 불어넣어주는 존재, 기쁠 때나 힘들 때나 옆에서 함께해줄 사람이라고 믿었는데 혼자만의 착각이었음을 깨달았다.

진실을 여과 없이 받아들여야 해. 일사를 잊어.

홍수가 한꺼번에 모든 걸 휩쓸어간 기분이었다. 갑자기 급류가 밀어닥쳐 미처 피할 방법이 없었다. 일사와 함께한 모든 순간들이 이제는 아무런 의미가 없어보였다.

프랭크는 침대에 누워 일사와 어머니를 생각했다. 15년 전, 어머니가 갑자기 세상을 떠났을 때 느꼈던 상실감과 다르지 않았다. 그는 멍하니 누워 다시는 날이 밝지 않기만을 바랐다.

눈을 뜨는 순간 창으로 비스듬히 흘러들어온 햇살 때문에 눈이 저절로 찌푸려졌다. 세상이 온통 공허해 보였다. 그동안 마음속으로 일사를 얼마나 사랑했는지 실감이 났다.

내가 사랑한 일사는 아예 존재하지도 않았어.

프랭크는 온수가 다 떨어져 찬물이 나올 때까지 샤워기 아래에 서있었다. 그는 가게 문을 두드리는 소리에 수건을 걸치고 아래층으로 내려가 문을 열었다. 키트가 문 앞에 서있었다. 그가 주저하는 눈빛으로 프랭크를 바라보았다.

"화요일이니까 일사를 만나는 날이잖아요."

"이제 안 만날 거야."

36
레퀴엠

턴테이블에서 음반이 유유히 돌아갔다. 방 안 가득 레퀴엠이 울려 퍼졌다. 페그는 말없이 담배를 피우며 음악을 들었다.

페그는 몇 년 동안 영적인 삶에 집착했다. 갑자기 신의 존재를 발견하게 되었다는 뜻은 아니었다. 어느새 그녀의 나이는 부모가 세상을 떠나던 때와 비슷해졌고, 죽음을 앞두고 경건한 마음을 유지하고 싶어 했다.

페그는 신에게 바치는 합창곡들을 들으며 그림을 그렸다. 페그가 보티첼리의 그림을 모사한 비너스, 게인즈버러 풍으로 양치는 여자들을 그린 그림들이 벽을 채워갔다. 그녀는 자선 단체에 수표를 보내는가 하면 요양원을 방문해 온정을 베풀었다. 그 덕분에 크리스마스 때는 '후원자의 밤' 행사에 초대되어 주최 측의 찬사를 들었다. 섹스를 하지 않고도 황홀한 밤을 보낼 수 있다는 사실을 알게 된 페그는 이튿날 당장 고아원에 수표를 보냈다.

"헨델과 베토벤의 장례식에는 추모객이 많았어. 그 반면 비발디의 장례식은 조용했어. 추모객도 음악도 없었지."

페그는 모차르트의 《레퀴엠》, 라흐마니노프의 《철야 기도》를 비롯해 포레, 슈베르트, 브람스, 베르디, 케루비니 등의 레퀴엠을 자주 들었다. 헨델의 《메시아》에 나오는 합창곡 〈할렐루야〉는 하루도 빼놓지 않고 들었다. 바닷가 하얀 집은 전혀 수리를 하지 않아 점점 더 허물어져가고 있었다.

프랭크가 집으로 들어가는 진입로에서 경광등 불빛이 번쩍이는 경찰차를 발견하기 전까지만 해도 두 사람은 평화로운 나날을 보냈다.

경관 하나가 프랭크에게 다가오더니 말했다.

"안타까운 사고가 있었습니다."

37
일사 브로우크만의 진짜 이야기

〈싱잉 티포트〉의 종업원이 음반 가게에 들이닥쳐 심각한 어조로 말했다. “무슨 일인지 몰라도 당장 카페로 가서 문제를 해결하지 않으면 불알을 기름에 넣어 튀겨버릴 테니까 그리 알아요.”

프랭크는 갑자기 기운이 빠져 담배로 손을 뻗었다.

“당신은 상관없는 일이니까 그냥 돌아가요.”

“여자 혼자서 잔뜩 상심한 얼굴로 우두커니 앉아 있어요.”

“당신은 그냥 모른 체하면 됩니다. 알아봐야 좋을 게 없으니까.”

종업원이 턴테이블 가장자리를 손으로 쾅 소리가 나도록 내리치더니 프랭크 쪽으로 얼굴을 바짝 들이밀었다.

“당신들은 매주 화요일마다 만났어요. 난 그 모습이 너무 보기 좋아 당신들을 힘껏 응원해왔죠. 오늘은 당신들에게 아주 특별한 요리를 만들어주려고 내 돈을 내고 재료 준비를 다 해두었어요. 잔말 말고 일단 카페로 가요. 여자를 무작정 기다리게 하는 건 비겁해요."

프랭크는 어쩔 수 없이 종업원을 뒤따랐다.

• • •

테이블에 비발디의 《사계》 재킷이 놓여 있었고, 일사는 창백한 얼굴로 앉아있었다.

"베를린 필하모니의 바이올리니스트였다고요? 부정하지는 않죠?"

일사가 말없이 한숨을 내쉬었다.

"그건 분명한 사실이에요."

"왜 진작 말하지 않았어요?"

하늘은 여전히 파랬다. 마치 깊은 동굴 속에 들어가 하늘을 올려다보는 것 같은 느낌이 들었다.

프랭크는 이 자리에서 일사와 《환상 교향곡》에 대한 이야기를 나누었던 때가 떠올랐다. 그날 일사는 처음으로 장갑을 벗고 손을 보여주었다.

종업원이 테이블에 나이프와 포크를 내려놓았다.

프랭크가 말했다. "음식은 됐어요."

일사가 뒤이어 말했다. "나도요."

종업원은 그 말을 무시하고 음식을 테이블에 내려놓았다.

"타르티플레트인데 식기 전에 먹어요. 알프스 지방 음식인데 맛이 제법 괜찮을 거예요. 보나페티."

두 사람은 여전히 긴 침묵을 지키고 있었다.

일사가 엘피판 같은 눈으로 프랭크의 얼굴을 바라보았다.

"이제부터 내 이야기를 들려줄게요."

• • •

일사는 촉망받는 바이올리니스트였지만 손가락 관절염 때문에 포기할 수밖에 없었다. 그녀가 프랭크를 처음 만났을 때 오랫동안 음악을 듣지 않았다고 했던 말은 거짓이 아니었다. 바이올린을 그만둔 이후 음악을 듣는 것 자체가 고통이었다. 그동안 모든 열정과 노력을 쏟아부었던 세계로 다시는 돌아갈 수 없게 되었으니까.

"여섯 살 때부터 바이올린을 손에 잡았어요. 갓 입학한 학교의 담임선생님이 음악적인 재능을 알아보고 자신이 소장하고 있던 낡은 바이올린을 선물로 준 거예요."

그 말을 할 때 일사는 마치 《백조의 호수》에 등장하는 백조처럼 몸을 뒤로 젖히더니 팔을 벌리고 눈을 반짝였다.

"담임선생님이 손에 활을 쥐여 주면서 어떻게 연주하는지 시범을 보이더군요. 내가 손에 쥔 활이 현에 닿는 순간 짜릿한 전율이 느껴졌어요. 그날 이후 바이올리니스트가 되기로 결심했죠. 난생처음 아주 구체적인 꿈을 갖게 된 거예요."

일사가 본격적으로 바이올린을 배우겠다고 하자 담임선생님도 크게 기뻐하며 격려해 주었다.

"넌 신동이야. 틀림없이 훌륭한 바이올리니스트가 될 거야."

담임선생님은 '신동'이라는 말을 해가며 일사를 칭찬했다.

일사는 음계 연주, 아르페지오, 런, 피치카토 등을 거의 몇 번 만에 마스터했다.

"사람들이 내가 바이올린을 연주할 때마다 놀라운 아이라며 엄지를 치켜들었죠. 나에게 음악적 재능이 있어서인지 한 번만 연주해보면 더 이상 연습이 필요하지 않을 만큼 능숙하게 소화해냈어요."

일사의 실력은 금세 담임선생님을 뛰어넘었다. 가정 형편이 그리 넉넉하지 않았지만 일사의 부모는 딸에게 개인교습을 받게 해주었다. 크리스마스 때 학교에서 음악 연주회가 열렸다. 다른 아이들은 리코더를 불거나 북을 쳤지만 일사는 바이올린을 연주해 큰 박수를 받았다.

일사는 음악대학교에 진학했다. 바이올리니스트가 되는 건 그리 쉬운 일이 아니라 같이 하던 친구들 대부분이 포기했지만 일사는 결코 단념하지 않았다. 음악대학교를 졸업하고 베를린 필하모니에 들어갔다. 학교를 졸업하자마자 교향악단 단원이 되는 건 쉽지 않은 일이었다.

"스물한 살 때 베를린 필하모니와 비발디의 《사계》를 협연했어요. 그때 음반을 취입했던 거예요. 베를린 필하모니에서 순회 연주회를 함께하자고 제안했어요. 꿈에 그리던 일이라 흔쾌히 받아들이고 연습에 열중해 있었는데 갑자기 시련이 찾아왔어요. 바이올리니스트에게는 생명이나 다름없는 손이 말을 듣지 않는 거예요. 처음에는 살짝 경련이 이는 정도였는데 차츰 손가락 관절 마디가 아예 구부러지지 않았어요."

일사는 그 문제를 아무에게도 털어놓지 않고 연습에 열중했다. 마침내 순회 연주를 시작하게 되었다.

"손가락이 아파 자주 실수를 범하기 시작했어요. 처음에는 작은 실수에 그쳤지만 차츰 심각한 문제로 이어졌죠. 연주를 하다가 갑자기 활을 떨어뜨리기까지 했으니까요."

실수가 이어지자 제1바이올린을 맡았던 일사의 역할은 제2바이올린으로 변경되었다. 이후로도 실수가 반복되자 결국 제3바이올린, 제4바이올린으로까지 밀리게 되었다.

"실수를 하지 않기 위해 무리하게 연습을 강행하다가 결국 손가락 관절을 완전히 못쓰게 되었죠. 베를린 필하모니 지휘자가 나를 부르더니 내보내기로 결정했다는 말을 전했어요."

일사가 울음을 참기 위해 손으로 입을 틀어막았다.

"최고의 바이올리니스트가 되고 싶었던 꿈이 하루아침에 물거품이 되어버린 거예요."

베를린 필하모니에서 쫓겨난 이후 일사는 끝없는 내리막길을 걷게 되었다. 배운 거라고는 바이올린이 전부라 일할 수 있는 회사가 없었다. 먹고살 길이 막막해 레스토랑 종업원으로 일하다가 리처드를 만나게 되었다. 리처드는 음악에 대해서는 무지한 사람이었다. 일사 역시 베를린 필하모니에서 쫓겨난 이후로는 음악을 멀리 하며 지냈다. 리처드와의 연애는 그리 오래 가지 못했고, 세상 경험도 쌓고, 여행도 할 겸 영국에 오게 되었다.

"영국에 오자마자 여기에 온 거예요?"

"1월의 춥고 어두운 날 이 도시에 처음 왔어요. 하루 종일 도시 곳곳을 돌아다니다가 낯선 거리에서 발길이 멎었죠. 자그마한 거리에 있는 음반 가게가 눈에 들어왔어요. 쇼윈도 밖에 서서 안을 들여다보니 수많은 음반들이 보이더군요. 색색의 전등불을 밝혀놓은 가게 안에서 음반을 고르고 있는 사람들이 보였어요. 이 작은 거리에 음악을 사랑하는 사람들이 그렇게 많다는 사실을 알고 깜짝 놀랐어요. 쇼윈도 앞에 서서 생각했어요. 이들이야말로 전직 바이올리니스트인 나보다 음악을 더 사랑하는 사람들이라는 생각이 들면서 갑자기 부끄러워지더군요."

"그날, 어쩌다가 의식을 잃은 거예요?"

"앞으로 다시 음악을 사랑하며 살아갈 수 있겠다는 생각이 들면서 가슴이 벅차올랐어요. 비록 연주자의 꿈은 사라졌지만 음악과 다시 친해져야 한다고 생각했어요. 그러다가 갑자기 기절해 쓰러졌죠. 그 이유는 나도 몰라요."

"쓰러지고 나서 무슨 일이 있었는지 전혀 기억나지 않던가요?"

"바닥에 쓰러져 있다가 잠깐 의식이 돌아왔을 때 당신을 보았어요."

"왜 정신을 차리자마자 사라졌죠?"

"사람들이 많아 당황스럽고 부끄러웠어요. 호텔로 돌아와 잠을 자려고 침대에 누웠는데 당신이 베푼 친절이 뇌리를 떠나지 않았어요. 변변히 감사 인사도 전하지 못하고 돌아온 게 계속 마음에 걸려 선물을 준비해 찾아봐야겠다는 생각이 들었죠. 음반 가게에 들르기 전에 선인장을 샀어요. 사실은 선인장을 놓아두고 얼른 돌아올 생각이었는데 루소 부인이 어떤 음반을 찾는지 묻는 바람에 좀 더 머무르면서 몇 마디 이야기를 주고받게 되었죠."

"그때 당신은 비발디의 《사계》를 찾고 있다고 했었죠?"

"그냥 무심결에 《사계》가 떠올랐어요."

일사의 양 볼에 홍조가 어렸다.

"한동안 음반 가게를 피해 다니다가 우연히 키트가 만들어 붙인 포스터를 보게 되었어요. 내가 음반 가게에 두고 간 녹색 핸드백을 찾아주기 위해 만든 포스터였죠. 얼마나 고마운지 키트에게 줄 셔츠를 준비해 음반 가게를 방문했어요. 그날 무슨 이유인지 미처 따져볼 틈도 없이 당신에게 문전 박대를 당했죠. 당장 여길 떠나버리고 싶을 만큼 마음이 서글펐어요."

"왜 남았죠?"

일사가 프랭크가 피우던 담배를 빼앗아 들었다. 담배가 일사의 손가락 사이에서 덜렁거렸다. 그런 모습으로 담배를 피우는 사람은 일사 말고는 없을 것이다.

"《사계》 때문이었어요. 그 음반을 듣고 예기치 못한 감동을 받았죠. 한동안 멀리 했던 음악을 다시 찾고 싶다는 생각이 더욱 간절했어요. 당신이 음악을 찾아주기에 가장 적합한 인물이라는 생각이 들더군요. 음반 가게에 갔을 때 당신이 손님들과 나누는 대화를 들었어요. 당신은 손님들에게 음악을 들려주고 어떤 느낌을 받았는지 물었죠. 그런 다음 음악에 얽힌 이야기를 들려주더군요. 음악의 테크닉에 대해서는 언급하지 않고, 음악을 들은 느낌에 대해서만 이야기를 나누는 게 좋았어요. 그 무렵 돈이 떨어져가고 있어 청소 회사에서 일자리를 구했죠. 당신에게 음악 강습을 부탁하려면 얼마간 레슨비를 지불해야 한다고 생각했으니까."

"당신이 그 정도 경제적 여유는 있다고 해서 난 그 말을 철석같이 믿었어요."

"사실은 그다지 형편이 좋지 않았어요. 그때 내가 어떤 사람인지 정체를 밝히려고 했는데 당신이 말을 하지 못하게 막더군요. 그때 당신이 나에게 '우리는 업무적으로 만나는 사이니까 굳이 사사로운 이야기를 꺼내지 말자.'라고 했죠. 혹시 그때 했던 말 기억나요?"

프랭크는 대답 대신 고개를 숙였다. 일사의 말 그대로였다.

두 번째 음악 이야기가 끝나고 나서 일사가 진지한 얼굴로 뭔가 고백할 게 있다는 말을 한 적이 있었다.

"여러 우여곡절이 있었지만 그동안 당신이 들려주는 음악 이야기를 들을 수 있어서 행복했어요. 마치 산소가 희박한 장소에 갇혀 있다가 숲을 만난 느낌이 들었죠. 당신이 소개해준 음반들이 내게는 하나같이 산소 같았어요."

종업원이 정말 답답하다는 듯 한숨을 푹푹 내쉬며 다가왔다.

"정말 답답해서 못 봐주겠네요. 이제 보니 당신은 진실이 눈앞에 있는데도 보지 못하는 사람이군요. 일사는 여기에 처음 왔을 무렵에도 이미 당신을 사랑했어요. 내 눈은 절대로 못 속여요."

• • •

시간이 멈추고, 천지가 개벽하는 듯했다. 프랭크는 끝이 보이지 않는 심연 속으로 깊이 빠져들었다. 머리가 띵하고, 속이 울렁거렸다. 그는 이 놀라운 사실을 어떻게 받아들여야 할지 알 수 없었다.

내가 일사를 일방적으로 짝사랑한 건 분명해. 그렇지만 일사가 나를 사랑하는 줄은 미처 몰랐어.

프랭크는 일사를 바라보았다.

일사도 프랭크의 눈을 피하지 않았다.

일사의 눈에서 한 방울의 눈물이 흘러내렸다.

"프랭크, 사랑해요."

일사가 테이블을 사이에 두고 프랭크를 뚫어지게 바라보았다. '나도 당신을 간절히 사랑해요.'라는 말을 해야 마땅한데 머릿속에서 '사랑 때문에 다시 깊은 절망에 빠지고 싶지 않아.'라는 생각이 들며 그의 입을 틀어막았다.

사랑한다는 말을 들어본 지 오래되었다. 데보라 이후 몇 번인가 더 여자를 만났지만 다 실패로 끝났다. 그 이후로는 사랑을 회피했다. 어머니가 사랑은 믿을 수 없다고 했던 말을 귀에 못이 박히도록 들어왔기 때문일 수도 있었다. 사랑은 가까이 다가갈수록 화상을 입게 된다는 피해의식이 마음 깊이 자리 잡았다. 데보라 이후 만난 여자들은 사랑과는 거리가 멀었다. 데보라 이후 사랑을 멀리 하기로 결심했으니까. 낮이 가면 밤이 오고, A

면이 끝나면 B면이 나오듯이 고통의 시간을 흘려보내고 나자 다시 평화가 찾아왔다. 그냥 그 어디에도 얽매이지 않고 흘려보내는 날들이 좋았다. 이제 다시는 사랑의 아픔과 고통 속에서 신음하고 싶지 않았다.

프랭크는 일사의 검은 눈을 바라보고 있었지만 실제로는 바닷가 하얀 집을 떠올리고 있었다.

"나는 사랑을 못해요. 어떻게 사랑해야 하는지 방법을 잊어버렸어요."

종업원이 황당하다는 듯 혀를 차며 말했다. "그냥 사랑하면 되지 방법이 뭐가 필요해요?"

일사의 얼굴에 어색한 미소가 걸려 있었다.

"일사, 미안해요. 나는 당신을 사랑할 수 없어요."

프랭크는 그 말을 하고 나서 자리에서 벌떡 일어났다. 아니, 그의 다리가 저절로 일어났다고 하는 게 옳았다. 그의 다리는 한시바삐 이 자리를 떠나기로 결정했다.

프랭크는 비틀거리는 걸음으로 테이블 사이를 지나 출입문 쪽으로 걸어갔다.

종업원이 급히 따라붙으며 팔을 잡고 물었다. "이봐요, 지금 뭐해요? 그렇게 사라지면 어쩌자는 거예요? 왜 다 된 밥에 재를 뿌리려고 해요?"

"난 사랑을 할 수 없는 사람입니다. 누구든 나를 사랑하면 상처를 받게 돼요."

일사의 입에서 가느다란 신음소리가 흘러나왔다.

"잔인한 사람."

그 말을 할 때 일사의 말투에는 독일어 억양이 섞여 있었다.

프랭크는 시간이 흐르는 동안 상처가 말끔히 치유된 줄 알았는데 아니었다.

난 아직 아무것도 치유되지 않은 상처 덩어리야.

프랭크는 몸을 돌려 다시 출입문을 향해 걸어갔다. 종업원이 프랭크를 뒤따라가며 소리쳤다. "잠깐! 거기 멈춰요."

일사가 체념한 목소리로 말했다. "그냥 내버려둬요. 이제 모두 끝났어요. 독일로 돌아갈 거예요."

이제 더는 비상구가 보이지 않는다는 사실을 깨달은 목소리였다.

프랭크는 카페를 걸어 나오면서 한 가닥 기적을 바랐다. 골목이 막혀 어디로도 갈 수 없거나 초현실적인 힘이 작용해 카페 안으로 다시 돌려보내주길 바랐지만 기적은 일어나지 않았다. 가슴이 터질 듯 답답해 달리기 시작했다. 처음에는 천천히 달리다가 점점 속력을 붙였고, 이내 최대한 빨리 달렸다. 바람을 가르는 소리가 들릴 정도로 달리는 동안 차라리 몸이 산산이 흩어져 형체도 없이 사라져버렸으면 좋을 듯했다.

그냥 계속 달려. 아무것도 생각하지 마.

길거리에서 물건을 파는 노점상들 사이를 요리조리 피해가며 달렸다. 길모퉁이에서 갑자기 튀어나온 여자와 하마터면 충돌할 뻔했는데 가까스로 피했다. 달리다 보니 그의 등 뒤로 대성당이 우뚝 서있었고, 비둘기들이 주변 하늘을 날고 있었다.

계속 달리는 거야!

캐슬게이트의 가게들이 하루의 영업을 마치고 셔터를 내릴 준비를 하고 있었다. 젊은이들이 와인을 마시며 행복한 저녁 시간을 보내고 있는 노천카페를 지나 마약 중독자들이 모여 있는 시계탑 근처, 노인들이 칼스버그 스페셜 브루 맥주를 마시는 벤치를 거쳐 공원을 향해 달려갔다.

해가 뉘엿뉘엿 지고 있는 어스름인데도 공원에는 사람들이 많았다. 잔디밭에 누운 사람들, 도시락을 먹는 사람들, 자전거를 타는 사람들, 공놀이를 하는 사람들, 부메랑을 던지는 사람들…….

야외 공연장에서는 저녁 연주회 준비를 위해 좌석 배치 작업을 하고 있었다. 푸드 트럭에서 감자튀김과 샌드위치를 파는 상인이 호객 행위를 하는 소리가 울려 퍼졌다.

호수에서는 오늘도 어김없이 오리 보트들이 떠다니고 있었다. 호숫가에서 물장난을 치는 아이들과 보트가 아닌 진짜 오리들에게 먹이를 던져주는 남자도 눈에 띄었다. 비람이 불어와 호수에서 잔물결을 일으키는 사이 해가 어스름 직전의 호수를 금빛으로 물들였다. 사람들은 다들 서로 웃고 떠들며 즐거운 시간을 보내고 있었다.

일사로부터 사랑한다는 말을 듣고 나서 그 자리에서 벗어나기에 바빴다. 일사를 회피하기 위해 여념이 없었다. 사랑이 다시 시작되려고 하는 순간 두려움에 휩싸였다.

일사, 나도 당신을 사랑하지만 받아들일 수 없어요. 당신이 불행해질까 봐 두려워요.

일사에 대한 생각이 머릿속에서 다시 한번 메아리쳤다. 가슴이 부풀고, 힘줄이 끊어지고, 갈비뼈들이 부서지고, 심장이 밖으로 튀어나오는 듯했다.

프랭크, 일사 없이 살아갈 자신 있어?

일사 없이는 살아가는 의미가 없을 듯했다.

페그는 사랑을 믿지 말라고 했다. 프랭크는 어머니 때문인지 제대로 사랑하는 법을 배우지 못했다. 데보라와의 사랑은 끝내 결실을 맺지 못하고 고통 속에서 절망적으로 끝났다.

내가 다시 사랑할 수 있을까?

그 질문에 자신 있게 답변할 수 없었다.

일사를 이대로 떠나보내는 게 과연 옳을까?

그 질문에 대한 대답 또한 쉽지 않았지만 무엇보다 일사를 이대로 보내서는 안 된다는 생각이 머릿속을 가득 채웠다.

일사와 다시 사랑을 시작하는 게 뭐가 문제지? 지금은 로맨

틱한 꿈에 빠져들어도 괜찮은 시간이야.

일사와 함께 음반 가게를 꾸려가는 모습이 머릿속에 그려졌다. 손님들에게 음반에 대한 이야기를 들려주는 그, 셀로판지로 음반을 포장하는 일사, 홍보 포스터를 그려 쇼윈도에 붙이는 키트의 모습이 차례로 뇌리를 스쳐갔다.

우리가 서로 사랑하고 아껴준다면 잘될 수 있지 않을까?

일사를 이대로 떠나가게 해서는 안 돼.

다시 힘껏 달리기 시작한 프랭크는 공원 정문을 지나 캐슬게이트 시장을 지나 모퉁이를 돌고 자갈길을 통과해 〈싱잉 티포트〉에 도착했다. 카페 문은 굳게 닫혀 있었고, 문을 쾅쾅 두드렸지만 아무도 응답하지 않았다. 영업이 끝난 듯 조명이 다 꺼진 상태였고, 의자들을 테이블 위에 모두 올려놓은 상태였다.

일사는 대성당에 있을 거야.

대성당으로 들어서보니 사제들이 새 카펫을 까느라 여념이 없었다. 프랭크는 젊은 사제에게 다가가 물었다. "방금 전에 혹시 눈이 검고 큰 여자가 여기에 오지 않았나요? 머리를 반은 올리고 반은 내린 여자요."

"글쎄요, 저는 보지 못했는데요."

녹색 스카프를 머리에 두른 여자가 있어 가까이 다가가 보았더니 금발이었다.

일사가 어디에 사는지 모드는 알고 있다고 했어. 일사의 집에 찾아가보는 거야. 일사를 만나면 잘못에 대해 사과하고 사랑한다고 말해야지. 일사와 함께라면 무엇이든 할 수 있어.

얼마나 뛰어다녔는지 다리가 휘청거리고 신물이 넘어왔다. 이마에 흐르는 땀을 계속 닦아야 했다. 이렇게 달리다가는 일사를 찾아내기도 전에 쓰러질 수도 있겠다는 생각이 들었다. 유니티스트리트로 접어드는 모퉁이를 도는 순간 매캐한 냄새와 하늘로 치솟는 검은 연기가 보였다.

모드가 낭패스런 얼굴로 헐레벌떡 달려오고 있었다. 모드의 뒤로 일렁이는 불길과 검은 연기, 허공으로 솟아오르는 재가 보였다. 유니티스트리트 일대가 몹시 소란스러웠다. 사람들이 불을 끄려고 양동이에 물을 담아 부지런히 뛰어다니고 있었고, 다급하게 고함을 질러대고 있었다.

모드가 다가오며 소리쳤다. "프랭크, 가게에 불이 났어! 어디 갔다 이제 오는 거야?"

아뿔싸! 음반 가게가 불길에 휩싸여 있었다.

38

할렐루야

"문제는 핸드브레이크였어요."

여자 경관은 그 말을 계속 반복했다. 프랭크는 그 어떤 말도 귀에 들어오지 않았다.

페그는 석양을 보려고 절벽 끝에 차를 세우려다가 아래로 추락했다. 여자 경관이 프랭크를 차에 태워 병원으로 데려갔다. 페그는 생을 끝내기 직전 온갖 약물을 주입하는 관을 몸에 부착하고 누워 있었다. 온몸이 붕대로 감겨있다시피 했다.

프랭크는 밤낮없이 병상을 지켰지만 페그는 3주 동안 병상에서 신음하다가 숨을 거두었다. 간호사가 병원을 떠나는 프랭크에게 페그가 입고 있던 옷가지를 담은 가방을 건네주었다.

• • •

페그는 유언장에 자신이 사망하게 되면 재산을 기부할 단체를 적어두었다. 여성 쉼터, 고아원, 음악가 지원 기금, 성당, 병원, 멸종 위기인 나비 보호 협회 등이었다.

프랭크가 상속받은 재산이라고는 엘피판이 전부였다. 페그는 음반을 제외한 전 재산을 자선단체에 기부해달라는 유언장을 남겼다.

프랭크가 유산 담당 변호사에게 물었다. "전 재산을 기부하면 저는 어떻게 살아가죠?"

"유감스럽지만 의뢰인이 그 부분에 대해서는 전혀 언급하지 않았습니다."

"저는 고인의 아들입니다. 적어도 살아갈 집은 있어야 하잖아요?"

"저는 고인이 작성해놓은 유언장을 토대로 상속 절차를 집행할 따름입니다."

"유언장을 일부라도 바꿀 수는 없나요?"

"그 질문에는 딱히 답변할 말이 없습니다. 법적인 절차를 따를 수밖에요. 유산 배분이 마무리되기까지 제법 많은 시간이 걸리니까 당분간 그 집에 머물러도 됩니다. 주어진 시간을 잘 활용해 어떻게 살지 대비책을 강구하시길 바랍니다. 매각이 이루어지면 집을 비워야 합니다."

페그는 장례식 때 《메시아》에 나오는 〈할렐루야〉 합창곡을 틀어달라는 유언도 남겼다. 프랭크는 검정 재킷을 입고 성당에서 치른 장례식에 참석했다. 앉을 자리가 없을 만큼 조문객들이 많았다.

장례식을 주관한 신부는 장례사를 통해 페그가 한 송이 꽃처럼 아름다운 삶을 살다가 하느님의 곁으로 돌아갔다고 말했다. 신부의 장례사가 끝난 후 〈할렐루야〉 합창곡이 이어졌다.

며칠 뒤 지역신문에 대문짝만한 장례식 기사와 함께 사진이 실렸다. 사진 아래에 '자선단체에 전 재산을 기부한 페그의 장례식!'이라는 설명이 붙어 있었다. 헨델처럼 3천 명이나 되는 조문객이 다녀가거나 베토벤처럼 국장을 치르지는 않았지만 많은 사람들이 페그의 죽음을 추모했다.

• • •

유산 배분 절차가 마무리되기까지 딱 일 년이 걸렸다. 프랭크는 바닷가 하얀 집에 머문 일 년 동안 시내에 나가 청소를 해주거나 유리창 닦는 일을 했다. 집을 비워주고 나면 미련 없이 떠날 생각이었다.

프랭크는 어느 날 해변을 거닐다가 파라솔 아래 앉아 있는 여자와 얼굴이 마주쳤다. 여자 옆에는 피크닉 바구니가 놓여 있었고, 남자아이가 바다로 돌을 던지는 장난을 치고 있었다.

"내가 누군지 모르겠니?"

"데보라?"

7년 동안 데보라를 본 적이 없었다. 데보라가 앉으라는 뜻으로 자리를 내주었다. 데보라는 그에게 샌드위치를 권했다. 아들이 바다를 향해 뛰어가자 데보라가 크게 소리쳤다.

"바다에 들어가면 안 돼."

"아이가 몇 살이야?"

"세 살."

"행복해?"

"그럭저럭."

프랭크는 샌드위치를 한 조각 베어 물었다. 바닷바람이 세게 불어 제법 추웠지만 갑자기 마음이 따스해진 느낌이 들었다. 마치 누군가 코트를 입히고 단추를 채워 준 기분이었다.

데보라의 아들이 바닷가에서 소리쳤다. "엄마!"

"조심해서 놀아."

데보라가 아이에게 손 키스를 날렸다.

"어머니 소식을 들었어. 정말이지 유감이야. 많이 고통스럽지?"

"나에게는 하나밖에 없는 혈육이었어. 정말이지 특이한 분이었지. 아마 세상에 그런 분은 또 없을 거야."

프랭크는 목구멍이 돌멩이로 꽉 막힌 느낌이 들었다.

"어머니는 내가 어떻게 살아갈지 전혀 걱정되지 않았나 봐. 전 재산을 자선단체에 기부했어. 내가 가진 거라고는 밴과 음반이 전부야."

데보라는 놀란 표정을 지었지만 말을 보태지는 않았다.

"지난날 내가 널 얼마나 실망시켰는지 잘 알아. 이제라도 사과할게."

"지난 일이잖아. 이제 잊어버려."

프랭크는 목이 막혀 더 이상 샌드위치를 먹을 수 없었다.

"네 말대로 많이 유별난 분이었어. 내가 그런 어머니와 단둘이 살았다면 과연 평범하게 살 수 있었을까? 난 자신 없어. 프랭크, 부디 좋은 상대를 만나 사랑하며 살아가길 바랄게. 넌 특별한 유전자를 타고난 사람이라 과연 남들처럼 평범하게 살아갈 수 있을지 모르겠어."

프랭크의 머릿속에서 데보라가 직접 뜨개질해 선물했던 스웨터, 머리카락을 어루만지던 손길이 떠올랐다. 페그는 그가 데보라와의 사랑을 이어가길 바라지 않았다.

그 이유는 무엇이었을까?

데보라와 헤어지고 나서 프랭크는 사랑을 할 수 없었다. 페그가 사고로 세상을 떠나 방해할 사람이 없었음에도 자꾸만 주저하게 되었다. 몇 번인가 더 여자들을 만났지만 사랑과는 거리가 멀었다.

머리 위에서 갈매기 한 마리가 끼룩끼룩 울며 날아갔다.

그날 밤, 프랭크는 밴에 짐을 실었고, 아침에 눈을 뜨자마자 길을 떠났다.

39
백조 두 마리

오래전, 바닷가 하얀 집을 떠날 때보다 충격이 더 컸다. 매일 서서 일을 보던 턴테이블 주변, 중앙 진열대, 왼쪽 벽 진열대는 이미 잿더미가 되어 있었다. 그나마 오른쪽 진열대에 놓아둔 음반들을 겨우 밖으로 끄집어낼 수 있었다. 페르시아 카펫은 아예 형체도 없이 타버렸다. 선반은 불길이 닿아 숯처럼 검게 변해있었고, 옷장을 개조해 만든 청음실도 다 타버렸다.

프랭크는 음반을 하나라도 더 건져내려고 불타는 가게를 수없이 들락거렸다. 음반이 들어 있는 상자를 잡아끌며 밖으로 나갈 때 2층 천장이 붕괴되며 파편들이 우르르 쏟아져 내렸다. 갑자기 시야가 가려 헤매고 있을 때 언제 나타났는지 앤서니 신부가 그의 팔을 잡고 밖으로 이끌어주었다.

프랭크는 도로 바닥에 엎드려 내장을 다 쏟아낼 듯 기침을 했다. 다행히 손등을 조금 데고, 몇 군데 찰과상을 입었을 뿐 큰 부상을 당하지는 않았다.

소방차가 출동해 조기에 불을 끄기는 했지만 음반 가게는 회생이 불가능할 만큼 불에 타버렸다. 그나마 건물은 붕괴되지 않고, 시커먼 형체를 유지하고 있었다.

실수로 불을 낸 사람은 키트였다. 비닐 포장기로 음반을 포장하다가 기계가 과열되며 불길이 치솟았다고 했다. 키트가 급히 불을 끄려고 했지만 화재에 약한 물품들이 대부분이라 미처 손을 써볼 새도 없이 번지게 되었다.

키트가 앰뷸런스에 실려 가면서 소리쳤다. "사장님, 죄송해요. 기계가 과열돼 불이 났어요." 숯검정이 묻은 키트의 얼굴이 눈물로 얼룩져 있었다. "제발 부탁인데 엄마에게 전화 좀 해주세요. 약을 드셔야 하는데 아빠는 자고 있을 거예요."

• • •

화재 사고 이후 음반 가게 앞을 지날 때마다 사람들은 코를 움켜쥐며 인상을 찌푸렸다. 몇 달 동안 악취가 가시지 않았다. 유니티스트리트의 모든 건물의 벽과 창에 악취가 스며들었다. 집 안에 있는 장롱, 수납장, 책상에서도 어김없이 냄새가 났다.

바람이 불면 유니티스트리트는 온통 회색 먼지로 뒤덮이는 데다 심한 악취가 나서 바깥에 빨래를 널 수 없었다.

9월에 접어들면서 주택가의 몇 가구가 또 떠났다. 루소 부인 집을 사이에 두고 양쪽 집이 모두 비게 되었다. 아이들은 폭격을 맞은 공터에 출입하지 못하도록 설치해놓은 차단막을 걷어내고 다시 자기들의 놀이터로 만들었다. 바텐더 피트는 10월에 〈잉글랜드 글로리〉를 접으면서 손님들에 대한 마지막 서비스로 맥주와 달걀 피클을 대접했다. 10월 둘째 주에는 앤서니 신부의 종교 선물 가게도 문을 닫았다.

앤서니 신부는 가게를 닫으면서 쇼윈도에 인사말을 써붙였다.

'오랜 세월 큰 기쁨 주신 손님들께 감사드립니다.'

그 옆에 손수 접은 종이학이 놓여 있었다.

비바람이 몰아치다가 하루 이틀 눈이 내린 12월을 지나 연말에 접어들면서 유니티스트리트는 문을 닫은 가게와 빈집들이 대부분인 폐허가 되었다.

1989년 새해가 되면서 유니티스트리트에는 모드의 문신 가게와 루소 부인의 집만 남게 되었다. 문신 가게 쇼윈도에는 여전히 키트가 그린 포스터가 붙어 있었다.

'〈포트 개발〉 반대! 단결 유니티스트리트!'

모드는 가끔 프랭크를 만났다. 가게가 불에 타 사라졌지만 프랭크는 가게 앞에 테이블을 내놓고 음반들을 팔았다. 수집가들이 빈티지 음반을 판다는 소식을 듣고 멀리서 찾아오기도 했다.

헨리가 추가 대출이 가능하다며 가게를 되살려보라고 했지만 프랭크는 〈포트 개발〉에 음반 가게 건물을 매각했다. 화재보험 갱신 기한을 놓치는 바람에 피해 보상금을 전혀 받지 못해 대출을 받는다고 해도 가게를 회생시킬 방법이 없었다. 어머니에게 물려받은 빈티지 음반 대다수가 불에 타버렸고, 현금을 지불하고 구입한 음반들도 일부밖에 건지지 못했다. 가게를 매각한 돈으로 대출금을 갚아야 했기 때문에 결국 푼돈밖에 남지 않았고, 프랭크는 집도 없이 떠도는 신세가 되었다.

모드가 프랭크에게 말했다. "당분간 우리 집에서 지내."

프랭크가 어깨를 으쓱하고 나서 고개를 저었다. "잠시 이 거리를 떠나고 싶어."

몇 달 뒤 모드는 시계탑 아래에서 맥주를 마시고 있는 프랭크를 보았다.

모드는 다시 제안했다. "우리 집에 와서 지내라니까."

프랭크는 금방이라도 바닥에 주저앉을 것처럼 지친 모습이었다.

"그래, 알았어. 저녁에 갈 테니까 먼저 가있어."

모드는 여분의 방을 깨끗이 청소하고 프랭크를 기다렸다. 작은 정원에도 조명을 밝히고, 모처럼 송아지 고기 찜 요리를 만들어 푸짐하게 식탁을 차렸지만 프랭크는 끝내 나타나지 않았다.

"빌어먹을 자식!"

프랭크를 기다리다가 뜬눈으로 밤을 지새운 모드는 잔뜩 화가 나 음식을 조금도 먹지 않고 다 버렸다.

그 후 일 년이 지났을 때 모드는 대성당 옆 골목에서 다시 한번 프랭크와 마주쳤다. 그는 골목에서 담요 위에 음반을 꺼내놓고 팔고 있었다. 사람들이 몇 명 기웃거리고 있을 뿐 음반을 사는 사람은 거의 없었다.

머리를 세운 남자가 그 앞을 지나다가 프랭크와 반갑다는 듯이 몇 번이나 포옹을 나누었다. 분명 낯익은 얼굴인데 어디서 보았는지 기억나지 않았다.

모드는 다시 한번 프랭크에게 다가가 떠돌이 생활을 그만두고 자신의 집에 와서 지내라고 제안했다. 프랭크는 고맙지만 받아들일 수 없다고 했다.

모드는 11월에 공원 호숫가 벤치에 앉아 있는 프랭크를 보았다. 몸에 걸치고 있는 스웨이드 재킷이 보기 흉할 정도로 낡아 보였다.

모드는 말없이 다가가 프랭크 옆에 앉았다.

"내가 도울 일이 없을까?"

"잘 지내고 있으니까 걱정하지 마."

"프랭크, 당신이 처음 음반을 찾아 주었던 날이 기억나. 난 헤비메탈 밴드의 음반을 찾고 있었는데 당신은 바버의 《현을 위한 아다지오》를 들어보라고 권했지. 좁고 어두운 청음실에 들어서 보니 마치 어린 시절에 숨바꼭질 놀이를 할 때 숨었던 벽장 같았어. 그러다가 바버의 《현을 위한 아다지오》가 샘물처럼 흘러 나왔고, 나는 세상에 다시 태어난 기분을 느꼈어. 당신이 음악으로 마법을 부린 거야."

"내가 그랬었나?"

프랭크는 마치 그 이야기 속 주인공이 자신이 아니라는 듯이 희미한 웃음으로 얼버무렸다.

해가 지기 시작했고, 호수에도 어스름이 내렸다. 오리 보트 두 척이 백조처럼 호수 한 가운데에 떠있었다.

"프랭크, 날씨도 추운데 나랑 집에 가자."

프랭크는 아무런 대답도 하지 않고 호수에서 떠다니는 오리 보트를 하염없이 바라보고 있었다.

모드는 그를 내버려두고 혼자 돌아갈 수밖에 없었다.

D면
2009년

40
사계

2009년은 헨델이 사망한 지 250년이 되는 해이고, 휴대폰과 아이패드, 페이스북, 유튜브, 아이튠스, 프렌즈리 유나이티드가 없으면 말이 통하지 않는 시대가 되었다. 디지털 음원 매출이 시디 매출을 앞질렀고, 영국의 최대 음반 체인 〈울워스〉는 시대의 뒤안길로 사라졌다. 〈타워 레코드〉, 〈아우어 프라이스〉처럼 유명한 음반 회사들도 문을 닫았다. 바야흐로 시디는 구시대의 유물이 되어가고 있었지만 여전히 도처에서 음악 소리가 울려 퍼졌다. 슈퍼마켓, 쇼핑몰, 지하철, 술집, 식당, 엘리베이터, 병원 등 어디에서나 컴퓨터로 음악을 틀었다. 은행에 전화하면 기다리는 동안 관현악으로 편곡한 비틀스의 〈예스터데이(Yesterday)〉가 흘러나왔다. 치과병원에서 충치 치료를 받는 동안에도 음악을 들을 수 있었다. 치아에서 썩은 부위를 도려내는 핸드피스의 요란한 소리와 바흐의 《골드베르크 변주곡》을 동시에 들을 수 있다는 게 신기했다. 버스를 타면 옆자리 사람이 귀에 꽂고 있는 이어폰에서 흘러나오는 음악 소리가 들려오기도 했다.

일사 브로우크만은 뮌헨 교외의 작은 마을에서 살아가고 있었고, 거의 매일 리들(독일의 슈퍼마켓 체인점 : 옮긴이)에 들러 장을 보았다. 오늘은 내일 아침에 먹을 빵과 햄을 사기 위해 리들에 들렀다. 다른 사람들은 대부분 쇼핑 카트 가득 물건을 담았는데 일사가 들고 있는 바구니는 아직 텅 비어 있었다.

일사는 녹색 코트에 녹색과 흰색이 섞인 스카프, 나풀거리는 바지, 예쁜 구두를 신고 있었다. 머리카락은 턱선에 맞추었고, 검은 머리 사이로 간간이 흰머리가 보였다.

가을치고는 제법 추운 날이었다. 하늘 높이 자리 잡은 흰 구름은 오래도록 움직이지 않고 자리를 그대로 지키고 있었다. 일사는 낯익은 이웃들과 반갑게 인사를 주고받았다. 그녀는 뮌헨의 교외 마을에서 바이올린을 가르치는 일을 하고 있었고, 틈만 나면 세례식 때 그녀가 대모를 맡아주었던 아이들을 돌보러 다녔다. 경제적으로 풍족한 편은 아니었지만 계절이 바뀔 때면 옷을 사 입고, 매일 리들에 들러 식료품을 구입할 수 있을 만큼은 벌었다. 현재 살고 있는 어머니의 아파트 가격도 크게 올랐다.

예전에는 가난한 동네였는데 이제는 주변 경관이 좋아 많은 사람들이 선망하는 주거지가 되었다.

이웃 사람들은 일사에 대해 제법 잘 안다고 생각했지만 그녀가 지금처럼 살아가게 되기까지 어떤 일을 겪었고, 어떤 선택을 내렸는지 전혀 알지 못했다. 더구나 그녀가 떠나올 수밖에 없었던 영국의 어느 작은 도시, 거기에서 사랑했던 사람들에 대해서는 전혀 몰랐다. 뮌헨에서 제법 많은 사람들을 만났다. 길게 사귄 애인만 해도 예닐곱 명쯤 되었고, 스치듯 만났다가 헤어진 사람까지 치면 열 명이 넘었다. 어느 해 휴가를 떠나 만난 어떤 남자와의 로맨스, 하룻밤 불장난, 지나치게 길게 끌었던 유부남과의 비밀스러운 만남도 있었다. 그 모든 일들이 이제는 기억조차 희미한 지난날의 이야기가 되었다.

내가 무얼 사러 리들에 왔더라?

일사는 가끔 정신이 깜박거릴 정도로 나이를 먹었다. 빵과 햄을 사러온 그녀는 식료품 코너 대신 칫솔, 치약, 치실, 샴푸, 비누 따위를 파는 생활용품 코너를 둘러보고 있는 중이었다. 바로 그때 일사의 귀에 비발디의 《사계》가 들려왔다.

그 순간 지난날의 어느 한 장면이 뇌리를 스치고 지나갔다. 갑자기 새소리가 듣고 싶었다. 그때 갈색 머리를 헝클어뜨린 거구의 청년이 치약을 집어 들다가 일사와 몸을 부딪쳤다.

독일로 돌아온 일사는 한동안 탐식에 가까울 만큼 음식을 많이 먹었다. 일사가 매끼마다 과식하자 어머니는 '마음이 허해서' 일 거라며 안쓰럽게 바라보곤 했다. 1989년에 아버지가 오래도록 병을 앓다가 숨을 거두고 나서 간병하느라 고생한 어머니와 이탈리아로 여행을 떠났다. 음악회를 보거나 시내 관광을 하고 돌아온 밤마다 파스타를 비롯한 간식을 폭풍 흡입했지만 전혀 살이 찌지 않았다. 40대에 접어들면서 옆구리에 조금 살이 붙고 팔뚝이 굵어지기는 했으나 아직 55 사이즈를 입을 만큼 날씬했다.

일사와 몸을 부딪친 청년이 다리가 꼬이며 넘어졌다. 일사는 바닥에 무릎을 꿇고 그가 일어설 수 있도록 손을 내밀며 물었다.

"괜찮아요?"

거구의 청년은 꼼짝하지 않고 누워 있었다. 그때 일사의 머릿속에서 오래전에 겪었던 한 장면이 떠올랐다. 그 당시에는 거구의 남자가 무릎을 꿇고 길바닥에 쓰러진 그녀를 내려다보고 있었다.

오늘 대체 왜 이러지? 느닷없이 비발디의 《사계》가 들려오지를 않나, 그를 닮은 청년과 몸을 부딪치질 않나?

일사는 별안간 눈물이 솟아나왔다.

일사의 눈물을 본 청년이 황망한 표정으로 말했다. "죄송합니다. 저 때문에 많이 아프셨나 봐요."

청년은 거뜬히 상체를 일으켜 앉았다.

"아니, 괜찮아요. 혹시 다친 데 없어요?"

"전혀요."

일사의 머릿속에서는 어느새 21년 전 호수의 장면이 그려지고 있었다. 호수의 표면을 금빛으로 물들이던 달빛이 눈에 선했다.

그 사이 비발디의 《사계》에서 나온 새들이 진열대 사이를 날아다녔다.

일사는 느릿느릿 걸어가는 청년의 뒷모습을 하염없이 지켜보았다.

오랜 세월이 흘렀지만 종종 있는 일이었다. 일사는 이따금 느릿느릿한 걸음으로 골목을 걸어가거나 모퉁이를 도는 사람을 보면 혹시나 하는 마음에 몇 번이나 뒤따라가 보기도 했다. 언젠가는 카페에서 스쿼시를 마시고 있는 거구의 청년을 프랭크로 오인한 적도 있었다.

상점가를 지날 때 쇼윈도를 보고 있으면 그 안에서 프랭크가 밖을 내다보고 있는 것 같아 무작정 안으로 달려 들어간 적도 있었다. 횡단보도를 건너다가 앞서 걷는 키 크고 어깨가 넓은 청년이 프랭크인 것 같아 재빨리 앞질러가 얼굴을 확인한 적도 있었다. 가끔 꿈에 프랭크가 부인과 아이들이 있는 유부남이 되어 등장하기도 했다. 뒤따라오는 자동차의 운전석에 앉아 있는 사람을 프랭크로 오인한 적도 있었다. 어느 파티에서는 멀리에서 간절한 눈길로 바라보고 있는 남자를 프랭크로 착각해 숨이 멎을 듯 놀란 적도 있었다. 그럴 때마다 일사는 급히 달려가 보았고, 매번 어리둥절한 눈빛으로 쳐다보는 낯선 남자를 대하고 뒷걸음질 치기 일쑤였다.

물론 그 남자들은 프랭크가 아니었다. 그런 일들을 겪을 때마다 마음이 애잔했고, 짙은 공허감이 밀려들었다. 프랭크는 눈에 보이지 않아도 언제나 일사의 마음 안에 있었다. 다른 사람들에게 프랭크에 대해 말한 적은 없었다. 설령 말한다고 한들 일사의 주변 사람들 중에서 프랭크가 어디에서 어떻게 살고 있는지 아는 사람이 있을 리 없었다. 일사의 인생에서 프랭크는 잊지 못할 추억이 깃든 비밀의 방이었다.

이 세상에 추억이 깃든 비밀의 방을 갖고 살아가는 사람이 어디 일사뿐일까? 기쁨을 주기보다는 나날이 고통만 쌓이는 결혼생활을 꾸역꾸역 이어가는 사람들이라면 더욱 안타깝게 떠나보낸 누군가를 그리워하기 마련이었다. 아이들을 대학에 보내고, 회사에서 퇴직해 비로소 자기 시간을 갖게 된 친구들 가운데 몇몇은 미래를 향해 앞으로 나아가기보다는 지나간 삶을 되찾는데 열중해있었다. 대학 시절에 사귀던 남자를 다시 만나기 위해 친구 찾기 사이트인 〈프렌즈리 유나이티드〉를 자주 들락거리는 친구도 있었고, 페이스북을 통해 과거의 애인을 다시 만나는 친구도 있었다.

어떤 친구는 10대 시절에 로맨스를 나눈 남자 친구를 만나 데이트를 즐기고 있었다. 어떤 친구는 어린 시절의 추억이 깃들어 있는 도시로 이사를 갈까 고려하고 있었다.

어머니 아파트에서 살기 시작한 지 일 년이 되었다. 리들에서 쇼핑을 마치고 일사는 늘 하나의 계산대만 이용했다. 다른 계산대보다 줄이 길게 늘어서 있어도 선택은 달라지지 않았다. 그 계산대의 여직원은 열여덟 살쯤 된 나이에 코에 피어싱을 하고 있었고, 웃는 모습이 귀여웠다. 계산대 여직원이 바코드를 찍으며 말했다. "빵이 맛있어 보여요."

일사는 쇼핑한 물건들을 봉투에 담으며 여직원을 향해 미소를 지어보였다.

"혼자 사세요?"

"여러 도시를 떠돌며 살았는데 일 년 전 어머니의 병세가 악화되어 간병하러 왔어요. 얼마 전 어머니가 돌아가셔서 그 집에서 혼자 살고 있죠."

"힘든 일을 겪으셨네요."

"누구나 한 번은 겪는 일이니까요."

병상에 누운 어머니는 이미 몇 달 전부터 일사의 얼굴을 알아보지 못했다. 어머니가 죽음을 앞두고 있어 슬프기도 했지만 얼굴을 마주하고도 아무런 이야기를 나눌 수 없다는 게 무엇보다

서글펐다.

이제 부모를 모두 잃었고, 더는 그녀의 안위를 걱정해줄 사람이 없었다.

여직원이 말했다. "혹시 강아지를 키우세요?"

"아니, 그냥 혼자 살아요."

"강아지를 키우면 외로움을 견디는 데 도움이 되나 봐요."

일사가 양파와 우유를 봉투에 담으며 말했다. "내 나이가 쉰하나인데 아직 강아지를 키워본 적이 없어요."

"페키니즈나 푸들처럼 작은 강아지들은 초보자도 키우기 어렵지 않대요. 인터넷을 찾아보면 강아지를 키우는 데 필요한 온갖 정보들이 많아요."

"아직 무얼 하며 살아야 할지 정하지 못했어요. 강아지는 그다음에 생각해봐야 할 것 같아요."

"네, 하루 빨리 슬픔을 극복하고 잘 살아가시길 바랄게요."

아까 통로에서 부딪쳐 넘어졌던 청년이 옆 계산대에서 쇼핑한 물건들을 봉투에 담으며 가볍게 손을 흔들어보였다. 계산을 마친 청년이 출구에서 기다리고 있는 미니스커트 차림의 여자를 향해 걸어갔다. 여자가 손을 내밀어 청년의 머리를 쓰다듬으며 이마에 키스했다. 부러울 만큼 다정한 모습이었다.

이제 옆 계산대에서는 나이가 지긋한 노인이 봉투에 쇼핑한 물건을 담고 있었다.

일사는 작은 양상추와 일인분의 식재료를 봉투에 담고 있는 노인의 모습을 보자니 마음이 애잔했다.

내 미래의 모습일지도 몰라.

일사는 무의식중에 혼잣말을 내뱉었다. "늦기 전에 돌아가야 해."

여직원이 눈을 동그랗게 뜨고 물었다.

"돌아가다니, 어디로요?"

일사가 단호하게 말했다. "영국에 가봐야 할 것 같아요."

• • •

영국으로 돌아가야 한다는 결정을 내리기까지 무려 21년의 세월이 흘렀다. 이제부터는 머릿속에서 떠오르는 대로 거리낌 없이 실행에 옮기기로 했다. 젊은 시절에는 미처 영국으로 돌아갈 엄두를 내지 못했다.

일사는 온라인으로 항공권을 구입한 다음 즉시 짐을 챙겼다. 결정을 내리고 나자 하루라도 빨리 가보고 싶어 조바심이 일었다.

4박5일이면 충분할 거야.

이웃에 사는 친구에게 며칠 동안 집을 비우고 여행을 다녀올 테니 걱정하지 말라는 이메일을 보내두었다. 바이올린 레슨 스케줄을 적어놓은 수첩을 넘기며 제자들의 전화번호를 찾아 며칠 동안 영국에 다녀올 일이 있어 수업을 진행할 수 없게 되었다고 양해를 구하는 단체 문자를 보냈다.

일사는 오후 6시에 공항에 도착해 영국으로 가는 비행기에 탑승했다. 9시 30분에 런던의 히스로 공항에 내려 렌터카 회사에서 차를 빌려 타고 외곽 순환 도로로 접어들었다.

• • •

호텔 프런트 직원이 물었다. "기념일이라서 오신 건가요?"

일사는 무슨 뜻인지 몰라 잠시 어리둥절한 표정을 짓고 있다가 되물었다.

"기념일이라니요?"

목에 파란 스카프를 두른 직원이 컴퓨터 모니터를 들여다보며 다시 물었다.

"생일이나 결혼기념일을 맞아 여행을 오신 건가요? 아니면 업무상 출장을 오신 건가요?"

"그냥 오래전에 알고 지냈던 사람을 만나보려고 왔어요. 왜 굳이 방문 이유를 말해야 하죠?"

"생일이면 헬륨 풍선, 결혼기념일이면 꽃잎과 프로세코(이탈리아 산 스파클링 와인 가운데 정부의 승인을 받은 와인을 '프로세코'라고 한다 : 옮긴이) 한 병이 무료로 제공됩니다. 업무상 출장을 오신 경우에는 스파 서비스가 제공되고, 피트니스센터 이용권을 무료로 제공해드립니다."

"그럼 출장이라고 해두죠."

"지금은 비수기라 더블베드 두 개, 럭셔리한 응접실, 전망이 탁 트인 스위트룸을 할인된 가격에 제공해드릴 수 있습니다."

"스위트룸으로 주세요."

지난 몇 년 동안 바이올린 레슨을 하느라 제대로 휴식을 취한 적이 없었다.

스위트룸 창밖으로 도시의 야경이 내려다보였다. 수만 개쯤 되는 작은 불빛들이 하늘을 오렌지색으로 물들여놓고 있었다.

응접실은 공간이 넓고 화려했다. 욕실에는 욕조와 샤워기뿐만 아니라 다림질을 할 수 있는 장비도 갖춰져 있었다.

일사는 캐리어에서 얼마 안 되는 짐을 꺼내 정리한 다음 휴대폰을 확인했다. 친구가 보낸 메시지가 들어와 있었다.

'갑자기 어딜 간 거야? 언제 돌아와?'

'늦어도 일주일이 지나기 전에 돌아갈 테니까 걱정하지 마.'

레스토랑에는 혼자 식사를 하는 남자들밖에 없었다. 음식이 나왔고, 한동안 잊고 지낸 냄새가 났다. 치즈와 양파 냄새.

41
유니티스트리트

일사는 아침 9시에 유니티스트리트에 차를 주차했다. 오래전, 음반 가게 쇼윈도에 얼굴을 붙이고 프랭크를 바라보았던 날이 떠올랐다. 영국에 발을 들여놓은 지 사흘째 되던 날이었다. 주머니 사정이 넉넉하지 않아 사람들이 밤새 왁자지껄하게 떠들어대는 싸구려 호텔에 짐을 풀고 산책을 나와 거리를 돌아다니던 중이었다. 쇼윈도에 얼굴을 붙이고 프랭크를 본 순간 일사는 첫눈에 호감을 느꼈다. 덩치가 크고 인상이 좋은 남자가 손님들과 이야기를 나누며 음반을 턴테이블에 거는 모습을 보고 있는 동안 이상하게 마음이 끌렸다. 덩치 큰 남자는 잘생기거나 세련되지는 않았지만 왠지 모르게 마음을 푸근하게 해주는 따스함이 느껴졌다.

유니티스트리트에 있는 상점들 가운데 문을 연 집은 단 한 군데도 없었다. 폴란드 빵집, 장의사, 종교 선물 가게 건물은 예전과 다름없는 형태를 유지하고 있었지만 하나같이 문이 굳게 닫혀 있었다. 모퉁이에 있는 술집 〈잉글랜드 글로리〉 역시 문이 굳게 닫혀 있었다. 건물 벽은 온통 낙서로 도배되어 있었고, 유리창은 죄다 깨져 을씨년스러운 분위기를 자아냈다. 페인트가 여기저기 벗겨져 보기에 흉했다. 모드가 운영하던 문신 가게는 아직 누군가 살고 있는 듯 보드지를 대놓은 창과 창틀에 놓아둔 우유팩이 보였다.

일사는 마지막으로 음반 가게로 눈을 돌렸고, 너무나 처참한 모습에 저절로 눈살이 찌푸려졌다. 지붕은 불에 타 아예 사라져버렸고, 그나마 형태를 유지하고 있는 외벽은 마치 검은 페인트를 칠해놓은 듯 전체가 새카맣게 변해 있었다. 유리창이 있던 자리는 모두 널빤지로 막혀 있었다.

비둘기 두 마리가 음반 가게의 음산한 잔해에 앉아 있다가 날아올랐다.

음반 가게에 불이 났던 거야. 프랭크가 제발 무사해야 할 텐데…….

가게 건물에는 하나같이 '매물' 표시가 되어 있었고, 폭격을 맞은 공터는 방수포로 덮여 있었다. 잡초들이 방수포를 위로 밀어 올리며 자라고 있었고, 쓰레기와 폐기물들이 여기저기 널려 있었다.

일사는 자기도 모르게 몸을 부르르 떨었다. 가게들이 있던 상점가는 폐허로 변해버렸지만 주택가는 비교적 멀쩡했다. 2층 옥상에 옥탑방을 증축한 집도 몇 채 있었고, 집집마다 접시 모양의 위성방송 안테나가 설치되어 있었다. 집 앞에는 자동차를 한 대 더 주차할 수 있도록 자갈이 깔려 있었고, 그 주변으로 키가 자그마한 관목들이 자라고 있었다. 어울리지 않게 정원에 비치파라솔을 설치한 집, 트레일러하우스를 세워 놓은 집도 눈에 띄었다.

일사는 주택에 살던 루소 부인이 생각났다.

루소 부인은 어떻게 됐을까?

루소 부인이 살던 집 창에는 파란색 블라인드가 반쯤 내려져 있었고, 위층 창틀에 매달린 봉제 인형들이 바깥 풍경을 감상하고 있었다.

일사는 모퉁이에 있는 신문 가판대를 향해 걸어갔다. 일사가 앞에서 기웃거리자 나이가 지긋한 남자가 가판대 안에서 고개를 내밀었다.

"신문을 사시게요?"

"네, 《가디언》지를 한 부만 주세요." 일사는 신문 값을 치르며 넌지시 물었다. "혹시 음반 가게를 운영하던 프랭크라는 남자에 대해 아세요?"

"저는 모르는 이름이군요."

"음반 가게에 언제 화재가 났었죠?"

"제가 이 거리에 오기 전에 화재가 났었다는 이야기를 들었는데 정확하게 언제인지는 모르겠어요."

그때 마침 비스킷이 들어 있는 장바구니를 든 여자가 지나가다가 대화에 끼어들었다.

"음반 가게에 불이 나는 바람에 엘피판이 무수하게 많이 타버렸다는 말을 들은 적이 있어요. 오래전 일이라 음반 가게 주인이 어떻게 되었는지는 모르겠어요."

가판대 남자와 장바구니 여자는 한목소리로 24시간 환전소에 가서 물어보면 혹시 알 수 있을지도 모르겠다고 했다.

일사는 서둘러 환전소를 향해 걸음을 옮겼다. 기대와 달리 환전소를 지키고 있는 사람은 이제 겨우 열다섯 살쯤 된 남자아이였다.

일사는 내심 크게 실망했지만 혹시나 하는 마음에 남자아이에게 물었다.

"저기 보이는 음반 가게에 대해 뭘 좀 알아요?"

"저기에 음반 가게가 있었어요? 저는 처음 들어요."

더 이상 질문을 해볼 필요도 없을 듯했다.

재개발이 이루어진 항만 일대를 제외하고, 이 도시는 여전히 가난하고 낙후된 곳이 대부분이었다. 주변의 다른 도시들은 눈부시게 발전한 반면 이 도시는 예전보다 더 피폐해 있었다. 새로 축조한 몇몇 집들을 제외하고는 대다수가 너무 오래되고 낡아 당장 붕괴되어버릴 듯했다.

대낮에 술에 취해 길바닥에서 잠든 남자, 후미진 골목을 오가는 마약 중독자들, 입마개를 채운 개들을 데리고 산책을 나온 남자, 벤치에 앉아 담배를 피우고 있는 젊은 여자가 눈에 띄었을 뿐 거리는 온통 적막감에 휩싸여 있었다. 밤에는 혼자 다니기 위험한 동네로 보였다.

바늘로 콕콕 찌르듯 머리가 지끈거렸다. 이 거리에 음반 가게가 있었다는 사실조차 아는 사람이 없었다. 프랭크에 대해서는 아예 들어본 적도 없는 눈치였다.

일사는 마지막으로 주택가 집들의 문을 두드려보기로 했다. 첫 번째 집 문을 두드리고 나서 밖으로 나온 주인 남자에게 음반 가게에 대해 아는지 물었다.

"화재 사고가 있었고 누군가 다쳐 병원 앰뷸런스에 실려 갔다는 얘기를 들은 적이 있어요."

"혹시 다친 사람이 누군지 아세요?"

"저는 모릅니다."

"그럼 혹시 이 동네에서 음반 가게 주인 남자에 대해 아는 분이 있을까요?"

이웃집 여자가 남자 대신 대답했다. "시의회에서 유니티스트리트를 아예 없애버리고, 공용주차장을 지으려고 했대요. 철거 작업이 진행되기도 전에 개발 회사가 망하는 바람에 사업이 흐지부지 되었나 봐요."

"혹시 상가에서 문신 가게를 운영하던 모드와 연락이 되는 분이 있을까요? 문신 새기는 일을 하던 여자이고, 나이는 쉰 살쯤 되었을 거예요."

모드를 기억하는 사람도 없었다.

"그럼 종교 선물 가게를 운영하던 앤서니 신부님에 대해 아는 분은 없나요?"

한 남자가 장난삼아 말했다. "그런 이상한 물건이 필요하면 온라인 마트에서 찾아보세요."

일사는 캐슬게이트로 가던 도중 마주친 사람들에게도 음반 가게와 프랭크에 대해 아는지 물었지만 매번 모른다는 답변만이 돌아왔다. 결국 프랭크의 소식을 아는 사람이 아무도 없다는 결론에 다다랐다.

점심시간이 지났지만 전혀 배가 고프지 않았다. 일사는 샌드위치를 하나 사들고 이동식 회전목마 옆 벤치에 앉았다.

일사의 친구들도 그녀가 영국에서 보낸 반년에 대해서는 아무것도 몰랐다. 일사가 리처드와 파혼하고 영국으로 떠나 일주일에 한 번씩 음악 이야기를 들려주던 영국 남자를 사랑했다는 건 끝내 아무도 모르는 지난 일이 된 셈이었다.

프랭크에게 사랑을 고백했다가 큰 상처를 받은 일사는 그 이야기를 아무에게도 할 수 없었다. 이제는 오로지 그녀의 기억 속에서만 존재하는 일이 되었다. 앞으로도 계속 그렇게 되어버릴 공산이 컸다. 한때 크게 절망해 음악을 저만치 멀리 밀어둔 적이 있었듯이 프랭크와의 이야기를 혼자만의 추억으로 남겨두어도 굳이 따질 사람은 없었다.

그날 오후, 일사는 도시 전체를 돌아다녔다. 캐슬게이트의 여러 골목들, 차는 안 되고 사람만 지나다닐 수 있는 이면 도로, 주택가 일대, 대성당 근처로 이어지는 지난한 여정이었다.

미국 월가에서 촉발된 금융 위기의 여파로 문을 닫은 상점들이 제법 많았다. '최종 반값 할인', '폐업에 따른 재고 처분', '마지막 사은 판매' 따위 안내문을 쇼윈도에 붙여놓은 상점들이 눈에 들어왔다.

〈울워스〉 매장이 있던 건물은 가구점으로 바뀌어있었고, 지금은 아예 셔터가 내려진 상태였다. 그 옆에 있던 대형 서점, 맞은편에 있던 의류 매장도 굳게 닫힌 문에 '폐점'이라는 안내문이 붙어 있었다. 길모퉁이에 있는 정육점, 과일과 채소를 팔던 청과물가게, 생선과 해산물을 팔던 어물전도 모두 사라지고 없었다.

21년 동안 기억 속에 뚜렷이 아로새겨져 있던 곳이 모두 사라져 버린 셈이었다. 일사는 누군가를 간절히 사랑했던 시간들을 몽땅 도둑맞은 듯 서글픈 심정이 되었고, 깊은 상실감을 느꼈다.

공원을 방문한 일사는 더욱 큰 충격을 받았다. 야외 음악당에는 울타리가 둘러쳐져 있었고, '출입 금지' 안내문이 붙어 있었다. 공원의 잔디밭에는 담배꽁초, 맥주 캔, 마약을 투입하느라 사용한 주사바늘 따위가 어지럽게 뒹굴고 있었다. 프랭크를 추억할 때마다 떠올랐던 호수는 더욱 처참했다. 오리 보트는 사라지고 없었고, 온갖 쓰레기와 폐기물들이 호수 가운데에서 둥둥 떠다니고 있었다. 침대 매트리스, 각종 가방들, 자동차 부속품들, 망가진 가구들을 왜 호수에 버렸는지 도무지 이해가 되지 않았다.

일사는 부서진 벤치에 앉아 쓰레기장이 되다시피 한 공원과 호수를 바라보았다. 음식이 목에 걸린 듯 기분이 답답했다. 어느새 어스름이 내리고 있었고, 가지만 앙상하게 남은 나무들이 바람이 불 때마다 몸을 부르르 떨었다.

공원을 밝히던 오색 가로등과 색색의 꼬마전구들은 다 어디로 사라진 것일까?

일사는 지친 몸을 이끌고 호텔로 돌아가 일단 샤워를 마치고 응접실 소파에 앉았다. 옆방에서 켜놓은 텔레비전 소리가 너무 크게 들려와 신경이 거슬렸다. 여행을 떠나기로 결정했을 때만 해도 마음이 설레기까지 했는데 기대했던 모든 게 무위로 돌아가자 기분이 허탈하기 그지없었다.

프랭크를 만날지도 모른다는 설렘 대신 실망감과 무력감이 그 자리를 차지해버렸다.

일사는 신발을 벗을 힘조차 남아 있지 않았다.

여행을 떠나며 무엇을 상상했을까? 21년이나 지났는데 나는 왜 모든 게 그대로일 거라고 생각했을까? 어쩜 그리 순진할 수 있지? 세상은 항상 변화하고, 어제 흐르던 물이 오늘의 물이 아니라는 걸 왜 몰랐을까?

지난 21년 동안 일사는 누군가를 그리워했다. 일사에게 그리움은 너무나 익숙한 감정, 항상 지니고 다니는 필수품이라 친숙하고 몸에 잘 맞았다. 막연하지만 언젠가 만날 수 있으리라는 희망이 큰 위로가 되어주었는데 이제는 아무것도 기대할 수 없게 되어버렸다. 이제는 프랭크의 부재를 인정하고 받아들여야 한다는 생각이 들자 마음이 아팠다.

내일 아침에 눈을 뜨자마자 짐을 꾸려 집으로 돌아가는 거야.

일사는 어머니의 집 마호가니 장식장에 진열되어 있는 도자기 인형들이 떠올랐다. 어머니가 평생 모은 수집품들이었다. 치마를 입은 양치기 소녀, 프록코트를 입은 연인, 피리를 부는 떠돌이 소년.

어머니는 시간을 의미 있게 보내기 위해 다양한 인형들, 특이한 장신구들, 작고 귀여운 액세서리, 빈티지 음향기기 따위를 모았다. 일사는 생각 끝에 그 물건들 가운데 극히 일부만 남기고, 나머지는 모두 중고품 가게를 찾아가 헐값으로 처분했다.

결국 중고품 가게로 보내지는 게 우리의 인생일까?

일사는 침대에 누워 보조 탁자에 설비되어 있는 라디오를 틀었다. 쇼팽의 피아노곡이 흘러나왔다. 음악을 듣자 그나마 마음의 평화가 찾아들어 자기도 모르게 스르르 잠이 들었다.

이제 유니티스트리트의 상점들은 모두 사라졌다. 음반 가게를 운영하던 프랭크와 음악을 듣기 위해 자주 찾아오던 손님들은 모두 어디론가 떠나버렸다. 특별한 주제가 없어도 한자리에 모여 앉아 이런저런 이야기를 나누길 좋아했던 가게 주인들은 이제 추억 속에서나 만날 수 있는 인물들이 되었다.

아니야, 이대로 끝내는 건 너무 가혹해. 그들을 더 찾아봐야 해.

• • •

프런트 직원의 컴퓨터에는 문신 가게 목록이 떠있었다. 모두 합해 열다섯 곳이었다. 1988년에 문신을 하는 사람들은 대개 연예인, 모터사이클 폭주족, 폭력배, 헤비메탈 가수들이었다. 요즘은 대중화되어 평범한 사람들도 문신을 하고 다녔다.

프런트 직원이 물었다. “모드라는 분이 아직 이 도시에서 문신 가게를 하며 살아가고 있는 게 확실해요?"

일사는 상점 주인들 가운데 그나마 아직 이 근처에서 꿋꿋하게 버틸 수 있는 인물이 있다면 모드일 거라고 짐작했다. 그녀는 문신 가게 주소와 전화번호가 적힌 문서를 조수석에 두고 도시 곳곳을 돌아다녔다.

일사는 어느 문신 가게에서 하트와 피스 마크 문신을 새기고 머리를 박박 민 사람들을 만나 이야기를 나누었다. 한 중년 남자가 흉부 근육을 움직이면 가슴에서 파랑새 두 마리가 날개를 퍼덕이는 문신을 보여주었다. 어깨와 팔에 문신을 새긴 여자는 기분이 몹시 우울해보여 일사는 그녀에게 커피 한 잔을 사주었다. 그들에게 모드에 대해 물었지만 아는 사람이 없었다.

구석 자리에 앉아있던 젊은 남자가 말했다. "1990년대에 문신 가게를 했다는 여자를 만나본 적 있어요. 하필이면 그 여자와 막다른 골목길에서 마주쳤어요. 그 여자가 아무런 잘못도 하지 않은 나에게 눈을 부라리며 당장 꺼지라고 소리치더군요. 알고 보니 캐슬게이트 근처에서 꽃집을 운영하는 여자였어요. 겉만 번지르르하지 전혀 실속이 없는 꽃집이죠."

문신 가게를 나온 일사는 서둘러 꽃집을 향해 달려갔다.

• • •

"이게 누구야?"

모드는 할 말을 잃고 입을 크게 벌렸다. 한 손에는 장미, 다른 한 손에는 가위를 들고 서있었다. 서로 대비되는 색상의 장미와 백합을 조합해 화려한 꽃다발을 만드는 중이었다. 실내 공기가 제법 서늘했고, 유리와 노출 벽돌로 치장한 인테리어가 인상적이었다.

슬레이트 보드의 '오늘의 꽃' 항목에 '장미'라고 적혀 있는 글자가 보였다. 올리브 가지와 적갈색 달리아를 조합해 만든 꽃다발도 보였다. 버들개지를 원뿔형으로 꼬아 묶고, 분홍색 작약을 더한 꽃다발도 제법 매력이 있었다. 진홍색 고추, 종이를 꼬아 만든 장식, 둥근 고리 모양으로 말린 사과를 엮어 만든 화환들이 벽에 걸려 있었다.

모드가 어안이 벙벙한 얼굴로 재차 놀라움을 표했다. "당신이 여긴 어쩐 일이에요?"

일사 역시 놀랍고 반갑기 그지없어 잠시 멍하니 모드를 바라보았다. 일사는 포옹을 하려다가 가까스로 억제하며 악수를 청했다.

"여기서 보낸 지난날을 그냥 묻어버리기에는 너무나 마음이 아팠어요. 언젠가 한 번은 반드시 찾아볼 거라고 생각했는데 어느새 21년이 훌쩍 지났네요."

"요즘은 어디에서 살아요?"

"뮌헨에서 살아요. 그나저나 문신 가게는 어쩌고 꽃집을 열게 되었어요?"

"사연이 많지만 다 이야기를 하자면 너무 길어질 것 같네요. 그냥 당신 이야기나 듣는 게 낫겠어요."

"뮌헨에서 아이들에게 바이올린을 가르치고 있어요. 지난 몇 달 동안 병원에 입원한 어머니를 간호했는데 얼마 전에 돌아가셨죠. 지금은 어머니의 아파트에서 지내고 있어요. 며칠 전 리들에서 쇼핑을 하고 있는데 비발디의 《사계》가 흘러나오는 거예요. 그때 프랭크를 만나봐야겠다는 생각이 절실해져 찾아가보기로 마음먹었죠."

예쁜 앞치마를 입은 꽃집 점원들이 일사를 호기심 가득한 눈으로 쳐다보았다.

모드가 점원들을 향해 딱딱거렸다. "다들 거기 서있지 말고 일들이나 해."

모드는 모히칸 스타일의 갈기 머리 대신 언밸런스 커트 머리를 하고 있었고, 관자놀이 주위와 귀 뒤쪽에 흰머리가 간간이 보였다. 일사의 눈에는 모드가 요란한 옷차림 대신 단순한 디자인의 진회색 리넨 셔츠를 입고 있는 모습이 생경했다. 더구나 몸에 문신이 전혀 보이지 않았다. 문신이 있던 피부에 분홍빛 흔적만이 조금 남아 있을 뿐이었다.

모드가 눈치를 채고 말했다.

"문신을 모두 제거했어요. 요즘은 문신을 하고 다니는 사람이 너무 많아 흥미를 잃었죠."

"당신뿐만 아니라 세상 모든 게 달라졌죠. 프랭크에 대한 소식은 알고 있어요?"

"프랭크를 본 지 오래되었어요. 1990년대 중반 이후로는 전혀 만나지 못했으니까. 프랭크는 음반 가게에 불이 나는 바람에 모든 걸 다 잃었죠. 조금이나마 도움을 주고 싶었는데 프랭크가 완강하게 거절하더군요."

"문신 가게는 어떻게 됐어요?"

"2000년에 문신 가게를 팔고, 대학교에서 플로리스트 교육을 받았어요. 문신 가게를 처분한 돈을 이 꽃집을 여는 데 다 투자했죠. 요즘은 온라인 꽃집도 운영하고 있어요. 결혼식에 쓰는 꽃 장식이나 기업체 행사에 필요한 화환 주문도 받고 있죠."

"어쩌다가 음반 가게에 불이 나게 되었죠?"

"키트가 비닐 포장기를 사용하다가 과열이 되어 불이 났어요. 물론 일부러 불을 내려고 한 게 아니라 단순 사고였죠."

일사의 머릿속에서 비닐 포장기가 생생하게 떠올랐다. 셀로판지에 열이 가해질 때의 냄새도 기억났다.

"키트는 화상을 입고 병원에 입원했는데 치료가 잘된 것으로 알고 있어요." 모드는 자기도 모르게 한숨을 푹 내쉬었다. "화재 사고가 난 이후 프랭크는 모든 의욕을 잃었죠. 지금 생각해

보면 프랭크가 시디를 취급하지 않은 건 한심한 선택이었어요. 요즘은 아무도 시디를 찾지 않잖아요. 무리하게 고집을 피우지 말고, 시대의 흐름에 맡겨두었다면 가게가 훨씬 순탄하게 운영되었을 텐데, 지금 생각해보면 그런 점들이 많이 아쉬워요. 프랭크가 마약중독자들과 어울려 다닌다는 소문을 듣고 나서 얼마 후 공원 벤치에 우두커니 앉아있는 걸 봤어요. 그때가 마지막이었죠."

"그때 프랭크가 뭐라고 하던가요?"

"내가 방을 내줄 테니까 같이 가자고 하니까 그냥 빙그레 웃기만 할 뿐 가타부타 말을 하지 않더군요."

모드의 이야기를 듣는 동안 일사는 마치 꿈속을 헤매는 기분이었다. 전혀 현실에서 벌어진 일 같지 않았다.

"그때가 1990년대 중반이니까 제법 오래전이네요."

"프랭크는 어떻게 되었을까요?"

"집도 없이 떠돌다가 어딘가에서 죽었을지도 모르죠."

'죽음'이라는 말을 듣는 순간 일사는 숨조차 제대로 쉴 수 없었다.

"그럴 리 없어요. 프랭크는 어딘가에서 잘 살아가고 있을 거예요."

"음반 가게 열쇠를 가지고 있어요. 폐허로 변했지만 가게 안으로 들어가 보길 원한다면 같이 가줄게요."

두 사람이 유니티스트리트에 도착했을 때는 이미 날이 어두워져 있었다.

• • •

음반 가게 안에서는 예상대로 심한 악취가 났다. 곰팡내와 지린내가 심했고, 뭔가 썩어가는 냄새도 났다. 모드가 휴대폰 조명을 켜고 구석구석 비추었다. 턴테이블이 숯덩이가 되어 바닥에 떨어져 있었고, 청음실은 불에 타 흔적도 남아 있지 않았다. 바닥은 삐걱거렸고, 카운터의 탁자도 사라지고 보이지 않았다. 화염에 타다 남은 엘피판과 유리 파편들이 바닥 여기저기에서 나뒹굴고 있었다. 벽은 시커먼 페인트를 칠한 것처럼 검게 타 있었다. 이 폐허처럼 변한 곳에서 누군가 살고 있는 흔적이 보였다. 구석에 매트리스가 깔려 있었고, 음료수 병, 통조림, 음식을 포장했던 비닐봉투와 침낭이 놓여 있었다. 담요와 야구 배트가 들어 있는 쇼핑 카트도 있었다.

일사는 심한 한기를 느끼며 몸을 떨었다. 눈물을 참으려고 주먹을 꽉 쥐었다.

너무나 끔찍한 일이지만 이 또한 모두 지나갈 거야. 우울한 감정의 포로가 되어서는 안 돼.

자꾸만 암담해지는 기분을 추스르려고 애썼지만 일사는 슬픔을 가눌 길이 없었다.

이 슬픔을 극복할 수 있을까?

일사는 전혀 알 수 없었다.

• • •

두 사람은 카페로 들어가 커피를 시키고 마주 앉았다. 종업원이 커피를 가져왔다. 모드는 주머니에서 담배를 꺼냈다가 다시 집어넣었다.

"빌어먹을! 금연이라는 걸 깜박했네요. 카페에서 담배조차 마음대로 피우지 못하는 시대가 되었어요. 당신도 담배를 피웠던 것으로 아는데, 아닌가요?"

"잠시 피우다가 독일로 돌아간 뒤로는 끊었어요."

"요즘 나는 교외 주택에 살아요. 꽃집에서 차로 40분쯤 걸리죠."

모드가 휴대폰을 켜고 집 사진을 보여주었다. 집이 무척이나 마음에 드는 눈치였다.

"다른 분들은 어떻게 살아요?"

"누구요?"

"윌리엄스 형제분, 앤서니 신부님, 루소 부인."

"윌리엄스 형제는 유니티스트리트에서 이사하고 나서 얼마

되지 않아 세상을 하직했어요. 형이 먼저 죽고, 보름도 지나지 않아 동생이 뒤따랐죠. 윌리엄스 형제는 〈포트 개발〉이 파산하는 바람에 전 재산을 날렸어요. 인생 말년에 그토록 끔찍한 일을 겪으면 누구나 견딜 수 없을 거예요. 프랭크와 앤서니 신부님 그리고 저만이 가게를 팔지 않고 버텼는데 결과적으로 옳은 판단이었죠. 〈포트 개발〉 사람들은 죄다 사기꾼이었던 거예요."

"루소 부인은 어떻게 되었어요?"

루소 부인 이야기가 나오자 모드가 밝게 웃었다.

"루소 부인은 1999년에 세상을 떠났어요. 장례식 때 조문객이 어마어마하게 많이 왔던 기억이 나요. 루소 부인이 생전에 얼마나 좋은 일을 많이 하며 살았는지 새삼 알 수 있겠더군요. 앤서니 신부님은 요양원에 계신다는 말을 들었어요. 아직 생존해 계신다면 나이가 아흔 살쯤 되었겠네요. 안타깝게도 이 도시에 남은 사람은 저밖에 없어요."

"유니티스트리트의 역사가 이렇게 허망하게 막을 내리게 되었다는 게 너무 안타까워요."

모드가 희미하게 웃고 나서 핸드폰으로 시간을 확인했다.

"이제 꽃집에 잠시 들렀다가 집으로 돌아가야겠어요."

카페 앞에서 헤어지기에 앞서 모드가 일사를 포옹했다. 마치 딱딱한 갑옷을 안은 듯 어색한 포옹이었지만 일사는 모드의 마음이 고마웠다.

"부디 독일로 잘 돌아가길 바랄게요. 지난날을 모두 잊고 앞으로 나아가야 해요. 이 도시는 예나 지금이나 막다른 곳이에요."

• • •

일사는 가까스로 눈물을 참으며 호텔 쪽으로 걸어가기 시작했다. 가는 길에 길바닥에 동전함을 놓아두고 도와달라며 연신 머리를 조아리는 남자를 보았다. 문득 프랭크가 생각나 지갑에서 지폐 한 장을 꺼내 동전함에 넣어주었다.

"복 받으실 거예요!"

남자의 목소리가 호텔을 향해 걸어가는 동안 계속 귓전을 울렸다.

그러다가 문득 깨달았다.

엉뚱한 곳에서 프랭크를 찾고 있었어.

• • •

일사는 항구 주변의 술집들을 훑다시피 확인하며 돌아다녔다. 노숙자들의 재활을 돕는 잡지 《빅 이슈》를 파는 사람들에게 프랭크를 아는지 물어보았다. 다들 모른다며 고개를 저었다.

정류장에서 버스를 기다리는 사람들에게 부랑자를 위한 쉼터나 무료 급식소가 어디에 있는지 물어보았다. 역시 다들 모른다고 했다.

길에서 만난 어떤 여자는 자기 남편이 부랑자인데 어느 날 갑자기 증발하듯 사라져버렸다고 했다. 프랭크에 대해 물으면 사람들마다 대답하는 방식이 각양각색이었다. 질문에 대한 답변은 하지 않고 입가에 비웃음을 흘리는 사람, 모른다고 크게 소리치는 사람, 끈질기게 따라오면서 치근거리는 사람, 대놓고 무시하며 그냥 지나가는 사람…….

프랭크가 어디에 있는지 아는 사람은 아무도 없었다.

친절하게 음반을 찾아주고, 손님들이 음악에 대해 물으면 열정적으로 설명해주던 남자는 이제 이 세상에서 사라진 듯했다.

길에서 마주친 누군가 웃으며 말했다. "이 도시에 그런 사람이 있었어요? 마치 영화에 등장하는 주인공 같네요."

프랭크는 마치 이 도시 어디에서도 존재한 적이 없는 사람인 듯했다.

42
지난밤에 디제이가 나를 살렸어

(Last Night a DJ Saved My Life) _ 미국 그룹 인디프의 1982년 곡

호텔로 돌아온 일사는 옷을 그대로 입은 채 침대에 누워 창밖을 내다보았다. 수만 개의 자그마한 불빛들이 반짝이는 야경이 보였다.

세상 전부를 빼앗긴 듯 마음이 허탈했다. 영국에 온 지 사흘이나 지났지만 여전히 프랭크의 소식을 듣지 못했다. 프랭크는 어디로 사라졌는지 흔적조차 남아 있지 않았다. 추억이 어린 곳으로 돌아가 그 옛날 사람들을 만날 준비가 되었다는 이유만으로 무턱대고 찾아온 게 후회되었다. 그 사람들이 거기에 남아있으리라는 보장이 없다는 걸 알았어야 했다.

일사는 지난밤 라디오에서 흘러나왔던 피아노 소리를 떠올리며 주파수를 맞춰보다가 결국 실패하고 채널을 이리저리 돌렸

다. 그러다가 〈심야 치료〉라는 프로그램에 주파수를 고정했다. 사람들이 전화해 고민을 털어놓으면 디제이가 즉석에서 해결책이 뭔지 알려주는 그저 그런 프로그램이었다.

어떤 여자가 전화해 디제이에게 남편이 자주 바람을 피워 싫은데 헤어질지 말지 고민이라며 해결 방안을 물었다. 그러자 디제이가 낮은 한숨 소리를 흘리고 나서 말했다. "남편이 골치를 썩이는군요. 침대에서 자는 위치를 바꿔 보세요. 부부 사이에서는 단순한 변화가 관계를 회복할 수 있는 계기가 될 수도 있으니까요."

디제이가 제안한 해결책은 별로였지만 목소리에서 고민을 털어놓은 청취자를 도와주고 싶어 하는 진심이 느껴졌다. 디제이가 슈베르트의 〈세레나데〉를 틀어주었다. 디제이의 조언보다는 음악이 더 위로가 될 듯했다. 평소에는 이런 방송을 듣지 않았는데 이상하게도 계속 듣게 만드는 매력이 있었다. 디제이는 청취자들에게 전화번호를 되풀이해 말해주며 그 어떤 사연도 좋으니 망설이지 말고 〈심야 치료〉의 번호를 누르라고 했다. 바로 그때 느닷없이 뭔가를 떨어뜨린 듯 덜커덕 소리가 나더니 "아, 젠장!"이라고 말한 목소리가 들려왔다. 그 어디에서 들어도 알아챌 수 있는 특유의 억양이었다.

일사는 휴대폰을 들고 〈심야 치료〉의 전화번호를 눌렀다.

• • •

키트가 맞은편 자리에 앉더니 사이클을 탈 때 쓰는 헬멧을 애완동물처럼 무릎 위에 올려놓으며 물었다.

"그 오랜 세월이 흘렀는데 목소리만 듣고 저라는 걸 어떻게 아셨어요?"

"처음에는 몰랐어요. 뭔가를 바닥에 떨어뜨리고 '아, 젠장!'이라고 말했을 때 알아챘죠."

두 사람은 호텔 바에 마주 앉아 있었다. 새벽 1시였고, 키트는 라디오 방송국에서 일이 끝나자마자 호텔로 곧장 달려왔다. 사이클을 탈 때 바지에 묶는 밴드도 아직 그대로 차고 있었다. 검정 머리카락에 흰머리가 드문드문 섞여 있었지만 얼굴은 아직 팽팽한 편이었다. 모드는 나이를 먹고 살집이 붙은 데 비해 키트는 홀쭉해져 있었고, 머리부터 발끝까지 라이크라 지퍼로 된 옷을 입고 있었다.

키트는 긴 유리잔에 담긴 사과주스를 한 모금 마셨다. 장식용 꼬챙이에 체리가 꽂혀 있었다. 키트가 사과주스를 마시다가 눈을 찔릴까 봐 걱정되었다.

"모드를 만났어요."

"저는 모드를 만난 지 정말 오래되었어요."

웨이터가 키트와 신문을 번갈아 쳐다보았다. 키트의 목소리를 듣고 라디오 방송에서 들어본 기억이 난 듯했다.

"라디오에서 〈심야 치료〉라는 프로그램을 맡아 진행해왔어요. 개인적으로 트위터를 하는데 팔로워가 제법 많아요."

일사는 하품을 하는 키트의 모습에서 아직 청소년처럼 순수한 면모를 발견했다.

"늦은 시간에 오라고 해서 미안해요. 당신의 목소리를 듣는 순간 꼭 만나봐야겠다고 마음먹었어요. 일을 하느라 식사 전일텐데 우선 음식을 시킬까요?"

키트는 젊은 시절부터 음식이라면 마다한 적이 없었다. 그는 바의 심야 메뉴 중에서 BLT샌드위치(베이컨Bacon, 양상추Lettuce, 토마토Tomato를 재료로 하는 샌드위치로 각각의 머리글자를 딴 것이다 : 옮긴이)를 주문했다.

웨이터가 샌드위치와 감자 칩, 양파 피클을 가져와 테이블에 내려놓고 나서 물었다. "혹시 라디오 방송 디제이 아니세요? 저도 가끔 〈심야 치료〉를 들어요."

"어떻게 아셨죠? 제가 〈심야 치료〉를 진행하고 있습니다."

"세상에 이럴 수가! 목소리가 특이하셔서 듣자마자 알아봤어요."

웨이터는 셔츠 소매에 사인을 부탁했다. "저도 좋아하지만 제 어머니가 더 열렬한 팬이죠."

키트는 음식을 먹으며 살아온 이야기를 계속했다.

"음반 가게에 화재가 났을 때 심한 화상을 입었어요. 다리와 팔에 아직 흉터가 남아 있죠. 사장님이 날마다 병상을 지켜주었어요. 퇴원하고 나서 방송국에서 디제이로 일하게 된 것도 사장님 덕분이었죠. 사장님의 고교 시절 친구 중에 방송국에서 피디로 일하는 분이 있었는데 저를 소개시켜준 거예요."

"프랭크는 어떻게 되었어요?"

"화재 사고 이후 사장님은 사람들과의 만남을 회피했어요. 친구인 은행 지점장이 가끔 연락해 대출을 주선해 주겠다고 해도 계속 사양했죠. 지점장은 얼마 전 은행에서 은퇴해 가족들과 함께 이 도시를 떠났어요. 음반 가게의 단골손님들도 딱한 사정을 전해 듣고 사장님을 도우려고 했지만 모두 거절했어요. 만나기로 약속한 자리에 나타나지 않는다거나 아예 핑계를 대고 만나주지 않았죠. 힘들게 지내다 보니 음악도 포기했는지 아예 듣지 않더군요."

일사가 지난 며칠 사이에 들은 이야기들 중에서 프랭크가 음악을 포기했다는 말이 가장 충격적이었다.

"프랭크가 음악을 포기해요? 음악이 전부인 사람인데?"

"1998년에 나이트클럽에서 나오다가 사장님을 우연히 만났어요. 저는 친구들과 함께 있었는데 사장님이 계속 넘어지는 거예요. 술이 몹시 취한 상태였죠. 제가 도우려고 하자 몸을 비틀거리면서도 저를 뿌리쳐버리더군요. 정말 안타까운 일인데 인생을 포기한 사람처럼 보이기도 하고, 죽지 못해 사는 것처럼 보이기도 했어요."

일사는 눈물이 흘러 손수건을 꺼내들었다.

"프랭크가 살아 있긴 하죠?"

이번에는 키트가 눈물을 글썽였다.

"근래에는 소식을 듣지 못했어요. 사장님이 없는 세상은 상상할 수도 없어요. 그런 세상은 정말로 끔찍할 거예요."

• • •

키트는 부모가 세상을 떠난 뒤 아파트를 구입해 혼자 살고 있다고 했다. 그는 집으로 가는 대신 샌드위치를 하나 더 주문해 스위트룸으로 따라왔다.

그들은 침대를 하나씩 차지하고 누워 오래도록 이야기를 나누었다. 프랭크와 음반 가게 이야기부터 시작해 유니티스트리트에서 함께한 사람들, 단골손님들에 대한 이야기가 이어졌다.

키트는 라디오 프로그램에 대한 이야기를 더 들려주었고, 일사는 바이올린 레슨을 하며 살아온 이야기를 해주었다.

21년의 세월이 몇 마디 말로 압축되었다.

"사장님은 당신을 사랑했어요. 하긴 저를 비롯해 유니티스트리트 사람들 모두가 당신을 좋아했죠. 심지어 앤서니 신부님까지도.”

일사의 심장이 빠르게 뛰기 시작했다. 프랭크의 속마음을 모르지 않았지만 그가 자신을 사랑했다는 말을 전해 들으니 마음이 더욱 아팠다.

“모드는 나를 싫어했잖아요.”

“모드의 짝사랑 상대가 바로 사장님이었으니까요.”

“모드는 아직도 프랭크를 사랑하고 있을까요?”

“글쎄요. 그거야 모르죠.”

“어쨌든 오늘 모드를 만났을 때 아직도 프랭크를 마음에 두고 있다는 느낌을 받았어요. 모드는 내가 한시바삐 독일로 돌아갔으면 하는 눈치더군요.”

아무리 긴 세월이 흘러도 프랭크와 모드, 일사의 삼각관계는 아직 마무리되지 않은 미완성 교향곡이었다.

미완성 교향곡을 완성하려면 무엇이 필요할까? 기적? 적어도 작은 마법이라도 필요하지 않을까?

멀리에서 경찰차의 사이렌 소리와 취객들이 고함치는 소리가 들려왔다.

프랭크, 도대체 어디에 있는 거예요? 어디 있는지 알아야 만나러 가든지 하죠.

일사는 〈싱잉 티포트〉에서 음악 이야기를 나누던 시절의 프랭크를 생각했다.

키트가 코를 골기 시작했다. 일사는 키트가 쥐고 있는 샌드위치를 손에서 빼낸 다음 보조탁자 위에 올려놓고 이불을 덮어주었다.

• • •

일사는 이 도시에 요양원이 문신 가게보다 많다는 사실을 처음 알게 되었다. 호텔 프런트 직원을 가운데에 두고 일사와 키트가 컴퓨터 모니터에 뜬 요양원 목록을 보고 있었다. '햇살 요양원'이나 '푸른 숲 요양원'이라는 이름은 듣기에는 좋았지만 과연 햇살이나 푸른 숲을 조금이라도 볼 수 있는 곳인지 의심스러웠다.

프런트 직원은 일사와 키트가 스위트룸에서 나란히 내려온 걸 보고도 못 본 체해주었다. 그 대신 키트의 목소리를 듣더니 〈심야 치료〉를 진행하는 디제이가 맞는지 묻고 나서 그렇다고 하자 그 프로그램을 몹시 좋아한다고 했다.

호텔 프런트 직원이 얼굴을 살짝 붉히며 말했다. "직접 상담 전화를 한 적도 있어요."

"그래요? 언제요?"

"첫 직장을 그만두고 인도로 여행을 떠날지 재취업을 준비할지 결정을 내리지 못하고 고민할 때였죠."

“제가 뭐라고 해결책을 제시하던가요?”

“너무 고민하지 말고 진정으로 원하는 걸 하면 된다고 했어요. 이 세상에서 못할 건 없다면서요. 그 말을 듣고 나서 더는 고민하지 않고 인도로 여행을 떠났죠. 영국으로 다시 돌아오자마자 이렇게 취업해 일을 하고 있어요. 결과적으로 매우 훌륭한 선택이었던 셈이죠.”

프런트 직원이 미소를 지으며 요양원 주소와 전화번호 목록이 적혀 있는 문서를 프린트해 키트에게 건네주었다.

일사는 레스토랑에서 식사를 하며 앤서니 신부가 있을 법한 요양원에 밑줄을 쳐나갔다. 전혀 단서가 없는 만큼 어디까지나 감에 의존하는 수밖에 없었다.

일사는 내일 독일로 돌아가기로 예정되어 있었지만 앤서니 신부를 만나지 않고 돌아갈 경우 평생 후회할 것 같아 일정을 연장하기로 했다.

키트가 일사의 주스 잔을 톡톡 치고 나서 웃으며 말했다.

“요양원에서 사용하는 페이스북 계정이 있을 거예요. 식사를 하고 나서 앤서니 신부님이 어디에 있는지 알아봐줄게요.”

한 시간 뒤에 키트는 페친들을 동원해 알아본 결과 앤서니 신부가 ‘희망의 집’이라는 요양원에 있다는 걸 알아냈다.

• • •

'희망의 집'은 넓은 단층 건물이었다. 벽을 따라 안전 손잡이가 부착되어 있었고, 비상벨이 곳곳에 설치되어 있었다. 요양원 직원이 앞장서서 복도를 걸어갔다. 트레이닝복 바지와 티셔츠를 입고 있었고, 그 위에 앞치마를 두른 특이한 복장이었다.

여직원이 신고 있는 슬리퍼가 고요한 정적 속에서 바닥을 치는 소리가 귀에 거슬렸다. 통로에 깔린 갈색 카펫은 왠지 밟는 느낌이 좋지 않았다. 복도 옆으로 창문이 나있었고, 안쪽 벽에는 일정한 간격으로 방으로 들어가는 출입문이 있었다. 창문을 통과한 햇빛이 직사각형 모양을 그대로 유지한 채 복도를 비추었다. 어디에서나 소독약 냄새가 진하게 났다. 복도에서 나는 나쁜 냄새를 희석시키기 위해 소독약을 뿌리는 듯했다.

일사는 힐끗 창밖을 내다보았다. 주차장이 눈에 들어왔다. 그녀가 타고 온 렌터카 말고 몇 대의 차량이 더 있었다.

요양원 여직원이 말했다. "앤서니 신부님은 문을 닫고 혼잣말을 자주 해요. 특히 프랭크가 누군지 입만 열면 마치 그 사람이 옆에 있는 것처럼 말을 걸고, 스스로 답하는 모습을 많이 봤어요."

"프랭크를 많이 좋아했어요. 만약 혼자 계시다가 견딜 수 없이 몸이 아프면 어떻게 하죠?"

여직원이 어깨를 으쓱했다. "비상벨을 누르면 직원들이 곧장 달려가요."

여직원이 노크도 하지 않고 방문을 열었다.

"앤서니 신부님, 면회 왔어요."

앤서니 신부가 자그마한 방의 창가에 놓인 안락의자에 앉아 있었다. 창문에서 3미터쯤 떨어진 거리에 높은 벽돌담이 가로막혀 있어 교도소를 연상케 했다. 앤서니 신부의 얼마 남지 않은 머리카락이 비죽 솟아 있었고, 여전히 부러진 안경테를 테이프로 붙여놓은 안경을 쓰고 있었다.

앤서니 신부가 안락의자에서 일어나 성큼성큼 걸어오더니 키트와 일사를 동시에 껴안았다.

• • •

일사가 핸들을 왼쪽으로 틀어 고속도로로 접어들며 말했다.

"키트, 요양원 여직원을 어떻게 설득했어요? 앤서니 신부님을 모시고 외출한다니까 흔쾌히 허락하던가요?"

"앤서니 신부님의 친척이라고 둘러댔어요."

"의심하지 않던가요?"

"전혀 의심하지 않았어요. 그 여직원도 제가 진행하는 라디오 방송의 팬이라면서 사인을 해달라고 하더군요."

뒷자리에 앉은 앤서니 신부가 미소를 지으며 차창을 내렸다. 차가운 바람이 차 안으로 밀려들었다.

• • •

지난 며칠 동안 일사는 카페에 몇 번이나 갔는지 기억나지 않을 만큼 자주 들렀다. 일사는 커피, 앤서니 신부는 우유를 주문했다. 키트는 아직 오전임에도 종업원에게 잉글리시 애프터눈 티 세트를 마실 수 있는지 물었다.

종업원이 말했다. "제가 좋아하는 디제이니까 당연히 해드려야죠. 그 대신 사인 한 장 부탁해요."

"제 사인이 들어 있는 사진을 드릴게요."

일사가 커피를 한 모금 마시고 나서 앤서니 신부에게 물었다.

"앤서니 신부님, 프랭크는 지금 어디에 있어요?"

"프랭크가 전에는 가끔 면회를 왔는데 요즘은 전혀 오지 않았어요. 요양원 노인들이 프랭크가 오면 다들 좋아했죠. 요양원에서는 이야기를 나눌 사람이 없으니까 늘 외롭거든요. 프랭크는 요양원에 올 때마다 노인들에게 줄 먹을거리를 사왔고, 무슨 말을 하든지 귀 기울여 들어주었죠. 그러다가 어느 날 면회를 와서 말하길 해야 할 일이 생겨 한동안 찾아오지 못할 거라고 하더군요."

"그 말을 한 게 언제쯤이죠?"

"기억이 희미해요. 요즘은 기억력이 떨어져서 뭐든 다 잊어버려요."

앤서니 신부의 눈에 눈물이 고였다. 일사는 앤서니 신부의 손을 꼭 잡아주었다.

"프랭크가 무슨 일을 하게 되었는데 시간이 없다고 했을까요?"

"그냥 출퇴근을 해야 하는 공장에서 일하게 되었다고 했어요."

• • •

일사는 다시 시내로 차를 몰았다. 그들은 공원에 들렀다가 프랭크를 찾을 수 있는 방법이 있을지 알아보려고 경찰서를 방문했다.

키트가 당직 경관에게 프랭크에 대해 이야기하고 행방을 알아봐달라고 부탁했다. 경관은 일단 민원을 접수해두면 알아봐 주겠다고 약속했다.

경찰서를 나온 일행은 캐슬게이트를 지나 유니티스트리트에 차를 세웠다. 버려진 상점들이 늦은 오후의 햇살을 받아 따스하게 빛났다. 불길에 까맣게 그을린 음반 가게조차 아름다워 보였다.

키트가 중얼거렸다. "지금 생각해보면 그때가 정말 좋았는데 그 당시에는 미처 몰랐어요."

앤서니 신부가 말했다. "특별한 시절이었지. 이웃끼리 서로 기꺼이 도우며 살았고, 형제들보다 더 친하게 지냈으니까. 프랭크가 그런 분위기를 앞장서서 만들었어. 지금도 프랭크가 음반을 턴테이블에 걸며 손님들에게 음악 이야기를 해주던 모습이 가끔씩 떠올라. 안타까운 사고만 일어나지 않았다면 아직 다들 서로 어울리며 살아갈 수 있었을 텐데 정말이지 아쉬워."

일사가 항만 지구로 다시 차를 모는 동안 키트는 쉴 새 없이 떠들었고, 앤서니 신부는 박장대소하며 웃었다. 일사의 머릿속에서 예전 음반 가게의 모습이 떠올랐다. 엘피판을 담아놓은 상자들, 자개로 장식한 작은 새들이 당장이라도 날아갈 듯 자세를 잡고 있던 청음실, 바닥에 깔려 있던 낡은 페르시아 카펫이 아직도 눈에 선했다.

모드가 했던 말이 다시 귓전을 울렸다.

'지난날을 모두 잊고 앞으로 나아가야 해요.'

모드는 프랭크를 만나지 못한 지 15년이 됐다면서 왜 아직 음반 가게 열쇠를 가지고 있을까?

일사가 앤서니 신부와 키트에게 말했다. "우리, 호텔 레스토랑에서 다 같이 식사해요."

• • •

키트가 깜짝 놀란 목소리로 말했다. "아, 젠장! 저게 누구야?"

앤서니 신부 역시 놀라움을 감추지 못했다. "모드잖아."

양손을 허리에 두른 모드가 호텔 로비에 서있었다.

모드가 말했다. "사실은 프랭크가 어디에 있는지 알고 있어요. 지난번에는 거짓말을 했어요. 이제라도 사과할게요."

• • •

호텔 레스토랑에서 저녁 식사를 하는 동안 모드는 몇 번이나 일사에게 똑같은 사과의 말을 반복했다. 악단의 연주 소리가 어찌나 큰지 바로 옆 사람이 하는 말조차 알아듣기 힘들었다.

이틀 전, 모드가 일사를 만났을 때 프랭크에 대한 소식을 알고 있으면서도 말하지 않은 이유는 여전히 그를 마음에 담아두고 있기 때문이었다.

모드는 담배를 꺼냈다가 다시 핸드백에 집어넣으며 일사에게 말했다. "솔직히 난 당신을 다시 보게 될 줄은 미처 몰랐어요. 당신에 대해 오랫동안 화가 나있기도 했었죠. 당신이 이 도시에 남아 있었다면 프랭크가 저렇게 되지는 않았을 테니까."

"당신을 이해해요. 이렇게 다시 와주었으니 된 거죠. 어서 프랭크가 어떻게 지내는지 말해줘요."

"다들 만나보면 크게 실망할지도 몰라요. 예전의 프랭크가 아니니까요. 마치 영혼이 쏙 빠져 달아난 사람 같아요."

일사는 가슴 깊은 곳에 큰 구멍이 뚫린 기분이었다.

"프랭크는 지금 어디에 있죠? 출퇴근을 하는 공장에 다니는 게 사실인가요?"

"식품 공장에서 일해요. 치즈양파 칩에 들어가는 향신료를 만드는 공장이죠."

키트가 물었다. "사장님이 거기서 무슨 일을 해요?"

"그냥 남들처럼 평범한 노동을 해."

앤서니 신부가 고개를 저으며 중얼거렸다. "프랭크에게는 어울리지 않는 일이야."

키트가 말했다. "제가 사장님에게 음반 가게에서 일하게 해주지 않을 경우 식품 공장에 취직할 수밖에 없다고 하자 그 자리에서 당장 일할 수 있게 해주었죠. 사장님이 '식품 공장에는 음악이 없어 싫어.'라고 했던 말이 아직도 기억나요."

모드는 와인을 잔에 따르고 나서 단숨에 들이켰다. "프랭크는 사람들을 만나길 꺼려해요. 허구한 날 술에 취해 살고 있죠. 이대로 내버려 두었다가는 조만간 길거리에서 시체로 발견될지도 몰라요. 프랭크는 토요일마다 습관처럼 쇼핑몰에서 햄버거로 점심식사를 해결해요. 내가 일주일에 딱 한 번 그를 볼 수 있는 날이죠."

"쇼핑몰 말고도 햄버거를 파는 가게는 많은데 왜 하필 거길 갈까요?"

키트가 말했다. "쇼핑몰 햄버거는 맛이 별로인데 이상하네요."

모드가 말했다. "나도 프랭크가 하필 거길 고집하는지 몰라요. 어쩌면 식품 공장에서 일주일마다 한 번씩 쇼핑몰 햄버거를 사먹을 수 있는 식권을 주기 때문인지도 모르죠."

디저트가 나올 때 일사가 물었다. "프랭크를 만나보려면 어떻게 해야 하죠?"

정신없이 음식을 먹던 키트가 처음으로 포크를 내려놓고 모드의 대답을 기다렸다. 일사와 앤서니 신부도 모드를 주시했다.

"프랭크가 토요일에 햄버거를 먹고 있을 때 쇼핑몰에 가는 수밖에 없어요."

• • •

일사는 일행을 데리고 스위트룸으로 돌아왔다.

앤서니 신부는 다른 침대에서 잠이 들었고, 모드는 소파를 차지하고 누웠다. 키트는 방송국에 가서 〈심야 치료〉를 진행하고 있었다.

일사는 방송을 들어주겠다고 약속한 게 생각나 라디오를 켜고 앤서니 신부가 잠을 자는 데 방해가 되지 않도록 볼륨을 최대한 낮추었다.

키트는 고민을 상담해오는 사람들에게 구체적인 해답을 주기보다는 어떻게 받아들이는 게 최선인지 방향성을 이야기해 주고, 그들이 들으면 위안이 되는 노래를 틀어주었다. 일사가 생각하기에 나름 영리한 상담이었다.

방송 말미에 키트는 사랑하는 친구들을 위해 특별히 선곡했다며 노래를 틀었다. 커티스 메이필드의 〈킵 온 키핑 온(Keep On Keeping On 계속 앞으로 나아가자는 뜻 : 옮긴이)〉이었다.

일사가 나지막이 혼잣말을 했다. "프랭크, 어떻게 하면 당신을 도울 수 있을까?"

키트가 라이크라와 사이클용 바지 차림으로 호텔방으로 돌아왔을 때 일사는 어떻게 해야 할지 결론을 내렸다.

• • •

이튿날 아침, 일사는 호텔 프런트에 가서 스위트룸을 일주일 동안 더 이용할 수 있는지 물었다.

"친구 분들도 같이 묵으실 겁니까?"

"네, 그럴 거예요."

43
할렐루야!

〈싱잉 티포트〉 종업원은 누군지 보지도 않고 청소에 열중하며 아직 오픈 전이니까 나중에 들러달라고 했다.

일사가 말했다. "모처럼 찾아왔는데 그냥 돌아가라니 너무 섭섭하네요."

힐끔 일사를 본 종업원이 진공청소기 손잡이를 손에서 떨어뜨렸다. "세상에! 당신이었어요?"

종업원이 벌어진 입을 다물 사이도 없이 일사를 꽉 껴안았다. 종업원은 예전보다 살집이 붙고 얼굴에 주름살이 많이 보이긴 했지만 활달한 성격은 여전했다. 사실 그녀는 이제 종업원이 아니었다. 15년 전에 카페를 인수해 지금은 어엿한 주인이었다.

카페 주인이 된 종업원이 만면에 기분 좋은 웃음을 머금고 말했다. "어서 자리를 잡고 앉아요. 먹을 걸 준비해올 테니까."

일사, 앤서니 신부, 키트, 모드는 〈싱잉 티포트〉의 창가 자리에 앉아 다시 논의를 시작했다. 아침 내내 이야기했지만 아직 속 시원한 결론을 내지 못한 안건이 있었다.

어떻게 하면 프랭크에게 〈할렐루야〉 합창곡을 들려줄 수 있을지가 회의 주제였다.

모드가 말했다. "프랭크를 꼼짝 못하게 묶어두고 강압적으로 듣게 하면 되겠네요."

앤서니 신부는 다른 의견을 냈다. "종이학을 접으면서 우리 네 사람이 직접 합창곡을 부르는 게 좋지 않을까?"

일사가 물었다. "합창곡을 부를 장소로는 어디가 좋겠어요?"

"당연히 프랭크가 햄버거를 먹고 있는 쇼핑몰 식당에서 불러야지요."

일사가 반색했다. "좋은 생각이에요."

모드가 말했다. "나는 그 빌어먹을 노래를 못해요."

키트가 제안했다. "우리가 직접 합창을 하는 것보다는 옆 테이블에서 포터블 플레이어로 시디를 트는 게 좋지 않을까요?"

모드가 인상을 찌푸렸다. "프랭크가 시디를 얼마나 싫어하는지 몰라서 그래? 차라리 시디로 프랭크의 머리통을 갈겨 버리지 그래."

모드의 말이 옳았다. 음반을 틀 경우 무조건 엘피판이어야만 했다.

키트가 다시 제안했다. "휴대용 엘피판 플레이어는 어때요?"

일사가 말했다. "좋은 생각이지만 엘피판 플레이어는 소리가 너무 작지 않을까요?"

모두들 동의하는 표정이 아니었다.

키트가 흥분해서 말이 뒤엉켰다. "사람들 많이 모아 해프닝! 플래시몹!"

일사가 웃으면서 말했다. "무슨 뜻인지 서두르지 말고 차분하게 말해 봐요."

카페 주인이 된 종업원이 쟁반을 들고 다가와 홍차, 우유, 레몬, 설탕 등을 테이블에 올려놓았다. 코코넛 아이스(연유와 코코넛, 식용 색소 등을 넣어 만든 과자 : 옮긴이), 커피 마카롱, 레드벨벳 케이크도 있었다.

카페 주인이 의자를 끌어와 앉더니 새삼 반갑다는 듯이 일사의 손을 잡고 다독거렸다.

키트가 처음부터 다시 설명을 시작했다. "사장님을 위한 이벤트를 하는 거예요. 플래시몹이란 불특정 다수의 사람들이 정해진 시간과 장소에 모여 사전에 약속된 행동을 하고 곧바로 흩어지는 걸 말해요. 사장님이 눈치 채지 못하게 하려면 우연히 벌어진 해프닝처럼 연출하는 게 무엇보다 중요해요."

일사가 말했다. "여러 사람이 합창곡을 부르려면 사전 연습이 필요해요. 연주를 해줄 사람도 필요하고요. 토요일까지 그 모든 준비를 하는 건 불가능해요."

키트가 추가 설명을 했다. "토요일까지면 SNS를 통해 사람들을 충분히 모을 수 있어요. 연습할 시간이 없지만 아마 〈할렐루야〉 합창곡을 모르는 사람은 없을 거예요. 여러 사람이 둘러싸고 합창을 하면 사장님도 어쩔 수 없이 들어야 하겠죠."

"SNS로 사람들을 모은다고요?"

"그 일은 저에게 맡겨두세요. 제가 트위터를 하고 있는데 충성스러운 팔로워가 많으니까 이벤트를 여는 의미를 잘 설명하고 동참해주길 바라면 기꺼이 호응해줄 거예요."

"당신은 잘 알겠지만 프랭크가 누군지 전혀 모를 텐데 선뜻 동참할까요?"

"사장님은 엘피판을 끝까지 지키려고 애쓰다가 모든 걸 잃었어요. 엘피판을 사랑하는 사람들이 의외로 많아요. 그런 분들이라면 적극 호응해줄 거라고 믿어요."

"장소는 쇼핑몰로 정할까요?"

"네, 쇼핑몰이 좋겠어요. 우리는 반드시 사장님이 재기할 수 있게 도와야 해요. 플래시몹으로 변화의 계기를 만드는 거예요."

이제 시간은 나흘밖에 남지 않았다.

• • •

키트는 쇼핑몰 이용 승인을 받아내기 위해 시의회에 전화했다. 일사는 중고품을 파는 가게를 방문해 레코드 플레이어와 《메시아》 음반을 구해왔다.

이제 합창할 사람들을 구하는 과제만이 남아 있었다. 키트는 SNS를 활용해 이벤트의 취지를 설명하고 사람들을 모았다. 앤서니 신부는 예전에 알고 지내던 상점 주인들과 아마추어 합창단에 연락해 동참을 호소했다. 키트는 안타깝지만 라디오 방송에서는 이벤트에 대해 언급할 수 없었다. 혹시라도 프랭크가 라디오 방송을 들으면 곤란하니까.

• • •

쇼핑몰에 입주해있는 상점들의 이름을 보니 하나같이 '할인'이라는 단어와 연관되어 있었다. 예를 들자면 '1파운드숍', '슈퍼 세이버' 따위였다.

푸드코트는 지하에 있었다. 유리로 된 돔 천장으로 햇빛이 조금 유입될 뿐 사방이 꽉 막혀 있었다.

일사 일행은 에스컬레이터를 타고 지하에 있는 푸드코트로 내려갔다. 푸드코트에 입주해있는 식당이 적어도 스무 곳은 되어 보였다. 해피워크, USA 치킨, 밀리스 쿠키, 텍스멕스, 앤티 앤 프레츨, 그레이트 브리티시 포테이토 등.

푸드코트 중앙에 흰 플라스틱 테이블과 의자들이 놓여 있었다. 파란색 물고기 형태의 쓰레기통이 규칙적인 간격으로 비치되어 있었고, 커다랗게 벌리고 있는 다람쥐의 입이 쓰레기통 투입구였다. 인조 식물 화분들도 여러 개 비치되어 있었다.

사람들이 즐거운 기분으로 식사를 할 수 있게 꾸민 인테리어지만 비현실적으로 입을 크게 벌리고 있는 거대한 다람쥐나 파란색 물고기, 인조 식물 화분을 대한다면 오히려 밥맛이 떨어질 것 같았다.

바닥에 걸레질을 하는 여자, 테이블에 엎드려 잠든 남자, 아이의 입에 햄버거 조각을 넣어주는 젊은 엄마의 모습이 눈에 들어올 뿐 손님들은 거의 없었다.

키트가 말했다. "적어도 너무 혼잡해서 사장님을 못 찾을 일은 없겠네요."

키트는 푸드코트를 돌며 플래시몹으로 노래를 부를 장소를 어디로 정할지 점검했다. 합창을 할 사람들이 스무 명쯤 모일 경우 인조 화분이 줄지어 놓여 있는 장소가 가장 좋을 듯했다.

• • •

일사는 키트와 함께 도시 변두리에 있는 아웃렛에 가서 종이, 컬러링 펜, 마커, 끈, 리본, 테이프, 풀, 압정, 배지용 핀, 반짝이 가루, 장식용 테이프, 판박이, 포일 등을 구입했다.

키트가 말했다. “모처럼 신나는 일을 하게 되어 정말 좋아요.”

키트가 예전보다 동작이 크지는 않지만 제자리에서 폴짝폴짝 뛰며 어린아이처럼 즐거워했다.

키트는 오후 내내 호텔 스위트룸에서 전단을 디자인했다. 프랭크의 음반 가게에 대해 아는 사람은 토요일 오후 1시에 쇼핑몰에 와서 다 함께 〈할렐루야〉 합창곡을 부르자는 내용이었다. 일사는 앤서니 신부와 함께 인쇄소에 가서 키트가 디자인한 전단을 프린트해왔다.

일사와 앤서니 신부, 키트는 호텔 레스토랑에서 함께 저녁을 먹었다. 키트는 방송국에 출근했다가 돌아오는 길에 앤서니 신부가 갈아입을 새 옷을 구입해왔다. 꽃집에 갔던 모드는 작은 여행 가방을 들고 돌아왔다.

이튿날 아침, 일사는 키트가 디자인한 피켓을 만들었다. 피켓은 네 가지로 하나같이 느낌표가 들어 있었다. ‘엘피판을 사랑해요!’, ‘할렐루야!’, ‘프랭크를 위해 노래!’와 세 가지를 적당하게 섞은 ‘프랭크를 사랑해요, 할렐루야!’도 있었다.

일사는 바이올린을 가르치는 제자들에게 부득이 레슨을 며칠 뒤로 미룰 수밖에 없게 되었다고 양해를 구하는 메일을 보냈다.

친구들에게는 영국에 여행 와서 잘 지내고 있다는 문자 메시지를 보냈다.

일사는 레코드 플레이어를 구하기 위해 하루 종일 중고품 상점들을 돌아다닌 결과, 테두리를 빨간 가죽으로 장식하고 황동 철망이 붙어 있는 단셋 메이저 중고품을 찾아냈다. 계산대를 지키고 있던 남자가 단셋 메이저 턴테이블 사용법을 알려주었다. 일사는 수백 개나 되는 중고 엘피판 상자를 뒤진 끝에 《메시아》 앨범을 찾아냈다. 말콤 사전트 지휘로 1959년에 발매한 음반이었다. 《월광 소나타》, 듀크 엘링턴의 《새틴 돌》, 제임스 브라운, 닉 드레이크의 음반도 구입했다. 그 모두를 합한 가격이 50파운드에 불과했다.

키트와 일사는 캐슬게이트에서 전단을 돌렸다. 앤서니 신부는 도로에 설비해놓은 벤치에 앉아 전단을 돌렸다. 이벤트에 대해 관심을 보이는 사람이 있으면 누구든 붙잡고 프랭크와 음반 가게에 대해 이야기하고 나서 도움이 필요하다고 말했다. 전혀 모르는 사람들 가운데 몇몇이 쇼핑몰에 와서 〈할렐루야〉 합창곡을 함께 부르기로 약속했다.

모드는 자신의 페이스북에 '프랭크의 친구들'이라는 그룹 페이지를 만들고 이벤트에 대해 열심히 홍보했다.

일사가 키트에게 물었다. "합창을 연습할 시간이 있을까요?"

"연습할 시간은 없을 거예요. SNS를 통해 사전에 〈할렐루야〉

를 들을 수 있도록 링크를 걸어주고, 각자 알아서 연습해오도록 하는 수밖에 없어요."

"어떤 복장을 입는 게 바람직할까요?"

"그냥 평소에 입는 복장이면 충분해요."

하루 일과가 끝나고 모두들 지쳐 스위트룸에 누웠다.

일사는 창밖에서 일렁이는 도시의 불빛들을 바라보며 단셋메이저로 〈할렐루야〉 합창곡을 거듭 들었다. 음악이 마치 멀리서 다가오듯 깊고 풍부한 음색이었다.

• • •

밤이 깊었지만 아무도 잠을 이루지 못했다. 이제 이벤트가 열리기까지 12시간이 남았다. 나름 최선을 다해 준비했지만 아직 안심이 되지 않았다. 노래할 사람이 과연 몇 명이나 찾아올지 전혀 짐작할 수 없었다. 키트와 모드의 SNS에 '좋아요'를 누른 사람이 많았고, 전단도 뿌렸지만 반드시 오겠다고 약속한 사람은 그리 많지 않았다.

앤서니 신부는 성당의 성가대 지휘자에게 연락해 성가대원 중에서 몇 사람을 보내달라고 요청했다. 그 결과 몇 사람을 보내주겠다는 약속을 받아냈다.

무엇보다 프랭크가 나타난다는 보장이 없다는 게 문제였다.

앤서니 신부는 방에서 혼자 계속 종이학을 접고 있었고, 모드는 손톱을 물어뜯고 있었다.

모두들 어둠 속에 누워 있었고, 가끔씩 한 사람이 물었다. "아직 안 자요?" 그러면 다른 사람이 대답했다. "네, 아직." 그러면 또 다른 사람이 끼어들었다. "저도 아직 안 자요."

날이 밝아오자 모두들 조용히 일어나 간단하게 몸을 씻고 옷을 갈아입었다. 아무도 아침 식사를 하려는 사람이 없었다. 먹성이 좋은 키트조차도 식사를 하러 가자는 말을 하지 않았다. 일사는 일어나자마자 단셋 메이저로 〈할렐루야〉 합창곡을 거듭 틀었다.

일사는 키트가 사온 코트를 앤서니 신부에게 입혀주었다.

앤서니 신부가 속삭였다. "다 잘될 테니까 너무 걱정하지 말아요."

일사는 여전히 한숨을 쉬었다. "모든 게 불확실해서 걱정이에요."

키트가 끼어들었다. "다들 깜짝 놀랄 만큼 좋은 성과를 거둘 테니까 염려 말아요."

깜짝 놀랄 일은 쇼핑몰로 들어서는 자동문에서 발생했다. 키트가 단셋 메이저를 바닥에 떨어뜨리는 사고가 발생했다. 급히 플레이어를 작동시켜봤지만 먹통이 되어 있었다.

44
플래시!

일사가 쇼핑몰 입구에서 울상을 지으며 말했다. "이제 어쩌죠? 음악 없이 합창은 불가능해요."

모드가 식식거리며 받아쳤다. "당신이 바이올린을 연주하면 되잖아요."

그때 자동문이 열렸다.

"나는 가르치는 일만 할 뿐 연주는 안 해요."

"바이올린을 가르치는 것 자체가 연주 아닌가요?"

자동문이 다시 닫혔다.

앤서니 신부가 안타깝게 지켜보고 있다가 말했다. "자동문에서 조금 떨어져서 이야기를 나누는 게 좋겠어요."

이벤트를 열기로 약속한 시간이 불과 40분밖에 남지 않았는데 음악을 틀 수 없었다. 쇼핑몰 음향 시스템에서 브리트니 스피어스의 〈톡식(Toxic)〉이 흘러나오고 있었다.

일사가 연주하겠다고 나서지 않는 한 반주 없이 합창을 하는 수밖에 없었다. 일사는 얼른 중고품을 파는 상점에 가서 단셋 메이저를 사오겠다고 했지만 시간이 부족했다.

단셋 메이저를 망가뜨린 키트는 휴대폰을 들고 몸 둘 바를 몰라 하고 있었다. 그는 한 손으로는 메시지를 보내고, 다른 한 손으로는 계속 머리를 긁적였다.

일사는 거듭 연주를 할 수 없다고 고집을 부렸다. "제가 어떻게 연주를 해요? 바이올린도 없고, 악보도 없어요."

앤서니 신부가 일사가 보란 듯이 비닐 가방을 들어올렸다.

"키트가 악보와 바이올린을 미리 빌려두었어요."

사실은 키트가 단셋 메이저가 제대로 작동하지 않을 경우에 대비해 빌려두었지만 일사에게는 일부러 말하지 않았다. 일사가 바이올린을 빌려온 걸 알면 화를 낼 수도 있으니까.

일사가 여전히 고집을 꺾지 않고 단호하게 말했다. "나는 사람들이 많은 곳에서는 연주를 못해요. 오랫동안 해본 적이 없어요."

모드가 말했다. "이번이 좋은 기회네요. 용기를 내봐요."

앤서니 신부가 바이올린을 애완동물처럼 가슴에 꼭 껴안고 말했다. "쇼핑몰 관계자에게 이벤트 진행에 대해 사전 협조를 구해야 하지 않나요?"

그 순간, 키트의 안색이 하얗게 변했다.

일사가 이상한 생각이 들어 키트에게 물었다. "뭐 잘못된 거라도 있어요?"

키트가 지퍼를 만지작거리며 말했다. "음, 저기, 사실은 시의회 관계자와 통화했을 때 이벤트 허가를 받지 못했어요."

모드가 끼어들었다. "이런 제길! 그럼 이벤트 자체가 불법이라는 거야?"

"시의회 관계자의 말에 따르면 허가를 내줄 수 없대요. 정식으로 이벤트 승인 요청 서류를 접수하고 허가가 떨어지길 기다리라고 하는데 우린 지금 한시가 급하잖아요. 정식으로 허가를 받아내자면 최소한 몇 주가 걸리나 봐요."

일사가 말했다. "그럼 이벤트를 진행할 수 없는 거예요?"

모드가 말했다. "시의회에서 허가를 내줄 때까지 기다릴 수는 없으니까 그냥 밀어붙일 수밖에요."

키트도 모드의 말에 동의했다. "잠시 모였다가 흩어지는 깜짝 이벤트니까 별 문제 없을 거예요."

모드가 에스컬레이터를 타고 내려가면서 일침을 놓았다. "그냥 밀어붙여요."

• • •

일행은 에스컬레이터를 타고 지하층으로 내려갔다. 푸드코트는 예상과 달리 정크푸드를 먹는 사람들로 북새통을 이루고 있었다. 다정하게 이야기를 주고받으며 주스를 마시는 커플, 여럿이 함께 감자튀김을 먹는 가정주부들, 축구클럽 스카프를 단체로 매고 왁자지껄하게 떠드는 남자들, 햄버거를 먹는 청소년들, 피자 파티를 여는 가족들로 온통 어수선했다. 음식을 담은 일회용 접시와 콜라가 든 커다란 컵을 들고 빈자리를 찾아 헤매는 사람도 있었다. 음식 체인점마다 줄이 길게 늘어서 있었다.

일사는 마침내 돔 천장 아래에 앉아 있는 프랭크를 발견했다.

"프랭크!"

일사의 몸에서 갑자기 힘이 모두 빠져 달아났다. 프랭크는 흰 플라스틱 의자에 앉아 햄버거를 먹고 있었다. 토요일인데도 식품 공장 유니폼을 그대로 입고 있었다. 피부색이 치즈양파 빵처럼 누랬다. 고무줄로 묶은 긴 머리도 윤기 하나 없이 부스스했다. 프랭크는 감자튀김을 케첩에 찍어먹고 있었다. 그가 감자튀김을 잘게 씹으며 맛을 보더니 조금 싱거운 듯 소금을 살짝 뿌렸다.

일사의 눈에서 눈물이 흘러내렸다. 나이가 많이 들긴 했지만 프랭크는 여전히 이 세상에서 가장 순수하고 정이 많은 사람으로 보였다. 프랭크가 햄버거를 베어 물고 천천히 씹었다. 어떤 아이가 지나가다가 걸음을 멈추고 프랭크의 긴 머리를 뚫어져라 쳐다보았다. 프랭크가 아이를 향해 고개를 까딱하며 인사를 건넸다.

그때 수염을 기른 어떤 남자가 일사의 옆으로 다가오더니 방금 착륙한 비행기에서 내린 사람처럼 손을 흔들었다. 자세히 보니 변장을 한 키트였다.

"저를 알아보는 팬들이 많아 변장을 했어요. 그나저나 저기에 앉아 햄버거를 드시는 분이 누군지 아시겠죠?"

"아까부터 프랭크를 보고 있었어요."

"이벤트가 열리기까지 앞으로 20분 남았어요."

이제 겨우 걸음마를 시작한 아이가 아장아장 걸으며 일사의 주변을 맴돌았다. 아이 엄마가 아이를 번쩍 안아 들었다. 아이가 버둥거리며 놓아달라고 하는데도 아이 엄마는 아랑곳하지 않고 유아용 의자에 강제로 앉혔다.

다른 테이블에서는 정장 차림의 회사원 세 명이 음식물이 묻지 않게 셔츠 칼라와 목 사이에 종이 냅킨을 두르고 피자를 먹고 있었다. 또 다른 테이블에서는 젊은 남자가 테이블에 엎드려 잠을 청하고 있었다. 구석 자리에서는 야구 모자를 쓴 여자가 새가 모이를 쪼듯 샌드위치를 조금씩 뜯어 먹고 있었다.

푸드코트에는 인파가 넘쳐났지만 깜짝 이벤트에 동참할 사람은 눈에 띄지 않았다.

변장한 키트가 다시 손가락으로 신호를 보냈다. 10분 전이라는 뜻이었다.

일사는 마음속으로 자문했다.

'프랭크, 당신은 어느 누구보다 음악을 사랑했어요. 당신은 바흐를 사랑했고, 모차르트, 슈베르트, 쇼팽, 차이콥스키를 사랑했어요. 당신은 매주 한 번 카페에서 나에게 음악 이야기를 들려주었죠. 나는 가장 힘든 시기에 당신을 만났고, 덕분에 잃어버렸던 음악을 되찾았을 수 있었어요. 큰 충격을 받고 저만치 밀쳐두었던 음악을 다시 가까이 할 수 있게 되었죠. 이제 당신이 그 시절의 나처럼 음악을 다시 찾아야 해요. 다시 생의 기쁨과 즐거움을 찾는 거예요.'

일사가 바이올린을 가르치는 학생들 중에도 유난히 음악을 깊이 있게 이해하는 아이가 있었다. 프랭크는 음악을 이론적으로 받아들이지 않고 정서적으로 받아들인 사람이었고, 어느 누구보다 깊이 있게 이해하고 있었다.

앤서니 신부가 일사 옆으로 다가왔다. "기분이 어때요?"

"솔직히 많이 긴장돼요. 사람들이 얼마나 동참해줄지 알 수 없으니까 더욱 마음이 초조하네요."

키트가 옆으로 다가와 말했다. "적어도 이벤트에 동참할 사람들에 대해서는 걱정하지 않아도 되겠어요. 이렇게 사람들이 많은데 설마 스무 명을 못 채울까요."

"이벤트 때문이 아니라 다들 다른 볼일이 있어 온 사람들 같아요."

"언뜻 봐서는 알 수 없어요."

프랭크는 여전히 햄버거를 먹고 있었다. 키트가 옆에서 속삭였다.

"이제 3분 전이에요. 어서 바이올린을 꺼내 연습해 봐요."

일사가 여전히 자신 없어 하는 표정을 지었다.

"사람들이 많은 곳에서 연주해본 지 너무 오래되었어요."

바로 그때 작지만 완강한 힘이 느껴지는 손이 아프도록 일사의 어깨를 잡고 앞으로 끌어당겼다. 어느새 모드와 일사의 얼굴이 서로 맞닿을 듯 밀착되어 있었다.

모드가 눈에 불을 켜고 말했다. "내 말, 잘 들어. 당신과 프랭크는 서로를 간절히 원해. 자꾸 빼지만 말고 어서 깽깽이를 연주해."

키트가 말했다. "깽깽이가 아니라 바이올린이에요."

"바이올린이든 깽깽이든 상관없으니까 어서 연주를 시작해."

키트는 일사를 의자 앞으로 데려갔다. 키트가 머리 위로 라이크라 재킷을 벗자 정전기가 일며 머리카락이 위로 붕 떠버렸다. 키트는 재킷을 접어 의자 위에 내려놓았다. 뒤따라온 앤서니 신부가 바이올린 케이스의 지퍼를 열었다.

일사의 심장이 펌프질하듯 쿵쾅거렸다.

앤서니 신부가 말했다. "이제 다른 방법이 없어요."

일사는 몹시 두려웠지만 더는 회피할 수 없는 상황이라는 걸 알고 있었다. 일사가 등을 펴고, 턱을 끌어당긴 다음 바이올린을 들어올렸다. 일사는 바이올린의 몸통 끝을 왼쪽 쇄골에 밀착시켰다. 그런 다음 턱이 턱받침에 닿을 때까지 고개를 왼쪽으로 기울여 코와 핑거보드가 직선을 이루도록 했다.

일사는 팔을 심하게 떨며 활을 집어 들고 마음속으로 되뇌었다.

문제에 답이 있는 거야.

일사는 엄지와 검지로 바이올린의 목(Neak)을 지지한 다음 나머지 손가락들로 핑거보드를 감쌌다. 엄지가 제대로 말을 듣지 않아 하마터면 바이올린을 떨어뜨릴 뻔했지만 가까스로 버텨냈다.

옆에서 보고 있던 키트가 바이올린을 떨어뜨릴까 봐 소스라치게 놀랐다가 겨우 안도의 한숨을 쉬었다.

일사는 오른손 검지를 활의 패드 끝에, 약지를 조리개에 두었다. 갑자기 손목에서 날카로운 통증이 일었다. 키트와 앤서니 신부가 옆에서 〈할렐루야〉를 허밍으로 불러주었다. 모드는 아예 입을 크게 벌리고 노래를 불렀다. 모두들 그들이 무얼 하든 음식을 먹느라 바빠 신경 쓰지 않는 눈치였다.

일사가 비로소 바이올린으로 〈할렐루야〉를 연주하기 시작했다. 바로 그때 야구 모자를 쓴 여자가 바이올린 소리를 듣고 자리에서 벌떡 일어나며 노래했다. "할렐루야!"

한두 사람이 고개를 돌려 여자를 쳐다보았을 뿐 나머지 사람들은 음식을 먹느라 여념이 없었다.

테이블에 엎드려 있던 젊은 남자가 갑자기 자리에서 일어서며 의자 위로 뛰어오르더니 큰 소리로 노래했다. "할렐루야!"

USA 치킨 앞에서 줄을 서서 기다리던 젊은 커플이 양팔을 크게 벌리고 노래했다. "할렐루야!"

오버올 차림의 회사원 셋이 화장실에서 나오며 노래했다. "할렐루야!"

사람들이 여기저기에서 일어나 〈할렐루야〉를 합창하기 시작했다. 적어도 스무 명 이상이 일사의 바이올린 소리에 맞춰 합창을 하고 있었다.

"For the Lord God omnipotent reigneth(〈할렐루야〉의 가사로 전능하신 하느님이 다스리신다는 뜻 : 옮긴이). 할렐루야! 할렐루야!"

"할렐루야!"

"할렐루야!"

회사원 세 명이 서류 가방을 열더니 리코더와 트라이앵글, 마라카스를 꺼내들고 연주를 시작했다. 비록 솜씨는 형편없었지만 다들 연주에 도취되어 열심히 동참했다.

휴대폰으로 사람들이 합창하는 모습을 촬영하는 사람들도 있었다. 이제 거의 모든 사람들이 〈할렐루야〉를 따라 부르고 있었다. 서른 명, 마흔 명, 마흔다섯 명.

〈싱잉 티포트〉의 새 주인이 푸드코트로 들어서더니 테이블 위로 뛰어올라 산을 껴안을 만큼 넓게 팔을 벌리고 노래했다.

"할렐루야!"

쉰 명.

엘리베이터 문이 열리더니 성가대원 네 명이 튀어나오며 노래했다. "할렐루야! 할렐루야!"

예순 명.

이제 푸드코트는 이를 환하게 드러내고 즐겁고 활기차게 노래를 부르는 사람들로 가득 찼다. 몸을 쭈뼛거리며 마지못해 노래를 따라하는 사람들도 더러 있었다.

다시 엘리베이터 문이 열리더니 요양원 간병인이 휠체어를 밀며 나타났다. 휠체어에는 노인이 앉아 있었다.

"And He shall reign for ever and ever!(〈할렐루야〉의 가사로 '하느님의 권세는 영원무궁하리라.'라는 뜻 : 옮긴이)"

"King of Kings. Forever! And ever! ('왕중의 왕. 영원하리라! 무궁하리라!'라는 뜻 : 옮긴이) 할렐루야! 할렐루야!"

이제 쇼핑몰에서 1백 명의 사람들이 함께 〈할렐루야〉를 합창했다.

합창은 점점 절정을 향해 치달았다. 남녀노소, 노래를 잘하든 못하든 거의 모든 사람들이 자리에서 일어나 합창을 따라했다. 그 어느 누구도 사전에 계획한 일이 아니었다.

"할렐루야! 할렐루야!"

프랭크를 응원하는 피켓을 든 사람들도 등장했다.

'당신 덕분에 바흐를 알게 됐어요.'

'프랭크, 스톡포트에서 인사드려요.'

'아레사 프랭클린을 소개해줘서 고마워요.'

'사랑해요, 프랭크. 카디프에서 왔어요.'

'혹시 뒤셀도르프에서 왔던 광란의 커플을 기억하세요?'

이제 프랭크의 어머니 페그를 울린 마지막 대목이 이어졌다.

"할렐루야! 할렐루야!"

일사가 연주하는 바이올린 소리가 멎었고, 3백 명이 동시에 합창을 멈추었다. 바늘 떨어지는 소리도 들릴 만큼 푸드코트에 정적이 밀어닥쳤다.

그러다가 피날레가 봇물처럼 터져 나왔다.

"할렐루우우우야아이아."

• • •

합창이 모두 끝나고 이어지는 정적 속에 한 사람만이 미동도 하지 않고 자리에 앉아 있었다. 합창이 진행되는 동안 그의 시선은 처음부터 끝까지 발 아래쪽을 향해 있었다.

일사가 사람들을 뚫고 앞으로 걸어갔다. 사람들이 마치 홍해처럼 양쪽으로 갈라지며 길을 터주었다.

일사는 팔을 뻗으면 프랭크의 머리를 만질 수 있는 거리까지 다가갔다. 프랭크는 여전히 미동도 하지 않고 발 아래쪽만 내려다보고 있었다.

"프랭크, 내가 돌아왔어요. 여기에 모인 사람들 모두가 당신을 위해 노래를 불러주었어요. 나도 용기를 내 바이올린을 연주했고, 사람들은 당신이 권했던 엘피판을 가져왔어요. 이제 당신이 마지막 퍼즐 조각을 맞춰야 해요." 일사는 뺨이 붉게 달아오르는 걸 느꼈다. "가만히 앉아있지만 말고 어서 일어나 당신을 위해 모인 사람들에게 한마디 해야죠."

일사의 맥박이 갈비뼈가 울릴 정도로 빠르게 뛰고 있었다.

프랭크는 여전히 꼼짝도 하지 않고 앉아있었다.

일사는 돌아서서 모드와 키트, 앤서니 신부가 있는 곳을 향해 걸어가기 시작했다.

일사가 2미터쯤 걸어갔을 때 누군가 옷을 잡아당기며 말했다.

"뒤를 돌아보세요."

프랭크가 어깨를 표 나게 들썩거리며 팔을 벌려 손으로 테이블 모서리를 잡고 있었다. 그가 서서히 자리에서 일어섰다. 그의 눈이 '엘피판을 사랑해요!', '프랭크, 고마워요!'라고 쓴 피켓을 든 사람들을 향했다가 뒤돌아보는 일사에게 꽂혔다. 두 사람의 눈이 한동안 자석처럼 붙어서 떨어질 줄 몰랐다.

프랭크의 입이 움직였다. "일사, 정말 당신이에요?"

일사가 입꼬리를 올리며 대답했다. "당신을 만나기 위해 돌아왔어요."

프랭크는 뜨겁게 흐르는 눈물을 닦으려 하지도 않고 일사를 뚫어지게 바라보았다.

"여기서 나와 함께 머물 거예요?"

일사가 피식 웃었다.

"당연하죠. 그러려고 돌아왔는걸요."

프랭크가 팔을 들어 올리고 한 걸음 앞으로 걸어갔고, 두 사람이 누가 먼저랄 것도 없이 서로를 힘껏 끌어안았다.

숨은 트랙

음반 가게가 있었다.

겉으로 보기에는 어느 도시, 어느 뒷골목에서나 흔히 볼 수 있는 가게와 다를 바 없었다. 출입문 위에 커다란 글자로 상호가 적혀 있었고, 쇼윈도에는 네온사인이 설비되어 있었다.

'우리는 엘피판을 사랑합니다. 망설이지 말고 들어오세요.'

음반 가게 안은 다양한 음반들이 빼곡하게 들어차 있었다. 반질반질한 나무 진열대에 엘피판들이 가득 차있었고, 그 옆에 시디 진열대들이 따로 놓여있었다. 음반마다 라벨이 붙어있었고, 이 가게에서만 특별히 알려주는 팁이 친절하게 적혀있었다. 귀담아 들어야 할 부분이 어디인지, 함께 들으면 좋은 음악은 무엇인지, 어떤 때에 들으면 좋은지 따위를 친절하게 적어놓은 라벨이었다. 카운터에는 향초들이 늘어서 있었고, 화병도 있었다.

카운터 뒤에는 언제나 큰 키에 덩치가 우람한 남자가 앉아 있었다. 남자는 가게 로고가 박힌 녹색 스웨트셔츠를 입고 있었고, 머리카락은 부스스한 백발이었다. 그 옆에는 늘 그의 부인이 앉아 있었다. 남편과 달리 부인은 키가 자그마하고 몸매가 날씬했다. 부인 역시 가게 로고가 박힌 스웨트셔츠를 입고 있었다.

프랭크의 음반 가게.

부인의 머리는 은발이었다. 일부는 핀을 꽂아 위로 올렸고, 나머지 머리는 그냥 흘러내리게 내버려 두었다. 남달리 눈이 크고 아름다운 여자였다.

두 사람의 등 뒤에 노인의 사진이 든 액자가 걸려 있었다. 사진 속의 노인은 한쪽 입꼬리만 살짝 올라간 미소를 짓고 있었다. 사진에는 음반 가게 부부도 보였다. 여자는 베일이 달린 아주 작은 모자를 쓰고 있었고, 남자는 라펠에 커다란 나뭇잎을 꽂고 있었다.

결혼식 사진인가?

사진에 등장하는 사람들 모두가 너무나 행복해보였다. 기하학적인 헤어스타일에 키가 작고 다부진 여자만이 인상을 찌푸리고 사진을 찍었다. 사진 아래에 금색 펜으로 쓴 글씨가 보였다.

'사랑하는 앤서니 신부님의 명복을 빕니다. 부디 하늘나라에서 마일스 데이비스와 재즈를 즐기세요.'

손님은 음반 표면에 손가락이 닿지 않게 조심하며 재킷 안으로 손을 넣었다. 음반을 보호하는 종이가 사각거리는 소리가 들려왔다. 손님은 음반 테두리에 엄지를 대고, 가운데의 라벨을 중지로 지지해 겨우 균형을 잡았다. 표면이 감초 사탕처럼 매끈하고 반짝거리는 엘피판 위로 빛이 물처럼 쏟아졌다.

카운터 뒤에 있는 여자가 물었다. "무엇을 도와드릴까요?" 약간 딱딱한 독일식 억양이 섞여 있는 말투였다.

"어떤 음반이 좋을지 모르겠어요. 사실 예전에 즐겨 듣던 엘피판은 다 처분했고, 시디플레이어도 중고품 가게에 팔아버렸죠. 요즘은 듣고 싶은 음악이 있으면 음원을 구입해 휴대폰에 저장해두고 듣고 있어요. 사람들이 유행에 얼마나 민감한지 음반의 변천사만 봐도 능히 알 수 있네요. 한때는 정말 귀한 대접을 받던 음반들이 이제는 퇴물 취급을 받고 있으니까요. 저 역시 음원을 다운로드해 듣고 있는 형편이라 어쩔 수 없다는 생각이 들면서도 너무 쉽게 바뀐다는 느낌이 들어요. 요즘은 은행들도 온라인으로 처리하는 업무가 많아져 점포들을 급속도로 줄여가고 있잖아요."

카운터 여자는 그런 말을 익히 듣고 있다는 듯 손님의 말에 고개를 끄덕였다. "1988년에는 사람들이 엘피판 대신 시디를 원했어요.” 여자의 두 뺨이 분홍빛으로 둥글게 물들었다. 덩치 큰 남자가 여자의 손을 잡고 입으로 가져가 입을 맞추었다. 무척이나 다정해 보이는 몸짓이었다.

“자, 뭘 도와드릴까요?”

“잘 모르겠어요.”

부인이 눈가에 주름이 자글자글한 남자에게 물었다. “당신은 새로운 손님께 어떤 음악을 권하고 싶어?”

남자는 계속 부인을 다정하게 바라보며 미소를 지었다. 마치 손님이 겪은 인생의 어느 시기를 알고 있는 사람 같았다. 손님이 감동한 이유는 그 눈길이 끈질기거나 강렬하기 때문이 아니라 한없이 부드럽고 다정하기 때문이었다. 남자는 손님이 지금껏 어떤 상실감과 실망감을 경험하며 살아왔는지 다 알고 있는 표정이었다.

손님이 얼굴을 붉히며 코트 앞자락을 여미더니 스포티파이(음악 서비스 웹사이트 이름 www.spotify.com : 옮긴이)에서 들은 적 있는 곡을 우물쭈물 이야기했다.

남자가 이제야 생각났다는 듯 크게 소리쳤다. “아레사 프랭클린이 어떨까?”

부인이 되풀이했다. “그래, 아레사 프랭클린이 최고지.”

부부는 아주 좋은 아이디어라고 생각하는 듯했다.

그래, 맞아.

두 사람은 손님에게 아레사 프랭클린이 마음에 들 거라고 입을 모아 추천했다.

"여기서 우선 음악 감상을 해보세요. 가게 종업원이 잘 모실 거예요."

여자는 가게 뒤쪽을 손으로 가리켰다. 그제야 손님들이 의자에 앉아 헤드폰을 끼고 편안하게 음악을 듣고 있는 장소가 눈에 들어왔다. 혼자 온 사람, 남녀 커플, 청소년, 가족들까지 다양한 손님들이 거기에 있었다.

왜 나만 여태껏 이런 음반 가게가 있는 걸 몰랐지?

커피를 마시는 사람, 소리를 낮춰가며 이야기를 속삭이는 사람도 있었고, 눈이 마주치자 목례를 하는 사람들도 있었다. 한두 명은 음악을 들으며 꾸벅꾸벅 졸고 있었다.

옷에 배지를 잔뜩 단 20대 종업원이 물었다. "손님, 커피와 비스킷을 드릴까요?"

종업원은 손님이 코트를 벗는 걸 도와주려다가 하마터면 향초 하나를 쓰러뜨릴 뻔했다.

손님은 고개를 돌려 거리를 흘깃 내다보았다. 요즘 이 동네에는 다니기에 위험한 곳이 많았고, 황폐한 곳도 많았다. 지저분한 잿빛 도시의 불빛 속에서 음반 가게 앞을 지나가는 사람들의 모습이 보였다.

카운터에 있는 여자가 말했다. "음악을 들으면서 편하게 쉬다가 가세요. 아무도 방해하지 않을 거예요. 그렇지, 프랭크?"

남자가 점잖게 고개를 끄덕인 뒤 또다시 미소를 지었다.

여자가 다시 말했다. "언제든 들러도 좋아요. 우리는 늘 여기에 있으니까요."

〈끝〉

감사의 말

음악과 치유를 주제로 하는 소설을 쓰기 위해서 나름 많은 조사를 했다. 이 소설에는 극히 일부가 포함되었지만 책, 신문기사, 블로그, 온라인 참고 자료, 레코드판 재킷 등 방대한 자료를 읽어보았다. 그뿐만 아니라 음반 가게 주인들, 음반 수집가들, 음악 치료사들, 음악 애호가들 등을 직접 만나 대화를 나누고 조언을 구했다. 이 소설을 쓰기까지 여러 사람의 지혜와 열정, 친절에 힘입은 바 크다. 그중에서 나의 남편 폴 버너블스로부터 가장 많은 도움을 받았다. 남편은 내가 자료를 찾거나 사람들을 만나보고자 할 때 옆에서 도움을 아끼지 않았다.

감사의 말을 전하고 싶은 사람들이 정말 많다. 그레이엄 존스, 트레이딩 포스트 레코드의 사이먼 빈센트, 로버트 니콜스,

가브리엘 드레이크, 마이크르 오델, 사운드스케이프의 재즈 코너에서 일하는 폴로네크 스웨터의 직원, 라루스 조한슨을 비롯하여 12토나르의 모든 사람, 팀 윈터를 비롯해 해롤드 무어스 레코드의 모든 사람, 조니 워커, 캐시 톰슨, 점보 레코드, 소피 윌슨, 피터 맥도날드, 루시 브레트, 비닐 볼트, 포니카 레코드에서 마스터 백에 대해 나에게 설명해 준 아주 젊은 직원, 수잔나 와드슨과 리지 구드스미트, 앨리슨 바로, 클레어 콘빌, 수잔 카밀, 키아라 켄트, 수잔 할벨리브, 스티브 깁스, 크리스 로, 마이라 조이스, 에이미 프로토, 에밀리 조이스에게 심심한 감사를 드린다.

이 소설에서 실수한 부분이 있다면 전적으로 프랭크와 페그의 책임이다.

옮긴이의 말

사랑과 회복의 아름다운 하모니

허름한 상점가에 자리한 음반 가게.

그곳에는 손님들의 이야기를 들어주고 손님들에게 딱 맞는 음악을 권하는 주인 프랭크가 있다.

실연의 상처를 극복하고 싶다고? 냉랭해진 부부 관계를 회복하고 싶다고? 프랭크에게 말하면 해결된다. 프랭크가 친절하게 권하는 음악을 들으면 그 어떤 어려운 문제도 술술 풀린다.

때는 1988년. 프랭크가 14년째 작은 음반 가게를 운영하고 있는 유니티스트리트에는 각양각색의 사람들이 모여 있다.

손님에게 타투를 새겨 주고, 자기 몸에도 온통 타투를 새기고,

펑크 스타일로 옷을 입고, 성격이 와일드한 여자 모드.

종교 선물 가게를 운영하는 앤서니 신부.

선대의 가업을 물려받아 장의사를 운영하는 쌍둥이 윌리엄스 형제.

폴란드 빵을 만드는 제빵사 노박.

치매를 앓는 어머니와 텔레비전만 보는 아버지와 함께 사는 음반 가게 점원 키트.

여러 사연과 우여곡절을 겪은 유니티스트리트 사람들 앞에 베일에 싸인 여성이 나타난다. 어느 날, 음반 가게 쇼윈도 앞에서 돌연 쓰러진 여자, 녹색 코트를 입은 여자.

실연의 아픔이 커 다시는 사랑에 빠지지 않을 거라고 다짐했던 프랭크의 가슴에 녹색 코트의 여자는 서서히 따스한 바람을 불어넣는다. 프랭크를 비롯한 유니티스트리트 사람들 모두가 여자에게 호기심을 느낀다. 여자의 정체가 조금씩 드러난다. 독일에서 왔고, 녹색 코트를 즐겨 입고, 녹색 핸드백을 들고 다니고, 이름이 일사 브로우크만이다. 프랭크의 머릿속은 어느새 일사의 자취로 가득 차고, 두 사람은 일주일에 한 번씩 만나 음악 이야기를 나눈다.

때는 1988년, 시디의 등장으로 엘피판은 사양길에 접어들고, 음반사의 영업사원들은 프랭크에게 시디를 팔아야 살아남을 수 있다고 설득한다. 그러나 고집불통인 프랭크는 오로지 엘피판만 판다. 유니티스트리트는 갈수록 시대의 흐름에 뒤처지며 위기에 처한다. 부동산 개발 회사는 재개발 야심을 숨기지 않으며 가게 주인들에게 부동산 매각을 종용한다. 오랜 삶의 터전을 떠나지 않으려는 유니티스트리트 사람들과 부동산 개발 회사의 갈등이 계속된다.

프랭크와 일사의 만남은 어떻게 전개될까? 유니티스트리트 사람들의 운명은 어떻게 될까? 프랭크의 음반 가게는 과연 시대의 변화에 맞서 살아남을 수 있을까?

이 소설의 첫 번째 재미는 눈앞에서 살아 움직이는 듯한 인물들에 있다. 저마다 녹록치 않은 사연을 가진 인물들이 생생한 모습으로 그려지며, 웃음과 눈물을 준다. 마치 영국의 유명 제작사 '워킹타이틀 필름스(Working Title Films)'의 로맨틱코미디 〈노팅 힐(Notting Hill)〉을 보는 것 같다. 이 소설에는 신 스틸러 조연들이 다수 등장한다. 엉뚱하고 모자라 보이지만 착하고 유쾌한 키트, 원래는 사제였다가 가슴 아픈 사연을 뒤로 하고 조기에 은퇴해 종교 선물 가게를 꾸려가는 앤서니 신부, 뜻대로 되지 않는 사랑이 야속해 늘 툴툴거리는 모드, 프랭크와 일사가 매주 만나는 카페 〈싱잉 티포트〉의 종업원마저도 생동감이 넘친다. 개성이 독특한 인물들이 모여 펼치는 앙상블은 마치 오케스트라의 음악처럼 웅장하고 화려하다.

두 번째 재미는 따뜻한 웃음이다. 독자들은 이야기 사이사이에서 프랭크의 어린 시절을 접할 수 있다. 괴팍한 어머니와 단둘이 살아가는 프랭크, 청소년 시절의 프랭크의 모습이 그려진다. 유니티스트리트 사람들의 곡절과 사연이 많은 과거도 조금씩 드러난다. 그들은 힘든 날들이지만 좌절하거나 슬픔에 빠지지 않는다. (다 읽은 뒤에는 알겠지만 이야기의 절정에 이르렀을 때 프랭크가 안타깝게도 좌절의 늪에 빠지지만 더 큰 회복을 위한 시련이다.) 이 소설 속 인물들은 삶에 대한 희망과 극복에 대한 믿음을 가지고 있기에 절망과 슬픔에 매몰되지 않는다. 독자들은 자기도 모르게 흐뭇한 미소를 지으며 이들을 응원하게 되는 한편 자기 안의 따뜻한 마음을 발견하게 될 것이다.

세 번째 재미는 음악이다. 책을 읽으며 소설 속에 나오는 음악을 찾아 들으면 저절로 고개가 끄덕여지며 작가의 말에, 인물들이 하는 말에 수긍하게 된다. 알던 곡이라도, 몰랐던 곡이라도 다 들어 보아야 한다. 소설을 다 읽은 뒤에는 나의 귀가, 나의 정신이 한층 더 고양된 기분을 맛볼 수 있다. 유튜브에는 사람들이 이 소설에 나오는 음악들로 재생 목록들을 만들어 놓았다. 엘피판을 대신했던 시디도 디지털 음원에 자리를 내어주고 사라진 오늘날, 엘피판에 대한 그리움을 담은 소설 속 음악들을 인터넷 동영상 서비스를 통해 손쉽게 찾아 들을 수 있는 현실이 아이러니하다.

우리(너무 젊은 사람은 모르겠지만) 역시 엘피판이 시디에 자리를 내어주고 사라져간 시대를 겪었다. 개발의 물결에 밀려 삶의 터전을 잃고 떠나야 하는 사람들이 자신의 삶을 지키기 위해 싸우던 일 역시 겪었고, 아직도 계속되고 있다. 그래서 영국의 어느 도시, 어느 거리가 배경인 이 이야기는, 그곳이 어디인지가 중요하지 않다. 누구나 자신이 아는 어떤 곳을 떠올리면 그곳에 이와 비슷한 삶들이, 사람들이 존재할 것이다. 건물의 모습과 구조는 달라도, 길바닥의 형태와 재질은 달라도, 이 이야기에는 보편성이 있다. 그 보편성이 우리를 이야기 속으로 깊이 끌어들인다.

1988년부터 33년이 지난 지금, 어느새 다시 엘피판 붐이 불었다. 턴테이블의 바늘을 엘피판에 올려놓고 음악이 시작되기 전에 들리는, 지지직거리는 소리도 음악을 듣는 즐거움과 매력으로 느끼는 사람들이 많다. 평생을 엘피판만 고집한 프랭크 같은 사람들에게 또다시 전성기가 찾아왔다. 1988년에는 아직 태어나지 않았더라도, 혹은 음반이 엘피판밖에 없던 시절에는 너무 어려서 기억나는 게 없더라도, 그 시절의 이야기 속으로 빠져드는 것은 충분히 즐겁고 따뜻하고 행복한 경험이리라.

조동섭